罪连环 3

CRIME OF A SERIAL

暗网迷踪

天下无侯 作品

南方出版传媒
花城出版社
中国·广州

图书在版编目（CIP）数据

罪连环. 3，暗网迷踪 / 天下无侯著. -- 广州：花城出版社，2019.7
ISBN 978-7-5360-8930-3

Ⅰ. ①罪… Ⅱ. ①天… Ⅲ. ①长篇小说－中国－当代 Ⅳ. ①I247.5

中国版本图书馆CIP数据核字(2019)第117980号

出 版 人：肖延兵
特邀策划：天沐影视文化
责任编辑：陈宾杰　杨淳子
技术编辑：薛伟民　凌春梅
封面设计：荆棘设计

书　　名	罪连环. 3，暗网迷踪 ZUI LIAN HUAN. 3, AN WANG MI ZONG
出版发行	花城出版社 （广州市环市东路水荫路11号）
经　　销	全国新华书店
印　　刷	佛山市浩文彩色印刷有限公司 （广东省佛山市南海区狮山科技工业园A区）
开　　本	787 毫米×1092 毫米　16 开
印　　张	23.25　1 插页
字　　数	334,000 字
版　　次	2019 年 7 月第 1 版　2019 年 7 月第 1 次印刷
定　　价	49.00 元

如发现印装质量问题，请直接与印刷厂联系调换。
购书热线：020－37604658　37602954
花城出版社网站：http://www.fcph.com.cn

前言

大家好！吃了吗？

这是《罪连环》系列第三个故事。

不管你吃没吃，反正故事要开始了。

这是个什么故事？隐藏着怎样的阴谋？阴影里藏着什么样的庞大布局？

还是一边看一边揣摩吧，这再正常不过。可还是要提醒大家，在故事到一半之前，千万别轻易下定论。你可以把它想象成任何样子，但它绝不是庸俗的黄赌毒网络犯罪故事。

它涉及暗网的概念，在故事开始前，有必要先讲讲。

什么是暗网（Dark Web）？暗网和深网（Deep Web）的区别是什么？

简单说，暗网是一种网络，什么网络呢？需通过特殊软件、特殊授权，或对电脑做特殊设置，才能连上的网络。它和我们使用的表层网络（明网）是相对的，一暗一明。暗网，就是隐藏的服务器。这个服务器，可能是自建的，也可能是某些大型服务器托管的。

什么是深网（Deep Web）？

简单说，深网指的是数据，是内容。什么内容呢？不能被标准搜索引擎索引的非表面网络内容。比如，某个暗网上的内容一定是深网，因为标准引擎搜不到它，明网上个人QQ空间的加密内容、云盘里未共享的收藏、各国政府"和谐"掉的网络内容等，标准引擎也搜不到它，那它也属于深网。

所以，从内容上看，暗网是深网的子集。

美剧《纸牌屋》中提到：96%的互联网数据，无法通过标准搜索引擎访问，虽然其中大部分属于无用信息，但那上面有一切东西，儿童贩卖、比特币洗钱、致幻剂、毒品、军火交易、赏金黑客……这句话表达的其实是深网的概念，是从内容方面看互联网。

那么这个96%准确吗？不准确，哪怕它不是感性的估值，可谁也无法对整个网络信息进行精确量化。但暗网作为隐藏的服务器，其隐藏的域名数量能达到明网的400~500倍之多，这倒不是夸夸其谈。

网络世界也有一套冰山理论，对该理论的逻辑修正后的严格表述是：从内容上说，我们平常看到的网络信息，只占整个网络信息的很少部分（通常表述为4%~5%），超过整个数据量的95%都藏在冰山之下。在冰山之下，存在着太多见不得光的东西，它们穷尽你的想象。

明网的域名后缀通常是.com、.net等，暗网的域名后缀通常是.onion。为了隐藏，暗网的很多网站链接，往往是毫无意义的字符，甚至乱码。它的超链接是一层套一层，而洋葱浏览器又没有收藏和记忆功能，所以，用户上次去过的超链接，下次可能就找不到了。

从定义看，暗网需特殊软件、特殊授权才能连接进入，比如Tor服务，因其服务机制，它又被形象地称为洋葱浏览器。这个服务，最大特点是隐蔽、安全。用户请求经过洋葱路由后，会在遍布全球的主机上随机跳转三次，之后才会到达暗网所在服务器。这样，所有访问者看起来都没有身份区别，难以被识别，难以被追踪。

从实现逻辑看，暗网不是随随便便就能进的，需要一定的契约、技术手段和资金支付。比如最广泛的比特币支付。

暗网的兴起，甚至比Internet的流行还要早。20世纪70年代，一些黑客为了私密在线交流，架构了独立于当时的互联网体系Arpanet之外的秘密网络体系。使用者可以从互联网接收数据，但普通互联网在无授权情况下无法搜索，也拼不出暗网的地址和域名。

　　真正流行的暗网技术，源于美国军方。1996年，美国海军研究实验室资助的科学家，在英国剑桥展示了名为"隐藏路由信息"的论文和新的系统。新系统可以让用户接入互联网，而且无须向任何网络服务器或路由器透露自己的身份。他们叫这个概念为"洋葱路由"。因为这个系统涉及多个加密层次，信息在其中层层传递，他们最终用名为Tor的开源项目，实现了这个概念。

　　美国军方和政府为什么开发这个系统呢？为了保密。警方可用它收取匿名信息而无须暴露其线人，军队和间谍机构可以用来组织秘密行动和交流，美国国务院和FBI（美国联邦调查局）可以训练外国政府的反对派，等等。

　　Tor开源项目建构后不久，其发展方向便与美国政府的美好愿望背道而驰。以至于发展到今天，美国和各国政府为打击暗网犯罪耗尽心力。FBI、DEA（美国缉毒局）、ATF（美国烟草火器及爆炸物管理局）、NSA（美国国家安全局）等，每年都花费大量资金，试图攻陷暗黑互联网世界。斯诺登泄露的NSA文件中，有一份文档专门讲述了Tor和深层网络的问题，文档显示，NSA对破解Tor的前景并不乐观，甚至明确表示，"我们将永远不可能完全揭开所有Tor用户的真实身份"。这像寓言，人类创造了怪物，怪物自诞生起就脱离了人类掌控。

　　时间顺序上，比较有名的暗网网站有农夫市场（The Farmers Market）""大西洲（Atlantis）""阿尔法湾（Alphabay）""汉莎（Hansa）""梦幻市场（Dream Market）"等。

　　农夫市场成立之初，就树大招风，因为它赤裸裸地声称是为了"作奸犯科"，不干好事。

　　后来出现的"大西洲"更是嚣张，它甚至在明网上打广告，招揽客户，这是对执法者的公然嘲弄。之后异军突起的，就是鼎鼎大名的"阿尔法湾"。它的成立者是加拿大人卡兹，是一名网络天才。截至2017年7月，阿尔法湾被美、英、法、德、荷等国警方联合封杀时，卡兹才25岁，通过阿尔法湾的交易抽成，获利1.2亿美元之多。

　　2017年7月4日，卡兹在泰国被FBI秘密逮捕。美国司法部长宣称，铲除"阿尔法湾",是有史以来在这一领域最伟大的收获。随后,公开的消息说,2017年7月12日,卡兹在泰国秘密关押地神秘自缢身亡。然而作为吃瓜群众,我们有理由怀疑,卡兹自杀的消息只是个烟幕弹,作为一名天才黑客,他很可能被秘密招揽。

暗网真正通过媒体出现在我们中国人的视野,是源于2017年赴美学者章莹颖女士的绑架失踪案。新闻里说,FBI查到,嫌疑犯克里斯滕森曾多次登录名为"绑架101"的暗网网站。

说了这么多,再谈谈暗网的功能。

功能一:黑暗世界的"淘宝"。

暗网是古老的地下交易与时俱进的产物。虽然暗网的大多数用户并不犯罪,但它却是正常社会秩序的噩梦,犯罪分子的天堂。它最普遍的功能,是非法交易,涉及非法护照和信用卡信息交易、人口绑架贩卖、军火、毒品、性、赏金猎人、出卖国家机密,甚至倒卖核武器等。凡是你能想到的法律禁止的一切交易,庞大的暗网上都存在,对不法分子诱惑力巨大。比如一把"沙漠之鹰",大概只需1500欧元;一本非法护照,不但价格低廉,卖家还承诺,会通过黑客技术,把顾客买到的虚假身份信息添加到官方的数据库中,保你在全球畅通无阻;再比如盗用合法信用卡信息复制的信用卡,保你在一定时段内随意刷卡购物。简言之,暗网就好比黑暗世界的"淘宝",你能买到想要的任何东西,但它的功能,绝不仅限于非法交易。

功能二:黑暗世界的"抖音"。

我们还是拿大海和冰山打比方。露出海平面以上的冰山部分,称为明网或表面网络,海平面以下的巨大部分,称为暗网。随着海洋深度的增加,或说随着暗网深度的增加,那里还有更深、更暗的网络。通常,人们把那些网络称为影子网络(Shadow Web)。那里充斥着超越人们正常认知的犯罪和血腥。那里流传的随便一个实拍视频,都足以让正常人崩溃。

此外,关于臭名昭著的ISIS,善于运用网络进行宣传一直被公认为该组织"成功"的秘诀,而这绝大部分信息的传递,就发生在影子网络。通过暗网,他们还可以招募新兵、购买武器、发送洗脑信息甚至交流恐袭计划。暗网上还有以残杀、赌博为主题的格斗场所，比如Vega Ring，还有吃人癖、被吃癖等，关于吃和被吃，有一宗案子实实在在地发生在德国，案件相关人就是通过暗网发帖联系上的，它后来还被拍成了电影。你能想象，那个回帖"喜欢被吃"的家伙，在一个阳光明媚的午后，激动地开着车去赴约，去让那个"喜欢吃人"的家伙分尸，再一点点吃掉的情景吗？

功能三：黑暗世界的"蓝翔"。

暗网上论坛众多，有相当多的黑客软件分享。还有黑客教程、开锁教程、偷车教程、跟踪教程、野外生存教程等，五花八门、不一而足，或免费或收费，供人各取所需。

功能四：黑暗世界的"知乎"。

暗网之下，继续加深，就像到了海底，那里还有更深更暗的网络，它被称作"马里亚纳网"（对应马里亚纳海沟）。传说，那里有暗网中的"知乎"，隐藏着许许多多关乎人类的秘密、历史的秘密、政府机密、间谍情报、UFO绝密档案等。比如"菲尼克斯之光"的秘密，比如道西基地真相。只要你有求知欲和好奇心，就难免会对那些内容上瘾。但是，那里既然被称作"马里亚纳网"，自然是极不易到达。而且，传说中那些内容要么是以乱码形式存在，要么被高度加密。要想逐类一窥究竟，就只能按网站要求，完成既定的升级任务，再把完成的任务拍成视频，传上去。

传说，暗网的"知乎"一共有66个级别。它由一些神秘的成功人士建立，类似于光明会或共济会的网络组织，通过发布任务的方式，用来寻找更多的同道中人。刚进入的新人要想窥探那里的种种秘密，就要升到更高等级。要想升级，就要完成网站发布的任务。那些任务，通常是由高级会员随机商定发布，由易到难。那些任务，有明确目的性，它可能是训练人的胆量，可能是突破人的道德观念，也可能是让人去最大化发挥自己的特长。比如，它可能让人生吃一只老鼠，完成了就升一级，还可能让人杀人，完成了再升一级，任务难度逐渐提高，直到达到一个够高的级别。那时，你不但能随意浏览、掌握那些秘密，还能获得不菲的物质奖励。

这些只是暗网功能的简单总结。在这里，笔者郑重提醒，千万不要因为好奇试图进入暗网。那不但违法，还能摧毁一个人的正常心理。

那么，我们中国有暗网吗？

很确切地说，没有。

为什么呢？因为实名。我国法律明确规定，网络运营商应当要求用户提供真实身份信息。用户不提供网络真实身份信息的，运营商不得为其提供相关服务。也就是说，这里没有暗网生存的土壤。然而，现实生活的魔幻，远比网络精彩。

虽然没有暗网，但形式上，我们也有类似暗网的玩意。我们的公共厕所很神奇，它就具备暗网的基本形式和基本功能。众所周知，公厕里往往有丰富的信息，从办证到迷幻药，到约炮电话，甚至刀枪等违禁品。跟暗网的信息一样，所有公厕里的信息集合起来，大部分是无用或虚假信息，但总有一部分是真的，是见不得光的。

事实上，没有暗网的网络世界，并不一定就是安全的。暗网上的一切犯罪形式都能在明网上实现，这是个必须正视的问题。

我们明网的种种交易平台，也能买到各种违禁品。

以××群为载体的场外非法交易，也能买卖以比特币为首的各种非法电子货币，线上挂单，线下转账。

在监控措施不到位的条件下，一个虚假的群名，就能成为违法活动的最好掩护，把相关人群集中起来，暗中实现儿童色情内容交易、淫秽表演、聚众赌博、吸毒等非法罪犯活动，再通过频繁换群的方式，增加犯罪活动的安全性。

至于公众个人信息的出卖和泄露，我们的网络往往比暗网更廉价、更疯狂。2013年，有80万条投保个人信息，包括险种、手机号、身份证号、密码等，在某保险公司的合作网站上泄露；有超过数千万条连锁酒店的客户开房信息，可在特定网站随意查找；某网站输入"单号"一词，个人信息更是明码标价；在贩卖个人信息的××群里，仅凭一个手机号，就能查到相关人的所有信息；您装的任意一个app，它都会以提供更好服务的名义，获取你的通话记录、出行信息、聊天内容、网购习惯、外卖频次等，除非你限制它的权限。

由此可见，暗网虽然黑暗，但明网也不一定干净。

暗网不是法外之地，近年来，我国警方也关注到这一领域。2016年3月，我国警方成功打击一个利用境外隐蔽网络传播儿童淫秽信息的犯罪团伙，并由此抓获三百余名性侵儿童、制作视频的犯罪分子。

有媒体说，暗网的黑暗性被人为地夸张化了，说它里面的很多内容是造假，没有想象的那么变态、那么可怕。这个说法有一定客观性，但本人不认同这个说法。

为什么呢？因为人性。

说白了，暗网只是个网络，是个工具，就像刀剑一样，就看被谁用，怎么用。而恰恰因其隐蔽性、匿名性，它才成了诸多恶行的集散地。

暗网上的一切犯罪，都是现实世界犯罪的网络投影而已。

明网上的犯罪，也是一个道理。

不管什么网，黑的不是网。

是人性。

换句话说，人性里的阴暗部分有多邪恶，暗网就有多邪恶。

所以，"暗网的黑暗性被人为夸张化了"，这个说法显然是肤浅的，它的视角执拗于网络形式的讨论，而忽略了决定一切的人性。

网络可以没有，但人性一直存在。

奇怪的是，总有人往往忽略人性恶的一面，而把注意力完全专注于对人性投影工具的净化和监管，这其实是对人性的逃避。

任何事物，只有正视，才谈得上改变。我们应该正视人性的黑暗和邪恶，正如我们积极拥抱人性的光明和爱。

目 录
CONTENTS

引　子　/ 1

第 一 章　　突袭 / 6
第 二 章　　行刑 / 17
第 三 章　　勇气 / 28
第 四 章　　洗脑 / 37
第 五 章　　歼灭 / 48
第 六 章　　赌局 / 58
第 七 章　　乱局 / 69
第 八 章　　退行 / 85
第 九 章　　突破 / 97
第 十 章　　坟墓 / 116

第十一章　　贪婪 / 131
第十二章　　角色 / 144
第十三章　　叹号 / 157
第十四章　　解脱 / 167
第十五章　　黑线 / 182
第十六章　　起点 / 202
第十七章　　猫岛 / 221
第十八章　　再赌 / 241
第十九章　　释疑 / 267
第二十章　　冰火 / 288
第二十一章　　抓捕 / 311
第二十二章　　梦境 / 323
第二十三章　　光辉 / 341

引子

1210案告破，孙劲牺牲，程功伏法后，就在农历2016年底，大年三十的那个晚上，苏曼宁收到一条短信。

谁拜年还用短信啊？

苏曼宁打开短信一看，整个人顿时"石化"在原地。

竟然是他！

那个人在她记忆里消失很久了。

他叫黄赫，南粤省越州人，是苏曼宁大学时的男朋友，学的是计算机专业。在计算机这块，黄赫有着惊人的天赋，上学时多次参加全国范围的编程比赛。每次比赛，他都会在限定时间内，有意编写三个不同的程序，包揽前三。这样时间长了，凡有黄赫参加的比赛，很多高手直接弃权。此外，黄赫多次受当地警方邀请，参与破获多个电信和网络犯罪组织。用同学们的话说，只要黄赫想做，他能黑掉中国任何一台电脑。也许这话夸大其词了，但当时的黄赫，无疑是其所在警校最受瞩目的明日之星。

黄赫如此优秀，自然深受校花苏曼宁的仰慕，两人感情甚笃。但谁也没想到，黄赫却在毕业后消失了。

消失的意思，就是谁也联系不上，包括苏曼宁。不但联系不上，也查找不到任何与黄赫有关的信息。

那是六年前，2011年的夏天。

没人知道他为何消失，去了哪儿，在干什么。

苏曼宁既难过，又不解。

她查了很久，猜测黄赫的失踪也许跟其父黄炳忠的死有关。

黄炳忠是个包工头，为人信义仁厚。就在黄赫大四那年，他接到一个楼盘的大活。包工队人手不够，老黄就把老家相熟的闲散劳动力招揽到了一块，想让村里的老少爷们儿跟着赚点钱。

这是个很不错的想法。却不料，楼盘进行到一半时，开发商陈一龙的资金链出了问题，工程暂停了，连工人回家过年的路费也发不出，更别说工钱了。

黄炳忠多次找陈一龙要钱未果，只换来陈一龙的一句承诺：春节后新的贷款一到位，就把工钱补上。

黄炳忠相信了陈一龙，但很无奈：大伙出门辛辛苦苦卖了大半年苦力，过节费咋办？总不能空着手回家过年吧？那他黄炳忠在老家，就再也没脸做人了。

陈一龙一共给黄炳忠凑了两万元钱。

这点钱能干什么？还不够一个人的工钱。

陈一龙实在没法，就恳求黄炳忠，给他先垫付一部分费用，年后连本带利一块还。

黄炳忠犹豫不决。

但他知道，那是唯一的法子。

最终，他拿了陈一龙的欠条，拿出自己的50万元积蓄，给施工队的百来号人每人发了5000元过节费。

没承想，年后，新的贷款不但没到位，连陈一龙也跑路了。

楼盘自然成了烂尾工程。

这下可苦了黄炳忠。

怎么办？

一百来号人，将近400万元的工钱，找谁要去？

起初，工人们还和黄炳忠一条心，采用合法途径，到处找陈一龙。找不到，就一起到政府拉横幅。政府让经侦立了案。

拉横幅的队伍被遣散后，工人们的生活渐渐吃不消了，就把怨气都发在了黄炳忠身上，慢慢地，什么难听的话也冒出来了，甚至有人说，陈一龙早就把工钱结了，钱都被黄炳忠私吞了。

那些话深深刺痛了黄炳忠。

他百感交集。

他想不到朝夕相处的父老乡亲，为了钱，竟至如此恶毒地怀疑自己。可是辩解有什么用？那解决不了实际问题。事实上，要不是他把乡亲们拉来干工程，大伙儿也不会受损失。他没法子，只能忍着。

后来，乡亲们到他家去闹。他最终做出决定，卖房，卖私人物品。

他的私人物品里，最值钱的，是一件金丝翡翠手镯，那是从老人手里传下的物件，本打算当作聘礼送给将来的儿媳。

黄炳忠急于出手，把手镯卖给了文物贩子，得款25万元，又卖房子，这才好不容易凑齐400万元，给工人发了工资。

黄炳忠的行为，遭到了家人的强烈反对，但他一意孤行，谁也拉不回来。

实际上，黄炳忠这么做，并未挽回自己的信义和脸面。大多数工人领钱时不但心安理得，甚至还有人继续当面刺激黄炳忠，说他卖房子是演戏，说这钱很可能就是陈一龙的。

忠厚的黄炳忠真是伤透了心，决意找到陈一龙，讨回欠款，再把陈一龙带到工友面前，证明自己的清白。

为此，他求儿子黄赫发挥特长，帮着找人。

卖房的事可瞒不住，就算黄炳忠不吱声，黄赫也一直在暗中寻找陈一龙。

除了身份证号码，黄赫没有陈一龙的任何信息，但他就是凭着那串号码，通过网络定位到了陈一龙的位置，没人知道他是怎么做到的。

黄赫当时有个要求，要陪父亲一块去见陈一龙。

黄炳忠嘴上答应，结果却甩下黄赫，独自一人去了另一个城市，找到了陈一龙的落脚地。

当黄赫急忙赶过去时，黄炳忠已经绑架了陈一龙。

他不知道父亲和陈一龙怎么谈的，只看到父亲站在高高的天台，手里拿着一把枪，狠狠顶着陈一龙的脑门。

那是一把网购的弹珠枪。

警察蜂拥而至，苦劝无果。

当时，黄赫收到父亲的一条短信。

短信内容是：我错了！找到那件翡翠手镯，买回来还给你母亲，那是咱的尊严。

黄赫看完短信，来不及出声，埋伏的刑警就击毙了黄炳忠。

黄赫亲眼看着父亲中弹，从楼顶摔了下来，跌落到楼下的防护垫上。

"我错了"——黄赫一直捉摸不透父亲这话的意思，是说胁迫陈一龙这事错了呢？还是说凑钱顶给工人错了呢？

此后，黄赫消失了。

有人说，黄赫杀了陈一龙逃亡了。

有人说，黄赫为泄私愤，黑了政府网站，偷了国家机密叛逃美国。

有人说，黄赫为钱去做了黑客，他要寻回父亲的遗物，那件金丝翡翠手镯。

传言总是丰富多彩。

事实上，陈一龙在事后被警方逮捕入狱。

从那时起，苏曼宁再也没见过黄赫。她只能把那个曾经阳光、张扬的大男孩埋在心头，直到渐渐遗忘。

可她怎么也想不到，六年后，2017年的春节，竟突然收到黄赫的短信。

短信很简短：听说你结婚了？祝你永远幸福！

苏曼宁怔了半天，"不小心"回拨了那个号码。

"您拨打的电话是空号。"电话里传来提示音。

苏曼宁既惊讶，又好奇，那些困惑了她六年的疑问又重新复活。

她返回房间，打开电脑，去定位那个手机号。

可是，她用尽了所有法子，却什么也找不到。

短信未署名，但苏曼宁知道一定是黄赫。除了他，谁还能把一个电话号码都隐藏得这么彻底？还有祝福短信的语气，除了那个他，还能是谁嘛。

"哎！"

她叹了口气，在搜索引擎输入了黄赫的名字。

弹出的信息不多。但她还是在几个网络技术大咖网站的帖子里，看到了黄赫的名字。

那些帖子，显然来自于黄赫的崇拜者。

苏曼宁这才知道，在网络世界里，黄赫早就有了另一个身份：黑客教父。

时间很快来到2017年7月。

前文提到， 2017年7月4日，暗网世界发生了一件大事，暗网精神领袖，"阿尔法湾"的创始人卡兹，在泰国被美国FBI人员秘密逮捕。

我们的故事，就从这里开始。

第一章 突袭

2017年7月4日，暗网世界里发生了一件大事，著名的暗网犯罪集散地"阿尔法湾"，被FBI干掉了。

2017年10月25日，中国香港也发生了一件大事。

那件事对很多人来说，是噩梦，哪怕多年后回想起来，还是恶心呕吐；对我们的秦向阳队长来说，是职业生涯分水岭。那个分水岭之前，他对犯罪者的剖析，主要集中在五花八门的犯罪动机本身，那个分水岭之后，他的关注点集中到了人本身，或说人性本身。

那天到底发生了什么？也许没人再愿意提起。

2017年10月25日，国际刑警组织在中国香港召开的新形式犯罪交流会议闭幕。

中国公安部也派员参加了此次会议。

参会的内地刑警有两人，一个是滨海市刑警大队长秦向阳，一个是北京刑警项西川。香港方面的参会警察叫钱进，这个人也是香港警界网络技术最好的警察之一。这三人在所属地各有职位，级别上，秦向阳最高；年龄上，秦向阳和项西川相仿，钱进最小。

项西川平素话不多，骨子里是个极要面子的人，时刻谨记维护北京刑警的荣耀。钱进表面行事潇洒，内里却是个事事不肯吃亏的主，这很可能跟他家长期经商有关。他醉后常说，网上诸如"吃亏是福""在钱上不肯吃亏的人，不值得深交"这类文章，其实都是有钱人故意宣传的洗脑言论，目的就是引导大众以吃亏为乐、多花钱，要是每个人都变得不肯吃亏了，那有钱人的日子就难过了。秦队长就是跟这两位混在一块。

会议介绍了打击"阿尔法湾"的详细过程，分享了新形式犯罪，尤其是暗网犯罪的背景、现状及未来趋势。这些东西，对钱进来说并不陌生，却令秦向阳和项西川大开眼界。

会上还重点提到，本年度7月打击暗网"阿尔法湾"后，在东亚或东南亚地区，崛起了一个新的暗网组织，叫"东亚丛林"。

因为"东亚丛林"，东南亚地区的毒品贩卖活动变得更加肆虐，形式也变得更为隐蔽。这是国际刑警组织的最新情报。到目前为止，由于技术瓶颈和诸多客观因素，国际刑警组织还未抓获任何一名"东亚丛林"的客户，至于其服务器地址，那更是天大的难题。

情报反映，"东亚丛林"发展迅速，客户遍布全球，主要集中在东南亚地区，但有足够信息表明，它已辐射到日本、韩国及中国港澳台地区，甚至中国内地，这引起中国公安部高度重视。

会后，钱进作为东道主，邀请秦、项二人香港一日游。

处处是钢筋水泥的大都市有什么好耍？远不如大山大河让人惬意。秦向阳对此本无兴趣，可项西川并未回绝，他就只好一块去。

他们第一个去处，是私人靶场。

三人长短枪各打了一轮，一番比试下来，结果钱进枪法最好，项西川最差。

项西川面儿上没什么表情，看似毫不在意，他心里其实很是不想被人比下去。

"嗯，虽说靶场是我家的，可好枪法真是子弹喂出来的？其实最主要是天分。"钱进这么说，是想凸显自己，可在无形中也贬低了别人，这人赢了比赛，还要在嘴上再占点便宜。

这几天相处下来，秦向阳对这种浮夸已见怪不怪了。

"就一'富二代'！子弹不限随便练，北京胡同串子玩弹弓的，都比你丫

准。"钱进的嘚瑟把项西川激活了。

"服气的人各有各的好，不服的人都一个鸟样。"

钱进乐呵呵地回了一句，领头往搏击训练室走去。他想尽地主之谊，让外来户再尝尝他的厉害。

秦向阳见这两位针锋相对，略感无奈。

项西川见来到搏击室，眼神瞬间亮了。

三人自由搏击，两两对阵完毕。结果项西川身手最好，钱进最差，被项西川狠揍了一顿。

对此，项西川还是面无表情。

"姓项的，我发现你这人记仇！你身手再好，也不见得能多抓贼。都什么年代了，当警察最主要靠脑子！"

钱进总结完，不等项西川说话，带头去往下一站。

"不服的人都一个鸟样！"

项西川的话飘过去，钱进只当没听见。

他们的目的地，是中环一座豪华酒店。到了这儿，秦向阳才知道钱进家是真有钱，酒店也是钱家的。

晚8点，酒店顶层大厅有一场高规格拍卖会，钱进说，特意带秦、项二人来见见世面。

那座大厦高39层。

从上空俯视，大厦断面呈等边三角形。顶层上边天台的三个角上，各自安放着一块汉白玉底座，底座上分别立着一只独角公羊。香港很多大厦，极讲究风水布局。这三只公羊，跟数字"三九"相对，九乃数之极，这就是取"三阳开泰"之意。

天台是独立的，不对外开放，中间是直升机停机坪。停机坪边上有一间装修别致的木屋，木屋里有一条楼梯，向下连通到39层。39层39号房，是钱进父亲的众多办公地之一。

时间已接近晚8点，停机坪是空的。看来，钱进父亲不参加这次拍卖。

参加拍卖的各路神仙陆续赶来,这里面有内地土豪,有港澳富商,有明星。一句话,来的人非富即贵。

钱进坐在拍卖大厅外的卡座上,跟他的伙伴简单介绍拍卖会的情况。

这次拍卖会的执行方,是香港一家有名的拍卖公司。拍卖会承办方,是钱进父亲的公司。委托方,是个外号"龟仙人"的收藏家,名叫魏名扬。

魏名扬五十来岁,生了个与身材比例不相称的小脑袋,脑壳光光,眼睛又圆又小,叫他"龟仙人"真是形象到位。

在普通人印象里,这收藏倒腾古物,必是家大业大,实际上并不尽然。至少魏名扬非官非富,却凭着一双好眼力,以小搏大,以大换宝,折腾了大半辈子,手里颇有不少好东西,在收藏界很有名气。这次拍卖会大部分藏品,都归魏名扬所有,其余小部分,是拍卖公司接的散户。拍卖会执行方设有花旗银行唯一收款账号,要求所有参与拍卖的客人,都要提前在香港汇丰银行开有账户,存够资金,方便大额即时转账,免去不同银行之间,尤其是香港和内地国有银行之间大额转账的烦琐手续。这些提前的准备工作可谓非常周到。

另外,委托方魏名扬公开承诺,不管拍卖金额多少,将捐出15%用于慈善事业。魏名扬在圈内是出了名的精打细算,此次竟有如此豪爽之举,很是叫人意外。对此,魏名扬公开表示:古董、艺术品,最大意义在于分享,而非独享。搞了大半辈子收藏,第一次举行拍卖,一是归拢流动资金,二是让更多收藏爱好者分享历史文化成果。拿出部分收益,回馈社会,实是公民应有之责任。

事实上,这种高额收益捐款几乎是行业惯例。每年在港澳地区,类似这种拍卖、义卖的活动很多,极受当地政府欢迎。

秦向阳和项西川对这些不感兴趣。

耐着性子听了一阵,秦向阳坐正身子小声问:"别废话了,明说吧,叫我们来干什么?"

钱进嘿嘿一乐,用夸张的语气说:"不愧是内地精英秦队长。你看,这里的安保措施怎样?"

秦向阳想了想,说:"保安不少,明的暗的,起码二三十人,装备也行,监控更是无数。"

"不过人多不一定有用。"项西川轻飘飘接了一句。

"也别那么说,"秦向阳接道,"弄这些人,应付一场拍卖会足够了。"

"必须小心。我家老钱做事,从来都是尽最大努力,事无大小,只求滴水不漏。这个会,我们是承办方,来的人呢,又都颇有身份,一旦出什么意外,方方面面都不好交代。"钱进侃侃而谈。

"叽叽说带我们参观,其实就一油条!"项西川听出了钱进的弦外之音。

"你叫我们来,免费当保安?"秦向阳笑道,"你小子不该干警察!"

"保安?捧场而已!"钱进神态自若地说,"两位可是警界精英!"

说话间,拍卖会早就开始了。

魏名扬坐在第一排沙发上,紧盯着自己的宝贝被一件件高价拍出去,显得既心疼,又兴奋。

吃完饭,钱进把秦、项二人带进会场后,自己走到最前面,以840万人民币的价格,拍下来一样东西。

那是一件古朴的金丝翡翠手镯。

秦向阳不懂古物鉴赏,但一听价格,就知道它是有来历的老物件。

"拍它干吗?"花那么多钱,秦向阳很是不解。

"帮别人拍的,"钱进笑道,"说起来,这事挺有趣。两天前,有个家伙跟我视频通话,让我帮他拍下这玩意,接着打过来1000万,说要是不够,他后续再打。可是,那人我根本就不认识。"

"哦?有这种事?不认识,他为啥找你?"秦向阳来了兴趣。

"他解释过。他回国不久,正赶上他母亲住院,要陪护。香港这边,他又不认识人,就联系了我这个承办方。说白了,这是看重我人品!"

"他为啥拍这玩意?"项西川问。

"你为啥抽'中南海'?"钱进反问,"拍卖会详细信息,网上铺天盖地,谁都能查到,谁都有自己的兴趣。"

"听起来合情合理。不会是个女人吧?对你有兴趣?"秦向阳笑道。

"男人！他叫黄赫，自称在美国一家网络公司工作多年，刚回国。"

"黄赫？什么人？"秦向阳问。

"网络传言，称他为'黑客教父'。"

"'黑客教父'？"秦向阳皱起了眉头。

"网络传言，多半为虚！他若真从事过网络相关犯罪，你们内地警方不早拿下他了？总之，这是个有趣的人。"言毕，钱进掏出电话打了出去。

"你好！黄先生。你委托我方代拍的手镯，拍到了，840万。"

"太好了！感谢您！钱先生！您帮了我的大忙！"

"不客气，我是警察。"

"是的，钱警官，我本以为你只有承办方这一个身份。等我安顿好母亲，立刻赶去香港。"

钱进打完电话，冲着秦项二人摊摊手，那意思，现在你们信了吧。

拍卖会渐进高潮。

此时，大厦的一楼，却突发了意外状况。

大厦总共六部常用电梯，一部贵客专用电梯。电梯在楼层之间忙碌起伏，直到有一部电梯降到一楼，那部电梯上方突然传出几声巨响。听声音，那分明是爆炸的声音。

爆炸过后，电梯的悬挂钢索被炸断了。

几分钟之内，另外的电梯也陆续下到一楼。同样，每部电梯一落地，钢索跟着就被炸断了。

乘客们惊惧不已，跑出电梯四散逃开。

安保人员慌乱地冲向电梯。

几分钟前。

39楼和顶层平台连接的楼梯间里，鱼贯冲出来一队荷枪实弹的家伙。那些人穿着黑衣，戴着经典的小丑面具，只露出眼睛，浑身上下全副武装，行动如风，一看就不是普通人。

下了楼梯，还要通过一道门才能进入楼内。门上有密码锁，门的下半部是钢板，上半部是一道道钢柱。当时，在那个位置正有四名保安巡逻。从天台上冲下来一队武装人员，保安们透过钢柱缝隙看得一清二楚。突遇这想象不到的情况，保安们连害怕都来不及，隔着门上前询问、阻止。

不等保安出声，冲在最前边的两个黑衣人就开了枪。

枪上装了消音器，枪声低沉、短促。

子弹呼啸着穿过钢柱缝隙。

四个保安应声倒地。

走在队伍最后的黑衣人，用枪逼着一个四十来岁的中年男人。

中年男人满头大汗，浑身瑟瑟发抖。

黑衣人把中年男人推到门前，用枪逼着他打开了密码锁。

铁门一开，所有人进入39层。

进入楼层后，黑衣人迅速分工。

一个人走到电梯前，拿出个小型遥控器。每座电梯降到一楼时，他便按下一个起爆按钮，几分钟之内，所有电梯的钢缆就这样被炸断了。显然，爆炸物都是提前装好的。

另有三名黑衣人留在环形走廊，解决安保人员，其余的人迅速向拍卖大厅冲去。

走廊上接二连三传来惨叫声，在整个场面还来不及混乱的时候，局势已完全被黑衣人控制住了。

拍卖会大厅内。

保安队长举着通话器冲到钱进面前，慌张地说："少爷！不好了，出状况了！一楼传来消息，咱们电梯的钢索都被炸断了！"

"什么！"钱进猛然站起，他几乎不相信自己的耳朵。

"别急，慢慢说。"秦向阳拍了拍保安队长的肩膀，示意他冷静。

保安队长擦了把汗，说："不知道怎么回事，电梯先后到达一楼，电梯间上方就响起爆炸声，好在没人受伤。检查发现，所有电梯的悬挂钢索都断了！"

"怕是要出事！"钱进反应过来了。

"我去看看，你们留在这里。"项西川转身要走。

就在这时，沉重的大厅门突然被人撞开，一名中枪的保安扑倒在门内，随后一小队黑衣人冲了进来。

黑衣人冲进大厅就开枪。

长枪的消音器已被卸去，威力巨大，"嗒嗒嗒"的声音听起来格外震撼，一会儿工夫，就把天花板打得处处是洞。有好几盏巨大的吊灯也被打落，碎玻璃夹杂着噼里啪啦的电火花向四处散落。

这是突袭，恐怖突袭。

人们尖叫着四处躲藏，食物和酒水被弄得到处都是。

混乱仅仅持续了十几秒，领头的小个子黑衣人，用另一阵枪声恢复了现场的平静。

"Quiet! Shut up! Sit on everyone!"首领大声叫着。

一个黑衣女人持枪快速绕大厅转了一圈。

她一边走，一边用有些别扭的普通话说："不想死的都闭嘴！坐回自己的位置！"

人们感受到了死亡的威胁，慢慢恢复了秩序。

接着，走廊上的黑衣人回来了。除了因反抗被杀的保安，他们把拍卖大厅外，39层所有的人，房客、办公人员、保安、服务生等，都集中到了拍卖大厅内，大厅空间骤然显得拥挤起来。

黑衣人叫所有非拍卖人员双手抱头，依次靠墙蹲下。整个大厅坐的坐，蹲的蹲，马上又井然有序了。

这时，黑衣人队伍里，那个一直被枪逼着的四十来岁的中年人，因为紧张过度，再也站立不住，摔倒在地。

他浑身是汗，紧张地喘着粗气。

钱进这才注意到这个人，惊道："老侯！你咋在这儿？"

中年人擦着汗，带着哭腔大声说："少爷！他们，他们在外面杀了很多人！他们绑架了我！不，绑架了直升机！他们胁迫我，把直升机开来了，还逼我，逼

我打开铁门的密码锁……"

原来，这个倒霉的中年人是钱进家的直升机驾驶员，因为惊恐，他有些语无伦次了。

人们都听清了老侯的话，得知外面死了很多人，更是坐立不安了。

秦向阳等人无比震惊，立刻明白了事情大致经过。

这些全副武装的家伙，是乘直升机到天台，再从天台突袭进来的。

而且一进来，就把电梯废了。

这是有预谋的恐袭。

废掉电梯，显然是为警察救援设置障碍，同时也断了歹徒自己的一条退路。

很明显，他们事后的逃生路线只能是天台的直升机。

说起来，如果钱进父亲不在天台设置直升机，歹徒也许不会有可乘之机。可实际上，这么干的香港有钱人多得是，也不是钱进父亲一个人的问题。

黑衣人把老侯架起来，扔到沙发上坐好。

"所有拍卖品，我们的！"

"所有钱，我们的！"

"所有人，手机，放到自己面前！"

领头的小个子黑衣人控制了拍卖前台，用话筒大声宣布意图。

一切变故发生在几分钟之内。

面对一堆黑洞洞的枪口，秦向阳等三人深感无奈，毫无作为。

他们都没带枪。

他们很清楚，这次面对的是货真价实的恐怖分子，不是社会上见了警察就腿软的混混。

尽管如此，从黑衣人突袭而入那刻起，秦向阳等人就在伺机而动了。他们来不及交流，来不及反应到底是怎么回事，无奈地被人群推来推去，可就是找不到一丝机会。他们接触过各种各样的杀人犯，见过凶残无比的犯罪现场，可是，谁也没有面对这种处境的经验，甚至是做梦也没梦到过面对恐怖突袭。不管怎样，作为警察，他们更担心的，是现场其他人的安全，这就是掣肘。要是现场只是他们三个，就算是个死，估计这哥仨儿也一定不会乖乖束手就擒。

怎么办？秦向阳第一次感受到了自身力量的渺小。

"杀我的人！抢我的飞机！等着拿命赔吧！"钱进瞪着一名黑衣人，小声嘟囔了一句。

"你！出来！"一名黑衣人疾走到钱进面前。

驾驶员老侯和钱进的对话，暴露了钱进的身份。

黑衣人很快搜出了钱进的证件。

"你是香港警察！"黑衣人用枪托狠狠地砸到钱进的腰上，大声命令，"你，抱头，靠墙蹲下！"

钱进哼了一声，忍痛刚要蹲下，黑衣人突然问："他们，什么人？"

黑衣人用枪指着秦向阳和项西川。

"他俩也是警察，我们一伙儿的，你不会自己搜？"钱进白了一眼黑衣人。

很快，秦项二人的证件也被搜出来了，同样，他俩也被狠揍了一顿，然后被逼到墙根蹲下。

黑衣人把搜出的证件和手机随手丢到茶几上，拿来绳索，把他们一个个捆成了粽子，还派了个凶悍的枪手，专门盯着他们。

项西川狠狠瞪了钱进一眼，那意思是"你出卖队友"。

"关我啥事？"钱进小声说，"瞧见没？人家点名呢！"

项西川顺着钱进的目光看去，果然有个黑衣人拿着份参会人员名单，飞快地对参会人员做着逐一比对。又有人命令所有蹲着的人掏出随身物品，对物品也做了仔细检查。显然，现场意外多出来三个警察，让歹徒更谨慎了。

捆就捆吧，能咋办？秦向阳很快认清了现实，专心四处观察起来，想获得足够多信息。

他盯着角落看了一会儿，扭头向钱进示意："摄像头全灭了。"

"线路井就设在走廊……"钱进咬牙切齿，一脸担心。

他担心的是，摄像头灭了，外部就无法掌握这里的情况，一会儿就算飞虎队过来，那也是两眼一抹黑。而实际上后续的发展完全超越他的想象。

第一章　突袭

"窝囊！这要是在内地……"项西川欲言又止。

钱进瞪了项西川一眼，小声道："少来，老实待着吧，别乱想！《虎胆龙威》那是电影。"

这时，秦向阳看到，有黑衣人拿出随身电脑接好网络，然后把大厅里的摄像头转接到了自己电脑上。黑衣人又调试了一阵，所有摄像头都亮了。

奇怪！他们不就是为财吗？转接摄像头干吗？秦向阳敏感意识到，事情好像远不是表面这么简单。

除了歹徒说话声，大厅里安静异常。

就在这时，秦向阳等人隐约听到外面又响起了爆炸声。

爆炸过后，一个黑衣人推门而入，向同伙做了个"OK"的手势。

秦向阳漫不经心地盯着黑衣人，猜不透他们又干了什么。

他哪知道，歹徒刚才通过精确爆破，把35层到39层安全通道的步行楼梯，也给逐层炸断了。歹徒通过对电梯和楼梯的物理破坏，减少了警方的进攻手段，只需在39层楼梯口安排一两把枪，就能达到防守目的。如此一来，除了通往楼顶平台的通道，现场似乎变成了绝地。

第二章　行刑

"所有拍卖品，我们的。"

拍卖会上所有人对此毫无意见，除了拍卖品的主人，魏名扬。

魏名扬急得满脸通红，心都要碎了。他眼看着那群小丑忙里忙外，把诸多精品打了包搬到直升机上，无力阻止，也不敢阻止。他惜财，但更惜命。

也许是考虑到直升机空间有限，歹徒选择的物品都是小物件，其中，就包括钱进拍的那件金丝翡翠手镯。

"所有钱，我们的。"

谈到钱，事就不是那么顺利了，对有的人来说，钱比命贵。

富豪们个个端坐，心里的想法却相差无几：看，这么多古董，歹徒也不全要。钱嘛，这么多人呢，也许根本轮不到我出……也许警察很快就能把我救出去。

关于钱，小丑首领似乎也明白，它比现成的古董要难搞。

他个子不高，普通话不太顺畅，声音却很有穿透力："高贵的女士们，先生们！现在轮到你们了。我知道，你们都很富有！还知道，你们早都在汇丰银行开了账户！更知道，你们都很抠门！可我想要钱。很简单，这里有一台笔记本电脑，它设置好了程序，把你们的账号输进去，钱就会自动转入中间账号，最后到达瑞士银行账号。没错，那就是我的了！怎么办？Yes or No？噢！No！我知道你们会说No！好吧！接下来，我们玩个游戏！"

说完，他叫女助手调试电脑。

坐在台下的人们既害怕，又好奇，不知道歹徒想干什么，只是一心盼着警方赶紧来救人。

实际上，香港港岛总区的警察已经到了楼下。

带队的分区警司叫王焕之。

王警司搞不清楼上的状况，调出录播的视频后，他才大惊失色。

39层监控清楚显示，现场遭遇了恐怖袭击，大批武装分子通过顶楼平台与39层连接楼梯冲进大厦，枪杀多名保安，控制了拍卖会现场。经进一步确认，拍卖现场竟然还有三名警察，一个是香港警察钱进，另两个是内地派来参加国际刑警会议的。视频确认，三个警察都被捆绑控制了。出现在监控中的歹徒一共八个，楼顶平台是否还有人？未知。

视频播放了一会儿就结束了，显然，线路被歹徒掐断了。

"出大事了！"王焕之立刻向上级汇报。

总警司马跃很快赶到现场，并且立刻联系警务处行动部，调来了飞虎队。

飞虎队行动极为高效，很快确认了三个关键信息。

一、电梯被毁，修复来不及；35层以上的安全通道楼梯也被炸毁。

二、劫匪共11人，大厦内部八人，顶层平台三个角，留有三名武装分子。

三、大厦顶层平台有直升机一部，型号是西科斯基S-92，号称民用版黑鹰，满载19人，那是歹徒潜入和离开的唯一可行工具。

飞虎队队长派队员占据了相邻大厦多处制高点，随后跟长官商量行动方案。

把电梯和步行楼梯全毁了？当真是闻所未闻！总警司马跃惊讶之余，很快认清一个事实：这群歹徒来历不明，全副武装，极度残忍，杀了很多保安，控制了大量人质，而且人质中有很多富豪。性质上，这是极其恶劣的恐怖袭击。这事非同小可，一定要慎重解决。要是处理不好，别说一个小小的总警司，就连警务处处长，都可能受到高层的责难。

可是怎么处理？马跃一时没有主意。

和平解决，显然不可能。

不管是明攻、暗攻、强攻，非攻击不可。

问题是怎么攻击，才能把损失降到最小，把舆论影响降到最低。

各路记者在大厦周围架起了长枪短炮，争相对大厦工作人员作采访，都想报道更火热的内容。而马跃此时已经下定了决心，这次事件，不管后续发展如何，结果都一定不会太乐观，因此，绝不能让记者挖到太具体的情况。适当地控制舆情，在哪里都是必要的。

从通风管道爬进现场？那很蠢。马跃跟队长商量了一阵，确认通过急速空降，从上往下进攻，是唯一有效的进攻方式。进攻前，要先远距离击杀顶层天台的三名武装人员。

问题在于警方对现场情况一无所知，这可怎么办？现场那三名警察能用上吗？马跃考虑片刻，决定稳住，先观察一阵，也好把握事件走向。

抢劫现场。

大厅内的厚重纱帘全拉上了。顶层天台留守的三个家伙，也很有经验，躲藏的位置很难被狙杀到。

"女士们，先生们！准备好你们的账号，游戏开始！"小丑首领的声音透着一丝兴奋。

在座的土豪们面面相觑，一脸茫然。

两名黑衣人下了台阶，走到第三排，把一个中年男人从座位上拎了起来。

"放开我！干什么！"中年男人面色苍白，既害怕，又生气。

证件显示，中年男人叫陈一龙，内地滨海市人。

身份，房地产公司老板。

话说这陈一龙，正是当年被黄炳忠绑架威胁的地产商人。黄炳忠被击毙后，陈一龙因经济问题被经侦抓了。没过多久，陈一龙老婆不知从哪搞到一笔钱，把陈一龙的银行欠账给堵上了，还把陈一龙给保了出来。之后，陈一龙又高息贷到一笔钱，重新开工，总算搞定了之前那栋烂尾楼，把楼盘像模像样地推向市场，乘房市东风大赚一笔，咸鱼翻生。接下来几年，陈一龙越做越大，风生水起，把楼盘干到了深圳。近年来，他频繁往返于香港、澳门，这种规格的拍卖会没少参加。他参与这种活动，主要为的不是拍卖，而是扩大人脉圈。可以说，陈一龙还是很有头脑的，只不过，他可能早就把黄炳忠当年的死，忘到九霄云外了。

很有头脑的陈一龙，生生被黑衣人拎到了台上，面对黑洞洞的枪口，他双腿发抖，不知所措。

"这是干吗？老大，我有钱！我给钱！"陈一龙拿出一张卡抛给首领，又报上密码，颤声哀求，"放了我吧！"

"很好！"首领拿到卡，却叫人把陈一龙驾到了高大的落地窗前。

"你，跳下去。"首领推开窗，言辞直接明了。

夜风很大，吹得陈一龙心惊肉跳。

"什么？"陈一龙好像没听明白，挣扎着往后退。

这时，首领大声说："所有人，拿起自己面前的手机，拍视频。"

大伙不知为什么这样做，但都领会了黑衣人的意思，纷纷拿起手机对准了陈一龙。

"你是干房地产的？"首领看了看手里的资料，转身问陈一龙。

"是的！放了我吧！求你！钱不够，我再给！"陈一龙低声求饶。

"所以，你应该从高处好好欣赏这夜色。"说话间，黑衣人伸手捏住了陈一龙的脖子，像拎一只鸡一样，把他拎起来悬到了窗外。

惊惧中，陈一龙只觉耳旁风声大作。

他往上看，上面是黑漆漆的夜空，往下看，下面是警灯闪烁的地面。他的喉咙被那只有力的大手死死掐住，自身重力迫使他呼吸艰难，疼痛难忍。

他双手紧紧抓住黑衣人的胳膊，两脚不停地踢来踢去。

远处，有一架警方直升机在巡回观察。直升机观察员通过红外望远镜看到了这一幕。他们搞不懂绑架现场发生了什么，赶紧向上司报告。

"救命！"陈一龙不明白黑衣人为什么这样对他，艰难地呼救。

"你在浪费最后的欣赏时间。"黑衣人隐在纱帘背后，突然松手，把陈一龙丢了下去。

陈一龙大叫，坠向地面。

急速下落间，他猛地抬起双手，紧紧抓住了落地窗的窗沿。

"救……"陈一龙没喊出来，他死死扒住窗沿，恨不得把双手插进去。

所有人，除了被捆绑的秦向阳等人，都举起手机紧盯着这骇人的一幕。

首领闪到了一边。

另一个黑衣人走过去，抬起厚重的靴子，狠狠地踩到了陈一龙的手背上。

骤然的剧痛，让陈一龙把吃痛的那只手抽了出去。

接着，他的身子不停地摇摆起来。

生死一瞬间。

那个黑衣人好像觉得这游戏很无趣，他毫无征兆地抽出一把尖刀，回身对一大堆手机镜头晃了晃，然后用力刺出，尖刀深深刺入了陈一龙的手腕。

疼痛刺骨。

十几秒之后，陈一龙发出一声凄厉的惨叫，坠入到黑暗中。

视野中，只剩下陈一龙那只断手，还死死扣在窗沿上。

黑衣人费了不少劲，才把那只断手抠下来，然后高高举起，向所有人示意。

做完这一切，黑衣人这才转身关上窗户，拉紧纱帘。

楼外，陈一龙重重地砸落在一辆警车上，发出巨响，把楼下所有人吓了一大跳。

"咔、咔、咔……"

大厅里，有人拍照，有人录视频。人们机械地举着手机，呼吸好像停止，都被这景象惊呆了。

眼看着人质惨死却无能为力，秦向阳等人深感耻辱。

得想办法向总部汇报情况。秦向阳深吸一口气，不停向钱进示意。

钱进心领神会。

作为东道主和活动承办方，钱进压力更大，他扭头看了看身后举着手机的服务人员，想偷偷找个人，帮他把情况发给上司。他的目光在人群里找来找去，可是服务人员谁也不想冒险，都本能地回避了他求助的目光。

他无奈地扭回头，突然意识到，就算能往外传递，也根本没有任何有价值的消息。

能汇报什么呢？

劫匪的人数？这个，大厅最初的视频里都有。

上报劫匪在大厅的即时位置，请求远距离狙击？劫匪的位置，都有所凭靠，有的在墙壁背后，有的在人质身后，有的随时移动，只有杀陈一龙的那个还在窗口附近，这有何用。

告诉总部，匪徒是劫持了直升机进来的，还炸了电梯？钱进等人这时意识到，这些都是无用信息或过时信息，楼下飞虎队掌握的，一定比他们多。之所以还没行动，一定是长官们在观察事件走向，策划行动方案，那不是易事。

"这像是现场直播。"项西川突然压着嗓子说。

"是的！"秦向阳和钱进也反应过来。

劫匪的电脑不只用来转账，还接入了大厦的摄像头，把杀人画面都拍了下来。这么做，除了直播，还能有什么原因？

仅仅为录制现场画面的话，一个手机就够了，何必接入摄像头呢？接入摄像头，就一定不是单纯录像，那简直多此一举。除了现场直播杀人，没有更好的解释。

可哪个网站敢直播这种内容？国外的Twitch也不可能这么干。

会是什么网站呢？

暗网。只能是暗网。

秦向阳等人立刻想到了这唯一的可能。

想到这，他们不约而同倒吸一口凉气，他们谁也没想到，关于暗网犯罪的国际会议前脚刚结束，眼前就发生了。

这群劫匪突袭拍卖现场，不但抢钱抢拍卖品，还搞暗网现场直播？这简直疯了！

这太不可思议，可它偏偏发生了。

那么，劫匪让所有人录制杀人视频，又是为了什么？

正当秦向阳等人疑虑时，劫匪首领下达了新指令："所有人，把视频发到朋友圈，发到你们认识的媒体，发到你们认识的所有人。立刻！马上！"

首领下完指令后，其余的黑衣人举起枪，在人群中间移动起来。

冰冷的枪口挑战着人们脆弱的神经。

人们颤抖着，照指令去做，唯恐自己就是视频的下个目标。

秦向阳明白了，视频一旦发出去，很快就能引起警方注意。

对警方来说，杀人视频是一种挑衅，也是一种无声的威胁。劫匪想通过视频让警方明白，强攻不可取，那会导致更多人惨死。

这有用吗？这或许更会激起警方强攻的决心。

可是现场这么多人，视频被大面积传上朋友圈，甚至传给了媒体之后，又会怎样呢？

秦向阳立刻想到，这么劲爆的内容，一定会在极短时间内，呈几何倍数传播，从而通过各种途径，扩散到足够大的范围。劫匪这么干，是在炒作！他们想把事件炒作成全民关注的大事件！就算警方采取手段，屏蔽视频，也是亡羊补牢。这之后，如果警方强攻，导致更多人质死亡，那警方将面对空前未有的社会压力，就算行动成功，香港警务处长，甚至特首，甚至内地相关警务部门……恐怕会有无数公职人员，因此承受极大连带责任。这就是舆论的一个奇怪之处，人们会谴责邪恶，但人们更多的关注点，往往不是作恶者，而是公权力。人们会习惯性质疑、抨击公权力的无能，因为人们心理上早就接受了恐怖分子的邪恶，这是个定量，而公权力能做到什么程度，则是变量。

大量视频发出之后，很快传到了警方手里。

指挥官马跃为官日久，看到视频之后，他几乎是一瞬间，就想到了秦向阳所考虑的那些内容。

他叫手下立刻联系相关部门，屏蔽所有视频，正如秦向阳预料的那样，这是亡羊补牢，视频早就通过各种方式，传到了它所能达到的最大范围。

这时，劫匪也加快了他们的下一步动作。

39层是顶楼，经常举行大型活动，楼层配有独立厨房，这解决了上下楼传菜不方便的问题。

黑衣人首领叫手下从厨房推来一辆餐车。餐车上放着个巨大的玻璃鱼缸，鱼缸是长方形的，有半缸水，里面游的不是观赏鱼，是一群野生大黄鱼，鱼的尺寸大小不等，粗看有二十多条的样子，那是酒店特意为拍卖晚宴准备的食材。

说起来，这大黄鱼为传统四大海产之一，是我国近海主要经济鱼类，口裂大，尾柄细长，通体金黄色，是鱼类中的土豪金。三十多年前，大黄鱼还是国人餐桌上最普通不过的一道菜。近年来，由于疯狂捕捞，我国近海野生大黄鱼几乎绝迹，早就到了鱼还没抓到，就被订走的程度，而且价格高得离谱。体重三两以下的大黄鱼，一斤几百块不等；八两到一斤的，斤价几千不等；要是三四斤甚至更沉的，那普通人根本吃不起。浙江舟山有野生大黄鱼拍卖会，2016年时，四斤的野生大黄鱼，就能拍到三万元的价。同样是2016年，在泉州，一条28斤的野生大黄鱼，竟卖出67万元的高价。捕捞泛滥，导致大黄鱼近乎灭绝，同时催生了极高的经济效益。极高的经济效益，又催生了相关养殖业的崛起。

至于大黄鱼养殖，也不是件易事。大黄鱼是肉食性的，对养殖者来说最廉价的方式，是去海里捕来没长大的小鱼小虾，用机器打碎了直接投喂。实际上这种方式不仅饲料的使用率低，而且污染鱼塘，提高鱼群致病率。据统计，养殖一公斤大黄鱼，至少需七公斤饲料。有人随机买来七公斤饲料，对饲料进行物种鉴别和个体统计，发现其中共有39种鱼，总数量超过4000条。换句话说，如果不是被提前捕捞做了饲料，那些小鱼可以长得更大，价值可以增加数倍甚至数十倍。

总而言之，酒店一下子就准备了二十多条野生大黄鱼，也真是下了血本。

鱼缸推出来后，劫匪首领叫手下从参与拍卖的人群里又拖出来一个人。

这人叫高强，是内地沿海一带有名的渔业养殖老板，早年从一条渔船干起，后来有了自己的船队，靠捕捞贩卖野生大黄鱼发家。

高强身体粗壮，皮肤黑红，一看就是经历过海上风浪的主，嗓门也是粗声粗气。他晃着膀子，挣脱了黑衣人，瞪着眼强横地说："抓老子干吗！"

黑衣人一看高强竟然挣脱了，抡起枪托向高强后脑勺砸去。

高强冷不丁被砸了个结实，捂着头痛苦地蹲了下去。

黑衣人站在高强身后，毫无声息地掏出一把匕首。

这一幕来得很是意外，引起人们一片惊呼。

此时高强蹲在地上，对这一切浑然不觉。

首领大手一挥，说："所有人，举起你们的手机。"

人们在枪手们逼迫下，又颤抖地拿起手机，不知接下来又会发生什么。

黑衣人突然伸出左手，死死抓住高强的头发，右手匕首闪着寒光，闪电般朝高强的脖子刺去。

"噗！"匕首准确地刺中目标，没入身体一大半。

黑衣人立刻松开左手，抬脚把高强踢了出去。

脖颈间突然传来的凉意，取代了高强后脑勺的疼痛感。

他像发狂的野兽一样，号叫了几声，身体向地面倒去。

他做梦也想不到，只是不到一分钟的时间，自己的脖子上，竟多出一把匕首。

他双手紧紧掐着伤口，不停地翻滚。

约莫半分钟之后，黑衣人上前，抬腿踩住高强的头，毫不犹豫地把匕首拔了出来，鲜血从创口飙飞而出。

高强掐着自己的脖子，奋力地鼓动着喉结，拼命挣扎。

"你一时半会儿死不了。"首领半蹲下看了看，从高强口袋里取出银行卡交给女助手，继续说，"你叫高强，你曾经捕捞过足够多的大黄鱼？"

高强用不断的呻吟代替了回答。

女助手坐回电脑前，专注地盯着屏幕。

首领站起来，挥手叫来两个手下。

两个黑衣人点点头，俯下身去扒高强的衣服。他们三下五除二，就把高强扒光了。

高强掐着脖子的伤口，只觉得进的气越来越少，出的气越来越多，根本无力反抗。

"你，应该被喂鱼。"

首领这句话就是指令。

两个黑衣人拿出匕首，朝高强身上割去。

后排的秦向阳看明白了，黑衣人这是要割人肉喂鱼。

"畜生！"他痛苦地咬起了牙。

项西川坐卧不安，手腕处不停地挣扎，想把胶带挣开。

钱进紧紧皱着眉头沉默不语，也不知道在想什么。

大厅里回荡着高强的惨叫声。

鱼儿见有食物进来，争先恐后游动起来。

所有举着手机的人，都被这恐怖的场面惊呆了，有的浑身颤抖着闭起眼睛，有的干脆呕吐起来。

在鱼儿们的视角中，投进鱼缸的食物越来越多，那令它们越来越兴奋。

它们听不到凄厉的惨叫，也看不到刀尖下的血痕累累，一片狼藉，只是争先恐后地吐着红色的水泡，直到那个可怜的人，终于咽了气。

"所有人，老规矩，发送你们的视频！"首领叫道。

这一幕，离陈一龙的惨死，也就一根烟的工夫。恐惧彻底击溃了人们的理智，取而代之的是绝对的服从。人们颤抖着发送视频，没有任何迟疑。

同一时间，南粤省越州某别墅。

母亲早已睡下。

回国后，从照顾母亲，接母亲出院，到购买别墅把母亲安顿好，做完这一切，黄赫终于安心了许多。

没能亲赴香港，去把父亲的遗物拍回来，对他来说，略算遗憾，想必拍卖会的承办方能把事情办好吧。果然，那个叫钱进的人，半个多小时前打来电话，说把事情办成了。

黄赫，越州人，早年破解并免费分享过很多国外收费软件，尤其是收费防火墙软件，被诸多技术大神尊称为"黑客教父"。

这是个阳光的人，脸上时常挂着热情、自信的微笑，只有在面对电脑时，他脸上才恢复平静。

此刻，他坐在电脑前，紧盯着屏幕。

他登录的网站，叫"东亚丛林"。

屏幕上正进行一场直播，直播现场是香港一场拍卖会，直播画面上，一个叫高强的人，刚刚被喂了鱼。

第三章　勇气

拍卖会现场。

还有下一个吗？

是谁？

人们都低着头，不停祈祷，唯恐自己被拉出去，恨不得把脸埋进桌子里。

第三个被拖出去的人，叫张云生。

这人是华北地区一家有名的肥料企业的老板，早年做代理起家，专供菜农，赚了不少钱。

目睹了高强的惨死，张云生浑身早就软了，几乎是跪着被人拖到了台前。他不明白为什么接下来的是他，只是死死抱着歹徒首领的双腿，跪地求饶。

"你是做肥料的？"首领的声音听起来很温和。

"嗯，嗯哪。放过我吧，钱都给你！"

"听说你很会做生意？"

张云生一愣神，不明白对方什么意思。

"听说，你当年灌装劣质肥料，专供菜农？"

"没有！绝对没有！"张云生的头摇得像拨浪鼓。

"听说你胆子不小，从医保卡上得到启发，让业务员搞直销，给菜农发伪造的空磁卡，说里面有政府专项基金。你把劣质肥料换上品牌包装，虚标成本数倍的价格，再给有卡的菜农打五折，号称医保式的政府专项报销，忽悠了不少人？"

"没、没有的事……"张云生带着哭腔，把头拱到了地上。

"我不关心你的过去，我只是担心，你这张银行卡，会不会也是空的？"首领用张云升的银行卡敲着桌面。

"绝、绝不会！里面有两千万，孝敬您。"

"是吗？可我更想看你吃肥料。"

听到这句话，张云生像被点了穴，大张着嘴巴僵在原地。

说干就干。

有人立刻上前，强行把张云生按坐在一把沉重的椅子上，又拿来绳索，把他和椅子牢牢绑到了一块。

张云生也不知哪儿来的勇气，见求饶不成，一边使劲晃动身体，一边破口大骂起来。

旁边的黑衣人也不恼火，拿出个类似马嚼子的东西，熟练地套在了张云生的头上。

那是个铁制的玩意，下边有个开口，开口能撑开，上下各有一个卡槽，上边顶住口腔上颚，下边顶住口腔下颚，把人的嘴巴大大地撑起来之后，人再想闭嘴那就难了。

张云生看出了这玩意的厉害，腮帮子鼓起来，狠狠把牙一咬，就再也不想松开了。

黑衣人不慌不忙，拿出个尖锐的钢锥，故意在张云生眼前晃了晃。

看到钢锥，张云生心都碎了，眼里吧嗒吧嗒掉下泪来。

看客们这次很自觉，不等首领发话，就相继举起了手机。

黑衣人拿起钢锥，毫不客气地往张云生嘴部戳去。

张云生忍耐不住，张嘴大叫起来。

他刚张开嘴，冰凉的钢锥立马像蛇一样，滑进了他的嘴巴。随着"咔嗒"一声轻响，张云生大张的嘴巴便跟铁器完美地契合在了一块，再也闭拢不下去了。

黑衣人做完固定工作，从包里拿出十几袋东西。

那些小包装袋，里面分别装满N、P、K、Ca、Mg、Si、Zn等肥料颗粒，五颜六色，足足有十几样，而且颗粒逐袋增大，最后那袋暗红色颗粒不知是什么玩意，个头比常见的枣子还大。

黑衣人叫来同伴固定住张云生的脑袋，自己拿起一袋颗粒就往对方嘴里灌去。

张云生两眼通红，黑衣人顺手拿起钢锥，把肥料颗粒一股脑捣进对方肚子里。

接着，他又拿起第二包……然后第三包、第四包……

张云生眼看着自己成了活吞肥料的机器，就差浑身冒出火来，他肠胃里疼痛难忍，发出一声声干呕的声音，眼泪鼻涕喷得到处都是。

旁观者眼看着他的肚子，以可见速度膨胀，再膨胀。

张云生怒目圆睁，无声地吼叫着，嘴里咳出大口大口的血。

黑衣人却不正眼去瞧，点燃打火机往张云生嘴边送去。

"嘭！"

张云生呼出的气体混着嘴里的暗红色碎末，竟被点燃了。

随后，人们听到一声闷响，再看张云生时，他已鼓胀着眼球没了声息。

见到这一幕，再坚强的神经也得崩溃，没几个人再有勇气看下去，不少人因为害怕，连手机都扔了。

楼下的警察越来越多。

陈一龙的尸体早已处理完毕，指挥官马跃还沉浸在上个视频里没平静下来，就又收到了最新视频。

"人渣！畜生！"飞虎队队长看完张云生吞肥料颗粒的视频，怒火冲天，申请强攻。

马跃立即制止了他，沉重地说："这群劫匪不是普通罪犯，手段极度残忍！一旦强攻，会有更多无辜者丧命！"

"那怎么办？就这么耗着？"

这会儿，香港警务系统各部门的电话都被打爆了，有的来自媒体，有的来自群众，还有部门之间的紧急通话。

恐怖视频的扩散犹如病毒，在最短时间内传播到了令人难以想象的范围。内地很多地方的警务部门也乱成了一锅粥，而且引起了公安部高度关注。各地警方一方面联系有关部门，紧急删除到处散播的恐怖视频，避免引起社会恐慌，一方面迅速查找信息源。

信息源很快被定位到香港，公安部领导立即联系了香港警务处长。

马跃正考虑时，警务处长亲自给他打来了电话："黎耀华总警司正赶往事发地。你们怎么处理，我不管！就两个要求，一是抓捕或击毙所有歹徒；二是尽最大能力保证人质安全，不能再有第四个视频。"

尽最大能力保证人质安全，不能再有第四个视频？这是几个意思？这是说不能再死人了！或者说，就算上边还在录，也要阻止视频再发出来，减少社会影响。

怎么阻止？先屏蔽大厦的手机信号，阻断所有手机的网络功能，还要歼灭所有劫匪。马跃领会上司意图的能力很快，可他实在想不出法子，怎样去完成命令，一时间真是心急如焚，如临深渊。

屏蔽手机信号的工作早就有人在做了。

技术人员尝试了几次，苦着脸告诉他，屏蔽信号失败，大厦顶楼有反屏蔽设备，要想突破对方的反屏蔽不是不可以，但需要时间。

需要时间？

马跃苦笑。

他明白了：这是个迫不得已的坑。

要抓捕或击毙歹徒，就难免有人质死亡，这避无可避，土豪们的身份改变不了事件走向，领导心知肚明。领导既然要求他解决这次危机，那么事后人质死亡的追责问题，最大的责任人，也只能是他马跃。

马跃深深吸了口气，把飞虎队长叫过来："处长提了两条，我这就一条，尽最大能力保证人质安全，别的你看着办！"

"我想用武装直升机炸他们的直升机，断其后路！"队长说完离开，可两分钟不到，他又回来了。

"他娘的！直升机里全是人质！"

"人质？怎么可能？"马跃也难以置信。

"也许，人质一开始就在了，我的人没注意这个细节。楼顶那三个留守的歹徒，也进直升机了。"队长表情很无奈。

马跃大惊，他怎么也想不到歹徒这么狡猾，早就把一些多余的工作人员弄上了直升机。

直升机是唯一退路，很可能被警察炸毁，歹徒怎会想不到这一层？直升机能炸，装满人质的直升机还能炸吗？

可是强攻只能从楼顶发动，这怎么办？

占领天台很容易，但是，一旦那三名歹徒自毁，把一直升机的人全炸了呢？

大厅的人更多，一旦引起歹徒大规模屠杀呢？

无辜者都死了，那进攻有什么意义？

去愚蠢地篡改遇难人数？

就为第二天的新闻报道好看些？

就为上司们好交代些？

不！

马跃彻底愤怒了！

"我能力有限，这事处理不了！"马跃对姗姗来迟的总警司黎耀华说。

拍卖会现场。

人们的神经因过度恐惧而麻木，土豪们的种种金卡被集中到一块，迅速进行网络转账。

人有喜、怒、忧、思、悲、恐、惊。

这会儿，秦向阳他们哥儿仨，情感里的愤怒功能，怕是已基本丧失了。

在几分钟前，张云生还在吃肥料颗粒时，骄傲的项西川已经再也不能忍受精神上遭受的羞辱。他果断地告诉同伴，拼了，拼死一个算一个。

秦向阳立刻制止了他。

可是谁也没料到，这时钱进却搞起了小动作。

他终于拿到了身后那个Zippo打火机。

打火机是一个服务员的随身物品，被搜出来丢到脚下。那个服务员离钱进很远，中间隔着十几个人。

钱进最初回头找人帮忙，想用手机发信息时，就注意到了那个打火机，当时他就想到，可以用打火机烧断身上的绳子。

他不断使眼神暗示，可那个服务员就是无动于衷。

有个黑衣枪手就站在服务员旁边。

服务员们早看明白了，死的人都是土豪，和他没啥关系。只要老老实实，肯定没生命危险。但要是不老实，那就说不定了。

这可把钱进急坏了。

就在张云生嘴里的气体爆炸时，趁着那阵混乱的空隙，钱进小声对他身后的服务员说了句话，叫他传给有打火机的服务员。

一个人传另一个人，那句话很快传进了目标耳朵里。

"把打火机传过来，完事给你100万，不然开除。"

开除？吓唬谁呢？开除也不冒这个险！但看在100万的份儿上，小伙子还是心动了。

他心惊胆战，斜眼瞅了瞅不远处的枪手，趁对方不注意时，大着胆子把脚下的打火机轻轻踢给了旁边的人。

旁边的人心领神会，逐一接力，终于把打火机传到了钱进身后。

钱进的双手被反绑着，他摸索着抓起打火机，从背后交给了同样蹲着的项西川。

项西川拿到打火机马上明白了。

他把打火机递还给钱进，小声说："先给我弄开。"

说着，他挪动身体和钱进斜靠在了一起。

钱进撇撇嘴，反手拿住打火机，打着火，估摸着往项西川手腕处伸去。

第三章　勇气

这俩人折腾了一会儿,项西川手背都快烤煳了,却连根绳子毛也没烧断。

项西川哪知道钱进是故意的,他咬着牙,汗珠滚滚,脸憋得通红,狠狠瞪了钱进一眼,又把打火机要回去,两人重新调整位置。

这次很顺利,钱进手腕处的绳子,很快被项西川烧断了,空气里飘出一丝煳味。

钱进小心挣脱开双手,拿回打火机,随后装进了口袋。

项西川一看,心想:"我帮你松开了,你咋把打火机装起来?接茬儿给我弄啊。"他不断给钱进使眼神,钱进却把身体转向,只当没看到。

"快点,该我了!"项西川忍不住了。

"全弄开,无非都是死,我们搞不赢的。"

"废话,那也得拼。"

"少废话,亏的是我家买卖,老实待着吧。"钱进说完,不搭理项西川了。

秦队长早就看到他俩的动静了,他无奈地蹲在另一侧,搞不懂钱进搞什么鬼。

事件开始时,因为他们身份特殊,黑衣人搜出他们的证件和手机后,没找到武器,就把他们给绑了,他们身上的小物件基本都在。这算不上歹徒的疏忽,但对钱进来说,绝对能算好运。

钱进把左手拿到胸前,右手在左手腕表上轻轻一点,手表的表盘就向上弹了起来。他轻轻从里面拿出个米粒大小的玩意,又把表盘恢复原状。

那玩意,是个微型位置追踪器,简单点,可以把它理解成追踪芯片。

钱进翻了翻口袋,摸出块口香糖。

他把追踪器用口香糖包起来,直接吞到了肚子里。

项西川看到了他的动作,满脸疑惑。

他刚吞完,就被黑衣人发现了。

"想跑!"两个歹徒拿起绳子看了看,从钱进身上搜出打火机,抡起枪托就砸。

钱进尽力反抗,无奈手脚麻木,使不上劲,很快被人制服,挨了一顿胖揍。

几分钟后,歹徒们完成了转账,终于要撤退了。

张云生和高强的尸体,还有陈一龙那只断手,都被摆在台前,死死压迫着人们的神经。

歹徒随机抓了五个土豪，由枪手押着向外退去。

"该干活了，我的驾驶员先生。"有个黑衣人把老侯从沙发上拎了起来。

"放了老侯，我换他！"钱进大叫。

"找死！"黑衣人又狠狠甩了钱进两巴掌。

"他有冠心病，经不起折腾，我也会开直升机。"钱进倔强地说。

"你很仗义，胆儿也不小。"首领捡起绳子，看了看被烧断的水手扣，饶有兴致地打量起钱进来。

"看什么？老子是警察，不是猪！"钱进揉着手腕，表现得大义凛然，指着秦向阳和项西川，又道，"我不像那俩蠢货！"

"呸！"项西川知道钱进在搞鬼，但还是被他激怒了。

"我心情好，不杀你！"首领对钱进说，"你不是猪，你比老侯危险多了，带你走？你以为我是猪？"

钱进怔在原地。

"转告你的长官，这层楼埋了很多炸弹，电话远程引爆，要是敢追上来……嘭！"首领说完，做了个夸张的手势，挥手让弟兄们撤退。

这可咋办？要是不能换回老侯，那等于白折腾了！钱进眼看着歹徒们离开，抓着自己的头发，忽然急道："让我换老侯吧，我家有的是钱！"

首领立即站住了。

"哦？你说什么？"

"我说，我家有的是钱！"

"不错！不错的理由！非要换回老侯是吧？可是从你脸上，我咋就看不出一丝仗义呢？"

"你他娘的怕我？"钱进急了。

"嘿嘿！"首领笑了笑，琢磨了一会儿，突然改变了主意，叫人清空了钱进身上的物件，仔细检查后，确认他身上没有电子设备，才命人押着钱进和老侯一块走了。

"拿好我的手机！"出门时，钱进回头冲伙伴喊了这么一句，接着又朝着首领叫起来，"为什么不放老侯？无耻……"

天台上。

警方的直升机在远处徘徊。

西科斯基S-92里原有三名歹徒和十余名酒店服务员，这些服务员的存在，阻止了飞虎队炸毁直升机、切断歹徒后路的计划。

首领叫服务员从飞机里一个个走出来，随后押着新抓的五名土豪和钱进登上了直升机。

老侯被人押着上了驾驶舱。

西科斯基S-92立即发动，搅动着气流上升，很快消失在夜空。

第四章　洗脑

西科斯基S-92刚升空，飞虎队就占领了天台。

总警司黎耀华硬着头皮接替了马跃的指挥权，他接到报告，直升机上共有七名人质，其中包括警员钱进和驾驶员老侯。

怎么办？追还是不追？黎总警司考虑了片刻，正要下令派直升机跟踪，天台的一个角就爆炸了！

猛烈的冲击波炸塌了天台一角，随之而来的石块和玻璃到处乱飞，划伤了不少人。爆炸过后，那个角上的独角公羊失去支撑，轰然而倒，呼啸着向大厦下方坠去。幸好大厦周围的人员早被清空，沉重的公羊雕像带着万钧之力，触地后粉碎，把地面砸了个巨大的坑。

大厅里乱作一团。

在别人帮助下，秦向阳解开绳索后，第一时间拨通了警方电话。

随后，电话被转接进黎耀华的手机。

他在电话里告诉黎耀华，楼层里埋了很多炸弹，由手机远程操控引爆，在人员安全撤离前，千万别追击，否则一旦激怒匪徒，再引爆炸弹，后果不堪设想。

天台一角的爆炸，惊出黎耀华一身冷汗，更证明秦向阳所言不虚。

黎总警司切身体会到了马跃无奈的心情，赶紧叫人拆弹，又安排人抓紧时间把幸存者救出大厦，再也不敢冒出追击的念头了。

打完电话,秦向阳才意识到发生了爆炸,他和项西川带上钱进的手机,登上一架直升机返回地面。

进了指挥车,他俩亮明身份,顾不上和黎耀华寒暄,立刻叫来技术人员帮忙,把钱进手机的密码锁给破解了。

他俩不笨。

项西川看到了钱进吞东西的动作。

钱进临走时,又莫名其妙说了句"拿好我的手机"。

有这两条,他们立即判断出,钱进手机里一定有很重要的东西。

果然,手机打开后,他们找来找去,发现里面最显眼的,是个"自制定位程序"。钱进的电脑技术在港警里数一数二,自己编译程序实属正常。

钱进当时的行为那么怪,难道他吞了定位芯片?带着这个疑问,他们打开了程序。

程序打开后,出来一幅当前位置地图,接着地图上跳出来一个红点,红点不停地跳跃,向海岸线慢慢移动。

"那小子果然吞了定位芯片!"秦向阳盯着红点看了一会儿,然后把经过告诉了黎耀华。

这扭转了黎耀华颓靡的心情。

"向海岸线移动,难道要上船?"黎耀华说了第一反应。

秦向阳说:"跑路这种事,从隐秘程度上说,海上肯定比空中安全,所以应该有船接应,可是上船后又该怎么选择?难道他们要去公海?"

项西川说:"看身高、体型、半生不熟的普通话,我感觉那伙人像东南亚一带的雇佣兵,我判断这是越境行动。"

秦向阳说:"越境的话,要确保安全,一般来说需要两条船。一条是他们的来源地,把他们送到公海,一条是香港这边的船,把他们从公海接上岸,然后他们又搞到了直升机。我要是歹徒,我就找两条船,而且都得是手续证件齐全的,能合法进出公海,少很多麻烦。"

项西川说:"不管咋整,非弄死他们!"

黎耀华听完分析，沉吟片刻，果断下了命令。

他安排飞虎队派出人手，分乘两架轻型直升机，全力追赶劫匪。轻型机有速度优势，但要确保不能暴露自己。

他又联系水警巡逻队，一旦定位系统确定劫匪弃机上船（钱进手机定位信号静止于海面），水警的船会立即跟飞虎队的直升机会合。飞虎队队员再假扮成水警，在敌方进入公海前拦截，以水上执勤的名义对敌船临检，务必伺机制服或消灭对方，挽回警方荣誉！具体应变和行动，由飞虎队队长负责。

计划听起来还行，具有可行性，比起抢劫杀人时的情况，警方的主动性大多了。

秦向阳和项西川执意申请参加行动，黎耀华勉强不得，只好同意。

时间紧迫，加上秦、项二人，两架轻型直升机，总共载着12名武装人员，向海岸线疾驰而去。

同一时间，南粤省越州某别墅。

"东亚丛林"的Logo是个经典的小丑头像，此刻杀人直播早已结束，黄赫盯着屏幕久久未动。

或许神经已足够强大，那些血淋淋的直播画面，没有给他带来不适感，但却给他带来了别的困惑。

他有些后悔没能到拍卖现场去，可是去了又怎样？他父亲的遗物，那件金丝翡翠手镯，还是一样会被匪徒抢走。直播视频里一清二楚，拍卖品中的小物件，能带的，歹徒都带走了。

怎么办？这么一来，不知何年何月，才能再追查到手镯下落。

劫匪身份是个谜，但劫匪直播的目的却显而易见。

现如今明网上各种直播大行其道，暗网自然也与时俱进。今晚这三场杀人直播下来，具体的网络货币交易额黄赫无法统计，但从直播间的火热程度看，那一定是个不小的数字。

有人可能问，既然劫匪叫现场的人质拍了视频，还扩散出许多，暗网用户为什么还要花钱看直播呢？很简单，扩散的视频会被中国警方清除，即使短时间清不干净，流到国外的也是极少。最主要的是，现场人质拍的视频质量太差，要么模糊不清，要么颤抖跳屏，要么断断续续，远比不上现场直播的效果。不管明网还是暗网，用户花钱消费，是习惯，也是享受。

黄赫另一个困惑，是歹徒竟然杀了陈一龙。

自从六年前父亲被警方击毙，陈一龙的档案一直留在他电脑里，陈一龙的样子他闭着眼都能画出来。在拍卖现场，陈一龙被人拖出去的时候，他也大吃一惊，一眼就认出来了。要不是陈一龙，黄炳忠当年绝不会死。这些年来，他恨不得陈一龙死。可仇恨解决不了问题，陈一龙不但活着，还越活越好。谁知天上突然掉下来一帮歹徒，就那么把陈一龙折磨死了，而且那一幕，还恰恰让他通过暗网直播看到了，这些说起来，像一场梦。

不管怎样，能亲眼看着陈一龙被折磨死去，黄赫心里无比快意。

起初他认为陈一龙的死是巧合，但看完三场直播后，他不那么认为了。

那三个受害人，显然是被挑中的，而非随机选择。因为匪徒首领在行刑时，对每个目标的身份和说教，明显是提前备好的。

这就一定另有原因。

那是什么原因？

正苦苦琢磨时，他电脑的一个社交软件跳出来一个窗口，窗口上，有个小丑头像不断闪烁。

看到那个陌生头像，黄赫疑惑地皱起了眉头。

小丑："黄赫，你好！"

黄赫："？"

小丑："自我介绍，我是'东亚丛林'的开发者。"

黄赫："别闹了大哥，88。"

小丑："'东亚丛林'刚刚结束了一场精彩的直播，直播现场在香港中环，直播内容你应该很清楚吧？"

黄赫大惊，屏息考虑了一会儿，问："少扯，你的话无非表明你也看了直播而已。你是谁？"

小丑："刚才说了，我是'东亚丛林'的开发者和拥有者。"

"呸！"黄赫精神一振，搓了搓双手，运指如飞，查起对方的IP地址来。

小丑："别忙了，即使你是最好的黑客，要查到我位置，起码也得五分钟。我用了最笨的办法，多层代理加密，至于代理的个数和物理位置，你可以试试。"

黄赫停止了运算，猛地靠在椅背上，盯着屏幕想了想，说："你胆儿不小，敢用明网通讯。你这种老鼠，很久不见光了吧！"

小丑："别说那么难听，要想找你，只能用明网。我了解你身份，知道你肯定上'东亚丛林'，但在'东亚丛林'的世界里，就算我是管理员，也查不到谁是你。"

黄赫轻撇一下嘴角，叼起烟，没点火，接着打字："你了解我？"

小丑："在我的调查里，你不是最好的黑客。你的实力，远超你的名气。不是你低调，而是这几年，你一直秘密为美国政府做事。"

看到这些，黄赫叼着的烟差点滑落，他深吸一口气，盯着屏幕没有打字。

小丑："这些年你在美国，表面为一家有名的网络公司工作，实际上那家网络公司，根本就是FBI背景。至于你为FBI工作的内容，那的确是绝密，浪费了我不少时间。但你以为网络世界有秘密吗？只有死人能保守秘密。比较起来，纸质档案跟人脑记忆存储，在安全性上也不强，但安全性最烂的，总是网络。不知是美国政府太蠢，还是他们的行政程序太机械，总习惯把一些秘密隐藏在他们的网站。"

黄赫又撇了下嘴角，叼着烟挑衅似的回应："装逼有劲？你想干什么？"

小丑："那得从你为FBI的工作内容说起，大名鼎鼎的'阿尔法湾'是你帮美国政府干掉的吧？"

黄赫："自以为是。"

小丑："倒是蛮有个性，有你后悔的时候！"

说完这话小丑突然下线了，过了几分钟，小丑头像再次亮起。

小丑："不好意思，快五分钟了，我重新设置了代理服务器。"

黄赫："老鼠就是老鼠。"

小丑："呵呵，直说吧，我的目的。我要求你攻击我的网络，攻击'东亚丛林。'"

黄赫一听没反应过来,这所谓"东亚丛林"的主人,竟然让他攻击"东亚丛林",这真是天下之大无奇不有!

他惊讶莫名,顾不上整理对方的逻辑,直接说:"你要求我?你有病吧。"

小丑:"再说一遍,正因为你是最好的黑客,我才要求你攻击我的网络!"

黄赫:"呵呵,别装了!要么你有病,要么你是警方的人。让我攻击'东亚丛林'?只有警察才会有这种想法。哦,你不是警察,警察做事没你这么傻!"

小丑:"我会给你钱,你秘密受聘于FBI,帮他们做事,不也是为了钱?"

黄赫:"随你怎么说,你只需知道一点,我从来没用我的技术赚过黑钱!"

小丑:"我知道,你要想赚黑钱,没必要替FBI做事,我了解过你父亲的为人,因此也算了解你。但你搞错了,你攻击我的网络,赚的不是黑钱。"

黄赫一时语塞,搞不清对方的用意。

他觉得自己相当被动,对方太了解他了,但他对小丑一无所知。

他想结束通话,但他知道结束了,对方还会联系他,倒不如一次性把事情搞明白。

小丑:"'东亚丛林'是暗网新星,国际刑警已经注意到了,很多政府对它恨之入骨。你攻击它,是为民除害,还有钱赚。你做的都是好事,只是雇主变了,以前你的雇主是FBI,现在是我。"

黄赫不禁笑了,对方显然没说实话,拿他当傻瓜。

他索性直接问:"理由?"

小丑:"我帮你杀了陈一龙。"

黄赫:"什么?你杀了陈一龙?劫匪是你的人?"

小丑:"你糊涂了?当然不是!他们是活跃在'东亚丛林'里的赏金猎人,这么简单的事实,你看不出?他们是我的用户,我当然不知道他们是谁,我只是针对陈一龙,发了一份赏金帖。"

黄赫:"装神弄鬼,我凭什么信你?"

过了一会儿,小丑发来一幅动图。

黄赫一看傻眼了，他一眼就能确定，对方发的动图，竟然是"东亚丛林"管理员即时操作界面的一小部分。对此他有丰富的经验，确信这个即时操作界面根本无法伪造。

这时小丑说："我还可以立即以管理员的身份，删除或添加一些帖子，你刷新网站，立即就能看到。"

说完小丑下线了。

几分钟后，黄赫刷新电脑，惊讶地发现，"东亚丛林"主界面的论坛区，所有帖子的字体颜色发生了改变，还新增了一篇以管理员身份发的主题帖——刚刚通过明网调戏了所谓的第一黑客，对方竟然想追踪我IP，真他妈天真无邪！

过了一会儿，这个帖子就消失不见了。

除了网站管理员谁还有这种操作？黑客？黄赫不信世上有人能黑进"东亚丛林"的管理员界面。如果有人能做到这一点，就意味着解析出了网站的服务器地址，更意味着所有用户的网络地址也不再是谜，但，这是不可能的。

片刻之后，小丑头像又亮了。

小丑："现在你信了？"

黄赫："那又怎样，你是谁，和我无关。"

小丑："我帮你父亲报了仇，杀了陈一龙，你不谢我？"

黄赫深吸一口气，说："不管怎样，陈一龙的死大快人心。如果你真对他发了赏金帖，我会很感激！可你到底想干吗？"

小丑："别急！还有件事你也要谢我。"

黄赫："？"

小丑："我会设法帮你找回那个手镯，我知道它对你很重要。"

黄赫："你知道得可真不少！"

小丑："一点功课而已。我帮了你的大忙，那么，你什么时候开始攻击我的网站？"

黄赫："你帮我，就为这？你这老鼠，想法很怪，为什么？"

小丑："闭嘴！这就是个游戏，攻防游戏。"

黄赫："游戏？"

小丑："对。你攻，我守。"

黄赫："无聊。"

小丑："你必须那么做。你的良知呢？就这么对待恩人？"

黄赫沉默了一会儿，说："你杀了陈一龙，我的确该谢你，但一码归一码。"

小丑："你不想找回手镯吗？"

黄赫："当然想，我自己想法子。"

小丑忽然换了话题："关于人性，你怎么理解？"

黄赫："人性？没研究，我的世界只有'0'和'1'。"

小丑："那就用'0'表示人性的善，用'1'表示人性的恶，这样熟悉了吧。"

"呦！"黄赫呆了呆，把那根叼了半天的烟点上，深吸一口，说，"好像有点意思。"

小丑："你这人，语言表达能力真单薄，还是我提问吧，你以为人性里善多些，还是恶多些？"

黄赫："人性本源吗？'0'和'1'的问题？对半吧。"

小丑："对半？为什么不是人性本善？或者人性本恶？"

黄赫："在我的概念里，觉得还是共存更靠谱些，对半，就像程序里共存的'0'和'1'一样。"

小丑："既然对半，那人们该怎么表现自己的善恶呢？"

黄赫："烦，哲学问题你找别人吧，我擅长逻辑。"

小丑："这不仅是哲学问题，更是逻辑问题，社会行为逻辑。公平探讨而已，这你都拒绝？当你的世界里只有拒绝，你和死人有什么分别？"

黄赫禁不住笑了："你这就是人性之恶的表现。回到你刚才的问题，人性的社会化表现，当然是更多的表现'善'，隐藏'恶'。我想个词，对，是克制，克制恶念，表达善念。"

小丑："为什么不是表达恶念，克制善念呢？"

黄赫："什么狗屁逻辑？"

小丑："嘿嘿，我认为，一切都是一己之私的需要。我觉得，人们之所以表现'善'，只是出于需要，想换回，或认为能换回有利于己的结果。假如你有事实依据，能打破佛教对行善所能换来的种种美好结果的描述，还会有人信佛吗？假如人们真正认识到往寺庙里扔再多钱，也无法实现人们磕头默念的利己心愿，还会有人拜佛吗？同样道理，如果某种社会环境和社会规则，给人们形成作恶就能换来种种美好结果的价值观，人们为什么不作恶？"

黄赫："你这是诡辩。没有那种社会规则，善念和恶念的结果，不以人的意志和假设而转移。"

小丑："嘿嘿，你说的只是大道理。现实中，不管多特殊的社会规则和社会环境，都是可以人为打造出来的，而且都能找到历史依据。"

黄赫："语境陷阱！你以为我会掉进去？比如雷锋，现在也有人抹黑他，但我认为这兄弟，当年做好事时心里应该是纯净无欲的，即使不是全部，也一定有过那种心境。否则，你说他图什么？心理满足？或许吧。但这有什么可抹黑的？那些人问题出在心态，在猪眼里，什么地方都是粪坑。"

小丑："我同意你的观点。但你忽略了很重要的一点，那同样是个特殊的社会环境，那个环境下，做好事的人，就应该得到荣誉和奖励。不管是谁，做了好事，至少能得到颇多尊重，也就是你说的心理满足。就是说，无形的社会环境，已经给表现'善念'设置了奖励，这就对表达人性之善形成了驱动力。反之，如果某种社会环境下，100个人做了恶，得到了利益，有99个相安无事，受惩罚的只是极少数，那无数社会个体凭什么表达人性之善呢？所以，我说了，一切只是出于'需要'或'需求'。"

黄赫："歪理！"

小丑："歪不歪，你的潜意识已经在被我洗脑了。大脑接受的任何信息都会被存盘，你拒绝得越强烈，有一天换回的认同，也就越强烈。"

黄赫："哎！我该说你坦诚呢，还是无耻？"

小丑："当然是坦诚。你注意过没？很多老话，都说得不坦诚，都戴着面具。坦诚了，才容易接近本质。"

黄赫："哦？比如？"

小丑："比如，忍无可忍无须再忍。所谓忍耐，无非是善良，所谓无须再忍，无非是邪恶。历史地看，很多促进历史进步的瞬间，往往是邪恶的功劳，而非善良。"

黄赫："照你的逻辑，人越邪恶，社会进步反而越快？"

小丑："是的！从历史和社会角度看，邪恶是一切进步的催化剂，没有一战和二战，怎会有20世纪的知识大爆炸？"

黄赫："说什么战争，有意思吗？"

小丑："呵呵，以后有的是机会讨论，说回正题，我们做个交易吧！"

黄赫："交易？"

小丑："是的。对你这种不懂感恩的人，强迫你攻击我的网络，你又不干，我还能怎样？咱们做个交易，你输了，必须按我要求的去做，你赢了，你自便。"

黄赫："什么狗屁交易，赌博？我赢了就能赚个自便？嘿嘿……"

黄赫很无语，他都有点佩服自己了，能和这么个神经病交流半天。他又叼起烟，忽然觉得不对头。

这人为什么再三要求我攻击"东亚丛林"呢？一个攻，一个守，无聊？扯淡？他猛然反应过来，赶紧打字说："你让我攻击你的网络，无非是想借我的攻击，去发现自己的网络漏洞，从而使网络更完善吧？"

小丑："是呀！我以为你早就理解了。这是最基本的逻辑，这多明显嘛！"

明显？黄赫一阵无语。

小丑："我这一直坦诚相待，没对你隐瞒什么吧？你还记得12年前的'菜霸'吗？交流内容太多，哎，忽略了你的理解能力，以后还是把话说透的好……"

小丑所说的"菜霸",是12年前的少年天才黑客。"菜霸",是他在天涯论坛的ID。当年年仅15岁的菜霸,声称要黑掉天涯论坛,引起技术人员的围追堵截,结果却只是徒劳。菜霸出入天涯服务器,获取管理员权限,如入无人之境,一周之内黑了天涯十几台服务器。每攻击一台服务器,他都会打电话,告诉对方技术人员系统有什么漏洞。后来有个女孩发帖轻生,菜霸先锁定女孩IP地址,又入侵女孩所在地的电信系统和户籍系统,查到了女孩的电话和地址,并报警救了女孩一命。16岁时,菜霸又用六天时间攻破了某知名软件的内部系统,盗取了大老板的QQ号,后因此事被抓,又很快被释放。

黄赫当然知道菜霸,更知道菜霸的所作所为,菜霸的技术是网络自学,但几乎没人知道菜霸当年有个师父……

黄赫真恼了,攻击"东亚丛林",帮着找漏洞?小丑这是拿他当枪使啊!他关掉对话软件,狠狠地按下了关机键。

第五章　歼灭

港岛南部海域。

钱进被捆着缩在直升机角落里，心情有些复杂。

他庆幸的是，自己吞了定位器，好歹混上了飞机，给后续警方行动指引了方向。

他困惑的是，就在几分钟前，直升机经过海滩时，小丑首领竟然提前下了直升机，离去时，还把抢来的小件古董，整理进一个大背包里带走了。

搞毛呢？就地销赃？钱进想，香港鱼龙混杂，钱多，渠道多，就地销赃在情理之中。可是定位器就一个，首领这一离开，再想找到他就难了。这可怎么办？钱进束手无策，只能走一步，看一步。

在离开海岸线足够远之后，直升机降低高度，在一片海域打起了转。

老侯一边操作飞机，一边苦着脸对身边的歹徒说："油不多了。"

歹徒没理会老侯，专心盯着海面。

过了一会儿，不远处的海上亮起一道光柱。接着，光柱以两长三短的频率闪烁起来。

歹徒看在眼里，赶紧催促老侯向光柱方向开。

驶到近前，老侯才看清海上停着条渔船。

不用说，这就是来接应的，老侯心领神会，调整角度，把直升机悬停到了渔船上方。

挂好悬梯，歹徒逼着那五个土豪人质爬上了船，然后给钱进松了绑，把他夹在中间一个个地爬下悬梯。

老侯扭头看着钱进被带下去，一脸着急，不知道咋办。

最后一个离开飞机的歹徒对老侯说："你的任务完成了，你回去，你家少爷暂时回不去，他家有钱，嘿嘿。"

船老大又黑又瘦，50岁左右，带着个同样黑瘦的年轻人，看起来像父子俩。这是条中小型渔船，平时船老大加上水手，估计能有十来个人。这次出来接私活儿，就给闲杂人员都放了假。

租金像是早付过了，船老大很懂规矩，不闻不问，只是指了指底舱盖。

人质很快被塞进底舱，船老大这才开船。

歹徒们分散在各处吃吃喝喝，补充体力。

船一口气开了三十多分钟，顺风顺水，估摸着，再有五分钟就进公海了，船老大凝重的表情才慢慢放松下来，给自己点了根烟。

他的烟才点上，远处突然亮起两道强光，随后，响亮的汽笛声穿透海雾传了过来。

"水警！"船老大的儿子发出了警报。

情况突然，歹徒们立刻操起家伙聚到船头。

"差多远进公海？"首领的女助手问。

"最多五分钟。"船老大说。

"冲过去！"女人果断地说。

"不行！"船老大的声音很强硬。

他话音未落，就被一堆枪顶住了脑门。

船老大深吸一口气，强行笑了笑，说："各位，多嘴问一句，有狗追你们吗？"

"没有。"女人说。

船老大点点头，说："既然没有，你们为啥要拼命呢？只不过是水警临检，

第五章 歼灭 49

常事。在海上，证照比人大，我这船手续全，你们扮成水手就行，水警不会拿你们怎么样，我保证！说句不好听的，我进公海，只要我开口请求水警护送，他们就得护送，他们有义务。再说，你们打起来，我咋办？我一家老小不跟着全完了？出门求财，自然是以和为贵，能解决问题就行，各位老大，您说对不对？"

他这番话很有道理，可有句话叫聪明反被聪明误。船老大给出这个建议时，压根就没想到，这么一来，歹徒就得摘掉面具，在他面前露了相。事后他哪有不被灭口的道理？

歹徒们商量了一阵，决定按他说的办。

大伙换上水手服，把枪械和各自的衣服找地方藏好，只在贴身处留了短枪或短刀，以防万一。做完这些，他们又把钱进等六名人质转移到货舱，封了嘴、绑了手脚，找来一些大鱼筐把他们藏进去，又在那些鱼筐上堆满各种缆绳和杂物。

藏好人质后，按船老大的建议，有的歹徒进了休息舱，有的留在船面，一切都像正常渔船那样自然。

很快，水警船和渔船接驳到了一块，三个水警登上渔船。

接下来的一切迹象表明，这就是一次例行检查。水警查了船老大的证件，象征性地在各个舱里转了一圈，又问了船老大几个问题后，抬手放行。

此时，秦队长和项西川就在水警船上。

钱进手机的定位系统显示，目标就在眼前这艘渔船上，错不了，除非钱进暴露了。那是小概率事件，基本不可能发生。

水警放行后，渔船上所有人的神经这才放松下来。

船老大得意地回头看了看四散在各处的歹徒，轻声叹了口气，庆幸自己刚才面对劫匪枪口时的镇定和坚持。

就在这时，水警船的探照灯突然灭了，从水警船的黑影里蹿出来一队武装人员，飞快地跳上渔船。

这个变故太过突然，在渔船上的人有所反应之前，战斗已经打响。

这是一场惨烈的交锋。

船老大父子在船头，最先反应过来，抱着脑袋就趴到了舱板上。

站在最前边的两个歹徒直接被击毙。

后边的人这才反应过来，纷纷掏出短枪还击。

一时间，船上子弹乱窜，人仰马翻。

飞虎队一上来对歹徒形成了火力压制，以最快的速度解决了大概一半歹徒。这个情况没持续多久。很快，躲在休息舱里的几个歹徒操着长枪冲上来，对警察疯狂射击。

说起来，对秦向阳和项西川来说，这种场面他们谁也没经历过。

秦队长虽说当过兵，在民间欺负一群混混也绰绰有余，但今天这种规模的实战经验为零。

项西川是警校出身的刑警，家里老一辈有人练武，底子很好，自由搏击能力非常强，但这种情况也是"大姑娘上轿头一回"。

枪弹无眼。

碰上了，任谁也免不了心惊胆战。

可实际上，他们根本没想那么多，这就是血性。

在抢劫现场的无所作为，以及亲见的血腥直播，让他们丢人丢大了，怎么回去面对同事和领导？不说那些，恐怕他们自己心里也安生不了。

再说，人家钱进再油条，还有勇气吞芯片，舍身犯险。他俩呢？作为内地派来的代表，不拼命哪能说得过去？好在大伙儿都穿了防弹衣，心理上有些安慰。

船体空间有限，双方凭着障碍物越打越近，枪战很快变成了近身搏杀。

项西川一梭子子弹打光时，他对面两个拿短枪的歹徒也没子弹了。那俩歹徒甩掉枪，拔刀扑向项西川。

项西川闪过甩来的枪，徒手就和对方干上了。

这些歹徒的个人能力都很强，出手没什么花架子，全是冲要害的路子。

项西川费了不少劲，接连打倒两人。把人打倒后，他习惯性地去摸腰间，才意识到身上没手铐，这时他身下的歹徒扭过头就咬住了他的胳膊。

对方咬得那叫狠，项西川怎么也挣脱不了，痛苦中他捡起歹徒丢掉的短刀，朝着身下就是一顿乱刺。

第五章 歼灭

杀了人,他刚摇晃着站起来,就被另一个歹徒抱住了脖子,随后两人翻滚着一起跌下船去。

又过了几分钟,船上终于安静下来,最后一个歹徒跑进货舱,从鱼筐里随手抓出个人质。

"放开!我想拉屎!"这个人质正是钱进。

"后退!"歹徒躲在钱进身后,用枪死死顶住钱进的头,冲着围上来的警察大叫。

这个局面僵持了不到五秒钟。

也不知钱进哪来的胆儿,他猛地用后脑勺向歹徒撞去。

这一下,结结实实地撞到了歹徒的下颌。

歹徒身子一晃,枪口从钱进脑门滑了过去;紧跟着,歹徒扣动了扳机。

子弹带着火星,从钱进眼前横向飞过。

他本能地闭上眼,只觉得子弹好像擦过了他的鼻尖。

机会转瞬即逝,秦向阳眼疾手快开了枪,歹徒应声倒地。

这时大伙儿听到了呼救声。

"救命,老子不会游……"人们这才发现项西川掉进了海里。

随着项西川一块被救上来的,是那个女歹徒。

女人浑身是伤,脖子被项西川掐着,看起来奄奄一息。

行动到此结束,警方这边两人牺牲,四人受伤。歹徒那边九具尸体,只剩一个半死不活的女人。交战中,船老大中了流弹也挂了,他儿子倒平安无事。

人质被救出来,钱进头一个去了厕所。

清点过尸体,飞虎队队长发现不对头,明明应该11个歹徒,这里怎么少了一个?问过人质才知道,领头的早就下机了。

这时刚刚午夜12点,10月25日这天终于过去了。

回到岸上不久,秦向阳和项西川就收到了消息。

消息是公安部直接出面协调,由国际刑警组织提供的。

消息称,10月25日当晚的恐怖直播,是在叫"东亚丛林"的暗网上进行的。

直播方，也就是那群歹徒，从中收取了大量比特币，估值在500万美元左右。歹徒从拍卖现场转走的资金，达2.3亿元人民币。警方高层通过特殊手段，截流了一小部分，大部分仍在源源不断地通过中间网络账户，流向瑞士银行。

凌晨，公安部下达了直接命令：1025恐袭事件性质极其恶劣，传播的大量视频影响极坏，造成的损失和社会影响难以估量。种种迹象表明，此事件与"东亚丛林"这一暗网有紧密联系。我国绝不允许有暗网存在，更不允许暗网渗透进来，破坏社会和人民群众和谐生活。故此，公安部决定，即日成立"公安部特别行动组"，就地征召亲历恐袭事件、追击歼灭歹徒的三名当事警察，滨海市栖凤区刑警大队长秦向阳、北京市市局刑警项西川、香港刑警钱进为行动组组员，从1025恐袭事件入手，查找有关"东亚丛林"的一切线索，务必查清"东亚丛林"的服务器所在地及其幕后人物，给政府和人民，给1025恐袭事件的所有死难者一个交代。

为此，各地方警务部门，包括香港警方，均应给特别行动组所需的支持和配合。另外，为上下沟通方便，公安部直接指派了一名地方公安厅长，担任行动组组长。

组长赶到香港后，秦向阳才知道来人竟然是自己的老上级丁奉武。

对此，秦向阳既惊喜又纳闷，为什么不是部里直接派人当这个组长？

后来还是老到的丁奉武点醒了他：这个活儿不好干，是块烫手山芋，哪个领导也没有暗网破案经验，谁也不想冒冒失失来干这个组长。

被救的女歹徒连夜入院，经抢救后脱离危险，还在深度昏迷当中，几时能醒过来，医生也说不好。

警方通过女歹徒的照片，从国际刑警组织得到信息，这个女人叫玛索，曾参加缅北地方武装，她有个哥哥，叫波刚，早年也是地方武装成员。有限的信息显示，以波刚和玛索为首的一批人，近年来活跃于东南亚一带，从事过保镖、押运、看场子等业务。这些人背后是否还有别的勾当，国际刑警组织也没有资料。

香港警方连夜在海上歼灭歹徒，总算挽回了不少脸面，对于公安部弄出来这么个行动组，他们是一万个支持。原因很简单，事情后面牵扯到暗网，这么个烫手山芋，他们也不好处理。警方给行动组单独提供了安全屋，里边吃住、网络、开会，一应设施俱全。

第二天上午，丁奉武就到了香港。

折腾了半夜，钱进的口香糖和芯片拉出来了，那使他看起来很憔悴。

项西川喝了不少海水，被救后对落水的事只字不提。

丁奉武到后，秦向阳他们三个细致讨论了一番，给丁奉武汇总了如下内容：

总体上说，这是新形势下的最新犯罪形式。犯罪分子以暗网"东亚丛林"为信息媒介，搞网络杀人直播，获取非法受益。除了表面的武装抢劫，背后的诸多勾当均是借助于暗网，隐蔽性非常强，极难掌握证据。

具体来说，有以下几点：

一、女歹徒叫玛索，身份已经确认，参加过缅北地方武装，她有个哥哥叫波刚。歹徒首领是不是波刚？目前未知。

二、首领带着那批古董提前下了飞机，去了哪儿？目前认为最大的可能，是就地处理古董，这也是追查波刚的一个方向。

三、三个被害人，是被有意挑选出来的。为什么？

很简单，因为道具，因为他们的身份跟被惩罚的方式很匹配。一个是大黄鱼，一个是化肥颗粒。大黄鱼本身是酒店的，这个能说成巧合，但肥料颗粒，它只能提前准备。那么，会不会是歹徒先去厨房转一圈，看到有大黄鱼，才把高强挑出来呢？这没道理。歹徒无缘无故跑去厨房干什么，饿了吗？逻辑上，只能是歹徒事先就选定了高强，再根据高强的身份，想到了割肉喂鱼的惩罚方式。换句话说，就算酒店没提前准备大黄鱼这道菜，歹徒也会想法让酒店提前准备上，或者干脆歹徒自备。至于陈一龙，他被惩罚的方式，也很符合他房地产老板的身份。

四、既然三个被害人事先就被选定，那是为什么呢？

从事件分析，这个事件有多重意义，或者说，歹徒完成了多重目的。

第一个目的，抢钱。

第二个目的，抢古董（前两个目的也可以合起来）。

第三个目的，杀人。

另外，在方式上，歹徒通过处罚三个死者，拍视频，直播，既震慑了警方，又通过暗网直播额外赚了一波钱，这是一箭好几雕。

这些雕里，最重要的那只，就是歹徒为什么杀陈一龙、高强、张云生。从现场杀人时的对话分析，惩罚者对三名被害人的发家史很了解。

如果惩罚者说的都是事实，那张云生的确算不上什么好人。

高强呢？高强的疯狂捕捞史是社会大环境使然，某种程度上说，高强也有罪，但那种罪过，不是他一个人的责任。

还有搞房地产的陈一龙，他为什么被选中？难道他也有不可告人的过去？如果有，那惩罚者是以恶制恶，搞法外执行吗？应该不是。为什么？很简单，现场那么多富豪，有黑历史的，一定不止陈一龙等三人，可歹徒却偏偏只杀了陈一龙等人。所以，最大的可能还是仇杀。

联系歹徒在"东亚丛林"的直播方式，以及"东亚丛林"的性质，有理由怀疑，这三个被挑选出的被害人，是歹徒通过"东亚丛林"的赏金帖子，接到的杀人业务。

如果事实如此，那么问题来了。赏金帖子是一个总的帖子呢？还是分别出现的？换句话说，是陈一龙、高强、张云生，他们有个共同的仇人呢，还是各有各的仇人？

综合来看，歹徒是把猎杀陈一龙等人这一目标，跟抢劫拍卖会糅合到了一块，而且还细化到通过行刑直播、传播视频震撼警方，从而确保了整场行动的安全性，这需要极强的谋划能力。

那么另一个问题来了：是先有了对陈一龙等人的赏金猎杀令，歹徒才进一步制定了抢劫行动呢？还是歹徒先盯上了拍卖会，又进一步把猎杀行为糅合到抢劫行动之中呢？

当然，还有另一种可能，就是谋害陈一龙等人的幕后凶手，不是通过暗网发赏金帖，而是在现实中跟这伙歹徒当面接触，让歹徒干掉目标。但这种可能性极小。为什么？除了首领，歹徒的身份已经初步掌握，他们活跃于东南亚一带，没有直接的犯罪记录，面上从事过保镖、押运、看场子等业务。那么，真正的幕后凶手，凭什么找上门去，让他们去杀人呢？所以，最合理的解释还是这群歹徒暗地里通过"东亚丛林"进行犯罪活动。

五、也是特别行动组的最终目标——查清"东亚丛林"的服务器所在地及其幕后人物。要完成这个目标，首先得查清发出赏金帖的真正幕后凶手，再从凶手身上进一步调查"东亚丛林"的情况，或许会有收获。

汇报到这里，秦向阳进一步阐述了个人意见。秦队长的想法是一如既往的具体，不含糊，不怕犯错误。

他认为，整件事巧就巧在陈一龙等三人，恰好都是拍卖会的参与者。所以，逻辑上，应是先有这三个人的赏金猎杀令，从而使歹徒通过研究这三个人的资料和个人行程安排，进一步把注意力集中到了拍卖会上，最终策划出来这么个一箭多雕的行动。

他这个想法逻辑清楚，很有说服力。

但是钱进提了个问题。

"歹徒从暗网接到赏金帖，进而研究目标个人资料和个人行程安排，这没毛病。但是，如果当时歹徒所研究的个人行程安排上，无法体现三名被害人都会参加拍卖会这一信息呢？简单地说，歹徒怎么确定三名死者，都一定会参加拍卖会呢？这很重要。"

项西川说："通常，通过个人资料最容易确定的，是人的兴趣爱好。"

"也是，"秦向阳说，"歹徒最容易确定的，应该是三名死者都是文物发烧友才对。"

"是的，"钱进说，"所以时间点很重要。要是歹徒接到赏金帖的时间，距拍卖会还早得很，那么仅能确定死者的兴趣。那就只能理解成歹徒一直等，等到了有这个拍卖会出来，然后发现被害人都参加拍卖会，随后策划出来这么一出大戏。反之，要是歹徒接到赏金帖的时间离拍卖会很近，那就顺理成章，不用一直等了。可是，这个时间点怎么确定？"

丁奉武听得津津有味。他觉得在这里听到的内容，比他在一线干警察时精彩多了，当然，更是比在省厅开会有趣。

他这个会，开得相当随意，有烟有酒，有吃的，像个派对。

用丁奉武的话说，这是他从警一来，领导的最小组织单位。但是别看组织小，权力可不小。领导不是说了嘛，如有需要，任何地方警务部门，都要全力配合特别行动组。丁奉武就拿这话给组员们鼓劲。

正讨论得热烈时，警方突然传来消息：玛索所在医院发生了爆炸，玛索命在旦夕。

第六章　赌局

那晚网上突然冒出那么个小丑头像，搞得黄赫心烦意乱。一觉醒来后，他头疼得要命。

这是老毛病了，去医院也查不出问题。

他自己很清楚问题所在，非要整个名词，这就叫"暗网综合征"，是暗网接触久了，脑部频繁遭受强烈刺激所致。

这跟感冒发烧一样，都是身体给主人信号：你小子别上暗网了，老子受不了。

黄赫狠狠地敲了敲脑袋，像是对大脑表示抗议，然后打开电脑，查找本市的心理医生。这也是多年来的习惯，头疼发作时，他需要心理疏导。

做心理疏导有个前提，得坦诚，对心理师说实话。

他不。

每个人都有秘密。

有些事是不能说的，有些秘密，必须烂在心里。

他做心理疏导，很享受心理师的人性关怀，享受软言软语的过程。心理师绝不会刺激人，总是站在客户角度，用很多技巧，说一些抚慰心灵的话，有时还会放一些舒缓的音乐。每次说着说着，他就睡着了。如是几次，头疼就跟着减轻了。

这就很好，是个有效的疗程，但也不无担心之处。最不放心的，是万一有心理师缺乏职业道德，对他催眠，探听其内心的隐秘，那怎么办？

他有两个应对办法。

第一个法子，自己平时也研究心理学，尤其是有关催眠的技巧和抵抗催眠的手段。研究多了，他才发现没有太多价值。他发现抵抗催眠的手段虽多，但说到底，还是靠内心固有的防御力。那玩意基本是天生的，每个人都有不同的上限。

第二个法子，他在自己的车钥匙里装了个微型窃听器，通过手机的隐藏软件控制开关。每次见心理师前，就把窃听器打开，完事回家听一遍。试了很多次，还是这个法子好。在国外时，通过窃听器，他就碰到个试图窥探其内心的家伙，好在黄赫发现自己睡着后，就像只死猪，不管对方使什么技巧怎么忽悠，就是一个字不说。

这次回到国内，他买了新车。

同样，他又在车钥匙里装了窃听器。

他希望那个窃听器，永远不会用上。

开机后，他用自己的法子搜索。一会儿工夫，本市所有登记注册的心理师，就在一个网页上罗列出来。

他点了根烟，从头依次浏览，想找个靠谱点的。

什么是靠谱？那没标准，靠感觉。

看了一会儿，他确定了人选，那是个面相富态的女心理师，一看就很有亲和力。他刚要把相关资料记下来，目光突然被另一行的一张照片吸引了。

那也是个女心理师，长发，面带微笑，肤色白皙，戴了副眼镜。吸引他的不是这些，而是女人的长相，那分明就是苏曼宁。

苏曼宁？她不是警察吗？怎么成了心理师？

不，这人叫杨侬，只是和苏曼宁长得很像。

有这么相像的人？

黄赫一头雾水，立刻入侵地方户籍系统。

一查才知道：杨侬，29岁，越州本地人，是家中独女，其父叫杨子江，早年离婚，杨侬一直跟着父亲生活，几年前杨子江病逝。

接着,他又查了杨依的学籍档案。档案上的杨依也戴着眼镜,样子有些青涩。他这才意识到自己想多了,苏曼宁是警察,这是个心理师,苏曼宁远在滨海,这里是越州。

但不管怎样,对黄赫来说,天底下竟然有这么个心理师,跟苏曼宁长得一模一样,这都是一件有趣的事。

给母亲准备好早餐,黄赫一把抓起新车的钥匙,匆匆前往杨依的心理诊所。

杨依刚刚整理好办公桌,门就被推开了。进来的,是个面带微笑的年轻男人。他留着莫西干发型,笑容里透着自信。

"你好!我叫黄赫,我头疼。"黄赫的开场白很直接,他一屁股坐在沙发上,仔细地看了看杨依。

这个女人留着长发,眉眼和苏曼宁神似,气质却大为不同。

苏曼宁从警校开始,就一直是短发,神情间给人的第一感觉是高傲,不好接近。当然,接近了她,感受到的还是高傲,除非把她征服。

杨依给人的感觉是安静。

"你好,黄先生,你是我开诊所以来,上门最早的客人,昨晚休息得不太好吗?"杨依的声音不大不小,听起来很舒服。

"是的,头疼。"

"头疼?"杨依明白对方说的一定不是病理性头疼,展眉道,"黄先生,你的工作压力可能有些大,方便透露工作性质吗?"

"哦,程序员。"

"难怪,"杨依给黄赫泡了杯茶,接着说,"这很常见,不要有心理包袱,工作之余,可以多尝试一些户外运动。那么,头疼时有额外状况吗?比如失眠?比如健忘?比如幻觉?"

"幻觉?不至于,就是无缘无故地疼,会影响睡眠,有时还会呕吐。"

说着,黄赫做了个干呕的动作,随后抱歉道:"这可不是装的。"

"呕吐?"杨依端起茶杯递给黄赫,轻轻皱起眉头说,"你不会有慢性咽炎吧?你身上有很大的烟味,工作时不可以少抽些烟吗?"

"呦，让你说着了。要不，你给我按按吧？"黄赫故意伸了个懒腰，来掩饰自己的直接。

"头部按摩？"杨依笑着说，"也不是不可以，只要你觉得有帮助。我有些好奇，你看过医生吗？它是持续性的，还是间歇性的？"

"间歇，一阵一阵的，几年来都这样，你怀疑病理性头疼？那不能。"

"我不是那个意思，"杨依笑道，"我是说通过必要的检查，排除不必要的担心。"

"好吧。"黄赫说着，掏出手机递给对方。

他叫杨依看的，是前些天刚回国时的入院检查记录，当时陪母亲住院，自己又顺便做了检查。

杨依认真地看完，把手机还给黄赫，推了推眼镜说："检查结果正常，那我们就更应该放下包袱，你说是不是？"

"是的，那么开始按摩吗？"黄赫问。

杨依又笑了，她挽起袖子，在黄赫对面坐下，问："其实，有关你的工作内容，我还是想多一些了解，我需要更详细的信息，方便进一步做判断。比如，你是给网站做程序调试，还是自己开发程序？或者，是网站维护？"

"哦，给网站开发程序吧，差不多。"黄赫轻描淡写。

"那么，什么网站多一些呢？比如门户网站，比如游戏网站，比如视频网站等等吧。"

"嗯，是游戏网站，很多暴力游戏。"黄赫的表情很认真。

"哦？"杨依似乎明白问题所在了，刚想说什么，黄赫打断了她。

"杨医生，我老实说吧，我这老毛病了。我看心理医生，图的是这里的氛围，安静、尊重，处处是人性关怀，很有安全感。通常，我就是随便和医生聊一聊，随后好好在诊所睡一觉，几天下来就能恢复，也不用催眠。现在我困了，你就随便聊吧，说什么都行。不用按摩了，开玩笑的，嘿嘿。有别的客人时，帮我看着点私人物品。"

黄赫说完，就在躺椅上展开了身体，接着又补充了一句："也可以来点音乐。"

杨侬笑了。

黄赫一说完她就明白了，黄赫这套自我疗法，其实正暗合心理学上的"心理退行疗法"，也是很多心理疾病疗愈过程的必经阶段。

"心理退行疗法？"黄赫如堕云雾。

杨侬说："心理退行，是一种心理防御机制。人受到某种挫折或面临焦虑、应激等状态时，放弃已经学会的比较成熟的适应技巧或方式，而退行到使用早期生活阶段的某种行为方式，以原始、幼稚的方式，来应付当前情景，来降低自己的焦虑，或满足自己的某些欲望。举个最简单的例子，有些成年人紧张时有咬指甲的习惯，就是退行。"

"那心理退行疗法又是什么？"黄赫问。

"心理退行疗法，就是心理医生通过适当方式，引导病人，让病人仿佛回到了童年——回到了童年的喜好，去满足病人童年时未被满足的需求，或者引导病人启用童年的行为模式、防御模式，说白了，就是让病人重返当年的感觉，面对相同的情境，做出不同于当年的选择，让病人感受到爱和接纳。还是给你打比方吧。"

杨侬清了清嗓子，继续说："比如有这么个病人，她幼年时，父亲早早离世，她母亲却正年轻。为了避免不必要的骚扰和流言蜚语，母亲从来不打扮，不穿新衣服，甚至发展到要求女儿也不能穿任何鲜艳的衣服，不让女儿使用漂亮的文具……"

"这母亲有心理病了。"黄赫说。

"是的，不只母亲，还有孩子。久而久之，孩子也会因为母亲的行为患上心理病，随着年龄的增长，甚至会发展为抑郁症。对这样的病人，就要用心理退行疗法引导她，比如，送给她漂亮的礼物。通常她会发抖，会拒绝，她需要强大的鼓励和自我认同。如果她能自己给自己买漂亮衣服，甚至为自己买个漂亮的文具盒，再配上好看的铅笔和橡皮，她就离真正的康复不远了！只是，这个过程是非常痛苦的！"

"这跟我有毛关系？"黄赫面露不解。

杨依笑道："你所谓的'看心理医生，图的是这里的氛围，安静、尊重，处处是人性关怀，很有安全感'，而且每次在诊所休息完，都感觉好很多，这就是变相的退行疗法。你所依赖的氛围，说白了，就类似于小孩子在母亲身边睡觉的氛围……这种氛围让你有安全感。"

"你说我像小孩？"黄赫一脸不屑。

"是比方！"杨依道，"这么说吧，要么，你小时候和母亲一起的时间少，反馈为你现在缺乏安全感，进而发展成间歇性头疼，然后自己发现心理诊所的氛围对你的头疼很有效，能弥补你小时候的心理缺失；要么，你现在的工作性质，导致你缺乏安全感，或许跟你接触的种种暴力游戏有关。不过呢，不管怎么说，你都是个聪明人，能自行运用心理退行疗法。"

"照你这么说，心理退行，是心理病症，但治疗某些心理疾病时，却又会用到心理退行。难道心理治疗也讲究辩证法？"黄赫反问。

"辩证不只是枯燥的哲学概念。"杨依的声音很干脆。

"呦？"黄赫闭上眼陷入了思考。

"给你按按吧。"杨依把凳子挪到躺椅后方，沿着一些穴位给黄赫按摩起来。

她一边按，一边问一些很简单的问题。

"你叫什么来着？"

"你是哪里人？"

"你看球吗？"

说着说着，躺椅上响起了轻微的鼾声。

杨依又按了一会儿，直到手有些酸了才停。她见黄赫睡了，起身把他的手机调成静音，又拿来一条热毛巾叠好，放在了黄赫额头。

过了一会儿，又来了两个客人。杨依只好把客人带到隔壁的休息间。

这一觉睡得很沉，午后醒来时，黄赫觉得舒服多了。

屋里没人，黄赫呆呆地回了回神，掏出烟叼在嘴上，随后习惯性地摸了摸口袋里的车钥匙。

这时门口传来动静,他赶紧把烟收了起来。

"醒了?"杨依给黄赫倒了杯热水。

"刚才我去吃饭了,不知道你啥时候醒,就没给你带饭。"

"没事,现在舒服多了,该走了。"黄赫站起来,掏出两千块钱放在桌上,转身就走。

杨依赶紧叫住他,说用不了那么多。

"明天还来,下次加你微信转账。"黄赫头也不回地走了。

杨依拿着多余的钱追下楼时,他早发动了车子。

回到家,黄赫呆呆地坐了很久。

他在想杨依说得那番道理,回味杨依给他按摩时的样子。

她和苏曼宁,怎会这么像呢?

不,性格一点也不像。

他很难想象苏曼宁有那么温柔的一面,能老老实实给他按摩。

他和苏曼宁处对象时,还是学生。两人感情虽好,但警校管理严,两人私下的惬意时间并不多。

"哎!"他自嘲地笑了笑。

吃了晚饭,他照例躺了一会儿,直到夜深人静时又坐回电脑前。

一开机,他不禁想到了昨晚那个小丑。

真是可恶又奇怪的家伙!可偏偏是他帮父亲报了仇!黄赫心情有点复杂,他一边想,一边熟练地做着设置想登录"东亚丛林"。

就在这时,通讯软件上的小丑头像突然又跳了出来。

"黄赫,你好。"

说曹操,曹操就到了。黄赫没有过多惊讶,盯着屏幕一声不吭,精神头十足。

"继续昨晚未完的交易?对了,为保证交谈顺利,这次又增大了代理量,保证你15分钟之内解析不出我的IP地址。"

"少自作多情,交易?我可没答应你什么狗屁交易!"

"别激动,也可以理解成赌局。最好听我说完,你再决定。因为,有些人的命运掌握在你手里!"

"命运?"黄赫糊涂了。

"是的,为你量身定做的内容,去检验你对人性的理解。"

"不需要。"

"你无权拒绝,因为游戏已经开始了。"

"嘿嘿,我不喜欢威胁。"

"呵呵,不是威胁你,是陈述事实。简单说吧,我有三个'东亚丛林'的客户资料,这三个人在'东亚丛林'各有各的兴趣。根据对他们的观察,我认为,他们都很可能为自己的兴趣付出生命代价。"

"你认为?"

"是的。赌局很简单,我把他们的资料依次给你,由你出面去拯救他们。只要你能让他们放弃各自的兴趣,回头好好生活,你赢。否则,我赢。你赢了,赢三条命,我赢了,你就必须攻击我的服务器,帮我找漏洞,完善网络。就是说,你手里有三条命,你可以不赌,但我保证你会后悔。"

"三条命?"黄赫有些手足无措,随手抓起烟叼了起来。

"是的。你不赌,他们十有八九会死。你赌,他们有活的机会。你选。"

"威胁我?"

"我说了,不是威胁,是事实。我只是'东亚丛林'的开发者,管不了用户做些什么。"

"冠冕堂皇。你可以关闭网站。"

"关网站?你为什么不剁了自己的手?那是我的饭碗,大哥。"

"等等!"

黄赫无心和对方饶舌,认真想了想,说:"刚才你说有三个客户的资料,我很纳闷。你怎么可能掌握到用户资料?你能突破暗网路由,随便查阅用户资料?那不可能!FBI都做不到!"

"哈哈,承认帮FBI做过事了吧!"

"自以为是，回答我！"

"实话告诉你，我要是能突破洋葱路由，那它就太不安全了，我还开发'东亚丛林'干吗？我不能通过技术手段查到用户资料，但不代表没别的法子。"

"别的法子？什么法子？"

"不告诉你。"

"老鼠！无耻！"

"嘿嘿，这样吧。等赌局结束，我会告诉你。"

"滚！"黄赫想说"不可能"，可是怎么也没有勇气说下去。他突然觉得，自己的脖子好像被屏幕对面的恶心家伙死死掐住了。

他知道对方绝不是开玩笑。

对方是什么人？臭名昭著的"东亚丛林"开发者，什么没底线的事情干不出来？对方说掌握了三个用户的资料，那就肯定掌握了。

可是，小丑那所谓别的法子究竟是什么？黄赫怎么也想不出。但是听小丑的说法，他能意识到事情的严重性，那三个用户，很可能早就处在一些黑暗的危险游戏之中，而不自知，或者沉沦无法自拔。

怎么办？放任不管吗？

黄赫静静地盯着屏幕，连着抽了几根烟。

他不得不慎重考虑，额头很快冒出汗来。

不赌，良心上怎么过得去？就算是看到三条流浪狗，那也得喂口吃的，何况三个身处危险的人呢？

赌？赢了还好，可一旦输了呢？输了就得遵守承诺，攻击东亚丛林，帮着发现漏洞，好让小丑更好地完善网络。这不成了助纣为虐吗？

"再给你一分钟时间考虑。"小丑打字催促。

"闭嘴！"

犹豫不决中，黄赫突然想，妈的，就算输了，也可以不遵守承诺嘛！有些事，既然发生了，就只能面对。谁让自己干这一行，又恰恰遇上这件事呢？逃避，能心安吗？

"你要是输了,却不遵守承诺,我就把你的所作所为告诉你母亲,让她余生不得安宁,这就牵扯到赌局的规则。"小丑好像窥探到了黄赫想投机的心理。

黄赫刚升起投机之心,没料到对方来这一手。

他愤愤地敲着键盘:"卑鄙。什么规则?"

"就一条,不能报警,不向警察救助。"

"别提警察,我这辈子最恨警察!"黄赫重重地敲着键盘。

"是的,我知道,因为你父亲,他是被警察击毙的,他本可以不死。"

黄赫沉重地叹了口气,脑海里浮现出父亲被击毙的画面。

"正因如此,赌局才公平。也好,这样对你来说,其实就等于没有规则。"

"读警校时,我帮警方做过事。那他妈是老子最大的错误!"

"造化弄人。我知道你是个有骨气的男人,一定不会求助于警方。你想,倘若你输了,那三个人死了,倘若我把你因为恨警察,才没能救到人的事实告诉你母亲,你想你母亲会怎样?她会痛苦吗?"

"闭嘴!"

"你恨警察,这是你的私心!若是因为你的私心,输掉你手里的三条人命……呵呵,我很想知道你母亲会是什么心情!"

"你……"黄赫紧咬着烟屁股。

"别紧张!只要你遵守承诺,就会岁月静好。"

"赌别人的生死,这不公平。"

"这当然不公平!你可以任意帮助他们,我却不参与,对我不公平!"小丑说。

"切!有时间限制吗?"黄赫想了想,问。

"原则上没有,但希望你尽快些。他们还能在错误的人生路上走多久,那谁也无法预料。再说,我不会一次性把三个人的资料全给你,咱们一个一个来。"

"不行,我要全部资料。"

"一次性给你也没用,你不会分身。"

"但我会分析他们各自的情况,分出轻重缓急。"

"放心，我会帮你分析的。"说到这儿，小丑顿了顿，接着说，"对了，你那么恨警察，为什么会联系那个香港警察，让他拍下那件遗物？"

"那不一样。一、那是父亲的遗物，很重要；二、我最初联系的只是承办方，没想到承办方的少东家是个警察。实际上他是谁都无所谓，我出钱，他帮忙购物，如此而已。"

"理解。说起你父亲的遗物，放心，我会尽力去找的。"

"你？不必。"

"不用客气。"

"等等！"黄赫突然想起了什么，"我有个疑问，万一我没能救到三个人，但救了一个或两个，那怎么算？"这个自信的人很不情愿这么问。

小丑考虑了一会儿，说："这样吧，三个里只要你救到两个，一样算你赢。"

"哦？"

"好了，赌局正式开始，请接收第一份资料。"

第七章　乱局

玛索所在医院的爆炸事件，显然是有人想杀人灭口。

好在警方和行动组都提前想到了这一层，故意设置了一个假病房。病房里躺着的，是个重度烧伤病人，身上裹得里三层外三层。病房外安排了看护警察，好让前来灭口的人，把它当成玛索的病房。警方这么做，是想引人上钩，一举成擒。

玛索是重要人犯，警方丝毫不敢大意。为了安全，他们让医院清理了一间不起眼的妇产科病房，把人犯安置进去，看护的警察24小时守在病房内，走廊上根本看不出来。

玛索所在医院的信息，是警方通过媒体故意泄露的。警方假戏真做，要求媒体所拍摄的医院照片上，不得暴露医院名字，但照片一定程度上显示了医院周边的环境。根据环境，警方相信有心之人一定能找到玛索所在医院。

果不其然，鱼儿上钩了。

只是警方没想到，杀手虽然错把假病房当成了目标，但他根本没靠近假病房，而是利用了进房换药的护士，把塑胶炸弹粘在了护士推车的车架下面，然后远程引爆。爆炸导致那名烧伤病人和护士当场死亡，令警方颜面大失。

爆炸后，警方立即封锁医院，查监控抓人。结果人没抓到，只能确定杀手是个打扮成医生的小个子男人，戴着口罩，早早就离开了医院。警方再从路面监控找下去，发现神秘男人一路步行，很快就不见了踪影。

从医院回到安全屋，行动小组的人情绪有些激动，尤其是丁奉武。

"又炸死两个！是不是波刚？不知道。但如果真是他想杀自己的亲妹妹，那他妈太没人性了！混蛋！"这位五十多岁的老警察把配枪甩在桌上，满脸怒容。

按说，丁奉武大半辈子风风雨雨，什么场面没见过？怎么也轮不到他先失态，应该激动发脾气的，是他那三个年轻组员。

可他偏偏摊上了三个"怪胎"。

秦向阳素来冷静，不说就不说，一说就很有针对性。

项西川冷傲，要面子，常常绷着，就算心里火得不行，也习惯看别人先失态。

钱进最小，按说是最容易控不住的，可他不肯吃亏，见两位同伴貌似很沉得住气，就跟着一起淡定起来。

"封锁！他不是拿了那批古董，想从香港出货吗？封锁！把所有地上、地下相关交易人都给我盯住，看他怎么交易！交易不了，他就得出城！所有出城通道都给封锁检查，他带着那些东西怎么跑？除非把东西丢在香港！我看他舍不舍得！"丁奉武的建议，很快传给了香港警方。

丁奉武这才冷静下来，大手一挥，调查进入实质阶段。

直升机驾驶员老侯，港警早就按例询问了。

拍卖会恐袭案发前，直升机停在钱进父亲别墅外的停机坪上。老侯是在下班路上被控制的。歹徒用他的家人威胁他，叫他去别墅取了钥匙，开走了直升机。显然，行动前，歹徒就搜集了足够的信息，策划好了一切。

追踪歹徒首领的事由香港警方负责，行动组的调查方向大体有两方面。

一个是调查船老大的儿子，船老大在警匪激战中被流弹击中毙命，实属可惜。

一个是调查陈一龙、高强、张云生三人的背景和社会关系。

船老大儿子叫海生。

海生说，这次就是赚个外快，他们爷儿俩压根不认识那帮人，没承想搭上了一条命。业务都是电话里谈的，电话来自国外，活很简单，就两趟腿。先按约定时间把人从公海接上岸，再按约定时间把人送回公海去。公海里还有条船，再把他们接回去。接到哪儿？缅甸？泰国？越南？天知道！租金，是第一趟活儿时直接给的现金，当时一个人也认不出，都蒙着脸。富贵险中求，就这么回事。

海生的话，除了还原歹徒的进退方式，毫无用处，这条线到此为止。

接下来只能从三名被害人的背景、社会关系着手，没想到才查了头一个人，问题就出来了。

陈一龙，越州人，六年前因经济问题被经侦控制。再深究下去，立刻查出了陈一龙跟黄炳忠的一段恩怨，这也是陈一龙身上最大、最明显的污点。

"黄炳忠？他儿子叫黄赫？"钱进第一个叫起来。

"这不就是委托你拍手镯的人？"秦向阳一边说，一边翻阅内地传来的电子卷宗，很快找到了有关手镯的信息，搞清楚了当年的来龙去脉。

"这黄炳忠是个爷们儿，为凑工钱，把家传手镯都卖了，怪不得黄赫不惜重金委托我。手镯对他很重要，反向说明我靠谱。"钱进说。

"黄炳忠拿网购弹珠枪胁迫陈一龙，被警方当场击毙？这个黄炳忠也太冲动了！他的儿子还是个黑客是吧？"秦向阳想起来钱进之前的话，言外之意是说黄赫有接触"东亚丛林"的可能。

"那是网上瞎吹，当不得真的好吧！"钱进一脸不以为然。

"很明显，黄赫跟陈一龙有仇，查他。"项西川给出了结论。

"不可能是他！"钱进认真地说，"为什么？品行。说他恨警察，我信，情理之中。但黄炳忠的品行在那摆着呢，能教育出来操蛋儿子？"

"幼稚！"项西川说。

"京片子，说我幼稚？"钱进不乐意了。

项西川哼了一声，远远地走开了。

"都闭嘴。黄赫有嫌疑没错。"秦向阳说完接着查别的资料。

搞渔业养殖的高强老家是福建的，现在一家人住在深圳，从资料上看一切正常。

张云生是滨海人，肥料业务主要集中在北方，海南和云南也有辐射，资料上也看不出异常。

为了快捷，秦向阳立刻联系自己的手下李天峰，叫他去张云生的企业和家里走一趟，让当地派出所配合，好好查查张云生的社会关系。

剩下的高强、陈一龙、黄赫，行动组亲自调查。

首先是黄赫的个人情况。

这个人的资料特别简单，别人都是扫一眼，只有秦队长看得很认真。

黄赫，28岁，越州人，六年前一毕业，人就不见了，有出入境资料证明，他在美国待了六年。引起秦向阳注意的，是黄赫的学籍资料，他发现黄赫竟然读过警校，而那所院校，也是苏曼宁的母校，而且苏曼宁也是学的计算机。

弄不好这两人是同专业的同学，这是个意外的小发现。秦队长心里打定了主意，抽空向苏曼宁做些了解。

钱进给黄赫打了个电话表示歉意，说委托的事黄了，中途遭到了武装抢劫。

黄赫在电话里告诉钱进："早知道了，我看过现场直播。"

"这个黄赫，他说他看过现场直播！"挂断电话，钱进把黄赫的话重复了一遍。

"他主动承认上'东亚丛林'？"秦向阳很意外。

"是的，上暗网也不一定非干坏事吧。这人算光明磊落，不做亏心事不怕鬼叫门。"钱进说。

"先入为主，信口开河。"项西川不满地说。

这时，钱进打开电脑，按国际刑警组织提供的路径，经过一番设置后，登录了"东亚丛林"。那个路径，就是一串乱码，没它，就算登录了暗网系统，也无法找到具体的网站位置。实际上，对普通人来说上暗网有些难度，难在需要既定的浏览器，以及一些特定设置，有的还需要特殊外设，这些都难不住钱进。

这是他们第一次进入暗网。

"东亚丛林"的界面很有特色，支持英语、汉语、日语、韩语等多种语言，还自带翻译器。它的Logo是经典的小丑头像，主界面非常简洁醒目，整齐地罗列着不同的索引。从上到下，依次是视频直播区、视频上传区、丛林交易区、丛林论坛等。其中，丛林交易区就跟淘宝差不多，支持线上交易，交易货币以比特币为主。

秦向阳和项西川也好奇地凑了上去。

秦向阳很纳闷：既然网址是一串固定的乱码，那"东亚丛林"是用什么方式发展用户的？一般来说，为安全起见，最常用的是熟人之间互相介绍，就像很多有灰色交易的黑酒吧一样，没熟人领着，一般人根本进不去。但秦向阳门儿清，这种方法，说它安全也对，说它不安全，也对。因为客户之间是成串的，客户群是靠互相介绍积累起来的。那么不出事便罢，一旦一个客户出事，就很容易扯出来一大串。但是网站毕竟不同于酒吧，想发展客户还有很多法子，比如从网上找一些身份信息，在异地注册邮箱，有选择的通过邮件发展客户，这个方法就很好。

钱进在交易区里大体浏览了一遍，突然道："我忽然有个想法。"

他斟酌了一会儿，说："古董的交易渠道，已经被封了对吧？"

"这种封锁是面上的，保不齐有警方没掌握的渠道。"秦向阳说。

"我知道。但是你想，这事影响巨大，那批货又价值不菲，就算还有别的主顾，这个当口谁敢收？再说，就算有人敢收，一般人也拿不出来那么多钱，顶多有选择地收几件。"

"你意思是？"

"我在想，能不能专门针对那批货，在'东亚丛林'发个帖，就说大量收购。"

"有些创意，你想把那家伙引出来？"秦向阳问。

"我想试试。"

"可以一试。"项西川的结论总是很简短。

钱进白了项西川一眼，埋头苦思。

怎么写呢？

憋了半天，他整出来一句话：亲历中环拍卖会幸存者，收玉器。

秦向阳一看，憋不住笑了。

"好笑？"钱进认真说，"一、这种帖子就得简短，越短漏洞越少；二、你不能说大量回收，那不是啤酒瓶子对吧，就得具体点，我这指定了玉器；三、我这身份很真诚，我是实话实说，但会让人以为是参会富商，毕竟参会的绝大多数是古董发烧友。"

秦向阳反驳道："土豪们刚被抢了钱，精神上打击非常大，这么快就有心情收古董？"

钱进说："不是所有土豪都被抢了钱，有些人只是去友情捧场的，没带卡。"

"不妥。"秦向阳断然摇了摇头，建议改成：香港中环拍卖会直播观众，收玉器，站内联系。

直播的观众？钱进想了想，觉得这个范围大，似乎更靠谱。

"也不妥。"

沉默半天的项西川说："仔细想了想，我要是那孙子，我会怀疑发帖者身份，万一是警察呢？毕竟，文物交易渠道刚被封，就有帖子出现，难免让人怀疑这里头有因果关系。"

秦向阳考虑片刻，说："的确会引起怀疑，不过从他的角度看，他急于出手，不是没有冒险的可能。他不理会，咱就权当没发这个帖，他要是回复，我们也拿他没办法，毕竟是暗网。他唯一要冒的险，也就是我们唯一的机会——达成交易。我想，就算毫无收获，来这么个打草惊蛇也不是坏事。"

秦向阳说服了项西川，去隔壁向丁奉武汇报。

丁奉武也认可。

钱进立刻注册账号，分别用中文和英文把内容各写一遍，把帖子发了出去。

发完帖，钱进刷新了页面，这时他突然发现，论坛上竟然出现了另一个收购帖。

帖子内容也很简单：高价收购香港中环拍卖会金丝翡翠手镯一枚，站内联系。

发帖者的名字叫"飞鱼"。

跟钱进注册的账号一样，注册时间一律不予显示。在"东亚丛林"，一切用户信息都无处可查。

"这怎么回事？难道是黄赫？"钱进定定地看着屏幕。

秦向阳也吃了一惊。他马上意识到，帖子中说的那枚手镯，正是黄炳忠的遗物，因为拍卖品里根本没有第二副类似的手镯。

这太巧了，有人和他们想到了一块。

是谁？

他觉得很可能是黄赫所为。其实不用猜，明天去越州调查，不怕没结果。他担心的是如此一来，劫匪首领会怎么想。

"有点乱。"钱进一时没头绪了。

秦向阳也深深体会到了这种新犯罪形式的难度。在这里，传统的监控、查IP、人证、物证等常规侦破手段，似乎样样没用。他越想，不服的情绪就越强。没漏洞？不可能！暗网绝不是法外之地，是人干的案子，就一定会有漏洞。

回到眼前，他想，对劫匪来说，这新出现的第二个帖子，可信度显然更高，因为"飞鱼"只收一枚手镯，目的性很强，说明手镯对买主很重要，这样就大大降低了买主身份的可疑性，那么接下来可能出现什么情况呢？

有点头疼，秦向阳暂时中断了思考。现在就是最坏的结果，既然试了，还能更坏不成？

一天很快过去。

这晚，秦向阳梦到玛索从昏迷中醒来，向警方坦白了，说逃走的人就是波刚，玛索还说，波刚并非主谋，他背后还有别人。醒来后，秦向阳抽了根烟才缓过神来。这什么乱七八糟的，先不说梦都是相反的，至少他清楚，就算玛索醒过来，也很可能什么都不交代。

做梦就能解决问题，那世界早成天堂了。

第二天一早，众人开着香港警方配给的车辆，直奔深圳，在一套别墅里见到了高强的老婆吕秀丽。

吕秀丽四十来岁，个子不高，偏胖，保养得不错，可惜丈夫遭遇不幸，早把眼哭肿了。

高强的尸体暂由警方保管，吕秀丽也就办不成丧事。两个女儿也请假回了家，陪在母亲身边，生怕她想不开。

钱进的调查问询很简洁，集中起来就是钱和女人两个问题。

生意上，高强的渔业养殖干得很大。他的上游，无非是鱼苗方和饲料方，下游，是鱼类批发商。

根据吕秀丽的反映，钱进认为下游没问题，这块就算有欠款，也是批发商欠高强的。欠他钱的几个老板都是老客户，多的百八十万，少的十几万。高强呢，玩渔船捕捞出身，大碗喝酒、大块吃肉的主，为人也算慷慨，尤其近几年生意干大了之后，从没因为欠账的事跟客户红过脸。那几个老客户，会因为欠款杀高强？说不通。

上游有点问题。高强去年进过一批饲料，质量出了问题，害死不少鱼苗，损失不小。为这事，高强一直拖欠对方70%的货款。

吕秀丽说，那个饲料厂老板叫刘冠军。因为那660万元欠款，事情闹上了法庭，到现在也没妥善解决。

刘冠军给法院提供那批货的质检报告，坚称饲料没问题，说可能是鱼苗的问题，要么就是鱼塘水质出了问题。法庭上可不敢乱说话，刘冠军这么一说，又把鱼苗提供方给扯进去了。

因为那批饲料是专供，没有第三方使用效果比较，刘冠军呢，也没余货，法院就找有关部门对高强的剩余饲料做化验。可是那批货在高强眼里是有问题的，哪还有心思好好保管？一检查发现早就变质了，这么一来就没法化验了。

高强一看这不行，就又想到难道真是鱼苗的问题？可是鱼苗却不是专供他一家，别家的那批鱼苗都长得好好的。饲料没法化验，鱼苗没问题，那就剩下水质了。一检查，也没问题，其实这块高强早就检查多少遍了。后来又查监控，看是不是有人捣乱投毒，也没查到什么。

这么一来，刘冠军又不算完了，他手里最强的凭证是货物出厂检验报告。但法院说，他那报告是自己厂里做的，并非第三方机构，所以没法认定那批货没问题，但也没法认定那批货有问题。这事闹了近一年，法院、高强、刘冠军，都头疼，最后，法院以进一步调查的名义把事情搁置了。

问到女人方面时，吕秀丽说话就没那么痛快了。

她说了几句言简意赅的话："高强是生意人，生意场上不就那点事？早看开了，我没必要藏着掖着。这方面，你们可以跟他的朋友打听。"

秦向阳和项西川一直在旁边观察记录。

钱进结束了询问，叫吕秀丽把她和高强的亲戚、朋友、能想到的有过节的人，统统写了下来。

临走时，秦向阳突然问了吕秀丽几个问题。

"你会上网吗？"

这个问题莫名其妙，吕秀丽愣了一下："上网？你是说看宫斗剧还是斗地主？"

秦向阳笑了笑，又问她什么学历。

"学历？你怎么净瞎问？"

"笔录例行程序，基本资料是要全的。"秦向阳应对自如。

"高中毕业。"

"高强什么时间接到拍卖会邀请？"

吕秀丽不记得了。

在秦向阳要求下，她打电话问了高强的秘书，才说："拍卖会一周前。我光知道起初老高不想去，后来听说这次有不少古币，才改变了主意。老高喜欢收藏古币，这个爱好，从前搞捕捞时就有了，他从海里捞上来过古币……"

秦向阳打断她，问："你们几个孩子？"

"这不都在家吗？俩女儿。"

"怎么不要个儿子？"

"儿子？"

吕秀丽叹了口气说："警官，说句不中听的，要孩子是挑螃蟹吗，公母随便挑？"

"我不是那意思，我是说你四十出头，有条件也有机会再要一个。"

第七章 乱局

"再要一个？和谁要？谁想到老高这次……"她哽咽了一会儿，长长地叹了口气，又说，"你这说到了我痛处。早些年搞捕捞，我和老高在海上，天天风吹雨淋，把我身体给折腾坏了……哎，你们没吃过那个苦……好在有了俩闺女，我和老高都很满足。"说完，吕秀丽又沉默了，抱头沉浸在当年的回忆里。

秦向阳等人这才离开。

刘冠军三十来岁，算是年轻有为。行动小组在饲料厂见到他时，他正穿着雨靴在车间里转悠，给人第一感觉就是个务实的人。车间里弥漫着饲料的腥味，刘冠军换好衣服，把行动组的人请进办公室。

他一看来的是警察，立刻就猜到了来意。

"你们为高老板的事来的吧？"

刘冠军叹了口气，继续说："他的事我知道，看了视频，太惨。"

秦向阳等人点点头，紧盯着对方。

"你们怀疑我？"他见警察们一个个面色凝重，立刻辩解。

"是！高强是欠了我一笔款子，六百来万！说实话，对我来说不是个小数。但我怎么会杀他呢？不可能！想都没想过！"

"别多想，我们是了解相关情况。"秦向阳平静地说。

刘冠军点了点头，说："去年那批饲料的事，你们都知道了吧？法院都搞不清。但我以人格担保，我那批货，绝对没问题。所以，账，我不但肯定要，还要得很勤。你们不知道，我弟每个月都去高强办公室待几天。这次他出了事，我一时也不知道该怎么办了。你们说是不是这个理？要是我杀了他，我跟谁要账去？"

"高强活着时，你那账有希望吗？"项西川突然问。

"不知道，磨呗。"刘冠军说着，一下子回过味来，"你意思是，我那账没希望了，我就买凶杀人报复？警官，你怎么能这么说？"

"高强的私生活方面，你了解吗？"秦向阳咳嗽了一声，改变了话题。

"私生活？他有个小三，在香港。"刘冠军想也不想就说。

"你怎么知道？"

"我跟他要了一年多的账,能不知道?有句话怎么说来着,最了解你的人,是你的敌人。哦,不是说高强是我的敌人,就那么个意思。"

"小三叫什么?哪里人?"

"听我弟说,好像姓冯,叫……冯玮玮,不知道哪儿的。你们可以查高强手机啊,里边肯定有联系方式。"

听到这句话,秦向阳看了刘冠军一眼,心想,这人反应并不慢,有点意思。

从刘冠军那儿离开后,一行人直奔越州。

越州有两个调查目标,一个是陈一龙媳妇,一个是黄赫。

在车上,钱进问秦向阳怎么看刘冠军。

秦队长说刘冠军有动机,有嫌疑,但高强等人的死,牵扯到暗网犯罪,和传统的买凶杀人完全不同。传统的雇主和凶手之间,必要的联系方式有迹可循,但暗网操作的话,就完全留不下漏洞。哪怕把刘冠军的私人电脑带回去,也一定查不到什么。

一句话,困难不同于以往任何案子,难度很大。

陈一龙媳妇叫窦晓萌。

这个女人和高强媳妇吕秀丽不同,见了警察,说得最多的一句话就是"要替老公报仇"。

"仇人?除了那个黄炳忠的儿子,还能有谁?"窦晓萌两眼冒火。

"别人?没别的仇人。我老公自打给警察关过那一回,出来后处处与人为善,那简直就是活菩萨!你打听打听,相同地段,我们开发的房子是不是最便宜?"

秦向阳一接触窦晓萌,就知道她和陈一龙感情很好,说话不太靠谱,干脆找来派出所的人打听。

派出所的人说,陈一龙这几年干得确实不错,小区投诉率很低。人际交往方面,最容易和陈一龙这种人有矛盾的,是高利贷,但这几年没听说陈一龙和高利贷打交道。

"我们现在有钱,不是过去了,就算黄炳忠那次,也是个意外!"窦晓萌理直气壮地说。

秦向阳问窦晓萌，陈一龙接到拍卖会邀请是什么时间。

"提前一周。"窦晓萌说得蛮有把握。

秦向阳问她怎么记得这么清楚。

窦晓萌说陈一龙经常参加类似活动，为的是扩大交际圈，很少拍东西，但那天答应给她拍个礼物。

询问完，秦向阳也叫窦晓萌把她和陈一龙的亲戚、朋友，以及能想到的有过节的人，统统写了下来。

结束对窦晓萌的问询后，他们在天黑前，终于见到了黄赫。

黄赫不想惊动母亲，把见面地点约在咖啡厅。

见一次来了三个警察，黄赫惯有的微笑不见了。

钱进先做了自我介绍，和黄赫握了个手，毕竟他们通过视频电话委托竞拍时，也算见过一次。

"陈一龙被杀，你的嫌疑很大。"项西川上来就说。

"我知道。"

"陈一龙被杀，你什么心情？"项西川又问。

"爽！大快人心！"

"大快人心？有人被杀，你当着警察的面，说大快人心？"

"你不喜欢坦诚？"

"你父亲的事，我们很清楚。你似乎不喜欢警察？"项西川句句很有针对性。

"没有不喜欢，只是恨而已。别指望我好好配合你们。"黄赫的回答非常直白。

"你不想辩解？"

"辩解什么？杀陈一龙？幼稚。"

"说我幼稚？"项西川扭头看了看钱进。钱进不久前说过他幼稚，口气简直和眼前这家伙一模一样。

"一、我要杀陈一龙，绝不同意杀手搞直播，太张扬；二、我会制造意外，省得你们往我身上想；三、我在美国工作了六年，要杀他，绝不会选择回国后动手，道理你自己想。"黄赫的表达暴露了他程序员的习惯。

"你上暗网？上'东亚丛林'看了杀人直播？"

"是的。"

"为什么？"

"职业兴趣。"

"你为什么委托这位钱警官代你竞拍？你看好他哪一点？"

"那天母亲出院，我实在没空去，就委托了承办方，没想到钱老板，哦，钱警官亲自出面代办，他人品应该不错。"

钱进在一旁听了这句话，只差笑出声来。

"你父亲的遗物被抢走了。"

"我知道。"

"所以，你在'东亚丛林'发了收购帖？"

"没有。"

"撒谎！要不要给你看网页截图？"

"那不是我发的。"

"不是你发的？谁发的？"

"不知道。"

黄赫知道那帖子一定是小丑发的，但说到这里时，他一点也没犹豫。

一、他本就不想配合警方，不想给警方什么线索；二、他不能提小丑，那个帖子，以及陈一龙的死，都是小丑干的，小丑是为了他，也为了小丑自己，这些事都连带着小丑的赌局。他一旦说出来，警方就会参与，而这是赌局规则不允许的。他恨警察，宁愿独自和小丑玩一场公平的游戏，他自信，坚信自己能赢。

"不知道？你意思是，另外有人发帖，单单高价收购你父亲的遗物，但和你无关？"

"是的。"

"你信自己的话吗？"项西川哼道。

"有人偏偏对那个手镯感兴趣，和我有什么关系？我买父亲的遗物，天经地义，若是我做的，为什么不承认？幼稚。"

项西川有些绷不住了，脸微微涨红，还想问什么，钱进打断了他。

"说起来，咱俩算同行，今天一见如故，有几个纯技术性问题，想请教一下。"钱进说。

黄赫略一犹豫，点头同意。

"'东亚丛林'的帖子，回复只对发帖者可见吗？"

"是的。所有帖子，回复内容只对发帖者和回复者可见，对别人来说都是乱码。"

"以'东亚丛林'为例，它发展用户最好的方式是什么？"

"当然是邮件。"

"邮件？为什么？"

"一、保密性较好；二、网络发展到今天，还在广泛使用邮件的，除了政府和军方，主要集中在两类人，一类是老板，另一类是程序、网络等相关人员。对暗网来说，老板有钱，程序、网络相关人员有兴趣，这两类人是优选用户。"

"暗网真的无懈可击，用户信息无从追踪？病毒追踪应该可以吧？"

"它当然不是无懈可击，但它也在与时俱进。追踪方面你说得很对，可以利用病毒追踪用户真实IP地址，这是Tor网络的一个天然漏洞。不过据我所知，'东亚丛林'就修复了这个漏洞。"

"'东亚丛林'支持线上兑换比特币吗？"钱进紧跟着问。

"不能。人民币也好，美元也好，大部分资金，是通过明网的平台兑换比特币。有的暗网也支持兑换，那其实很蠢，一旦有网络资金流动，网站离暴露就不远了。"

钱进听完，若有所思地点了点头。

这时黄赫站起来，带着微笑说："今天我说得够多了，好像离我说的'不配合'差很远。要是诸位没有我犯罪的证据，这种谈话就到此为止吧，我很忙。对了，我买单，我不喜欢警察请喝咖啡。"

黄赫大摇大摆地走了，留下三位警官大眼瞪小眼。

"这小子挺有个性。"钱进笑了笑。

项西川刚才言语间受挫，冷着脸不知在想什么。

这时，沉默了半天的秦向阳突然拍着桌子说："一语惊醒梦中人啊，就查它，也许它上面有狐狸尾巴。"

秦队长话里兴奋，脸上却一点也不兴奋，深恨自己没早想到。

"查什么？"钱进没明白过来。

"比特币交易平台。"

秦向阳一说完，钱进和项西川瞬间明白了。

他们匆匆上车，连夜返回香港。

返程路上，秦向阳给苏曼宁打了个电话。

他原本想通过苏曼宁对黄赫做进一步的了解，尤其是性格方面，如有必要，了解对象会扩大到黄赫当年的老师和其他同学。没承想苏曼宁一听黄赫的名字，语气就起了细微的变化。

秦队长心细如丝，怎会忽略这种变化。

他立刻问："你们很熟？"

"是同学。"

"哦，那没事了，我去打听他别的同学和老师吧。"

"哎！"苏曼宁一看瞒不住了，也就不再顾忌自尊，很干脆地说，"那时，我和他处过对象。"

黄赫和苏曼宁处过对象？秦队长兴趣来了。

"我都结婚了，还会在意往事？只是太突然。"苏曼宁辩解了一句。

秦队长表示理解。

"他怎么了？犯事了？"苏曼宁随意问道。

秦向阳把陈一龙的死和那些往事说了。

"这么说，1025事件，他也有嫌疑？"

"是的,我们才跟他谈完,他极力否认,而且听起来很有道理。"

苏曼宁想了想,说:"大半年前,年三十晚上他给我发了个问候短信,那是他失踪后第一次联系我。他那个人吧,很自信,很热情。在警校时期,还给警方提供过技术支持。要说陈一龙的死,他有动机,错不了。可是,他那么自信的人,要是买凶杀人,会让人很容易就怀疑到他吗?"

挂断电话,苏曼宁看着秦向阳发来的黄赫手机号,慢慢陷入回忆。

第八章　退行

离开咖啡厅时，已是晚上7点，黄赫去了杨依的心理诊所。

杨依平常就住在诊所，这么晚了，她本以为黄赫不会来，上次黄赫留下了两千块钱，那让她很过意不去。

"昨天来得太早，今天来得太晚，实在不好意思。"黄赫表达了歉意。

杨依善意地笑了笑，询问黄赫的情况。

黄赫说恢复了很多，这一两天内有要事处理，得抓紧治疗。说完，他就到休息椅上躺了下来。

"陪你聊会儿？"杨依问。

"行，就说说你吧。"

"我？我有什么好说的？"

"聊聊你的病人。"

"病人？你真感兴趣？"杨依说，"前些天接待了一位抑郁症患者，精神状态非常差。他说话时，眼神怯生生的，眼白总是使劲往上飘，那让人觉得他很专注，可是，那种眼神令人很……很不安。不敢想象，他才二十出头。他习惯沉默，他说，语言令他恶心！他指的是所有人之间的交流，他认为语言交流毫无意义……你说那是现代病？"

杨依看了看黄赫，继续说："不能说抑郁症是现代病，但不能否认，现代社会这种病症的人很多。其实，每一个抑郁症病人心里，都揣着两条蛇，一条是外来和内在的压力，一条是对自己的巨大失望和怀疑……要想帮他们，必须杀死那两条蛇……"

她的声音很轻柔，那令黄赫觉得很享受。

"他很配合，希望自己好起来。他很痛苦，说自己每天像演戏，明明极度厌恶交流，每天还要装成正常人，去应付周围所有人。"

"抑郁症，那是什么体验？能治好吗？"黄赫问。

"体验？最好别有那种体验！"杨依轻轻叹了口气，说，"抑郁症患者最大的问题，是否定自我价值。换句话说，对自己的价值定位为零，看不到任何希望，失去任何兴趣。当一个人觉得生命无意义时，也只能试图从死亡身上找意义了。"

"从死亡身上找意义？"黄赫皱起了眉头，"人死了……宇宙要是死了，它留下的意义，或者说希望，好像只能是未可知的新生了。"

"说得很对！"杨依的眼神亮了，"抑郁症患者，需要的就是重生，或说希望！"

"能治好吗？"

"当然能，但过程漫长，关键要重建他的生命价值系统。我刚才说的那个年轻病人，他最后自杀了，在峨眉金顶舍身崖……"

"自杀？"黄赫吃了一惊。

"很可惜，是吗？其实，抑郁症患者比我们正常人更渴望理解，可事实上他们又很难得到充分理解。人们通常的表达是，为什么自杀？连死都不怕，还怕活着吗？这话就是极不理解对方的表现。死亡太可怕，活着很美好，那是对正常人而言。对抑郁症患者来说，自身价值为零地活着，更可怕。他们恐惧活着，恐惧零价值，那种恐惧，正常人是想象不来的！自然而然地，他们就对那个未知的死亡感兴趣了。"

杨依用一贯温柔的声音谈着生死，那让周围的气氛静谧而又深邃，让人想到星空。

黄赫长长地叹了口气，慢慢闭上眼，开始想关于赌局的第一份任务。

第一场赌局的对象叫郭震，23岁，越州人，家里经济条件良好，独居，在区政府网信办工作。小丑提供的资料显示，郭震是"东亚丛林"的第一批用户，有至少两年的暗网经历。

郭震最喜欢逛"东亚丛林"的视频直播间。

黄赫很清楚，那里最常见的是重口味直播，包括最残忍的虐杀直播，很多视频的残忍程度，比中环拍卖会的直播有过之无不及。这个年轻人为什么偏好那种直播？

作为必要的资料，小丑介绍，郭震喜欢撕咬。最常见的发泄工具是枕头，常常把枕头咬得稀烂。用郭震自己的话说，就是牙痒痒，一阵一阵的。一旦痒起来，就想狠狠地撕咬视线范围内的任何东西，选择上最好是柔软度好一些的，比如枕头、棉被、毛巾、卫生纸等，这些是最常见的选择。

而最优选择，是人。

郭震喜欢咬人，咬自己，更咬女友。他有着强健的咀嚼肌，咬在人身上的痕迹，带着暗红的齿印，这导致连续三个女孩先后跟他分了手。

小丑给的资料就这些，小丑的判断是，郭震一定会因此送命，而且很快。

咬东西？这不就是心理退行吗？本质上跟那些咬手指的成年人一样。郭震的情况，无非是比常人严重。黄赫想起了杨依对退行的解释。

接到赌局后，他第一反应，就是小丑找错了人，不该找他这个程序员，应该找个心理医生。但是心理医生即便赌输了，也无法胜任攻击"东亚丛林"、寻找网站漏洞的任务。

当然，他也明白，小丑所谓"因此送命"的"此"，不是单指心理病，而是指"心理病＋上暗网"。

但是，因为这两样就要送命？对此，黄赫没有充分的理解。

这件事，黄赫和小丑所掌握的信息是均等的。

黄赫觉得，要赢这一局，似乎不太难，不就是救治一个心理病人吗？自己不会治，可以请人治。

请人治？眼前不就有个人选？她应该能胜任吧！也许她会拒绝？越州的心理医生有的是，为什么非要找她？带着这些乱七八糟的疑问，黄赫慢慢地睡着了。

杨依安静地坐在一旁，眼神清澈温柔。

秋高气爽，夜风微凉，有月光照进了房间，她轻轻起身关了灯……

黑暗来袭，便是好时光。

这是郭震对黑夜的理解。

郭震独居，房子是家里给他准备的婚房。

就像有人喜欢艳阳高照，有人喜欢下雨天一样，郭震偏偏喜欢夜晚。

他喜欢在深夜拉上窗帘，在桌上摆上烟和高度白酒，上"东亚丛林"。要是恰好下着大雨，黑暗中雨点敲击世界的韵律所带来的满满的安全感，更令他尖叫。

他这个岁数的年轻人，有无数人在玩王者荣耀，有无数人在泡吧，他觉得那些行为简直幼稚极了。

在"东亚丛林"的视频直播网站，他感觉找到了真正的自我。只要支付一定量的比特币，就能三百六十度无死角，亲历种种刺激的直播，尤其是杀人直播。那种感觉真是棒极了，那才是男人应该玩的游戏。

再进一步，要是支付足够的比特币，观众就能跟屏幕上的行刑者连线，提出特定要求，指挥行刑者，按自己的要求去把一个猎物干掉。

那种感觉，就是上帝的感觉，高高在上，掌握生死。

起初，郭震想攒上一笔钱，在屏幕前体验一把当上帝的感觉，但在攒钱过程中，他的目标慢慢变了。

"东亚丛林"的变态屠杀游戏几乎每个月都有，但日期不固定。每次看视频，郭震都兴奋得不能自已，每一次，他的牙都会痒得要命，总是情不自禁地咬东西，去缓解仿佛会随时爆炸的兴奋。有时他会把好几根筷子含在嘴里，直到咬断为止，有时会咬自己的胳膊，直到咬出血来。每次视频结束时，他齿间的奇痒才会结束，那之后的舒畅和平静，常人难以体会。

心理病？就算是吧，又能怎样？

几天前看了香港中环的杀人直播，他再也睡不着了，那激活了他生命里所有的兴奋。那三场触目惊心的直播，使他的"观影体验"，从量变飞跃到了质变。

都知道吸毒上瘾，殊不知看某些视频也会上瘾。

吸毒的人，有些会进而贩毒。

看杀人直播的人呢，会不会进而杀人？

对此，郭震有着明确的答案。

这个毛病困扰他十多年了，随着年纪的增长，不但不见好转，反而越来越严重。每次，新任女友被他咬跑了之后，他也有过治疗，但每次他又会被新的视频深深吸引，周而复始，越陷越深。

他也为此深感痛苦，甚至为自己换了个木枕头，但根本没什么用，他越是痛苦，反而越是离不开那些血腥直播。

他已记不起自己是怎么接触上暗网、迷恋上那类直播的，更记不起有多少不同肤色的陌生人，华丽地在他眼前的屏幕上死去。他只清晰地记得第一次看杀人时的战栗，以及胳膊上的齿痕。

最近看完香港拍卖会的现场直播，那个大胆的想法再次冒出来，他才认识到，他之所以有这种病，为的就是一个"崇高"的理想。

他要杀人。

而且要在"东亚丛林"现场直播。

当这个想法再次冒出来时，他几乎是瞬间意识到，只有亲手宰杀一个人，才能彻底治好他的病。

对此，他确信无疑。

他成了自己的佛，对自己的理想诚挚而虔诚，只差对自己跪拜。正所谓佛魔一线。因为接触暗网而迷恋血腥直播，因为血腥直播又有了要亲手杀人的想法，当想法一步步成为执念，进而连治疗心理病也成了实施执念的理由，就像吸毒一样，可以说，这时的郭震已坠入心魔了。

为此，他早准备了一笔钱，通过兑换平台换成了比特币。

"东亚丛林"的直播间模块，跟明网的布局类似，而且任何人都可以申请开直播，没有条件限制。"东亚丛林"也有所谓网红，那些人直播时间比较固定，直播内容，多是低俗色情表演。而真正受欢迎的直播间，从来不固定时间，顶多会预先发个直播通知。有经验的老鸟都知道，一旦有通知出来，就又有好节目了。这所谓的好节目，无非是虐杀类游戏。

几天来，郭震频繁登录自己最喜欢的那个直播间。直播间下方，备注着"联系我们"的站内信箱。

像中环拍卖会现场那种大场面，他可玩不了，更不会参加。他猜，这个直播间的主人所在组织属于东南亚某个地方。郭震是通过直播时人们的零星对话判断的，他盼望着自己的东南亚直播之旅。

这是他第二次发站内信。

第一次发信，早在香港拍卖会之前。但不知什么原因，没得到回应。

信中，他声称要出钱，参与担任一场直播的行刑者，并特别注明行刑对象，最好是个女人。在郭震看来，面对痛苦时，女人往往比男人坚韧。他希望直播间的组织者，能快些发现他的邮件，并且联系他。他不知道自己的要求能否被接受，为此很是担心。

第二次发完站内信，他紧盯着屏幕，又苦熬了大半夜，仍是没见到任何回复，这令他无比沮丧，去单位路上的脚步也格外沉重……

从诊所回到家后，黄赫想了一夜，才下定决心，要找杨依帮忙。

为什么找她？因为她长得像苏曼宁，还是因为她的专业素养？

杨依专业能力和素养都不差，但论能力、论素养，在这个城市一定有更优人选，而且那些人一定都很忙。

黄赫给了自己一个潇洒的理由：就因为长得像，又能怎样？至少赏心悦目，总比和别人一起更有趣。再说，她们性格上一点也不像。

这件事，别的男人怎么选择？不知道。黄赫选择了直面内心。

天一亮，他照例去了诊所，这次来得更早，他顺手给杨依带了早餐。

杨依似乎料到他会来，提前把躺椅搬到了工作室隔壁的休息间，省得黄赫躺在那儿，影响她接待别的客人。

在休息间临睡前,他接了母亲打来的电话,然后把手机调成振动,随手放在了躺椅扶手上,然后惯性地摸了摸口袋里的车钥匙。

他躺下去一会儿便睡着了,显然,他昨夜休息得很差。

大约过了一个小时,杨依进休息室取东西。她拿了东西刚要走,发现黄赫的手机振动起来。

杨依皱了皱眉,不知该不该叫醒他。

作为心理医生,她当然更希望自己的顾客能好好休息。迟疑片刻,她轻手轻脚拿起电话走出门去,把电话放到了办公桌上。

过了一会儿,电话又振动起来。

杨依摸着发梢想了想,决定还是不要理睬。

又过了一会儿,电话再次响起。

这次她终于坐不住了,随手拿起了手机。

三个来电都是同一个号码打来的,没有备注名字。

别是有什么急事吧?尽管不太礼貌,杨依还是把电话接了起来,她担心对方着急,想告诉对方黄赫正休息,要是有急事就叫醒他,要是不急,就过会再打。

"黄赫,你好!我是苏曼宁!"电话终于通了,苏曼宁的声音像兔子一样,立刻蹦了出来。

"你好,我是黄赫的心理医生。"

"心理医生?"苏曼宁吃了一惊。

"是这样,这里是诊所,他近来精神状态较差,刚睡过去不久。需要的话,我帮你叫醒他?"

苏曼宁很干脆地说了声"不用,谢谢",就把电话挂了。

黄赫午时醒来,精力恢复了很多。

杨依把自作主张接电话的事说了,告诉他对方叫苏曼宁。

苏曼宁?黄赫微微一怔,随即恍若无事,提出请杨依吃饭,以示感谢。实际上,他想借着吃饭的机会,请杨依出面给郭震治病。

"请客吃饭可以,千万别说谢字,只不过给你腾了个地方休息,也没多做什么,还收了你的钱。"杨依的话很坦白。

黄赫索性直说,有事请杨依帮忙。

随后两人找了家馆子坐下,边吃边聊。

黄赫前晚都琢磨好了,没法把事情的原委对杨依言明,但又不能乱扯,最后决定以朋友委托的名义,请杨依去治病,接着,说了郭震的情况。

"诊金不用担心。"说着,他就给杨依的微信转了一万块钱。

杨依的脸马上红了,摆手道:"不是钱的事,再说哪有连病人也没见,就收钱的道理?"

黄赫收起微笑正色道:"这事要出诊,诊所生意会受影响,这钱该收。放心,这是前期费用。"

"说了不是钱的事。给我个理由,为什么找我?郭震和你又是什么关系?"杨依的话听着很柔和,可黄赫还真不好回答。

他叼起烟,说:"郭震和我啥关系,你就别问了。总之他是病人,还很严重,你呢,是心理医生,水平也不差,就是找你去看病,这总不是坏事吧!"

"不是坏事!"杨依歪着头问,"可医生多了去了,为什么找我?"

"为啥找你?这不就赶上了嘛,巧嘛……而且你人不错,才给你介绍生意,行了吧,难不成我想泡你?"说完黄赫往椅背上一靠,表现出一副无所谓的样子,心里却做了被拒绝的准备。

"呵呵。"杨依很得体地笑了笑,说,"几时出诊?郭震的资料发来,我回去琢磨琢磨。"

"等我电话。"黄赫没想到杨依答应了,心里飞快地盘算起接下来的计划。

下午,黄赫按计划找到了郭震的父母。

郭震父母做水产品批发生意,收入还不错。

黄赫想得很周全,要想赢这一局,最好的法子自然是有警方参与,抓个郭震上非法网络的现行,弄进派出所关一阵子,但这不可能。

他想到了另一个地方,网瘾戒断中心。这事,心理师介入治疗只是一方面,最关键的是控制住郭震的自由,保证好他的人身安全。

要进网瘾戒断中心，非得郭震父母出面不可。

郭震父亲叫郭大山，是个四十多岁的中年人。

黄赫单刀直入："我叫黄赫，是个网络工程师，无意中发现你儿子上非法网络。"

这个陌生男人上来的一席话，把郭大山说懵了。

"网络工程师？什么玩意？和我儿子有鸡毛关系？"郭大山谨慎地打量着黄赫，心想，这货搞什么幺蛾子？莫非是个骗子？

黄赫拿出手机找到个网页，把手机递给了郭大山。

那是个英文网页，上边有好几张黄赫的照片，是他在美国公司的工作照。

"这能说明什么嘛！"郭大山把手机丢给黄赫，一脸不屑。

黄赫笑着说："我在美国搞了六年网络，你信不信无所谓。告诉你，我能黑所有人的电脑，知道郭震所有秘密。"

"黑电脑？"郭大山猛地站起来，"你是黑客？"

"我不是坏人，不信你报警。"黄赫说着，掏出身份证交给郭大山，接着拿出随身电脑，当着郭大山的面就入侵了本地警务户籍系统，随后在里面输入了自己的身份证号。接着，黄赫的基本资料，在官方网页上显示出来。

看着对方熟练的操作，郭大山张着嘴待在原地。

"其实我的身份不重要，你知道我是好意就行！"黄赫收起电脑，小声说，"前几天香港传过来的杀人视频，你有看吗？"

郭大山愣了一下，说："看了啊，就看了一个，画面不清楚，哎呀，太他妈吓人了！听说后面还有，我没见着……"

黄赫刚想说话，郭大山低声打断了他："嘿嘿，小老弟你能黑电脑，能不能查查我老婆的手机？"

"查什么？"

"云盘呗，相册还用你查？我怀疑里头有事。"郭大山回头瞅了老婆一眼，小声说。

黄赫果断摇头拒绝，理由很简单，两口子的事，两口子好好沟通，他可不是窃取隐私、破坏家庭的信息贩子。

郭大山面露失望，摸出烟抽起来。

黄赫接着上个话题说："你儿子有全套的香港杀人视频，而且是直播模式，中间没有停顿，不是你们看的那种录播片段，知道什么意思吧？"

郭大山闻言大惊，烟屁股差点塞到鼻孔里。

"全套直播视频？他从哪儿弄的？"郭大山挠着头问。

黄赫不说话，又拿出电脑操作了一会儿，很快入侵了郭震的手机。他先把手机通讯录截取给郭大山看，让郭大山确认是儿子的手机，随后从手机里复制出一个视频文件。

那果然是1025恐袭事件的直播视频，视频本身不提供下载，但可以通过特殊录播软件，录播进自己电脑。

"你怎么做到的？"郭大山觉得黄赫的操作不可思议，他拖动视频看了几眼就不敢看了，颤抖着手关掉视频。

"先入侵你儿子单位的Wi-Fi，说了你也不懂。"

黄赫这才把郭震上"东亚丛林"的事告诉了郭大山，最后他补充道："虽然我没亲眼见到郭震登录暗网，但这事确信无疑，直播视频就是凭证，而且我确信，他电脑里还有更多暴力视频，你想不想看？那是非法的，是要坐牢的。"

一听坐牢，郭大山慌了。

黄赫继续加码："最怕时间长了，郭震会有更出格的行为。他有心理病，你知道吧？"

郭大山点点头。他不是不知道儿子的情况，之前就有个女孩来找他告过状。郭震这个毛病有十来年了，郭震母亲也早就知道，只不过他们都没当回事，只当那是孩子小时候留下的恶习。

黄赫告诉郭大山，郭震的病情很严重。要是郭大山还不信，他会在郭震上网时，入侵郭震的摄像头，进一步观察郭震的情况，把视频给郭大山看。

郭大山立刻拒绝了黄赫的建议，毕竟那是亲儿子，怎么能叫个陌生人随意监控呢？想想都怕。

黄赫也不勉强，见火候差不多了，硬声说道："郭震的心理病加上沉迷暗网的恶习，发展下去恶果难料，这不是危言耸听。作为父亲，你要不想救你儿子，那就当我没来过。"

说完，他转身就走。

郭大山擦了擦汗，马上叫住了他，紧皱眉头问："那你说怎么办？"

黄赫说："网瘾戒断中心。"

"网瘾戒断中心？把他关进去？"

"是治疗。你帮他请假或辞职，随便，当务之急，先把他弄进去，再配合心理治疗，心理医生我帮你找，但费用你得给我报销。"

"为什么帮我？"郭大山沉声问。

"没理由，总之我没有任何恶意。"

"没理由？"郭大山满脸狐疑。

"古代也有行侠仗义之人，实在没法理解，你就当我是活雷锋。"

"雷锋？"郭大山念叨着这两个字，感觉自己的牙都快被黄赫酸掉了。

"这事不能拖，赶紧办！立刻，马上！晚上我就带心理医生过去。"黄赫拿出一个网瘾戒断中心的名片交给郭大山。

临走他又嘱咐对方："见到郭震不用提暗网，不用提我，以老子的权威把儿子强行塞进戒断中心就行，剩下的事交给我。"

郭大山呆在原地，半天缓不过神来。

接下来，事情进展得很顺利。

当天下午，郭震就被家人强行送进了网瘾戒断中心。

那家机构在市郊，有三座楼，出于安全考虑，楼层都只有三层，通往楼顶的通道是封闭的，每个房间都加装了防盗窗。三层楼的高度，就算有狡猾的孩子找到漏洞跳楼，也基本摔不死。送进去的人，从十岁出头到三四十岁的都有，多数是网络游戏成瘾的青少年，有的辍学，有的发展成冷漠症，有的偷拿父母财物甚至打砸父母，有的劫掠同学，也有些和网瘾无关、单纯是不好管教的问题少年。

随着近20年网络游戏的泛滥和网络的发展，社会环境已渐趋理性，因网瘾走极端的青少年远没有十几年前多了，但网瘾戒断这个行业，还是有市场的。这个行业发展了十几年，因其所谓的电击治疗、强迫服从，社会争议很大。慢慢地，有的机构发展为以心理治疗为主的专业性机构；有的则改名换姓，把电击治疗改成脉冲治疗；有的更是把戒断网瘾办成了技能培训学校，总之是林林总总，各有各的招。

看着父亲怒火冲天，把他送到这个地方，郭震简直莫名其妙。

对郭震来说，决定命运的变化，发生在中午。

他现在最记挂的，就是"东亚丛林"的站内信。

中午下班后他匆匆回家，登录了网站，他完全没想到，这次等着他的是个好消息，那个直播间的组织者不但回复了他，还同意了他出钱做行刑人的要求。唯一的坏消息，是在郭震出价的基础上，还要再加五万块钱比特币，郭震毫不犹豫地照办了。他上班才一年多，能有多少积蓄？为这事，把家人让他买车的钱耗去了大半。

钱可以再赚，但实现理想的机会只有一次。他一点也不后悔，浑身激动地发抖。现在就剩一件事了，等邮件发来地址，然后动身。

郭震关了电脑正要上班，父亲就来了，还带了个本家兄弟，连哄带骗就把他弄到了市郊。

起初，郭震以为自己上暗网的事被发现了，可那怎么可能？那为何被强扭到这里？直到郭大山临走甩给他一句话，他才明白过来。

郭大山说很快就有心理医生来给他看病，叫他老实待着。

敢情还是为那个老毛病。可父亲以前压根不在意，这次是怎么了？郭震很无奈，很想告诉郭大山，他已经有了最好的法子，都联系妥了，等他亲手宰杀一个人，一切就都好了。

第九章 突破

秦向阳等人回到香港安全屋，连夜开会。

李天峰对张云生的调查也来了。张云生的发家史就是一部忽悠史，灌装劣质肥料起家，用虚假返利的营销手段，给农户发磁卡，号称卡里有政府专项补贴，买他的肥料一律五折，另一半从磁卡里扣除。其实磁卡就是个噱头，里头狗屁没有，但是迎合了农民贪便宜的心理。

那时候乡下许多农产品门市部小老板，跟着张云生挣了钱。后来被同行举报，张云生迅速转型，但是那些小老板因为配合张云生弄虚作假，在各自村子里却坏了名声，很多人就地关门。

这么说起来，张云生的仇人不少，但都不到杀人的地步，而且都是陈年往事，怕是很多人早都忘了。

张云生的企业有两个合伙人，一个叫刘新华，一个叫胡卫东。刘新华入伙晚，占资25%，胡卫东35%。这个胡卫东，算得上张云生的贵人。张云生最早的皮包公司招人时，胡卫东过去神侃了一小时，张云生愣是一句话也插不上。接下去在张云生坑蒙拐骗的年代，胡卫东就成了狗头军师的角色，给张云生出了不少主意。胡卫东干保险出身，能说会道，老婆是公务员，女儿在某音乐学院上学，这几年成了网红。

张云生呢，说白了就是个空手套白狼的主，起家时除了忽悠术，根本没几个本钱。最难的那几年，胡卫东给他出了不少钱。那时，张云生有事没事就捧胡卫东，出去给农民开营销忽悠会，动不动就称呼胡卫东是省里的农科专家，把胡卫东说得飘飘然。

李天峰打听了一天，听说这俩人的股权有些混乱，找到胡卫东当面质问，胡卫东却说没那回事。但在李天峰看来，这个姓胡的，有杀人动机。

调查报告最后，附着张云生所有的亲戚朋友名单，还有几个小老板的名字，都是和张云生有过节的。

调查了一圈下来，秦向阳排除了最初提出的一个可能性，确定三个被害人不可能有共同仇人。陈一龙、高强、张云生，三个人三个行业，行业之间根本不沾边，三个人也互不认识，而且地域上也离得很远。高强本是福建人，后来在深圳，陈一龙在越州，张云生则远在北方，而且这三个人各自最为亲近的朋友和亲戚里，也没有共同的人。再结合这一天的调查情况，逻辑上基本能断定，这三名受害人背后，有三名幕后黑手，他们各有各的仇人。

紧接着就是最重要的内容，查比特币交易平台。这个活儿也就钱进能干，为了便于交流，钱进对一些必要内容做了简单的科普。

众所周知，比特币交易最重要的一个特点，是匿名化。

这里涉及三个基本概念：比特币钱包、比特币地址、地址私钥。

形象地说，比特币地址，就好比我们的银行卡账号。如果有人给你转比特币，你就得把你的比特币地址给对方。

在区块链网络里，所有比特币地址都是公开的，它里面记录着该账户的余额和所有交易记录，以便公开查询，而且交易记录永远存在，无法删除，但是，你不知道这个地址归谁所有。所以，从安全的角度说，你的比特币地址越多越好，你有十个地址，就好比有十个篮子，你把鸡蛋分散在十个篮子里，即便有一个篮子的私钥丢了，还有九个篮子是安全的。

地址私钥，就相当于银行卡密码。

比特币钱包，它就是个软件（实际上，地址和私钥都是钱包生成的），用来管理地址和秘钥。

由于比特币地址和私钥，都是比特币钱包通过运算生成的，所以钱包是必要的。

比特币钱包分两种，一种是在各大比特币交易平台注册，然后平台给注册用户分配在线钱包。但是国内的平台注册，都要实名。实名注册后，再绑定银行卡、支付宝等支付工具，从平台上购买比特币，这么一来，就把比特币交易的匿名性给规避了。另一种，是个人下载钱包软件，用邮件注册自己的私人钱包。这两点区别很大，平台用户是实名，平台对每笔交易收取手续费，私人钱包是匿名，场外（平台外）交易能省不少手续费。但正规平台用户多，最主要是安全性上有保证。国家对交易平台采取限制后，越来越多的人从事场外交易，由此诞生了很多不受法律保护的场外交易平台，此外还有众多场外网络社交群。场外交易最大的缺点是交易双方信息未知，容易出现交易骗局，故此，大额场外交易，往往是私下联系，一手钱一手币，当面交易。

秦向阳一开始不了解，所以想得很简单。他认为不管比特币交易过程如何匿名，总要有个源头，要先通过交易平台买币，买币就得绑定银行卡，有了银行卡，就有机会查到与三名被害人相关的人。但是听了钱进的科普，他才意识到事情没那么简单，比特币交易的匿名性远比他想象的完善，凶手但凡有一点相关常识，都绝不会通过交易平台操作，为了安全，凶手一定会选择匿名钱包，然后自己寻找持币者，进行场外交易。

事实证明，确实如此。钱进从网上召集了他原部门的同事帮忙，把国内所有比特币交易平台，近一年的注册用户数据归拢到了一块，那是个很庞大的数据库。之后，再进行比对搜索。

为避免漏掉可能的嫌疑人，他们把比对搜索名单拉得很长，三名受害人家属统计的亲戚、朋友、有过节的人，拍卖会现场的所有土豪，都在名单之列。为什么加上参加拍卖会的人呢？理由很简单，用传统案件的角度看，那些人都是案发时的当事人，自然有调查和比对的必要。

跟高强有经济纠纷的饲料厂老板刘冠军、高强老婆吕秀丽、高强的小三冯玮玮、高强的两个女儿、陈一龙老婆窦晓萌、黄赫、张云生及老婆孩子、股东刘新华、胡卫东及他们的家人、被张云生坑过的诸多小老板……这一大串人名就占了名单一半，希望这份名单没漏掉什么人。

这个活儿很枯燥、烦琐，类似传统案件的详细摸排走访，但没技术难度。

小半夜过去，比对搜索完了，结果很令人失望，除了找到两个相关人，一个关键人物也没有。

两个相关人，一个是陈一龙的儿子陈传奇，一个是张云生的业务经理，叫李冲。这俩都是年轻人，很快被排除。陈传奇是大四学生，有过七八万块钱的交易记录，买入卖出明细清晰，一看就是年轻人出于好奇心的玩票投资。李冲是个业务经理，总共投资了22000元，这大概是当时一个币的价格。

这可怎么办？

还剩一个笨办法，查所有人银行账户的流出资金，从里面找可疑性流动。

他们考虑，正规平台查不到，那就查场外交易。不管怎么交易，只要买币，就有资金流动。当然还有个可能，是凶手自己挖矿攒币，那样的话，案子的调查就又是另一个方向了。

查那么一大批人的资金流，包括私人账户和公司账户，数据瞬间多了起来。时间上，先查半年为限。每个账户进来的资金不用管，只核实流出资金的去向。核实起来也有规律，理论上，私人账户单笔流出资金少于50万元的，完全没有核实必要，当然，如果同一账户短期内连续流出多笔小额资金，加起来又数额巨大，也值得怀疑。这么一来，工作量骤然变小。

天亮时结果出来了。

半年内，私人账户一次流出资金大于50万的，有38人，共计49笔资金。

再看每笔资金的接收账户。

经核查，车行账户8个，房地产公司账户7个，股票等投资类账户18个，珠宝行账户3个，医院账户2个，慈善机构1个。除了这39笔资金，还有5笔流入私人账户，最后，有5笔资金未流入任何账户，去向不明。

这38个人全是参加拍卖会的土豪或家属。

案情似乎渐渐有了眉目。

钱进马上请示丁奉武，以公安部特别行动组的名义，要求香港警方及内地相关部门，对流入商业结构和慈善机构的那39笔资金进行核实。趁着核实的时间，秦向阳等人休息了一会儿。

半个上午不到，反馈结果有了，那39笔资金的流向均为属实。

如此一来，范围大大缩小，只剩十笔资金要进一步核实。

流入私人账户的5笔资金，来自于3个人。

未流入任何账户的5笔资金，来自于4个人。

秦向阳一看这七个人的名单，困倦的眼神顿时亮了：名单里，有几个非常熟悉的名字。

吕秀丽（被害人高强的老婆），220万，流入某私人账号（账号所有人：待查）。

邹小惠（土豪老婆，香港人），500万，流入谢涛的私人账号。

马行远（土豪，深圳人），800万，流入柳眉的私人账号。

刘新华（被害人张云生的合作伙伴），220万，流向不明。

魏名扬（拍卖会委托方，外号龟仙人），495万，流向不明。

王大川（香港土豪），1000万，流向不明。

徐志协（香港土豪），4笔现金共计2000万，流向不明。

10笔资金流向，7个人，徐志协占了4笔。

先查谁，表面看是个问题。

秦队长用红笔把吕秀丽和刘新华的名字圈了起来，这俩人都跟被害人有关系，先不动。要想法先排除掉和案子无关的人，进一步缩小范围。

还有5个人，先查谁呢？

项西川果断地说："先根据账号，查谢涛和柳眉的个人资料。"

钱进很快把资料调了出来。

谢涛，23岁，湖南人，人在香港，是酒吧DJ。

柳眉，20岁，深圳人，人在深圳，是个学生。

给谢涛打钱的邹小惠，45岁。

给柳眉打钱的马行远，51岁。

看到这，钱进把键盘一扔，笑道："这俩年轻人，一个找富婆，一个找干爹，赌不赌？"

项西川无语地走到了旁边。

秦向阳把调查信息通知了港深两地相关警员，去调查谢涛和柳眉。

不久后消息回来了，钱进猜得没错，面对警察严厉质问，那两个年轻人竹筒倒豆子，把自己和金主的关系全交代了。程序上，需要拿谢涛和柳眉的笔录去分别找邹小惠、马行远核实，这一块行动组无须操心。

还剩三个人，魏名扬、王大川、徐志协，这三人的资金流向都不明，表面看，都和三名死者无任何关系。

魏名扬很熟，先放一边，钱进很快查清了徐志协和王大川的背景。

徐志协好赌。

王大川好酒，没别的不良嗜好。

那段时间，徐志协4笔现金共计2000万去向不明，十有八九是拿去赌了，这是最合理的猜测。警察找到徐志协当面询问，结果还真是那么回事，那2000万现金，都在澳门输光了，徐志协司机能做证。要想进一步确认很简单，找到赌场查监控就完事了。

王大川那1000万现金又是怎么回事？警方从外围，找司机、保姆打听，得知那1000万是赎金。司机说，王大川小女儿两个月前遭遇过绑架，还好，交了赎金后人平安回来了。

家人被绑架也不报案？有钱人宁愿花钱保平安，这是明智呢，还是无奈？

一轮艰苦的淘沙工作结束，还剩三个人：吕秀丽，刘新华，魏名扬。

从一般规律看，买凶杀人者和被杀者，必然存在这样那样的关系和矛盾，因此，浮出来的吕秀丽和刘新华值得深挖，可魏名扬又是怎么回事？从数额上看，他那笔钱不大不小，495万现金，用到哪儿了呢？难道是收古董？只能说有这个可能。可是收古董为什么不银行转账，偏偏用现金？

"他要是拿去收了古董，那咱们一问便知，倘若他真有别的勾当，我们贸然上门调查，就是打草惊蛇了！"钱进一脸疲惫地说，"实在不行，把香港场外交易比特币的平台、微信群都统计出来，挨着查？"

"咋查？拿魏名扬照片挨着问？一直以为港警办案很先进，不屑用我们那套筛沙子的土办法呢。"项西川来了这么一句，钱进顿时精神了。

"说啥呢，没你们北京的牛逼，有啥事，'朝阳大妈'就帮你们全办了！"

秦向阳没心思搭理他们，叼着烟沉思片刻，突然说："不用那么麻烦了，查他手机。"

"手机？通话记录？"项西川反应很快。

"对。"秦向阳又看了看魏名扬的流水账，指着一栏说，"9月4日，周一，他取了495万现金，不管现金给了谁，他总得跟人联系……"

"明白。"钱进立刻给他同事打去电话。

很快，有人把调取的记录传了过来。

可他们一看详单傻眼了，魏名扬的通话很多，光看记录，根本看不出异常，除非一个个电话挨着查，费事。

"黑他手机。"

说完，钱进又给同事打电话，叫人定位到魏名扬位置，把魏名扬的网络地址发了过来。

有了地址，钱进入侵Wi-Fi，折腾了一阵，终于黑进了魏名扬手机。说起来，他的速度比黄赫慢很多。

黑进手机后，再跟通话详单一比对，立马发现了问题。

跟手机相比，通话详单上多出来一个号码。那个号码，9月3日通话两次，9月4日通话一次。显然，魏名扬事后把号码删了。

顺藤摸瓜，被删号码资料很快出来：那个号的主人叫薛三，是个倒腾虚拟币的老鸟。也就是说，魏名扬极有可能在9月4日那天，通过薛三买了比特币（注：政府于2017年9月30日终止内地比特币交易平台的提现和交易，并给出了缓冲期，实际交易终止日期是2017年10月31日，此后各大平台在香港上线）。

奇怪！这家伙买比特币干什么？秦向阳他们顾不得疲惫，立刻出门，控制薛三。

薛三交代，确有此事，但对对方信息一无所知。495万是币的价格，对方还加付了给线上矿工的手续费。

从薛三那儿，行动组得到了魏名扬的比特币地址，这是个巨大收获。

根据比特币地址，钱进顺利查到了魏名扬账户的详情。

账户显示，魏名扬9月4日买进495万元比特币，9月6日又全额转出到了另一个地址。

为方便，钱进把那个地址标记为X。

之后，10月25日22：10，22：30，23：05，魏名扬的地址又分别接到200万元、200万元、200万元的比特币。

这三笔，全是从X账户转入的。

这是怎么回事？X是谁？秦向阳他们不明白。

再查。

先查高强老婆吕秀丽。

吕秀丽于2017年8月20日，通过银行给某账号转账220万元。

经查，那个账号主人叫刘德邦，也是个币圈的人。

行动组来不及去深圳，就叫那边的警察控制了刘德邦。

刘德邦说，8月20日，按约定，买家给他打了220万，他给对方转了相应的比特币。他和对方是在场外平台认识的，具体情况不了解。

吕秀丽买币干什么？秦向阳简直惊呆了。

如此一来，吕秀丽的嫌疑大大增加。

根据刘德邦的转币记录，轻松找到对应吕秀丽的匿名比特币地址。再查比特币地址交易明细，发现吕秀丽在8月20日当天，把币全额转到了X地址。

又是X。

还有个刘新华，这人是9月1日提了220万现金，流向未知。

秦向阳用老办法，叫滨海警方调取刘新华的通话记录，然后叫钱进黑了刘新华手机。两者一比对，又查出来个被删的号码，号码主人叫马尚友，一打听，也是个玩币的。

滨海警方从马尚友嘴里确认，拿到现金后，就给刘新华转了币。

买币这件事，吕秀丽用银行账号转账，显然不如刘新华老到。刘新华玩现金，显然比银行走账安全，但他忽略了手机通话，虽说删除了卖方账号，但还是留下了蛛丝马迹。

刘新华的比特币地址显示，9月2日，他把币全额转到了X地址。

又是X。

X到底是谁？这激起秦向阳强烈的好奇心。

尽管不知道X是谁，但通过种种转账记录不难发现，魏名扬、吕秀丽、刘新华，他们做的事一定有联系，不然不会都牵连到X。

接着，钱进通过区块链查X的账户。

X地址：

8月20日，收到吕秀丽220万元的比特币。

8月25日，收到未知账户220万元的比特币，钱进把这个未知账户标记为Y。

9月2日，收到刘新华220万元的比特币。

9月6日，收到魏名扬495万元的比特币。

10月25日，22∶11，转出450万元比特币到未知账户，钱进把这个未知账户标记为Z。

10月25日，22∶10，22∶30，23∶05，分别转出200万、200万、200万，共计价值600万元的比特币，到达魏名扬账户。

看到这，钱进笑了："X还没整明白，这又出来个Y、Z？"他意识到不能再查Y、Z的账户了，到此为止。区块链上账户相连，越查越多，全是匿名，就像一棵枝干无穷尽的大树。再查？那得把人整成神经病。

这些地址间的转账一定有个规律，怎么捋呢？

沉思良久，秦向阳在题板上画了个地址间的关系网（略）。

他端详了半天，突然指着关系网笑道："你俩糊涂没？反正我明白了。"

钱进和项西川紧盯着关系图，既不点头，也不摇头。

秦向阳无心打哑谜，直接道："这图，得看两头。两头是谁？前头是吕秀丽、刘新华、Y，后头是魏名扬和Z。这个魏名扬很特殊，他前头也给X转过账，但他又在中间收过账，别被他搞糊涂了。"

说到这秦向阳抬头，见丁奉武也搬了个凳子，像个学生似的坐在了题板前边。

秦向阳搓了搓鼻头，接着说："说到底，这里头，只转账，不收账的，就三个人，吕秀丽、刘新华、Y。为啥只转账？不收账？"

他顿了顿，接道："什么人不收账只转账？雇主！所以，完全有理由把他们三个假设成雇主，这么一来，图表就一目了然。"

"对，先不管Y是谁，把他们假设成幕后雇主，靠谱。前头是雇主，那最后头的Z，就只能是杀手了。"项西川言简意赅地说。

"那X就是个中间平台喽，'东亚丛林'的比特币地址之一？"钱进说。

"不复杂，跟某宝差不多！"秦向阳点点头，思路转得飞快，"一、从暗网上买凶杀人，中间平台应有提成，提成多少？二、用比特币交易，信任问题怎么解决？雇主先转币，杀手要是不履约，雇主不就赔了？杀手先履约，雇主事后不转币，杀手不就赔了？"

"提成？看这个表格，应该是本金，也就是交易者所谈好价格的十分之一。"钱进拿一组数字捋了一遍，魏名扬给X转入495万。X最后又给Z转入450万，自己留下了45万，这45万，正好是450万的十分之一。细看之下更是明了，凡是经过X账户的币，不管最后转给谁，X都收取本金的十分之一，相应地，转账者都在既定金额基础上多转十分之一。分析之下，X是中间平台的结论无疑了。

"至于第二个问题，"钱进说，"既然跟某宝差不多，那也不难解决，雇主和杀手间的信用度，只能依赖平台，平台必须建立并履行自己的信用度，这是它存在和发展的前提。"

钱进简单地描述了一个系统流程：雇主发赏金帖，杀手接帖，双方谈价格，雇主把比特币打到X（"东亚丛林"），杀手完成任务，雇主确认任务完成，最后，平台把比特币转给杀手钱包，并扣取提成；如果任务失败，平台将比特币返回雇主钱包（这一步平台是否收提成，未知）。

"说得好！这么一来，图表的逻辑问题就剩最后一步了，"秦向阳指着魏名扬的名字说，"就是这货。"

秦向阳的意思是：既然吕秀丽、刘新华、Y，这三人是雇主，X是中间平台，Z是杀手，那这个交易已经顺畅成链了，这里头有魏名扬什么事？可怎么就多出来个魏名扬？

尽管这事有些奇怪，但在秦队长的逻辑里不难理清："很有趣，不是吗？只有一个解释，魏名扬在中间插了一杠子，做了个投机的掮客。"

听到这，丁奉武欣然笑了。

听到"掮客"二字，项西川顿时明白了。

"乱就乱在这根杠子。"说着，秦向阳把魏名扬比特币地址明细单独列了出来——吕秀丽、刘新华、Y，分别给X转了220万元的比特币。10月25日晚，这三笔资金又从X流进了魏名扬的地址，每笔资金在中间被X扣掉20万元（币值）提成，最后魏名扬共计收到600万元的币。

"每笔资金流进魏名扬账户的时间，为什么是10月25日22：10，22：30，23：05？很显然，那只能是三名雇主分别确认杀手完成任务的时间点。"秦向阳自信地说。

至此，X、Y、Z、吕秀丽、刘新华、魏名扬，六个比特币地址之间的转账逻辑终于理顺了：吕秀丽、刘新华、Y，先后在"东亚丛林"发了赏金帖，魏名扬发现后先后接下了三个帖子。从数据看，魏名扬给三名雇主谈的价格，都是200万，由于平台要抽成，所以三名雇主各自打了220万元的币。而魏名扬又转手联系到杀手Z，最终以一条命150万的价格成交，因此，他才转出了495万元的币。这个交易过程，X平台在中间履行了两次信用责任，一次是给魏名扬和三名雇主，另一次是给魏名扬和杀手Z，两次信用责任下来，X总共抽取了105万的提成。

但是，跟着就出来一个更加匪夷所思的问题：魏名扬为什么在中间插一杠子，做了掮客？他冒那么大的风险，折腾一番，就为赚那点差价？花495万，进账600万，挣了105万，风险和收益太不匹配。这值得吗？

魏名扬的行为，着实让人想不通。

退一步，就算魏名扬真是为挣那105万，可歹徒却是在他的拍卖会上完成了杀人任务，还抢了他的拍品，这就成了魏名扬自己给自己挖坑。难道一切真是巧合——歹徒和魏名扬有过比特币交易，但都不知道对方是谁，劫匪恰巧利用了拍卖会，演了场一箭多雕的好戏？

这个问题越想，越让人难以理解。

另外，吕秀丽为什么买凶杀死自己的老公高强？

刘新华为什么买凶杀死合伙人张云生？

Y又是谁？为什么要杀陈一龙？

这些问题一天不搞清楚，案子就一天破不了。至于行动小组的最终目的，找到"东亚丛林"服务器，揪出幕后黑手，秦向阳他们现在连想也不敢想。

秦向阳很清楚，吕秀丽和刘新华的比特币流动链条虽然捋清了，却无法作为证据。因为他们比特币流入的是X账户，谁也无法证明X就是"东亚丛林"，那么当面对质时，吕秀丽和刘新华只需沉默，就能让警方无计可施。

这也是暗网犯罪的特殊性。这要是传统买凶杀人案，很可能早就破了，但从暗网一过手，一个小小的比特币匿名链条，就胜过所有花招。随着调查深入，秦向阳对暗网犯罪在匿名方面所能带来的麻烦，有了越来越深的体会。

众人忙了整整一天一夜，不知觉间已是傍晚。丁厅长把一切看在眼里，自己变换了角色，亲自为大家准备了饭菜，让小年轻们受宠若惊。

饭间，秦向阳突然收到了李天峰的最新调查。

李天峰上次调查了张云生的人事关系，回分局后又意识到很不彻底，这才又调查了张云生的企业状况。

这一查，出现了新情况。

李天峰说，张云生近一年来，连连出手，收购了好几个企业。他看上的，是国家大力治理污染企业的机会，那导致很多中小企业濒临倒闭。这么一来，那些企业主巴不得有人接手，要的价格也很低。张云生连连出手，以较低的价格，买下了一个包装厂，两个尿素厂，一个蔬菜育苗厂，还有个造纸厂。这一行为，很符合张云生投机的性格。他把造纸厂的老设备处理掉，把车间空出来，对外说要进新设备，开肥料分厂。

在新旧动能转型，实体经济普遍不景气的大环境下，张云生这番大手笔，令他的合作伙伴很是不解。刘新华和胡卫东屡次劝解，张云生才吐出肺腑之言，他想趁机扩大企业规模，增加企业资质，为上市做准备，等上了市，再从股市套钱。这年头，好好做实体？张云生投机了一辈子，才没那么傻，他的目标是股市。

好大一盘棋。

胡卫东和刘新华一听就傻了眼，敢情买一堆濒临到底的小企业，是为了凑规模上市。可那些企业再便宜，也不是买菜，五六笔收购资金加起来，那可是一大笔。再说，上市那么简单？规模是凑就能凑起来的？现在大环境不好，应该夯实业务，守住根基，再徐图发展。胡卫东和刘新华意见一致，连番劝说，就差把嘴皮子磨破了，可张云生是"王八吃秤砣——铁了心"，谁劝也不听，说上市就是他张云生的最高理想，非干不可。

谁知，张云生固执己见，折腾了大半年，规模没搞起来，企业资产反倒缩水了三分之一多。买来的企业，只有一个包装厂投入了正常生产，给他的肥料产包装，别的几个小厂无一例外，连人都招不齐，还牵扯到各类运营成本，一直处于停业状态。

这时，胡卫东和刘新华见时机差不多了，就又劝张云生就此停手，赶紧把那些烂摊子卖掉。可张云生已是骑虎难下，还是咬牙不卖，说已经投入了，还要再坚持半年。为此，三个人吵得不可开交，可谓是矛盾日深。

听了李天峰这番汇报，秦向阳深感意外，夸了李天峰一顿，说他这次找对了症。张云生企业状况中的矛盾，极可能是张云生被杀的真正原因，但这么一来，幕后雇主就很可能要加上胡卫东了，刘新华才占25%的股份，他自己做这件事，似乎说不过去。

刘新华的动机这回靠谱了，那吕秀丽呢？

想到这，秦向阳叫上项西川就出了门。钱进忙了一天一夜，还要跟着，被秦向阳劝阻了。他只得领了好意，留下来休息。

在警方帮助下，秦项二人很快找到冯玮玮，也就是高强的小三。

这女人最多三十岁，长得很漂亮，一见警察，马上哭成了泪人。

秦向阳盯着她的肚子看了几眼，试探道："你怀孕了？"

冯玮玮闻言又哭闹起来，一边哭，一边捶自己肚子："生什么孩子，死了算了！高强都给害死了，我们还有什么活头！"

等她哭闹完了，秦向阳安慰她："高强的死是意外。"

"意外？"冯玮玮像看白痴一样瞪了秦向阳一眼，才接着说，"我看过视频的，大哥！他不是被随机挑选的，是有人买凶害他！我知道，就是那个贱人！"

看来有情况，听到这儿，秦向阳索性闭口不言了。

"没想到吧警官？就是他老婆吕秀丽干的！我要举报她，给高强报仇！"冯玮玮激动起来。

"话不可乱说，尤其当警察的面。"秦向阳故意警告她。

冯玮玮哼道："乱说？"

她从钱包里拿出一沓银行卡放在秦向阳面前。

"这些，都是高强给我的，总共多少钱，我也没算过。"

冯玮玮收起卡，又说："高强和他老婆早没感情了。"

"你怎么知道？"

冯玮玮笑了笑，未作解释。

"就算没感情，吕秀丽也不至于杀人吧？"

"看在钱的面子上，就至于了！"冯玮玮叹了口气，说，"我怀的是男孩，高强很高兴，毕竟他没儿子。可他不想离婚，一离，一半共同财产就没了。"

"他不想离婚，吕秀丽应该高兴才是。"秦向阳说。

"他不离婚，却常常往我这儿转大笔款子，吕秀丽还能高兴？再这么转下去，对吕秀丽来说，岂不是比离婚还亏？"

唉，很多内情通常都俗不可耐，秦向阳叹了口气。

冯玮玮也跟着叹了口气，语气里透着怀念："高强，很真，很爷们儿。他说过，要给我们弄个外国身份，在国外结婚。"

"照你这么说，吕秀丽应该杀你才对。"秦向阳的问题很尖锐。

冯玮玮突然笑了笑，说："杀我？我也这么想过。那是你不了解高强，不了解他们夫妻的婚姻状况，吕秀丽可了解得很。杀了冯玮玮，会有张玮玮、李玮玮……"

就在这时，秦向阳的电话响起，打断了冯玮玮的话。

电话是钱进打来的，声音很兴奋："'东亚丛林'的帖子，那个收玉器的帖，有人回复了！"

秦向阳早忘了这个茬，叫钱进详细说说。

钱进说，回复时间是昨晚，回复内容很简单：有货，如有意向，站联，不议价。内容下面，附着十几张图片，每一张图片里一件玉器，每张图片下面，则标着相应的原价和折扣价。

除了这件事，还有一则消息引起了钱进的注意，那是视频直播间的推送消息，类似于明网的小喇叭提醒，分别用英语、汉语等多种语言重复播放。消息说，近几天某直播间有精彩表演，具体时间请随时留意。

精彩表演？什么玩意？又是杀人直播吗？钱进暗暗把这事记在心里，没跟秦向阳提起。

挂了电话，秦向阳和项西川赶紧返回。

他们一进门，钱进就迎上来说："正主回帖了，那些全是拍卖会被抢的玉器。"

"怎么确定的？"秦向阳快步来到电脑前。

他一看帖子马上明白了，有一张翡翠手镯图片正是钱进拍下的那件。拍卖会上玉器不少，可手镯只有三件，秦向阳一眼就认了出来。认出来这件，那别的，就一定是被抢的玉器了。那就是说，劫匪首领联系了他们。

那件翡翠手镯，是唯一未标注价格的玉器，但它下面有个备注：已订出。

已订出？他立刻想起，他们发帖当晚，还有人发了另一个帖子，就是专门收

这件手镯的。

这时钱进说:"找了,那个帖子没了。就算有也没用,咱们看不到别人的回复。"

"看来,这家伙是别的路子出不了货,又跑暗网做起买卖来了!"项西川说。

"怎么办?难道真要申请一笔钱,跟他做生意?"钱进自言自语。

这时,秦向阳紧盯着屏幕,纳闷起来:"奇怪,这上头的原价什么意思?"

他看的是图片下标注的价格,卖家分别标注了原价和八折的折扣价。

秦向阳这个关注点,是个很小的细节。

钱进认为,古董哪有什么原价?标价当不得真,两个价格就像搞促销。对方说不议价就不议价?真交易起来,一定还能另谈。

钱进的话有道理,项西川想了想,也认同了。

"跟丁组长汇报吧,机会来了,咱们只能跟那家伙做买卖了。"钱进不停催促秦向阳。

搞促销?还能另谈?那为什么不直接标上价格另谈呢?秦向阳摇了摇头,从共享资料里调出来一段视频。

那是拍卖现场的监控视频。歹徒冲进现场后,把现场监控掐了,监控里录着掐视频之前的内容,它一直在警方手里。

视频里交易的玉器小件,总共十几件,细看之下,竟然全是帖子里图片上的货。

秦向阳把视频里的交易价挨着记下来,去和图片标的原价一对比,这下明白了:那些所谓原价,都是拍卖价。

真不是乱标的?歹徒怎会知道拍卖价?

钱进和项西川无语了。

理论上,所有拍品价格,只有拍卖师当场记录。除了拍卖师的记录,也就剩警方手里的现场视频了。至于现场顾客,就算不经历那场劫难,也没人能记住那么多价格。

从那段监控视频看,歹徒出现后,现场一片混乱,拍卖师一直蹲在角落里瑟瑟发抖,和歹徒之间没有接触。

钱进以行动组的名义立刻联系到巡警，让巡警找到了那个拍卖师。

拍卖师说，拍卖会黄了，拍卖数据谁还记得？现场数据当时记在掌上电脑上里，但谁能料到那天有恐袭？现场混乱时，数据都没保存。

"拍卖师有没有撒谎的理由？"秦向阳考虑片刻说，"要是他没撒谎，那就还剩一个人可能有拍卖数据。谁？魏名扬。"

又是魏名扬。

魏名扬是拍品的主人，当然有理由现场记录。

难道歹徒和魏名扬有联系？钱进把魏名扬那份通话记录又找了出来。

他们针对记录内近几天的电话，逐一分析、排除，很快发现里面有个不记名电话，跟魏名扬联系过两次，而其他号码都有名有姓。

这就非常可疑了。

那个可疑号码是关机状态，但钱进很快定位到了它的位置。

大屿山大澳镇。

钱进跟进那个地址，发现魏名扬在那儿竟有一处旧宅，应是其父母生前的住所。

谁在旧宅用未知号码联系魏名扬？

秦向阳建议先去探明情况。

丁奉武得知后，为确保安全，立即联系总警司马跃派人与行动组会合，一同前往。同时，魏名扬家那边，也安排了人监控。

"早该监控魏名扬了。"项西川说。

"这也不晚。"钱进答。

哥几个路上你一言我一语，稀释着内心的兴奋。

接下来将面对什么？是一场空，还是收获？

到达目的地时，已近午夜。

那是一栋二层小楼，楼下有个小院。楼上漆黑一片，情况不明。

警察把楼围住后，马跃要派人进去侦查。

"我去。"话音未落，项西川就爬上墙头进了院子。

院子里没有想象中的杂草，看来这里住过租客。一楼的房门锁着，无法判断是否有人，项西川进不去，这可咋整？

一楼门洞外有台阶。他到台阶上试了试，跳起来一把抓住了二层走廊外沿，然后双臂用力，像翻单杠一样翻到了二楼走廊上。

走廊很短，左右两侧各有一扇窗，窗户都关着，中间正对走廊有一扇落地窗，这个窗子开着一半，清凉的海风从那儿灌进室内。

好像有人，又不确定。项西川犹豫片刻，还是轻轻推开落地窗，一步一步挪了进去。

他刚进屋，就听身后传来一阵劲风。

他赶紧弯腰闪躲，就地打了个滚，再站起来时，身子撞到了墙上。

"啪！"他刚好撞到墙上的开关，灯亮了。

这下他看清了，他对面站着个人，那人个子不高，但很结实，穿着军绿色背心，手里握着把匕首。

灯一亮，楼外骚动起来。

小个子觉察到楼下的动静，猛然间扑向床头柜。

床头柜上放着个类似遥控器的玩意。

项西川一惊，心想，那肯定不能是电器遥控器，不然对方拿那玩意干什么？

"炸死你们！"这时小个子已经拿到了遥控器，顺势按下一个按钮。

对方的声音听起来很熟悉。

项西川来不及多想，要去阳台预警，但已经来不及了，院门口方向轰的一声炸了。

小个子还要接着按下去，项西川飞身一脚，把遥控器踢飞了。接着两个人贴身肉搏起来。

这时，外面的警察早都四散开去，谁也不晓得会不会再炸。由于警察是围在院子四周的，很分散，但爆炸还是炸伤了两人，其中就包括马跃。马总警司这真是流年不利，前几天恐袭事件发生时，身无寸功，今晚刚出马，就被炸伤了。

项西川和小个子的格斗仅仅持续了三分钟，秦向阳就冲了上去，场面变成二对一。而一对一的那三分钟，彻底改变了项西川对擒拿格斗的理解。他记不清那三分钟是怎么撑下来的，对他来说，那三分钟没有任何格斗技巧可言，有的只是面对生死的本能反应。

他中了两刀，浑身是伤，给自己换来一个体会：真正的杀人者格斗时，眼里没有自己的生死。

那场格斗最终因三人力竭而止。

项西川靠在墙上，擦了擦嘴角的血，笑着对小个子说："波刚，你完蛋了。"

第十章 坟墓

郭震一进戒断中心,手机和随身物品就被没收了。

郭大山走后不久,他见到了黄赫和杨侬。

郭震看着眼前一男一女,很是不屑,心想,这就是父亲找来看病的狗男女?他满脑子想着怎么逃出去,对杨侬的自我介绍无动于衷。

黄赫叫杨侬先出去,接着甩给郭震一根烟,自己也叼起一根,说:"小子,听说你不但喜欢咬东西、咬人,还喜欢上暗网?"

郭震大惊,心想:要坏事!这货怎么知道的?他狐疑地看了看黄赫,不知怎么回答,干脆继续沉默。

"别担心,我不是警察。"黄赫说着把烟点上了。

"我分分钟就能把你手机和电脑全黑了。"黄赫见他不吭声,继续刺激他。

"你是黑客?我爹找来个黑客?"郭震翻了个白眼。

"你手机里的视频,我已经给你父亲看了。"

"你想怎样?"郭震忍不住问。

"你不用戒网瘾,以后别上'东亚丛林'就成,不然,以后找你谈事的就真是警察了。"

"什么?"郭震一时乱了方寸,狠狠瞪着黄赫。

"别瞪我。你那个咬人的臭毛病,其实可以回家慢慢治,你最大的问题是暗网，有数了吧，小伙子？"

上暗网怎么了？又进不了监狱。郭震深吸一口烟，心想：他妈的少唬我，黑客了不起？就算去直播间杀人，那也没法查出来。他很清楚，直播间组织者不问顾客身份，而行刑者，都戴着面具。

"上暗网那破事，你最好别告诉心理师，省得给你惹麻烦，记住了吧？"

黄赫给郭震交了底牌，见郭震不言语，出门叫杨依。

"这黑客真奇怪，把我弄到这儿，就为了叫我戒暗网？这人不是警察，可他到底干啥的？我爹从哪儿弄了这么个多事的货来？"郭震很是纳闷，弄不清黄赫的意图。

杨依也很奇怪，做心理诊疗，为什么要把人关到这里？

黄赫考虑得很清楚，不能透露"东亚丛林"和小丑的事，省得杨依细究起来，自己不好应对，便简单地告诉杨依，郭震有网瘾。

杨依没再多问，进入房间对郭震说："郭震你好，你不用紧张，其实，你没什么大毛病。咱们都真诚一点好吗？我不会像别的心理师那样讲套话，我不是你姐姐，也不是你朋友，我就是陌生人。但是，跟陌生人讲话最安全，对不对？我想帮你。你呢，也不想下一个女朋友再因为那个小毛病和你分手，对吗？"

郭震看了看杨依，沉默。

杨依笑着说："我小时候喜欢咬指甲，你呢，什么时候开始有咬东西的习惯？"

郭震摇了摇头，那意思，忘了。

"小时候你成绩好吗？"

"还行，"郭震淡淡地说，"我是个网络监管员，其实我小时候很健康，断奶也正常，不用问了。上高中时，我怀疑自己小时候被狗咬过，其实并没有，呵呵。"

"嗯，你想象力很丰富。咱们聊聊恐怖片吧，你喜欢吗？"

"不，那很无趣，"郭震顿了顿，突然问杨依，"你知道'返祖'吗？"

"'返祖'？"

"其实，所谓的心理师都只会照本宣科，简单问题复杂化，有些东西本来很简单，我这个，就是'返祖'现象。"

"'返祖'现象？你为什么会这样想呢？"

"就好比磨牙不全是因为肚里有蛔虫，"说着，郭震站起来伸了个懒腰，"要不明天再聊？困了。"

杨依和黄赫对望了一眼，点点头，起身离开。

到了外边，黄赫说："这小子不配合，纯粹胡扯。"

杨依笑笑说："正常排斥。明天我先找他父母好好聊一聊，尤其是他的童年，今天来得太仓促了。"

黄赫点点头，忽道："见到病人，很多心理师貌似都是叫人填什么问卷……"

"心理测评量表？比如EPQ人格测试、明尼苏达多相人格测试……"杨依微笑道，"程序而已，就像医院接到病人就各种拍片。心理诊疗，说破天就三个阶段，了解、陪同、破境。了解什么？了解病人的世界，了解他们的困惑，了解他们的一切，了解他们的现实境况和心理困境，并设法找到原因，最根本的原因。陪同谁？陪同病人。作为战友和伙伴，心理师既要全身心进入病人的世界，又要即时跳回健康世界，跟病人一块，在两个世界中间找到通路，适合对方的路。破境，就是结果，就是那条路。目前，我只知道郭震的心理异常表现，除了他是个网络监管员，对他的世界一无所知……"

"他的世界？"黄赫微皱眉头，心里再次疑惑起来，要不要把郭震上暗网的龌龊事讲出来呢？

"说到了解，对你的世界，我似乎也是陌生人。程序员？游戏设计师？你在哪家公司任职呢？"杨依歪着头，似笑非笑地看着黄赫。

"我的世界？"黄赫迎着杨依的眼神，诚恳地说，"郭震的事，你辛苦了！"说完，他避开杨依走了出去。

他突然想起来一件事。

他拿出电话打给郭大山，叫对方最好去郭震房子里住。

郭大山问为什么。

黄赫说，防止郭震万一"越狱"回家。

郭大山答应了。

打完电话，黄赫又向保安了解这里的安全情况。

保安指着高大的围墙告诉黄赫："逃跑？可能吗？再说还有巡逻的。"

黄赫这才放了心。

杨依把这一切看在眼里，心想：黄赫思虑真是周全。可他为何对郭震的事如此上心呢？

郭震被人送回了二楼宿舍。

他知道刚才自己要是不说点啥，那二人是不会走的，他可没心思听对方废话。

他宿舍里有两张床，上下铺，住着三个十五六岁的少年，加上他是四个人。

那些少年之间并无言谈，各自躺着看书。

郭震心想，这是被折腾傻了吧？他走到窗边看了看，见窗外都焊着拇指粗的防盗窗。

"别看了，出不去。"有个少年幸灾乐祸地说。

"有人出早操时跑过，又被父母送回来了。"那少年叹了口气。

"你最好别有想法，不然我们会举报的。"少年又说。

"举报？"

"是的，有奖励，少挨一次电击。"

少年的话很实诚。

郭震笑了笑，躺下了。

二十二点准时熄灯，不久，宿舍里起了鼾声。

又挨了一阵子，估摸着快半夜了，郭震穿好衣服下床。

借着月色，他走到角落，毫无征兆地，拿起一袋洗衣粉就往嘴里倒去。

那玩意太难吃，他闭着眼使劲往下咽，中间还喝了一大杯凉水。

片刻之后，郭震捂着肚子倒地，大叫起来。

少年们被惊醒了，见新来的大哥正在地上痛苦地打滚，赶紧出去叫人。

工作人员很快赶来，见郭震吃了洗衣粉，立即打120。

120赶来后，两名工作人员一块上了车，又打电话通知郭大山。

郭大山听了黄赫的建议，住到了郭震的房子里。接到电话得知儿子吃了半袋洗衣粉，他立马慌了，开车直奔医院。

救护车上，在医护人员帮助下，郭震吐得没了力气，挺着直翻白眼。

到了医院门口，医生刚把担架抬下车，郭震突然翻下担架，一溜烟跑了。

"这怎么可能？"医生待在原地。

戒断中心的两个工作人员也大吃一惊，赶紧去追。

郭震作假吗？不是。他真吃了很多洗衣粉，应该洗胃。可他早琢磨好了，知道要想跑，就不能进医院。好在路上又是灌水又是吐，缓解了不少，然后故意翻白眼，给自己创造了个好机会。

郭震强忍着腹痛，打上车回家时，郭大山刚到医院门口。

郭大山下车时，两个工作人员正在门口喘粗气。

"你儿子跑了！"工作人员告诉郭大山。

"跑了？"郭大山赶紧上车，对工作人员说，"我找找再说吧。"

郭大山一边开车，一边给郭震打电话。电话没人接，他才想起，儿子电话被戒断中心没收了。

这算哪一出？孩子吃什么洗衣粉？别闹出毛病来！郭大山越想越烦躁：本来没多大事，一切都好好的。咬人怎么了，还娶不上媳妇了？都是那个什么狗屁黑客闹的！

郭震回到家，先去厕所吐了两分钟，又找来牛奶、醋、生鸡蛋、一股脑喝了一肚子。完事也顾不上难受，把身份证、护照、银行卡、现金、笔记本电脑收拾进背包，闯出门去，消失在夜色里。

儿子能去哪儿？八成回家了吧？郭大山想得没错。可他回去一看傻眼了，他看得出郭震回来过，赶紧给媳妇打电话：儿子不见了！

郭震可不傻。

他打车先到最近的医院洗了胃，随后休息了一会儿，又打车出城，去了邻近城市。

到那儿时，天色刚亮。

郭震去酒店睡了一觉，午时醒来，这才连上笔记本登录"东亚丛林"去看站内信。

这次，对方发来了地址。

郭震又惊又喜，怎么也没想到，完成他人生梦想的地方居然近在缅甸。

确切地说，那地方属于缅甸西北部山区。

他不知道的是，他的第一次站内信，对方之所以没回应，是在暗中调查、确认他的身份。那些生活在黑暗中的人，小心着呢。

他把地址记住后，习惯性地去拿手机查地图，才想起手机还在戒断中心。

算了，不带也好，省得那个什么黑客定位到位置。一想起黄赫，郭震突然意识到另一个严峻的问题：那家伙要是真的很厉害，就算不带手机，那也一样能通过身份证定位到自己啊！那样一来，岂不是酒店也不能住，飞机、火车也不能坐了？

想到这儿，他赶紧收拾东西退房。

怎么办？先去云南再说。

怎么去？

琢磨了一会儿，郭震有了主意。

他打车找到货运站，从那儿找了辆去昆明的货车，和司机讲好价，坐车去了昆明。他确信这是个好办法，黄赫肯定查不到。

黄赫的确查不到。

上午他和杨依赶到戒断中心时，才得知昨晚发生的事。

他一听急了，马上给郭大山打电话，责问对方为什么不早告诉他。

郭大山更是一肚子气："我也真是昏了头，要不是答应你搞这一出，我儿子能吃洗衣粉？你他娘的别闹了，他会回来的，我孩子，我了解！"

黄赫一听真生气了："哪有这么当爹的？分不清是非轻重！"

杨依不知道郭大山在电话里说什么，见黄赫被气得不轻，只能好言相劝。

"他这一跑,怕是要坏事啊!"黄赫把杨依送回诊所,就上网去查郭震的消息。

他先查了郭震的手机,才想起手机在戒断所。

接着查身份证,这一查,郭震入住酒店的消息出来了。

他顾不上高兴,拿上笔记本电脑,驱车赶往目的地。

到那儿时,已经晌午了,他去酒店一打听,得知郭震半小时前退房走了。

他倒吸一口凉气,拿出电脑联上酒店Wi-Fi查起来。

火车、汽车方面没任何信息,飞机方面也没有,这小子上哪儿了?黄赫对着电脑愣了一会儿,生出一种从未有过的感觉,他发现自己没招了。

他颓然地靠在大厅沙发上待了一会儿,突然瞅见了酒店门口的摄像头。

对啊,怎么把它忘了?黄赫赶紧开了个钟点房,重新上网,切入酒店监控。

他根据前台提供的大体时间点,很快找到了目标。监控显示,郭震在酒店门前上了辆出租车,又不见了。

"小子!看你往哪儿跑……"黄赫叼起烟,双手来回搓了搓,入侵了交通监控系统。

很快,他找到了郭震坐的那辆出租车,又一路顺着监控找下去,最后发现出租车在城西的货运站停了下来。

黄赫瞬间明了:怪不得找不到乘坐交通工具的信息,原来那小子想搭乘货车。

他立刻前往货运站寻找线索。

可是到那儿一看,他傻眼了。

货运站场地太大,场地中间没有摄像头。他向别人打听,可根本没人注意到郭震,线索到此又断了。

他连连责备自己大意,没想到郭震自残逃跑。

那小子会去哪儿呢?难道真要出事?他有种不好的感觉。

难道不该接这场赌局?可是郭震的状况,也证明了小丑所言绝非危言耸听,既然小丑赌上门来,又怎能见死不救?那可是三条人命!

他一路胡思乱想，回到了刚才的酒店，他想好好休息一下，徐图再进。

第二天上午，郭震终于到了昆明。

他先找了家旅行社，报了个去缅甸内比都的团。他计划到了内比都，再乘车向西穿过马奎省，然后进入西北部山区。

旅行社留下他的证件，代办签证。工作人员很热情，告诉他刚好有个团两天后出发，并向他要联系方式。

这可难为了郭震。他谎称手机丢了，两天后会来旅行社报到。

行程安排就绪，可这两天上哪儿住呢？那个该死的黑客，一定在网上盯着呢！郭震突然觉得自己像在玩猫鼠游戏。

谁是猫？谁是鼠？

郭震无所谓地笑了笑，很快找到了合适的去处：网咖。

他在网咖包房里过了两天。

现在网咖的身份证登记系统，是公安部和文化部联合开发的，用户的身份登记信息，会即时上传到当地的公安和文化管理部门。黄赫不笨，想过郭震去网咖的可能性，可他不知道郭震在哪个城市，那么，即使入侵公安和文化管理部门的监管系统，也是毫无针对性。他在漫无目的的搜索中，大海捞针，熬过了两天。

第三天，黄赫突然搜到了郭震的消息。

消息显示，郭震乘飞机去了缅甸。

缅甸？黄赫惊呆了，那小子去缅甸干什么？进一步搜索，查清了旅行团的具体信息，他才得知郭震上一站在昆明，报了个去缅甸的旅游团。

难道真是去旅游？他想了种种可能，但没有更好的理由安慰自己。

他想过，要不要追到缅甸去？他知道在云南和缅甸接壤的地方，有法子能直接过境，但时间上根本来不及了。追过去又怎样？那小子连手机都没带。

希望他只是去散心吧。黄赫无奈返回家中。

旅行团的飞机落地后不久，黄赫就拨通了旅行团领队的电话。

领队的声音很焦躁："找郭震？他不见了！我们也正在找，可他连电话都没带！"

"不见了?"黄赫一听,蒙了。

"出了机场等巴士时,才发现他不见的……你是他什么人?喂?"

黄赫无力地挂掉电话,暗道:妈的!真要出事了!

郭震出了机场后,趁乱轻松甩脱了旅行团,登上一辆私人小巴,按计划向西横穿马奎省。

郭震把地址记在纸上,一路走一路问。尽管语言不通,但还算顺利。他换乘了四五种交通工具,在天黑之后,终于到达目的地。

那是个人烟稀少的小镇。

小镇背靠大山。

镇上仅有一家简陋至极的小旅馆。

小旅馆名叫"巴谢",就是平安的意思,这里就是直播幕后组织者和郭震约定的地方。

店老板是个弓着腰的干瘪老头,眼神浑浊,他把郭震带进房间后就再也没有出现过。房间虽然简陋,床铺却干燥柔软。郭震是这里唯一的顾客,他本以为自己会失眠,没想到睡得非常好。

第二天吃过早饭,他觉得精力更加充沛了。接下来就是等待,他很沉得住气,知道随时会有人来联系他。

果然,午饭后,一个瘦巴巴的小个子进了他的房间。

小个子的汉语很蹩脚:"中国人?站内信?顾客?"

"是的!"郭震猛地站起来。

"晚上,接你。"小个子说完走了。

对方一走,郭震再也无法平静了。

"这一天终于来了!"

他不断地深呼吸,想让自己尽量淡定些。他去冲了冷水澡,跳上床想再睡一觉,可哪能睡得着?他继续冲澡,来来回回,反复十几次。

好不容易熬到了天黑,他强迫自己多吃了两碗饭。

每个梦想的实现,都需要充沛的体力。

杀人，更需要。

晚上八点整，小个子来了。

郭震拎起包就走，表现得淡然而平静。

临出门时，郭震又见到了那个老头，他看到老头似乎朝他笑了一下。

旅店前停着辆陈旧的皮卡，司机是个结实的中年男人。上了车开出去不多远，小个子掏出块黑布，把郭震眼睛给蒙上了。

郭震什么也没说，他知道行行有规矩。

车开出去四十多分钟后，郭震上了辆摩托车，又在摩托车上颠簸了半个多小时，才转为步行。

他感觉自己通过了好几道门，随后沿着台阶往下走。拐了多少个弯，他已不记得，当他听到了一声沉重的关门声后，头上的黑布被取了下来。

他缓了半天，才适应了屋里的灯光。

他发现自己在一间石室里，身后有一扇沉重的铁门，刚才，他就是从那儿进来的。石室显然在地下，他觉得有点冷。

屋里放着两张长桌子。一张桌上摆着电脑。他顺着电脑线路看了看，发现房内不同角度都有摄像头。他有些好奇，这里深处地下，搞不好还在山里，那些人是怎么联网的？

另一张桌上横七竖八放着很多工具，有各种刀，有斧子、锤子、剪子、钢锥、铁棍、钉子、手锯等，桌子下边甚至还有石块和碎玻璃，墙角还扔着一把沉重的铡刀。灯光下，那些工具看起来黑乎乎、油腻腻的，毫无生气，很难让人跟锋利联系起来。

小个子解开黑布就走了。

郭震看着房内的家伙什，头皮瞬间麻了。

他赶紧告诉自己：稳住，怕什么？这是多么伟大的时刻啊！

没错，就是这里，他在视频里看了一年的地方，他赶觉越来越熟悉了。

郭震告诉自己：这不就是一直梦想的地方吗？紧张什么？这里比春晚现场更令人兴奋。

这里，有人类社会真正的自由。

这里，能让人达成最大限度的释放。

这里，能让人觉悟生命的真谛，参透生死，立地成佛。不杀生的，是佛像，杀过生，放下屠刀的，是佛。

郭震想：从这里走出去，我将迎来全新的人生。

过了一会儿，沉重的铁门被推开了，两个黑衣人抬了个麻袋进来。他们解开麻袋，从里面拖出个女人，随后拿来铁链，把女人牢牢绑在了房子中间的铁椅上。那椅子焊接在地面上，牢靠，坚固。

程序比郭震想象得简单，黑衣人指指女人，又指指郭震："她是你的了，你有一个半小时，请随意。如果有观众出钱，提附加要求，你尽量做，如果做不到，就敲门，我们可以帮忙，我们会尊重你，你花了钱，但我们不会杀死她，记住，你必须杀死她，这是规矩。"

黑衣人说完，交给郭震一个小丑面具，随后指了指摄像头："直播，还有两分钟。"

房间里只剩了郭震和椅子上的女人。

郭震故意不去看女人，他想让自己看起来冷酷些。

他戴起面具，走到工具桌旁，随后拿起一把刀。

他刚握住刀柄，一股寒气就钻进了他体内。

哎呀！真是深入骨髓的冰冷。郭震全身一颤，赶紧戴上手套。

他使劲咬了咬牙，却把牙根深处的痒痒虫给逼了出来。

他再清楚不过，每当自己激动难抑时，痒痒虫就来了。

每个猎人都要面对自己的猎物。

直播就要开始了，郭震激励着自己，开始审视女人。

女人不瘦，被链子深深地勒着，在椅子上不停地挣扎。她的嘴被堵上了，脸被乱发遮着，完全看不到表情。郭震猜她三十来岁。

多么鲜活的生命啊！这个女人，家在何处？丈夫干什么工作？也许她有个孩子，哦，或许两个。她可能正准备减肥，却烧得一手好菜。平常这个点，她大概正给孩子辅导作业吧？要么跟老公吵架？要么看肥皂剧？她可能很唠叨，也可能常常抱怨，可是不管生活多琐碎无趣，她都一定没想过，有天会被锁在这里任人宰割吧？这是运气不好的偶然，还是一出生就注定的宿命？

郭震没空想这么多，摄像头全部亮起时，他突然蒙了。

他知道，无数双火热的眼睛正透过屏幕盯着他，盯着他手里的刀。以前，他的眼睛也在其中，今晚，他却成为主角。

这种被盯着的不适感，令他很不舒服。

也许应该要求组织方关掉摄像头？他一想又觉得那不可能，人家靠这个挣钱吃饭呢。

黄赫早就来到了这个直播间。

直播消息提前两天就挂出来了，看直播也是黄赫的习惯。但现在和以前还是有区别的，以前那是工作需要，现在是职业遗留习惯。

小丑说得没错，他给FBI干过活，甚至把"丝绸之路"和"阿尔法湾"给干掉了。那可不光是他自己的本事，那些活，参与的高手不止他一个，最主要的是FBI本身也很有本事。以前是为了赚钱，现在呢？现在他恨不得凭一己之力，就把屏幕背后所有龌龊的家伙全给揪出来。这是天性使然，他本就是个热情、自信、善良的人。可他办不到，他甚至连一个郭震都看不住。

瞧，屏幕上这个浑蛋，居然要对一个无辜的女人下毒手。黄赫看着屏幕上的小丑，狠狠地捏响了指节。

哦，这家伙怎么还不动手？黄赫注意到，那个人一直在发呆，足足有十分钟了。

这怎么回事？他仔细观察了一阵，又有了新发现：屏幕上拿刀的家伙，竟然在浑身发抖。

黄赫立马反应过来：今晚是新创意，十有八九是个花钱找乐子的生手。这个场面，他以前也见到过。

这帮人渣！他深深叹了口气。

又过了十分钟，屏幕上的新手还是没动。观众们终于坐不住了，屏幕上热闹起来，各国语言开始汇集。

垃圾！

动手啊！

那货尿了！

花钱丢人现眼，娘儿们！

……

组织者也注意到了郭震的异常和观众的反应，立刻通过喇叭提醒他：不要发呆，动手。

喇叭刺耳的余音，把郭震惊醒了。

这是怎么了？不就是为理想而来吗？怎么下不去手了？郭震忍不住打了自己一耳光，然后咬着牙围着女人转了一圈，试图让自己进入情境。

女人泪流满面，用乞求的眼神盯着他，连连摇头。

郭震装作看不见，举起尖刀朝女人晃了晃，又去换了把锤子。他站在女人脑后举起锤子试了试，又放下了，重新换来一把斧子……

他手里的家伙什换来换去，很快二十分钟又过去了。

郭震好像感知到了观众们的失望和愤怒，他冲着摄像头无奈地摊摊手，那意思像是在说：我有选择困难症，实在不知该用什么工具。

屏幕上又是一阵嘲讽。

"不见血能成？打过架吗？菜逼！拿酒瓶子先给开个瓢总会吧？"

"头发拔掉，挡着视线。"

直播屏幕上越来越热闹。

郭震走近屏幕看了看，烦躁地啐了一口痰，心想：要么花钱指挥，要么闭嘴。

"抓紧时间。"喇叭里第二次提醒。

万事开头难。他想起来高中时第一次跟女生开房的情景，又用力给了自己一个嘴巴子，然后随便抓起一把刀，闭着眼朝女人砍去。

这刀砍在女人肩头的骨节上，女人疼得大声呻吟起来。郭震手一软，把刀扔了。

黄赫看到屏幕上的新手砍完一刀，就抱着头蹲在了地上，他悲愤地摇了摇头，他知道拖的时间越长，女人越痛苦。

新手缓了一阵，又在喇叭的催促中站起来，胡乱拿起剪刀，朝女人腿上扎去。这次终于见血了，很快就流了一地。

女人的惨叫让人心寒。

郭震这次干脆退到墙根，捂上了耳朵，显然，身临其境跟屏幕前的观感完全不同，他被眼前的惨状吓坏了。

不知不觉中，半个小时又过去了。

还有五分钟。喇叭里第三次提醒。

屏幕上依然热闹非凡。

五分钟？怎么这么快？郭震念叨着，终于意识到留给他的时间不多了。

五分钟，能杀掉一人吗？他不知道。

他脑中突然闪现出黑衣人的叮嘱：你必须杀死她，这是规矩。

"为什么立这样的规矩？难道我不杀死她，他们就不放我走？"想到这个可能，郭震眼前一黑。

他浑身颤抖，撸起袖子，朝自己胳膊狠狠咬了一口。

看到这一幕，黄赫差点从椅子上摔下去。

他打了个冷战，心想：这家伙怎么咬自己？难道是郭震？不会这么巧吧？

他正诧异时，屏幕上的郭震突然抱住女人的肩头，狠狠地咬了下去。

不好！黄赫的心立刻跌倒了谷底：这人十有八九是郭震！他撇下旅行团，原来是早有预谋，他竟然看够了杀人视频，花钱当起行刑者来了！黄赫第一次意识到，之前他过于轻视小丑的话了。

咬了人的郭震似乎变了个人，抢起铁锤朝女人头顶砸去。接着又挑了一把刀，划开了女人的肚子……

沉重的铁门被推开时，郭震站在房间中央，像在血水里洗了澡。

"伟大"的时刻！郭震浑身肌肉酸痛，精神却振奋到极点。

残忍？害怕？变态？满足？他来不及回味内心深处的种种感受，突然发现了另一个奇怪之处，忍不住喷了一声：牙怎么还在痒？

黑衣人冲他点点头，什么也没说。

接着小个子进来了，他的任务是把郭震原路带回。

小个子走到郭震面前，刚要掏出黑布条，电脑屏幕上突然蹦出一条信息：杀了这个行刑的家伙，我出五十万。

付费消息单独在VIP区出现，加粗滚动，便于直播间管理员——也就是组织者第一时间看到。

组织者停顿了两秒，回了一句：再加三十万。

对方立刻说：可以，就用他杀那个女人的方式。

组织者说：成交。

郭震来不及做不出任何反应，就被两个黑衣人锁在了刚才的铁椅上。

接着，他的小丑面具被摘掉了。

太意外了！加长版！这货居然要被干掉！观众们再度亢奋，瞬间多出来好几个额外付费的附加要求。

面具被摘下，郭震不解地盯着前方。

隔着屏幕，黄赫和郭震的眼神碰到了一块。

尖刀入体的那刻，郭震牙间传来一阵电击般的战栗，随后，他惊奇地发现，牙齿一点也不痒了。

黄赫叼着的烟无声地滑落下去。

真是郭震！

全完了，屏幕上一片血红。

第十一章 贪婪

魏名扬旧宅的人的确是波刚，和国际刑警提供的照片一模一样。大队警员冲上楼后，体力耗尽的波刚放弃了抵抗。

秦向阳从卧室里搜到一个大背包，里面放着被抢的拍卖品，这些足够治波刚的罪了。

警方为波刚提供了单独的牢房和审讯室。

秦向阳用尽法子，和他耗了一晚上，但他就是一言不发，案子再次陷入僵局。

刑讯逼供？那不可能。秦队长满脸沮丧，无法掩饰。

项西川挨了两刀，当即入院。

总警司马跃运气不错，又穿着防弹衣，伤情不重。

"要不要控制魏名扬？"马跃躺在病床上，跟丁奉武商量。

丁奉武说："不急。波刚不交代，哪有证据控制他？姓魏的是个老滑头，否认的理由多得很。他完全可以说，是波刚主动联系他，想把抢来的拍卖品再卖还给他嘛。这个案子，我们要抓的，可不止一个波刚。"

可是怎么才能让波刚交代？

丁奉武也没好法子。这种零口供，死猪不怕开水烫的家伙，他在一线当差时遇到也不少，但那时总能用相关旁证打破案犯心理防线。而本案性质上不同以往，暗网犯罪匿名性极强，比特币交易的逻辑清楚，可就是没实质证据。波刚不交代，案子就只能停在他这一个点。

好在丁奉武心里急，面上却很沉得住气。他没给秦向阳任何压力，只是轻描淡写，让他继续审。

当下除了信任，他还有什么能给他的队员呢？

天亮后，秦向阳带着整理好的比特币流动关系图，又去审波刚。他觉得，凭借关系图的缜密逻辑，波刚再能扛，也不至于不动摇。只要动摇，就有突破的机会。

道理很简单，人都自私，既然自己已是在劫难逃，何不把别人也拖下水来？硬扛着有啥好处？

谁知波刚看了关系图，仍无动于衷。

这货是什么性格？世上怎会有这种人？秦向阳真恼了。

这可怎么办？

他没有任何办法。

和丁奉武一样，以前他办的案子，审人时手里总有不少证据，这回倒好，哪怕把相关嫌疑人的比特币地址和交易关系都分析清楚了，就是没证据。唯一的突破口就在眼前，却摆明了死硬到底。

波刚明明就住在魏名扬旧宅，而"东亚丛林"回帖标示的价格，理论上，也仅有魏名扬知晓，可法律上就是拿魏名扬没办法。

比特币流动关系图是经过大量数据分析得来，逻辑无误，事实清楚，但就是被匿名这一道关口所限，形不成实打实的证据链。

项西川还躺在医院，拍卖会上三名死者，惨不忍睹，含冤待雪，还有那么多无辜的受害人，那些被杀的保安，不幸殒命的船老大，牺牲的飞虎队员……这么多人的性命，都换不来一点良知，一句交代？

狗杂种！秦向阳越想越火，再也沉不住气了。

他把烟头狠狠地踩灭，叫钱进关了审讯摄像头，把陪审的港警支出去，锁上审讯室的门，然后打开了波刚的手铐。

波刚揉了揉手腕，表情莫名。

"起来！"秦向阳揪着波刚的领口。

"想打架？"波刚明白了对方意图。

"人渣。"秦向阳把波刚搋到了墙角。

"你，打不过我。"波刚一脸蔑视。

"呸。"秦向阳吐了波刚一口吐沫。

波刚擦掉口水，恼羞成怒，挥拳打到了秦向阳脸上。

秦向阳也不躲闪，立马冲着波刚的脸回了一拳。

这场仗来得突然，打了五六分钟，把审讯玻璃另一侧的港警都惊呆了。警察和案犯打架，他们哪见过这种场面？大家想打开门冲进去，却见丁奉武不为所动，沉稳如山，就都吐吐舌头，安心旁观起来。

秦向阳本来确实不是对手，可他也学会了不闪躲、不防守、不要命。他怒气冲天，啥都不顾了，一心要狠狠地揍波刚一顿。对方打他哪儿，他就打对方哪儿。对方打他十拳，哪怕他只能还回去五拳，也毫不畏避。

这都是不要命的打法。

审讯室里的桌椅都被摔得稀烂。

最后，秦向阳终于不支倒地。

波刚擦了擦脸上的血，从秦向阳口袋里掏了根烟点上，深吸一口，说："行有行规，我不可能说的，死心吧。"

"你死定了。"秦向阳艰难地撑起身子靠坐在墙上，也点了根烟。

"死？那又怎样？"波刚的声音透过烟雾，直刺秦向阳。

秦向阳看不清对方表情。

默默地抽完烟，他挣扎着站起来，一瘸一拐地开门离开。

接下来怎么办？

不知道。

眼看着那些幕后杀人者逍遥法外？

没有证据，又能怎样？

秦向阳又生出一种无力感。这种感觉，多米诺骨牌案时有过，程功的借刀杀人连环案时也有过。但这次感觉跟以前的不同，以前的案犯玩的是智商和布局，而这个暗网买凶杀人案，和智商关系不大，玩的是身份和价值流动的双重匿名。这种匿名性让人抓狂，明知凶手是谁，但就是没法子。

"赃物，你们搜到了，我当然死定了。但我有个要求。"波刚见秦向阳要走，突然说。

"要求？"秦向阳在门口停住，心想：浑蛋！还想提要求？

"把我和妹妹埋在一块。"说完，波刚叹了口气，表情凄楚。

"你妹妹？玛索？"秦向阳转身说，"她在医院。"

"什么？她明明被我炸……"

"我们怕她有危险，早给她换了病房。你误炸了别人，畜生！"

"怎么可能？她还活着？"波刚抓紧秦向阳的肩头，嘴角抖动起来。

秦向阳点点头，说："昏迷未醒。"

波刚又惊又喜，沉默片刻，突然跪倒，说："谢谢。"

这是哪一出？

秦向阳赶紧把脸避开，不解地问："是你要杀她灭口，谢我干吗？"

"是的，是我杀她……我必须那么做！"

波刚站起来，胸腔激荡，突然提高了音量："我们需要钱！我们整个村子都需要钱！那里太苦了！有种人生，你不会了解！有些选择，你不会理解！"

秦向阳用很复杂的眼神看着波刚，沉默了。

"妹妹是村子里最好的女人，好看，善良，懂电脑技术，我们一起打过仗……我，希望她以后过得好！"波刚的声音忽然温柔起来，"不过，我们永远不后悔。"

秦向阳静静地看着波刚。

"听我说！"波刚扶起一把椅子，示意秦向阳坐下。

"这事，我妹妹没杀人，对不对？"波刚逼近秦向阳问。

秦向阳怔了一下，说："我不确定。死了很多人，有保安，有飞虎队员。"

"突袭拍卖会时她没开枪,她背着电脑,你们可以查视频!"

"你什么意思?后来船上发生了乱战,你能保证她没杀人?"

"我不管!你也说了是乱战,怎么证明她杀过人?"

"怎么证明她杀过人?这……"秦向阳一时无语。

波刚激动地说:"我可以交代,做证。"

"你?交代?"秦向阳简直不相信自己的耳朵,立刻撑起了身子,浑身好像也不那么疼了。

"但是,我有要求。"

"要求?"秦向阳反应很快,"你妹妹?"

"是的,我要她活着。"

秦向阳长长地叹了口气,冲着隔离玻璃挥了挥手。

对面立刻打开了审讯设备。

秦向阳戴上耳机,对丁奉武说:"他有条件,要他妹妹活着。"

"这……"丁奉武迟疑了一下。

"玛索突袭拍卖会时可能没开枪,还需视频确认,船上乱战没法确认。"秦向阳对丁奉武说。

"不是条件,是要求!必须做到!"波刚喊道,"我可以把机会让给玛索,我能让她交代,让她做证。用你们香港的说法,让她转做我的污点证人——但是,玛索还在昏迷,怎么办?你们愿意等吗?那我陪你们等!"

变故来得太快。

"哎呀!"这样的要求,丁奉武从未遇到过,但他显然被波刚说得心动了。

"如果要我现在交代,你们就要记住,我是在代替玛索。"波刚说。

波刚的话很有道理,全看警方怎么选择。

警方可以选择等玛索醒来,可她要是一直不醒呢?

等,往往充满变数,是被动的。

"代替玛索?"丁奉武沉思片刻,做了决定。原则上,这件事他应该跟警务处长交换意见,为了省时间,他先单方面做了主。

"我怎么信任你?"波刚还不放心。

丁奉武说:"我是中国滨海公安厅厅长,中国公安部任命的特别行动组组长,丁奉武。我不能代表法律,但我认可你的提议:你能让玛索交代立功,转做你的污点证人,但玛索昏迷未醒,由你替她交代。但玛索将来怎么判,还是取决于她本人,是否愿做你的污点证人。"

丁奉武说得够分明,没有漏洞,也没有文字陷阱。

波刚点点头,再无疑虑,在秦向阳对面坐下,又取了一根烟,问秦向阳:"你撑得住?"

秦向阳笑了笑。

波刚说:"其实很简单,几句话的事,一切都是魏名扬的计划。"

"真是他?"秦向阳吃了一惊。

"是的。魏名扬先接了那三个赏金帖,然后又发帖联系我们。"

"他先接了那三个帖子?最先接帖的,为什么不是你们?"

"这个是职业习惯问题。有赏金帖出来时,没人会马上接,必须先对任务目标做一番详细了解,来确定任务难度。如果难度太高,接了又完不成,那有何用?"

"有道理,所谓知己知彼。"

"是的。再说,这方面是玛索负责,可她也不是时时盯着网站,而魏名扬是有心接帖再转卖,所以,第一时间把三个任务都接到了手里。"

"他为什么这么做?我们查过他的比特币地址,这笔买卖,他也就赚105万,划算吗,冒么大风险?"

"呵呵,当然不划算,所以他才跟我们谈了一笔大生意。"

"大生意?"

"是的。其实,他转卖给我们的,不只是那三个赏金帖,还有整个计划。本来,一次性杀三个目标,而且目标都在中国内地,我们毫无把握,所以,起初我们拒绝了魏名扬,可是后来,他成功说服了我们。"

"哦?"

"他不但帮我们策划了完成任务的方式，还让我们赚一票更大的。他的计划很完美——他选定一个日期，举办一场拍卖会，这合情合理，他本身就是收藏家。为什么搞拍卖会呢？因为了解三名目标后发现，陈一龙向来喜欢这类交际活动，而高强和张云生更是古董发烧友。这样，就可以把分散的三个目标都约到拍卖现场，然后一块干掉。当然，所有的邀约都是承办方操作的，魏名扬只需完善邀约名单，确保三个目标能如期参会即可。"

"原来如此。"秦向阳把烟盒推给波刚。

波刚点上烟，继续说："他以自己的拍卖会为平台，策划的是一箭三雕的好戏：他让我们抢劫所有参会富商，让我们完成三个赏金任务，让我们做任务时现场直播再赚一笔——这样的买卖，你说我们做不做？"

秦向阳呆了半天，他怎么也没想到，原来魏名扬是自己抢自己。当然，他这个自己抢自己，也是对自己最好的保护。

"做，肯定做！"秦向阳苦笑着承认，他要是波刚，同样也不会拒绝这样的买卖。

波刚也跟着笑了笑。

"那收益呢？你们怎么分？"

"哦，说到钱，这也是我们和魏名扬互相透底的原因。之前，双方都是暗网交流，本来谁也不清楚谁的身份，你明白吗？"

"明白。"

波刚点点头，叹道："魏名扬想五五分，我们当然不同意。凭什么？他动脑子，我们拼命，五五分？可他说，我们不同意，他就找别人做……正如魏名扬预料的，我们抢了一笔天文数字。魏名扬提前在瑞士银行开了个秘密账号，由玛索设置程序，把抢来的钱都存进去。"

"既然五五分，为什么不开两个账号？"

"两个账号？怎么分？所有操作必须在现场完成，不能拖！可是，你能提前预知总共抢到多少钱吗？虽然技术上能操作，需要玛索的程序，把每张银行卡的数额自动平分成两份，分别汇入两个账号，但问题出在信任度上——案发时魏名扬是人质身份，他如何相信，我们真的是把每张卡的钱平分成了两半？"

"这个魏名扬，真是精明到家了。"

"是的！所以只能有一个账号！可如此一来，密码又成了问题。怎么说？不管谁掌握密码，对方都绝不放心，因此，我们才不得不互相透露身份。"

秦向阳听了不禁连连感叹，想全程匿名犯罪也是不易。

波刚继续道："这就需要两层密码，双方各设一个。所以，我必须跟魏名扬见面，一起通过网络输入密码，再亲眼看到，他把钱平分成两份，汇进我的账户，这才放心。他呢，把另一半也转入自己的另一个账户。"

"原来如此。你们分完账了？"

"是的。案发当晚我下了直升机，直接去了他的旧宅，那是提前说好的，见面分账是第二天的事。"

"第二天杀玛索是谁的主意？"

"信息是魏名扬提供的，决定是我下的，当时的情形，非那么做不可……"

"既然分了账，怎么不杀他灭口，把钱全吞了？"

"你被揍糊涂了吧！"波刚说，"一、魏名扬舍命不舍财，再说我也不知道他的密码；二、既然双方身份透明了，谁不留个后手？"

"其实我懂！"秦向阳笑了笑，又问，"分了账，为什么还留在这儿？"

波刚叹道："魏名扬那批宝贝还在我手里，按约定，应该还给他，但又不想还了。"

"成本太大？"

"是的！本来一切完美，没想到……那么多兄弟没了，玛索也被我炸了，他魏名扬不该多出钱？我叫他按拍卖价，把那批货收回去，他不干，这几天都在讨价还价。"

"所以你就上'东亚丛林'做起买卖来了？"

"是的，八折。"

"那个收购帖是我们发的。"

"哦？"波刚的表情说不上惊讶，他哼了一声道，"我想过那个可能，但不认为我那么做有风险。我很好奇，你们到底怎么找到我的？"

"就是因为你那个回帖。"秦向阳也笑了笑，没有把话说太透。

"怎么可能？"波刚露出不敢相信的表情。

"最后一个问题，那个翡翠手镯怎么回事？你从'东亚丛林'卖出去那个。"秦向阳把最后一根烟递给波刚。

"手镯？"波刚说，"八折，六百四十万，怎么了？"

"我想知道买家信息，比如怎么交易的。"

"交易？"波刚想了想说，"他给了个地址，用快递。"

"快递？"不可思议，买家竟然用快递完成暗网交易。

"大部分的暗网网购业务，都是通过快递完成的，比如手机、违禁药品等，其卖家遍布各地，价格便宜。只是你们不关注，或者查不到而已。"

"地址，给我买家地址。"暗网普通购物者、快递业务，秦向阳不想深究这些，他关注的是那个手镯。

"地址在那个收购手镯的帖子里。"

秦向阳知道，那个帖子早没了。

他想了想，问波刚："是哪个快递公司，总记得吧？"

波刚点点头。

知道了快递公司，警方很快找到了那个取件的业务员，把地址查出来了。

秦向阳没想到，地址所在地是越州，取件人居然是黄赫。

有了波刚的证词，那份比特币流动关系图，就成了实际意义的铁证，它所牵涉的匿名者，就成了实名者（"东亚丛林"开发者X和对陈一龙发赏金帖的Y除外）。

第二天，中国香港和内地警方同时行动，抓捕了魏名扬、吕秀丽、刘新华。

魏名扬做梦也想不到，这么快就大难临头。说好的暗网犯罪天衣无缝呢？他起初表现得很从容，要求见律师，可当他见到波刚时，顿时泄了气，知道自己真完了。

可是波刚怎么会被抓呢？他死活想不明白。

第十一章　贪婪

对吕秀丽的审讯很顺利，她的杀人动机的确如冯玮玮所言，俗不可耐，高强把大笔资产转移给了小三冯玮玮，吕秀丽为钱痛下杀手。

对刘新华的审讯，又审出了新情况。他交代，那事不是他自己干的，还有个同伙，公司的另一个合伙人，胡卫东。

正如李天峰调查到的情况，张云生以扩张、上市为目标，收购了多家濒临破产企业，虚假运作，扩大所谓企业规模，浪费了大量资金。胡卫东和刘新华多次劝阻无效，闹到要散伙分钱的地步。可张云生一时根本拿不出胡、刘二人的股份。实际上就算拿得出，张云生也不会拿的，他宁愿风险共担。为避免更大损失，拿回自己的股份，刘新华和胡卫东这才心生邪念，对张云生痛下杀手。

那么，这几个人是怎么接触到暗网的呢？都是通过邮件，还附带教程。让人吃惊的是，吕秀丽高中文化，真不知她是怎么学会的。

这两起买凶杀人事件，动机和结果所呈现的因果关系并不复杂，仅仅因为买凶过程是通过暗网和比特币操作，分别实现了信息传递和价值传递的双重匿名性，把获取证据的侦破过程变得异常烦琐、困难，让人不胜唏嘘。

案情发展到现在，但还剩两个问题没搞明白。

第一个，"东亚丛林"开发者X的身份。

第二个，买凶杀陈一龙的Y到底是谁？

目前看来，还是黄赫嫌疑最大，不管是不是他，都要调查。

但不管怎么说，这么短时间内，行动组取得的阶段性胜利，还是很给丁奉武长脸的。毕竟一开始，这个所谓的特别行动组组长根本没人愿意干，为什么？不就怕案情特殊，搞不好丢脸吗？

忙了两天，终于回到安全屋，钱进也不睡觉，又像往常一样登入"东亚丛林"。他心里有个事，他一直记得前几天视频直播间的那则推送消息：近几天某直播间有精彩表演，具体时间请随时留意。

丁奉武回了自己办公室，向上级汇报工作进展。

秦向阳和波刚打了一仗，添了几处外伤，浑身酸痛，一边靠在沙发上休息，一边琢磨下一步怎么查黄赫。

秦向阳正琢磨着，钱进突然大叫起来："又是杀人直播！"

秦向阳赶紧凑了过去。

"什么情况？"丁奉武听到后也从办公室出来了。

接下来，跟正在看直播的黄赫一样，他们看到了郭震杀人与被杀的一幕。

虽然秦、钱二人经历了拍卖会的现场直播，但还是被视频内容深深刺激到了。他们的心情非常糟糕，除了不安、震惊、愤怒，更多的是无奈。

"畜生！"丁奉武第一次全程接触这类视频，当即拍桌子大骂起来。

视频透露了三点信息。

一、行刑者是新手，再结合直播间观众讨论可知，行刑者身份是花钱买来的。

二、行刑者杀完人后，观众里有人出钱，又把他杀了。出钱的是谁？

三、行刑者是海外华人或中国籍公民，直播后半段，他的嘴巴被蒙面人封住前，曾说了好几句中文："放开！老子没违规！这干吗？求你，放了我！操！别打了！操你妈！缅甸杂种！冚家铲（全家死光光）……"

"缅甸"二字，秦向阳他们听得一清二楚。

"缅甸籍华人？出国务工者？游客？"钱进连着说了好几个身份，手底下也没闲着。行刑者被摘去小丑面罩，嘴巴被封住前，他及时抓取了截图。

被行刑者杀掉的女人，虽然被封住了嘴，但眼窝较深，鼻梁挺正，看面相，不像是中国人。秦向阳他们关注的，是那个行刑者。这个可恨又可怜的家伙，很可能是自己的同胞。花钱去玩杀人游戏，可恨；完事又被杀了，可怜。

秦向阳立刻否定了缅甸籍华人的可能性。

理由很简单，如果他是缅甸籍华人，在缅甸生活久了，在那么危急的情形下，他应该对那些"缅甸杂种"说缅甸话，或者夹杂着缅甸话，才能更好地沟通，求饶。可他说的全是中国话，最后还说了句粤语"冚家铲"，为什么？

只有两个可能。一、他是中国游客或出国务工人员；二、除非他知道那几个蒙面的"缅甸杂种"懂汉语。问题是，那几个蒙面的懂汉语吗？他又怎么知道对方懂汉语？

至于出国务工者,有这个可能,但秦向阳认为可能性很小。这个新手显然是花钱找乐子。这个乐子,花钱一定不少。务工者攒钱还来不及,哪有闲钱干这个?

秦向阳说完点上烟,紧皱眉头。他很清楚,不管这人是谁,其家人永远也找不到他的尸骨,甚至要很久以后才能得知其失踪的消息。家人会倾尽全力,四处寻找,会从抱有希望,渐至无望,最终绝望。其实绝望并不是最坏的,它总比亲眼看到这场直播要好。

"不铲除'东亚丛林',老子不姓钱。"钱进拍着桌子爆发了。

丁奉武语气沉重地说:"魏名扬和吕秀丽他们的案子,铁一般证实了暗网对中国健康网络环境的渗透和侵蚀。这活儿不好干啊。可正因不好干,才意义重大。希望你们克服困难,坚持下去,搞出名堂!"

秦向阳点点头,说:"目标很明确,就是没什么头绪。这个'东亚丛林'就摆在这里,技术上,真的没办法封锁它,或者破解它的服务器地址吗?"

钱进想了想,说:"从国际经验看,就算从技术上搞,也需要大量人力物力,而且也不是一朝一夕能有作为。"

"所以,要是能增加人手就好了,"秦向阳说,"比如那个黄赫,我总觉得很不简单,要是能为我们所用……当然,前提是他跟陈一龙的死没关系。"

"话是这么说,可他对警察素有偏见,积怨已深,我们总不能把他绑来吧?"钱进叹道。

"这么点困难就妄自菲薄了?"丁奉武打断了他们的讨论,说,"虽说行动组加上我这个老头子,就四个人,可全国的资源随我们调配嘛。刚才钱进也说了,铲除暗网,不是一朝一夕能有作为。我看,还得抓住细小的针头线脑做文章。眼前这个被害的中国人是谁?查一查嘛。哦,也可能是外籍华人。我说了,所有资源随我们调配,包括大使馆。"

丁奉武说得再明白不过了,既然直播中的被害人提到过"缅甸",那么按官方思维,就首先应向中国驻缅甸大使馆打听信息。

毕竟,按秦向阳的分析,被害人最可能的身份,是出国游客。而游客失踪或脱团，按规定，旅行团领队应向本国大使馆汇报情况，当然，违规脱团旅客的保证金肯定是拿不回了，其后续安全，旅行团也不再负责。

查询结果证明了丁奉武的老练。

消息显示，昨天有一位中国游客脱团失踪。向领事馆提请备注这一消息的，是云南昆明某旅行社的领队。

领队说，那名游客叫郭震，23岁，越州人，一下飞机就失踪了，没跟团里任何人打招呼，他为此很生气。

钱进立即联系到了领队，让他确认视频截图。

"就是他！"领队吃惊地问，"他怎么了？"

钱进叫他详细说说当时的情形，别多问。

"郭震全程未带电话，无法联系，我就向大使馆报失了。对了，他失踪后，曾有人打来电话，询问他的情况。"

"有人询问郭震情况？"钱进很是意外。

"是啊。问他是谁，也不说。"领队说完，把号码发给了钱进。

钱进一查，机主出来了：黄赫。

第十二章　角色

目睹了郭震的死，黄赫心里异常复杂。

郭震摆脱他，他很生气；郭震杀人，让他愤怒；但接着郭震被杀，他心里只剩深深的无奈。这也意味着，他输了第一场赌局。

是疏忽大意，还是人性难以捉摸？还要继续赌下去吗？他想不明白。

要通知郭大山吗？还是让郭大山慢慢意识到儿子失了踪？仔细考虑了很久，他才决定告诉郭大山。他认为自己根本没有隐瞒事实的权力，与其让郭大山在将来的漫长日子里，揣着个所谓的期望，不如早点面对事实。

直播早已结束，黄赫正要关机，小丑的对话框又弹了出来。

一看到小丑头像，黄赫心里生出一股恨意：这见不得光的老鼠，拿别人的生死做威胁，简直没人性。

小丑："你好。"

黄赫静静地盯着屏幕，待了一会儿，才说："你他妈得逞了。"

小丑："是的。第一局，你输了。"

黄赫："还是那个老问题，你如何得知郭震的个人资料的？"

小丑："我说过，一切结束后，会告诉你。"

黄赫："那你自己玩吧，哥不玩了。"

小丑："你确定？"

黄赫不说话了。他知道小丑的意思，还有两局，还有两个人的命。

小丑："他们的生死，掌握在你手里，你想眼睁睁看他们去死？"

黄赫忍不住了："这根本就是个套。"

小丑："套？你受了打击，看问题这么偏？郭震怎么选择，我未作任何干涉。"

黄赫："你未作任何干涉？出钱杀郭震的人是谁？会不会是你背后搞鬼？"

小丑："呵呵，程序员说话，应该丁卯分明，不做无端猜测。你需明白一点，是郭震自己去缅甸玩杀人游戏，而非别人强迫！节目最后，是谁杀他并不重要。他自己的选择，是一切的因。"

黄赫长叹一声，叼起烟："所以说，他们的生死掌握在自己手里，我左右不了，怎可能赢你？"

小丑："你说得也对，但你确实有机会，有机会救他们。救，还是不救，看你。"

黄赫："你惯用的套路，就是把我架上道德高地。"

小丑："道德高地？嘿嘿，你又说对了，那你可以下来啊，我也拦不住你。"

黄赫一想，也是啊，事情的确因小丑而起，但后续问题不在小丑，而在自己。如果真想罢休，何不拔掉电源睡大觉？

可是，那能心安吗？

有些人，就算眼见小孩子被车轧了，也会漠视离开，毫无内疚可言；可有一种人偏偏就做不到这一点。黄赫就是那种人，他善良，自信，阳光，会因自己的错而内疚痛苦。小丑的话，显然刺中了他的性格软肋。要是就此拔掉电源不闻不问，怕是他后半辈子再也不能睡个踏实觉了。

小丑继续加码："别忘了，你还有机会赢。"

黄赫当然没忘输赢规则，救回两个人，也算赢。

小丑："你的角色很有趣，在你攻击我的网站帮我找漏洞之前，你要拯救三个暗网用户，这像个暗网清道夫。以后开始了攻击网站的工作，就又成了暗网保卫者了。从清道夫，到保卫者，这是不是很有趣？"

从暗网清道夫，到暗网保卫者？可我原本只是个黑客。黄赫一边想，一边苦笑，感觉很错位。

见黄赫不说话，小丑直接发送了第二份资料。

黄赫把资料甩在一边，不打算看。

发完资料，小丑又说："对了，给你快递了礼物，收到没？"

黄赫："礼物？"

小丑："收到你就知道了。记住，我对你有恩，我做这么多，目的是唯一的。"

黄赫："闭嘴吧，我宁愿陈一龙活着。"

小丑："你这么说，是你还不明白'东亚丛林'的意义。"

黄赫突然被小丑这话逗笑了，他接触的暗网足够多，时间也足够久。要说"东亚丛林"有什么意义，除了增加犯罪率，增加犯罪者的人身安全和心理安全，增加警方破案成本，增加社会恐慌，他还真想不出别的意义。而这四个"增加"，对正常社会来说，完全不需要。

小丑："人性分善恶，人组成的社会性，同样分善恶。'东亚丛林'存在最大的意义，就是营造一个丛林世界，把社会性的恶和善隔离开来——如果暗网和明网并行，人们能自由选择的话。"

黄赫："别逗了大哥，你还想自由选择？"

小丑："别纠结假设，注意我话题的概念。"

黄赫："你的丛林里，除了一些图便宜的非法网购者，聚集了一大批人渣。"

小丑："没错，可你嘴里的人渣，在生活中往往有另一副面孔，和善、漂亮、高尚……没有'东亚丛林'，他们也存在，只不过他们的丑陋被藏起来了。这个平台的出现，让他们有机会聚在一块，充分释放、展示自己恶的一面；相反，如果没有这个平台，他们各自隐藏的邪恶，在生活中一旦遇到合适的因由，也会爆发，而且带来的伤害面只会比平台上更广，程度也更深。郭震就是个明显的例子，如果没有这个平台，他将来一样很可能在生活中尝试无成本杀人，但在平台上，他就要花一笔不小的钱。"

黄赫："又是无谓假设。用不可能的假设论证观点，荒谬。"

小丑："之所以假设，是因为社会不允许，从未尝试让平台合法存在。不管怎样，你都该明白一个道理——暗网犯罪只是形式不同于传统犯罪而已，它给了你一个具体的对象，去谴责，去憎恨。即便没有'东亚丛林'，没有暗网，这世上的犯罪可有减少？那时你又去谴责谁，憎恨谁？去恨全社会？一切的根源，都在于人性之恶。你却总盯着这个形式，这个平台，愚蠢。"

黄赫一时无语，他缓了缓，说："不管怎样，平台的存在增加了破案成本，让人性之恶更肆无忌惮，应该关掉。"

小丑："丛林世界的规则，就是没有规则，所谓适者生存，本就是个结果，而非规则。至于你所说的破案，它本身有规则吗？是不是所有的犯罪者，都应该在现场写上自己的名字，等着警方上门？有人做，就一定会有人破，这是因果。再复杂的案子，也有高明的警察，花最低的成本解决它，再简单的案子，也有蠢货年复一年不明所以。因此，增加破案成本就是个伪命题。"

黄赫："照你这么说，你在做一件有益于社会的大好事？"

小丑："是的。简单地说，我把人渣集中起来，让他们得以发泄心中诸恶，再转身到更好的生活。洪水需要出口，恶念同样需要。'东亚丛林'就是恶念的出口，恶的集散地。把恶集中起来，生活中总会干净些、美好些。"

黄赫："错。正因人性之恶无法否认，人才以群居。人类社会不是丛林，群居的目的，就是通过个体间的相互监督，以及共有知识的分享，去约束、净化人性之恶，去释放、发扬人性之善。"

小丑："你的社会化约束有效吗？别忘了任务，再见。"

这该死的老鼠！

黄赫很生气，胸中压抑不安。他知道那源于自己和小丑之间两种截然不同思想的冲击，那种冲击，让他很不舒服。他感觉每次交流，自己都很被动，尽管这种交流是他不喜欢的。

下次不能再这样。他暗暗对自己说。

还赌吗？万一再输了怎么办？他问自己。

这不是赌博，是救人。

不知道便罢，知道了怎能袖手旁观？

谁说一定会输，凭什么不能赢一次？

黄赫不停地跟自己做斗争，自信心渐渐占据上风。

情感上，他拒绝小丑发来的狗屁资料；本能上，却还是忍不住打开了，尽管他心里还没完全想明白。

第二个目标叫张海涛，43岁，河北人，二十年前越州某大学中文系毕业，留在越州一所初中当语文老师。张海涛老婆叫王晶莹，是越州本地人，从这个概念上说，张海涛算倒插门女婿。

资料上未详细介绍王晶莹的家世，只说王晶莹是个女强人，任某大型保险公司副总。张海涛呢，用他自己的话说，是个有梦想的人，十年前就从学校离了职，专心在家搞文学创作。孩子两个，大的刚上大学，小的上幼儿园。

除了上面两段话，资料里还附着必要的电话和地址，此外，还有三个本地城市论坛心理服务版块的链接。

链接里的三个帖子，看发帖者的语气，一个是张海涛小区的住户，一个是小区所在居委会大妈，一个像是王晶莹单位的人。

小区住户的帖子极尽挖苦，说张海涛窝囊，一个大男人，十年来啥也不干，惹得王晶莹大声吵吵，搅得四邻不安。

居委会大妈口吻的帖子说，张海涛很阴郁，精神状况差，买个菜回家常走错门；带孩子逛超市，三回能丢两回，好在孩子机灵，知道给他打电话；上河边，能不吃不喝坐一天，别人钓鱼，他看水。

王晶莹单位口气的帖子说，王晶莹有官瘾，很变态，在单位把员工折腾得不像人，在家里把老公折腾得不像人。

小丑给的东西就这么多，看来张海涛精神状态很差，夫妻关系也不好。黄赫知道，更深层的东西还得靠自己挖。

不用说，张海涛肯定也是"东亚丛林"的用户，那么他的兴趣是什么呢？

想到这儿，黄赫打开电脑，通过手机号获取了张海涛家的网络信息后，成功入侵。

那个网络地址连着两台电脑，其中一台是王晶莹的，但她没开机。黄赫查看了另一台电脑的内容，发现里面有很多小说文稿，确认它的机主正是张海涛。

张海涛开着机，但没登录暗网。黄赫无心了解他的小说稿件，直接搜索视频内容，包括已删除文件。人心里的秘密能瞒过黄赫，但对他来说，电脑里没有秘密。

一搜索，文件出来了。

黄赫看了大吃一惊，他没想到这个离职在家的中年宅男，竟然喜欢虐待一类的视频。这令黄赫大为头疼，他接触的暗网非法内容太多，可他对那些东西毫无兴趣。

他耐着性子研究了一下，发现所有视频貌似有个规律：它们的施虐者有男有女，但被虐者却全是女人。细究起来，那些视频中，与性有关的SM类视频不多，有相当一部分是单纯的虐待表演，视觉效果非常暴力，但与性无关，一般不危及生命。

看来张海涛口味不轻。可这个年龄段的男人和郭震不同，他心理成熟，状态稳定，按说，绝不会因为这所谓重口味，干出什么要命的事来。可是小丑既然选了他，那他就一定有暗藏的危机，这个危机在哪儿呢？

郭震的问题很明显，张海涛的问题不明显。

黄赫反复琢磨，觉得张海涛最出格之处，无非就是离职十年，宅在家带孩子，做饭，写作，这事一般男人干不出，可张海涛有这条件，他老婆王晶莹事业有成，不缺钱，他们生活上毫无压力。但大男人天天宅在家，时间长了，夫妻关系难免紧张。危机来自于紧张的夫妻关系，还是他的精神状况？难道他会自杀？

一想到自杀，黄赫急了。

怎么办？要了解对方，必须做深入接触。黄赫考虑了很久，觉得这事还得找杨依。

天一亮，黄赫先找到了郭大山。

第十二章 角色

郭震的事很难启齿，他实在不知道咋说，才能让郭大山好过点。

"郭震出事了，跟他上的暗网有关。"

"出事？少唬我！"又见到这个不请自来的黑客，郭大山来气了。

黄赫拿出手机，把郭震被杀时的小片段找出来，交给郭大山。他知道，这事他根本说不清，说了，郭大山也不信，只能叫他自己看，虽然残忍了点。

"这……这他妈咋回事！"郭大山只看了一眼，就一把薅住了黄赫的衣领。

黄赫挣扎了一阵，挣不开，大声冲郭大山吼起来："跟我来什么劲？早干吗去了？"

"你他妈……"郭大山两眼通红，把黄赫推到了墙边。

"放开！"黄赫说，"那个网叫'东亚丛林'。他离开戒断中心后，跟着旅行团去缅甸，然后私自脱团，花钱玩杀人游戏，结果就被……"

"放屁！"郭大山抬手就打。

"你儿子杀了个女人！"黄赫吃痛，奋力甩开郭大山，说出的话不再有温度。

郭大山再次抬起的手僵在了半空，手机片段还在播放，他听到了郭震的惨叫声。

"你报警吧。"黄赫留下这话走了。事实太残酷，他不知该怎么去安慰对方。

黄赫走后半天，郭大山才想起报警。

他根本不信郭震杀了什么女人，只说儿子被害了，事情牵扯到什么"东亚丛林"，还和一个叫黄赫的有脱不开的关系。

派出所当面接触郭大山后，把案情汇报给当地分局。

分局领导一听"东亚丛林"，立刻联系特别行动组。

此时，秦向阳和钱进正在赶往越州的路上。

黄赫从郭大山家一出来，就接了个电话。电话是快递员打来的，叫他回家取件。

没买东西，哪来的快递？难道是小丑所说的礼物？黄赫赶回去接了快递，拆开来一看，呆了。

快递包里装着个塑料袋，塑料袋里装着个翡翠手镯。他一眼就认出来了，那正是父亲临终交代要寻回的遗物。

他又看了看快递包，发货地是中国香港，但没写发货人，也没电话，也不保值，物品那一栏写着几个潦草的字：仿真纪念品。

他没想到小丑竟言而有信，真的搞到了这件东西。

怎么说，这都算一份大礼。

为达成目标，小丑真是下足了本钱。

怎么办？东西不能还回去，但能还钱，可他压根不知小丑是谁，这钱咋还？黄赫琢磨再三，还是把东西交给了母亲。

黄母拿到东西大悦，追问怎么找到的。

黄赫只推说朋友帮忙。

敷衍完母亲，他直奔杨依的诊所。

"昨晚又没睡好？"杨依见黄赫脸色惨白，微微一笑。

黄赫摇头。

"对了，这几天跑哪儿了？不管郭震了？打电话你就说在外地，总不能叫我自己去向郭震父母了解情况吧？"

"郭震出事了。"黄赫沉默了一会儿才说。

"出事？"

黄赫不知怎么回答。实话牵扯的秘密太多，肯定不能说，那不仅是吓着对方的问题。

犹豫片刻，他才说郭震失踪了。

杨依一脸疑惑，在她看来，郭震心理有问题不假，可那么大的人了，怎会平白无故闹失踪？

"别问了，郭震翻篇了！"黄赫故作轻松地说，"我来找你，是为另一件事。"

"你这人，看着敞亮，实际总是吞吞吐吐！"杨依说完，把之前那一万块钱

发回了黄赫手机上。

"这干吗?"黄赫又把钱转给对方,急道,"不是说了还有别的事吗?你先收着。"

"不行!郭震的事,我一点忙也没帮上。"杨依态度坚决。

"那不怪你,下次你一定能帮上。"

"下次?"

"还有个人,不过跟郭震的情况不同。"黄赫突然意识到,这事很难解释。

"又是朋友所托?"杨依狐疑地问。

黄赫摇了摇头,他也觉得那个理由不靠谱。

"那是为什么?"

"我有难言之隐。"

"你不说清楚,我怎么帮你?"

"那不相干,你只要解决相关人的不良心理状况就行。"

"如果你隐瞒的情况跟相关人的心理状况有关呢?"杨依严肃地说,"你不说清楚,那我拒绝。"

"这……"黄赫正犹豫时,电话响了。

"黄赫你好,我是钱进,有一些情况,要向你调查了解,我们正赶往你的位置。"

黄赫挂断电话,匆匆下楼,他不想让杨依见到警方调查自己。

他把车开到了上次那个咖啡馆。不久,钱进和秦向阳顺着对黄赫的定位信号赶了过去。

这次,黄赫照例点了咖啡,并提前买单。

钱进对黄赫有些好感,或者说比较尊重,毕竟对方在技术上比自己强。

打完招呼,钱进说:"这次过来,有两件事。"

"还是我说吧,"秦向阳接了钱进的话茬,"你是不是收到了快递?"

"是的。"黄赫不假思索。

秦向阳没想到这小子回答得这么干脆,接道:"快递内容,手镯?"

"对，父亲的遗物。"

"这么说，'东亚丛林'的收购帖就是你发的？你上次撒谎了。"

"这个问题，上次回答过，那不是我发的。"

"可收手镯的是你。"

"如果我给你发炸弹快递，那炸弹就是你买的？"

"那是谁帮你买的？"秦向阳步步逼问。

"上次也说了，不知道。"

"你最好老实回答，这和陈一龙的死有关。"

"陈一龙的死和我无关。"

"但陈一龙的死，你受益最大，手镯对你而言，也是意义重大。"

"你的意思，陈一龙在世上就我一个仇人？"黄赫反问。

"我的兴趣是，谁对你这么好，花640万，从暗网上把手镯买来寄还给你？对方为什么这样做？"

"早知这样，我应该说是我自己买来的。看来，实话比谎话更麻烦。"黄赫笑了笑，点了根烟。

"其实最该买还手镯的人是我，因为我是你的受托人。可拍卖会上东西被抢走，那不在我的控制范围，所以，我也不会出钱帮你做这件事。我实在想不到除了我，谁还会这么好心？"钱进插了一句。

"你究竟为什么隐瞒？替谁隐瞒？"秦向阳透过烟雾，紧盯着黄赫的眼睛。

黄赫抽完烟，才慢慢说道："还是那句话，我要是犯了罪，你们随时可以抓我。我没有习惯，更没兴趣跟人民警察交流隐私，再见。"

"等等！"秦向阳知道他对警察怨念很深，提出了第二个问题。

"郭震的死，你很清楚吧。"

黄赫脸色微变，顿了顿，说："是的，我看到直播了。"

"你和郭震什么关系？"

"没关系。"

"你对他做的事怎么解释？我们见过郭大山了。"

第十二章 角色

"我对本地暗网用户很感兴趣,无意中得知他上'东亚丛林',于是黑了他的电脑,知道了他的兴趣。"

"无意中得知?你能得到暗网用户信息?"

"不能,但能得到明网信息。郭震在明网小范围传播过暗网非法视频,这能瞒得过我?"黄赫编了个无懈可击的理由,觉得自己很机智。

"你为什么对他做那些事?"

"我想帮他,他再那么下去很危险,但没想到他会跑,真去玩杀人游戏。"

"就这么简单?"

"你们可以问他父亲,我为什么把他送去网瘾戒断中心。他当晚逃离后,我还到邻近城市追踪过他,你们可以查交通监控、通话记录。秦警官,帮人有罪吗?"

"这么说,你在扮演暗网清道夫?"秦向阳仔细看着黄赫的表情。

"再见。"

几次问话,黄赫始终秉持一个原则,除了他和小丑的赌局,其他问题要么照实回答,要么直接拒绝,但就是不说谎。这让他一直保持着主动,不必因漏洞和圆谎而思虑,这让秦向阳很是无奈。

黄赫走后,钱进说:"有关手镯的解释,你信?"

秦向阳说:"有人从暗网上花600多万,买东西寄给我,我说不知对方是谁,你信?"

"可他为什么不干脆承认,帖子是他发的,东西是他自己买的呢?那样合情合理。他为什么偏偏这么说,岂非故意让人误会?"

"有意思!"秦向阳叼起烟说,"如果他说了实话,那么那个神秘人是谁?动机何在?"

"用他的话说,那是个人隐私。"

"隐私?"秦向阳无奈地说,"也许我们确实想多了。黄赫有十足的动机杀陈一龙,调查他,这错不了。但手镯确实是遗物,跟陈一龙的死联系不上。所以,买家到底是谁,什么目的,跟我们的确没什么关系,这也是黄赫理直气壮拒绝回答的底气所在。"

"但郭震的死一定要查清楚，这里头也牵扯到黄赫！"秦向阳话锋一转，说，"我对这个所谓暗网清道夫，越来越有兴趣了。"

为方便，秦向阳和钱进留在了越州市局。

郭震之死，性质特殊，地方警方无法立案，交由行动组处理。想还原黄赫和郭震的交往细节，就得对郭大山、网瘾戒断中心做详细调查，还要通过电信公司和路面监控，分别整理出郭震和黄赫前几天的行动轨迹，这些事不难，但很花时间。进一步调查完郭大山和戒断中心后，秦向阳才知道，这里头还牵扯到一个心理医生。

杨侬？秦向阳记下了这个名字。

离开咖啡馆后，黄赫有些烦躁。因为警方对他的调查？不是。

关于下一个任务，他不知该怎么跟杨侬解释。杨侬说得很明白："如果你隐瞒的情况跟相关人的心理状况有关呢？如果你不说清楚，那我拒绝。"

实在不行，只能换人，心理师多得很。黄赫考虑了半夜，有了决定。

第二天一早，黄赫正睡得香，被电话吵醒了。

来电人是杨侬："我给郭大山打电话了，郭震人没了，为什么不告诉我？"

黄赫一激灵清醒了："事情有点复杂，但和你没关系。"

"和我没关系？"杨侬很生气，"既然你找上我，郭震就是我的病人，你说和我没关系？"

黄赫正想开口，杨侬又说："还有那个什么暗网，你怎么不说？你让我诊疗，却隐瞒病人的情况？还有，你怎么知道郭震上暗网？你为什么帮他？我问过郭大山，他和你根本不认识！"

杨侬一连串的问题，把黄赫问住了。他担心的就是这些，一提起暗网，心理师肯定有诸多疑问，不管这个心理师是谁。

唉！这真的很麻烦。

黄赫叹了口气，缓缓地说："其实我是个黑客，被FBI雇用过，处理的就是暗网问题，我知道它是什么东西，见不得正常人玩那个，所以才去阻止郭震。同

第十二章 角色

样,昨天我提过还有下一个,他叫张海涛,也上暗网,喜欢见不得光的东西。你非要问为什么,可以当我是个暗网清道夫。"

暗网清道夫,这个角色小丑提过,秦向阳也提过,现在,他认可了这个角色。

"你为什么不报警?"杨依大体听明白了。

"还是那句话,谁都有难言之隐。对不起,让你费心了,事情到此为止。"黄赫说完,就想挂电话。

"等等!"杨依说,"我知道你为什么找我帮忙,因为我跟她长得很像,对吗?"

"她?"

"那天她打来好几个电话,我接了最后一个。事后出于好奇,从网上搜了她的名字。她当时说了,她叫苏曼宁。"

"不是,我挂了。"

"你出来,我在楼下。"

第十三章　叹号

秋色已深。

杨依穿着件深色风衣，倒背着手审视着黄赫。那眼神沉静，似乎能看透人心。

杨依竟提到了苏曼宁，黄赫觉得很没面子，他借故抽烟，把脸转向一边。

"说说张海涛吧？"杨依转换了话题。

黄赫沉默。

他想：要不要找别的心理师换掉杨依？但她的话很对，要想切实帮到病人，就不能跟心理师隐瞒病人的情况。换了别人又怎样？还是要提到暗网，扯出来一大堆问题。跟小丑打赌救人，这事本就荒唐，又怎能对别人言明？

"你想继续？"黄赫很快恢复了神采，意味深长地说，"可有些事，还是不挑明的好。"

"错了！"杨依干脆地说，"因为我和她长得像，就找上我，这本身就是不健康的心态。"

"呦！"黄赫轻笑一声，不以为意。

"我在帮你刺破一些东西。"杨依淡淡地说。

"……"黄赫沉默了，若有所思。

"你的黑客身份，你的过往，和我无关。你刚才的说辞，所谓暗网清道夫，我也希望是真的。所以，如果你还希望我帮你，请正视我，也正视你自己，别把我当成别人的影子，也别让自己活在过去。"

"真是麻烦。"黄赫无所谓地笑笑，找出张海涛的资料，把手机递给杨依。

"事情一定没资料上这么简单，郭震就是例子。我不想再闹出人命！"黄赫提醒杨依。

杨依郑重地点点头，说："可是，怎么合理地接触目标？"

黄赫说："早想过了，这次需要个合法身份。"

说完，他叫杨依先回诊所，随后上楼打开了电脑。

他很快搜到一个官方网站：越州市心理干预中心。那是个公益性机构，由地方卫生局牵头主办，集合了当地许多心理学专业的学生和医生，让他们利用业余时间轮流坐诊，面向社会免费服务。

网站贴着几十张心理医生的图片，图片下方备注着名字和简介。

看到这儿，他打定了主意。他找来杨依的照片，然后入侵心理干预中心官网，把杨依的头像添加到了网站上。

弄好后，他用打印机制作了一个心理干预中心工作证，再把杨依的照片打出来贴上去，这就算齐活了。真正的工作证有没有？长什么样？管他呢，这足够应付事了。

做完准备工作，才八点多。他开车去诊所拉上杨依，往张海涛家驶去。

在车上杨依见到自己的证件，微微吃了一惊。她知道以黄赫的身份，什么东西都能搞出来。

张海涛家位于城东某小区，小区有一排独栋洋房，其余都是高层。张海涛家住着独栋二层洋房，看得出经济条件不错。

张海涛的情况不像郭震那么明显，黄赫决定先从外围打听一下。可张家是独栋，不像普通单元楼，还有个对门邻居，这咋办？

他叫杨依戴上工作证，分别去了张海涛的前邻和后邻。

前邻洋房里有个老人在家。可是老人好像耳背，黄赫问了半天，老人直摇头。

后邻有个妇女在家带孩子。妇女说："前后邻住了七八年了，能不认识？老张是个闲人，多少年一直在家，说是搞创作。他有福气，媳妇能力强，是保险公司的领导。夫妻不和？没听说。勺子碰锅台，谁家不吵个架？但打架我是没见过。兴许有吧，咱不知道。"

看来这些邻居都不想惹事，嘴都挺严实。

黄赫问杨依怎么看？

杨依觉得，经济基础决定家庭地位。张海涛宅了十年，家庭地位能高了才怪。他媳妇王晶莹，一听就是个女强人角色，这两口子关系绝好不到哪儿去。至于邻居，都没说实话。

两人一边说，一边来到张家门前。

张海涛果然在家，他望着门前的一男一女，不明所以。

杨依打量了一眼，见张海涛戴着眼镜，体形消瘦，面色有些苍白，但衣着整齐，脚上还穿着皮鞋。

在家怎么不穿拖鞋？他这是要出门，还是特定习惯？如果是习惯，那这人应是很严谨自律的，或者说喜欢抽象，很注重某些细节的象征意义。

"你好！我叫杨依，是市心理干预中心的义务医师。"杨依说着递上去证件。

"心理干预中心？"张海涛看了看证件，皱眉道，"什么事？我没联系过你们。"

杨依笑着说："对。我们从城市论坛心理版块注意到几个帖子，反映了你家的情况，这才主动上门服务。"

"帖子？"张海涛眉头更紧了。

他接过黄赫递来的手机，简单地看了几眼，摇着头说，"好事者众！"

杨依点点头，笑问："你要外出？"

"不。"

"那既然来了，咱们聊一聊？"

"没什么好聊的。"说着，张海涛就要关门。

"来，咱聊聊'东亚丛林'的事。"黄赫不管三七二十一，一把抓住张海涛的胳膊，挤进门去。

听到"东亚丛林"，张海涛顿时愣了，机械地被黄赫拉着，坐到了沙发上。

过了一会儿，他缓过劲来，扶了扶眼镜，冷着脸问黄赫："你是什么人？"

"心理干预中心的网络工程师！"黄赫随口道，"其实那不重要，重要的是你那些视频，我都很清楚。"

"视频？什么视频？"张海涛想否认。

他见黄赫抱臂在胸，神态自信从容，怒道："你……你怎么能这样！"

"黑客所为，侵犯隐私！你不是警察，我可以告你！"张海涛声音一下子大起来。

"别激动，我帮你保密。"黄赫平静地说。

"是的。我们是来帮你的，不是坏事。随便聊聊好吗？你的生活。"杨依说。

张海涛沉默了半天，才板着脸说："我的生活很简单，没什么好说的，我就是个写作者。"

"写什么内容？"杨依问。

"纯文学！"张海涛提高了音量。

杨依一时不知该怎么评价，转念问："比如你的作品？有时间拜读。"

"拜读？曲高和寡，怕你不感兴趣。"

"你意思是？"

"快了！在走程序，这回能出版了。"张海涛的声音愉快起来，铁青的脸色渐渐如常。

杨依明白了，张海涛搞了十年所谓的纯文学，目前一本出版物也没有。她没再问下去，怕有损对方自尊。

"有篇帖子提到你的精神状态……"杨依琢磨着措辞道，"正因为传言往往有失偏颇，所以才专程上门。我们是卫生局组织的，你知道，我们这种公益性组织是城市文明程度的标志，我们做的实事越多……"

"我精神状态很好，我可不是你们的试验品和成绩单！"说着，张海涛站起来，做出送客的姿势。

杨依感觉到对方防御性很强，只好礼貌地跟着站起来，继续试探道："我觉得搞创作，应该要很好地把控情绪。你说呢？"

"当然。"

"那你平时有什么兴趣爱好？我意思是，通过兴趣爱好疏导淤积的情绪，从而更好地把控自己，有利于创作。"杨依用心理暗示调整着对方的心态。

"兴趣爱好？你在讽刺我吗？拿那些视频说事？"张海涛突然大声起来，顺便狠狠瞪了黄赫一眼。

对方一激动，话题又无法继续。

杨依赶紧收住话头，又说："其实你令人羡慕，能忠于理想。坚持不易，我想，这和你妻子的支持一定分不开。"

杨依没有直接问张海涛的夫妻关系，而是再次暗示对方，不管夫妻关系怎么紧张，都应自我调整，和谐为上。

谁知张海涛这时突然激动起来。

"别提那个贱……别提她！"他突然抬手，重重地扇了杨依一巴掌。

这一下毫无征兆。

黄赫没想到对方突然打人，赶紧捏住张海涛手腕。

杨依满脸委屈，咬了咬嘴唇，拉着黄赫说："咱先走吧。"

走到门口，杨依换了副口气，回头对张海涛说："你情绪起伏不定，难以自持，你应该比谁都清楚，真的需要及时调整！"

两人刚出门口，迎面走来一个女人。

女人戴着墨镜，化着淡妆，穿一身黑色套装，体态不算轻盈，却也显得十分干练。

她摘下墨镜，打量了一眼黄赫和杨依，一开口就语气尖锐："干什么的！"

黄赫猜出对方定是张海涛媳妇王晶莹，回答道："市心理干预中心的。"

"心理干预中心？什么事！"

"城市论坛心理服务版块有几篇帖子,反映你家的状况。过来了解一下,看能否提供帮助。"

"反映我家状况?吃饱了撑的!"

说完,王晶莹甩脸就走。

临进门,她突然扭头又道:"别再来了!"

走出去老远,杨依皱着眉道:"这女人,说话语气真是重。"

黄赫点点头,说:"那吊糟男,还动上手了!你没事吧?"

杨依摆摆手:"真没想到,一提他老婆,他反应这么大。"

"这能说明什么?除了夫妻关系紧张。"

"目前无法得出具体结论,也许,是张海涛本身的心态问题呢?不过,他老婆肯定不是善茬。"杨依慎重地说。

黄赫点点头,略一思索,上车往居委会开去。

居委会里有三个大妈,看了杨依的工作证后,热情接待。

"为什么关注张海涛?可不是关注他,这周边小区多少人,谁认识他啊。是他家有个什么事,都是他来办,一来二去,就慢慢了解,注意上了。嗯,他常年在家憋着,精神状况极差,可别出啥事。他媳妇?那不认识,不了解。你们早该来了,快给他疏导疏导吧。"

居委会大妈你一言我一语,验证了帖子内容。

告辞后,黄赫匆匆开车前往王晶莹的保险公司,继续打听情况。

到了目的地,他看了看表,才十点多。

怎么办呢?随便找个员工打听人家副总的情况?那不行。

黄赫坐在车上,灵机一动,想起这新买的车还没入商业保险,不如干脆办一个,借机对王晶莹做些了解。

下了车,他们正要进保险公司,迎面碰到两个戴着工牌的工作人员。那两人一男一女,女的三十来岁,男的二十出头。

黄赫拦住那两人一问,巧了,那个女的正好是负责车险的业务经理。

女的一听要办车险,偷眼瞄了瞄黄赫的车,立马满脸热情,叫年轻男子接待黄赫。

　　黄赫说："不急，顺便打听个人。"

　　女经理这才注意到杨依的工作牌，她慢慢收敛了笑容，问什么事。

　　黄赫很机灵，掏出相关证件交给小年轻，让对方去办业务。

　　随后对女经理说："咱各有各的业务，要不找个地方坐坐？"

　　"我这儿还有事呢。"女人推辞道。

　　"干脆上车聊聊吧，放心吧，不为难你。"黄赫说着就打开了车门。

　　女人见杨依含笑相让，就站在车门前，纳闷道："打听谁啊？"

　　"你们公司的王晶莹。"杨依说着，搭手把女人拉到了后座上。

　　"啊，打听王总干什么？"女人警觉起来。

　　"是这么回事。我们中心给王晶莹对象免费做心理疏导，要全面了解他的家庭情况，这不就找到这儿来了。"

　　"这哪成！出来进去都是人，你这不是给我找难堪吗？"女人说着就要下车。

　　黄赫赶紧拽住她，笑道："不是叫你说她坏话，就简单了解情况，比如性格、工作作风，都行。"

　　"你们怎么不问她本人？"

　　"咱这免费上门服务，人家有点不待见。"

　　"不待见你们还服务？"

　　"不怕你笑话，服务免费，但多一个成功案例，对我们评职称有好处。"黄赫说着，掏出来二百块钱塞给女人。

　　"这……"女人尴尬地笑了笑，把钱攥在手里，没好意思直接装进口袋，"王总工作作风？那没的说，雷厉风行的女强人。"

　　"详细点。比如急躁还是沉稳？霸道还是亲民？"杨依问。

　　女人想了想，笑着说："你说的那些都不一定。其实王总最大的特点是她的外号，背后大家都叫她'叹号姐'。"

　　"'叹号姐'？"杨依很好奇。

"就是说，她说话语气重，不管是微信群布置工作，还是她本人的开会稿子，反正她每句话都是叹号。"

"这倒是个有趣的习惯。"杨依其实碰到过这种人，她知道有的人句句用叹号表达，纯属习惯。有的人性格温和，也会有这习惯。非要细究的话，也能把它往强迫症上靠拢。但还有一种情况，就是人非常强势，特别自我，或者喜欢支使别人，不尊重人。

"这么说，她很强势？"

"强势才有领导力嘛。王总的口语表达也一贯语气强烈，简洁明了。"女人说完看了看表，说自己确实有事，不能再聊了。她见黄赫没再拦她，才下车离开。

"当着她面，你们千万别叫她叹号姐！我可不想惹麻烦！"女人走出数步，又回头补充。

过了一会儿，小年轻办完业务出来，把证件还给了黄赫。

黄赫去交了钱，再回到车上。

杨依说："这些侧面信息，加上跟张海涛的接触，我能确定的是，张海涛长期宅在家，脱离社会，执着于所谓的梦想，家庭位置卑微低下，毫无尊严，心理极度压抑，甚至发生了严重扭曲。"

黄赫皱着眉叼起烟，没说话。

"那些变态视频是他保持心理平衡的最重要途径，对他来说是依赖，更是发泄。记得吗？那些视频的被虐对象全是女人！"

"照这么说，除了他自己的原因，他老婆也欺负他？"

"嗯。王晶莹是典型控制型人格。她表面看着坚强独立，其实内心软弱，情绪化严重，脾气大，无力理解或无力接受拒绝，而且极可能非常自恋，不懂得欣赏、赞美别人。以张海涛的个人情况，你能想象，他这十年是个什么生活状态，会被王晶莹打击成什么样。"

"能想象，但不完全理解。"

"这么说吧，要是没有张海涛对王晶莹暴力控制情绪的稀释，那么，王晶莹单位的员工能感受到的日常压力，会更大。"

"情绪稀释那么有效吗？"

"当然！那些视频的被虐对象，可全是女人。"

"明白了！张海涛的压抑情绪无处发泄时，心理上会把视频里被虐的女人当成王晶莹？"

"是的。心理投射！"

"可是，他们为何不离婚？"黄赫不解。

"互相寄生。"杨依凝神想了想说。

"互相寄生？"

"也就是互相依赖。要不说，不是一家人不进一家门，这是一对奇葩。表面上，也就是物质上是张海涛依赖王晶莹生活，因为他所谓的文学梦想过于执着；心理上，是王晶莹依赖对张海涛的控制欲，两人彼此依赖。而且张海涛十年来毫无成就的宅男生活，更高强度助长了王晶莹的控制欲。王晶莹的控制型人格，已远远超出了正常水平，甚至可以说，她比张海涛病得更厉害。"

"她病得更厉害？"

"是的！任何一种精神特质往极限靠近，都是死局。不管它是执着、忍耐、善良、勇敢、懦弱、控制……"

"这道理我懂。所谓福祸相依，物极必反。可事实上已经十年了，张海涛并未崩溃。这情况还能持续多久？"

"那要看他的心理临界点。"

"临界点？"

"就好比压死骆驼的倒数第二根稻草。"

"有道理。最后一根稻草是什么，根本不重要，重要的是倒数第二根。那会是什么呢？"

"也许没有那根稻草，一切平衡持续，相安无事。"

"有！怎么可能没有？"黄赫意识到自己口气过于肯定，他心想：既然小丑选择了张海涛，那就一定有潜藏的重大危机。

"怕的就是这点！"杨依没听出黄赫的言外之意，叹道，"张海涛一旦崩溃，极可能死人！"

"自杀？"

"不，比自杀更大的可能是杀人。"

黄赫心头打了个冷战。

第十四章 解脱

秦向阳和钱进留在越州市局，暗中对黄赫展开调查。他们先是查清了郭震从越州到缅甸的行程细节，进而通过电信部门和监控，还原了黄赫当时的行踪。

结果显示，黄赫先是把郭震送去戒断中心，在郭震喝洗衣粉逃离后，又一路追踪，最后在货运市场跟丢了郭震。他们还找到了黄赫当时入住的酒店，那个酒店，也是郭震逃离越州后的第一站。酒店监控及工作人员证实，黄赫曾在那逗留过好几天。细究起来，黄赫的行为并不违法。

从调查结果看，黄赫跟郭震的确无冤无仇，郭震也确是深度暗网用户，并因此送命。可是，黄赫为何对郭震如此热心？难道他真是所谓的暗网清道夫？这么做对他有什么好处？仅仅出于职业本能和爱憎之心，还是这里头另有隐情？秦向阳想不明白。

还有那件手镯，到底是谁在"东亚丛林"发帖，从波刚手里买下来，寄给黄赫的？如果是黄赫自己买的，那他为何矢口否认？陈一龙的死，跟黄赫到底有没有关系？比特币交易图表里的Y，又是谁？

黄赫，真是个谜一样的人。秦队长对这个人越来越有兴趣了。可他又不能对黄赫上侦查手段，不能申请监听，不能跟踪。毕竟，对方除了名义上是个黑客，没有任何实质性犯罪行为，还算得上良好市民。可这个良好市民，又似乎总是跟"东亚丛林"有这样那样的关联。秦向阳决定从外围盯紧黄赫，查清与他有关的一切，这自然包括杨依。

秦向阳翻开了杨依的资料，看了一眼就大吃一惊：这人怎么跟苏曼宁长得如此相像？

黄赫和杨依这几天忙得很。他们盯在保险公司附近，瞅见王晶莹来上班，就去找张海涛。可是，他们一连去了几次，都被张海涛客客气气地请出门外。张海涛曾打过杨依一巴掌，可是看他那神情，却像杨依打过他一巴掌。

这可怎么办？这跟病人主动上诊所求医不同，人家不配合，你能有什么办法？杨依很无奈。

"我看，还是该向警察反映张海涛的情况，他是非法暗网常客，警察不会坐视不管。"杨依说。

黄赫断然拒绝。有警察参与，事当然好办得多，他不是不清楚这点。

可他还是固执地认为，天下事，多了去，少了警察还真办不成？

他自信，他不服。此外，他不想，也不能违背赌约，更不想打破自己的原则，跟警察透露。这些，他都无法对杨依言明。

杨依问为什么。

他沉默良久，无言应对。权衡良久，只好把他父亲当年的死因讲了出来。

"我恨暗网，那玩意害人，所以才干预郭震和张海涛的生活，更恨警察，绝不会跟他们打交道。"他表明了自己的态度。

黄赫父亲的遭遇令杨依震惊。

"怪不得你不跟警察打交道。"杨依很是感慨，对黄赫报以最大的理解，"可是，接下来怎么办呢？"

"要是张海涛两口子离婚就好了，那对他们都好。"黄赫说。

"离婚？"杨依扑哧一声笑了，"怎么可能？你管得越来越宽了。"

言毕，她郑重地说："我捋捋吧，你做这一切的动机，是因为你是黑客，广泛接触过暗网和暗网犯罪，对那些黑暗的东西很厌恶。嗯，就当你是个正义青年。所以呢，你才关注上了郭震和张海涛这两个暗网用户，并希望帮到他们，但郭震已经出事了。"

"是的，就是这样！"黄赫重重地点头。

"希望你再没别的事瞒着我！"杨依说，"让张海涛两口子离婚，你办不到。但我想，可以反过来，想办法修复他们的婚姻关系和家庭生活……"

"修复？吃了那么多闭门羹，怎么修复？"

"通过张海涛的儿子。"杨依飞快地眨着眼睛。

黄赫早查清楚了，张海涛有两个孩子，小的上幼儿园，大的叫张扬，在本市某大学读大一。

通过孩子接触张海涛，这的确是个好主意。

说干就干，这天傍晚，他们赶往学校，先找到了张扬的辅导员。

黄赫编了一通瞎话，亮出杨依的证件，说自己是市心理干预中心的，正在修复张海涛两口子的关系，中间遇到困难，这才来找张海涛的孩子。

辅导员一听，这是好事啊，就带路找到了张扬。

张扬看起来并不是个张扬的孩子。黄赫和杨依找到男生宿舍时，他正躺床上玩手机。这孩子一脸冷酷，除了手机上的游戏，好像全世界再无事情能引起他的兴趣。

"心理干预中心？谈我爸的事？那应该去找他，找我干吗？"听了辅导员的介绍，张扬坐起来，扫了黄赫一眼，继续玩手机。

"怎么说话呢！"辅导员训斥了一句。

"有错吗？我有问题，那得找我爸。我爸有问题，那得找我爷爷！"张扬小声嘟囔，"你们应该上他河北老家。"

"行了！跟这位叔叔出去谈谈，对你没坏处！"辅导员拉起张扬。

"我这'国战'呢！"张扬不情愿地起身，随众人出去。

出了宿舍，辅导员适时离开。

黄赫和杨依领着张扬去了校外一家咖啡厅。

落座后，张扬继续游戏，对黄赫的自我介绍置若罔闻。

杨依往前倾了倾身子，说："张扬同学，你父母的关系很不好啊。"

"哦。"张扬淡淡地应着。

第十四章 解脱

"再这么下去，搞不好会离婚的。"

"哦。"

"你不紧张？"

"那关我什么事？"

"这孩子，怎么不关你的事呢？"

"什么年代了，大姐！"

"可是，你爸他……"杨依说到一半顿住了，她意识到不能说太多，以免给孩子造成不良影响。随后她转念又想，张海涛那些暗网视频，也许对张扬来说并非秘密。

她心里飞快地计较着，随后道："不管怎样，你还有个弟弟吧，才上幼儿园。你父母好好的，对所有人都好！"

听了杨依这话，张扬抬了抬头。

"我们在帮你爸妈，更是帮你。"

张扬拿起手机又忙起来。

"我们需要你陪我们一起回家。你爸是个聪明人，他会明白，我们既然找了你，那么他和你妈的事，对你来说，也就不再是秘密了。"

"他们什么事？吵架吗？我早就知道。"张扬头也不抬地说。

"但是你陪我们一块去，那就表示，你也希望他们的关系能得到修复。那么一来，你爸才会配合。"

"谁两口子过日子不吵吵？"张扬把杯子重重放下，不耐烦地哼道，"天下太平着呢！没你说得那么严重。省省吧，大姐！"

说完，张扬起身径直离开。

杨依呆在原地，完全没料到这个局面。

黄赫叼着烟，也呆了几秒钟，突然想起什么似的，起身追去。

追上张扬，他拿出名片硬塞进对方口袋，随口问："真上瘾！玩什么手游？"

张扬深感其烦，扭头看了看黄赫。

黄赫看了看张扬的屏幕，笑道："这玩意儿，你不上VIP能好耍？"

"哥V9。"张扬说。

"最高多少？"

"最高？你懂？"张扬注意力又回到手机上。

"手游无底洞，不充钱，永远菜鸡！"黄赫轻笑。

"这是爆款游戏，VIP15，那得40万！大哥！"张扬叹道。

"哦，其实我是个黑客。"黄赫轻飘飘说完，转身走了。

黄赫走出去十几米，张扬才反应过来，轻声质疑道："黑客？"

这可怎么办？张扬这么一走，杨依心里颇为失落，可她并未表现出来，她安慰黄赫，说她第二天一早再去找张扬的辅导员。

杨依如此敬业，黄赫心生感激。此时他心里已有计较，只是没有十足把握，索性隐而不言，开车送走杨依，立刻回家忙起来。

送张扬时，他看过张扬的手机，记住了对方手游的角色名称，略一搜索，就找到了那款游戏。他振奋精神，不着痕迹地入侵了游戏服务器。

忙到半夜，做完了要做的活，他才沉沉睡去。

第二天上午，杨依在诊所稍作停留便赶去找张扬的辅导员。

此时，张扬正在上课。

他习惯性地登录游戏后，看到了惊奇的一幕，他的账号级别从VIP9变成了VIP15，相应地，账号物品栏里多出了很多极品装备。

这是怎么回事？

张扬不敢相信，他在账号里反复确认后，才接受了这个事实。

他当然想不通。可他不笨，很快想到昨晚那个黑客，心道：不可能吧？难道是他搞的？他有这本事？他这么做，是希望我帮他？

想到这儿，他从后门溜出教室，摸出了黄赫的名片。

他刚掏出电话，黄赫打来了。

"怎么样，小伙子？高V的感觉如何？"

"真是你搞的？"

"呵呵。"黄赫笑着默认。

"操,真碰上大神了!你怎么做到的?"

"想学?"

张扬摇摇头,激动地咽着口水,随后语无伦次地说:"可是,万一……"

"担心被游戏管理员发现?"

"是啊!"张扬重重地说。

"我不只修改了服务器存档。"

"可是,他们的账上并没多出来二十多万。从V9到V15要二十多万呢!"

"想得还不少!"黄赫说,"昨晚,他们全网充值总额几百万上下,你只需知道,在他们的记录里,你的确充值了。如果他们月底对账,那么的确会发现少营收了二十多万,但在他们的系统认知里,那是系统错误造成的。他们的程序员和系统只会给出一个解释,由于未知的系统bug,充值系统在本月时间范围内,给所有用户打了个小小的折扣,导致他们少营收二十多万。"

"这……有这种操作?"张扬听明白了黄赫的逻辑。

黄赫未做回答。

"太他妈爽了!"张扬手舞足蹈兴奋了一阵,才说,"啥也别说了大哥,你叫我干啥就干啥。额,昨晚我不对!"

这时,杨依刚走进学校,他正要给辅导员打电话,电话响了。

黄赫在电话里说:"搞定了,去接上张扬吧,在学校门口等着,我一会儿到。"

"什么?搞定了?"杨依难以置信,仅过了一晚,那个沉迷手游的顽劣青年就转性了?

"你做了什么?"她忍不住好奇。

"一点小手段,别问了,回头再说吧。"

很快,黄赫开车赶到学校,三人上车往张杨家开去。

张扬一直握着手机,他忍耐了很久终于没打开游戏,扭头问黄赫:"大哥,你真敬业!你为什么对我爸爸的事这么上心呢?"

黄赫目视前方，脑回路转得飞快："还不是为了她？"

他看了看杨依，接道："在单位，干不出点成绩，没有实实在在的心理诊疗案例，她能高兴？她不高兴，我咋办？"

杨依知道是瞎话，但还是瞪了黄赫一眼。

"嘿嘿，明白！"张扬说，"我保证，我爸态度良好，怎么对我，就怎么对你们！"

"听你们的意思，我爸他有心理病？昨晚，你们不是说他们会离婚吗？"张扬认真起来。

"离婚是个说辞，是可能性。不过你爸有心理疾病，我可没瞎说。"杨依回答。

三人简单地交流着，很快来到目的地。

正是上班时间，女强人王晶莹不在家。

前几天反复被拒之门外，今天黄赫和杨依又来了，对此张海涛有些惊讶。他更惊讶的是，这次带路的是儿子张扬。

"爸！你和这二位也算熟人了吧？"张扬一进门就说，"他们好心好意做社会服务工作，你为啥不配合呢？"

"小孩子懂什么。"张海涛连连纳闷，不明白儿子咋跟那俩人搞一块了。

"他们挺神的！总之，他们一定是好意。爸，你们聊聊吧，没坏处。"

说完，张扬往二楼走去。

"还不回去上课，在家干什么？"张海涛叫住张扬。

张扬摆摆手，也不回答。

张海涛轻叹一声，招呼黄赫和杨依坐下，语气略显尴尬："两位够执着的！把我儿子搞定了！"

"确实有些错位！"黄赫仔细看了看张海涛的气色，道，"按理说，是顾客预约心理师，这次反过来了。"

"我真没病！"张海涛扭头往二楼方向看了看，对黄赫说，"大不了，就是那些视频，以后不看就是。不过，我也不希望你再监控我的电脑！"

第十四章 解脱　173

黄赫没言语。

张海涛扶了扶眼镜，问："我很好奇，你们怎么说服张扬的？他向来叛逆惯了，我和他妈都理不顺，何况陌生人。"

"动之以情，晓之以理。你儿子没你想象的顽固，他也希望自己的父母和谐相处。倒是你……"黄赫咳了一声。

"他？他这么懂事了？"张海涛皱起眉头，不知心里在想什么。

能让张海涛心平气和交流，机会来之不易。杨依看了看张海涛脚下，及时打断了黄赫："至少你该让自己放松下来，张先生，那样对创作更有好处。我已来过多次，发现你每次都穿着皮鞋。这可是你家啊！"

"自律之人，自有生活之道！"张海涛挪了挪脚，反问杨依，"我对你们的无偿服务很满意，愿意平等交流。可是，你们到底要从我这里得到什么呢？"

"不是我们要得到什么，而是我们希望你，希望你们一家人能越来越好！"杨依挺了挺身子说，"第一次见面我提到王晶莹时，你就动了手。你的生活有什么问题，你应该很清楚的，张先生。"

"动手是我不对。"张海涛痛快地承认。

杨依点点头，说："王晶莹外号'叹号姐'，有极强的控制欲。控制欲不算什么，但若是往极限发展，后果难料。工作上她带给员工的巨大压力，也许能促进业绩，但生活上带给你的巨大压力，怕是无法令家庭生活如意吧？"

"你们知道得不少……"

"那算不上秘密！"杨依不急不缓地打断张海涛，道，"这里收拾得很干净，却充满了压抑的味道，那不仅是你干净的皮鞋和板正的衣服带给我们的，更源于你本身的执着。"

"我的执着？"张海涛反应不慢，立刻道，"是指我潜心十年搞创作吧？"

杨依点点头。

"那是理想！每个人都有为理想拼搏的权利！"

"是的，这点值得尊重。可是生活不该这样，不该被你所谓的理想捆绑，成为理想的囚徒。你的问题，不仅源于王晶莹，还有你自己。你该学会释放。"

"释放？"

"不要指靠那些变态视频，走出去，融入社会，结交朋友，哪怕不从事别的工作。当然，你要是愿意重新干点什么，那就最好，比如家教，毕竟你曾是老师。难道你不想经济独立，获得尊重吗？"

张海涛抿着嘴唇沉默片刻，说："平心而论，你这话对。不是说我接受你的建议，而是我早有打算。"

说着，他挪动身子，露出了不经意的兴奋："我的书稿马上要下厂印刷了，这几天就能收到稿费！当然，我关注的倒不是稿费，不管它以后卖得怎样，那都是对我最好的证明。不怕你们笑话，这几天我确实度日如年，盼着它早点上市。呵呵，你理解？嗯。十年光阴，这就是最好的明证，最有力的交代。之后，我会走出去，接触当地作协也好，搞一点针对中学生的文学培训也好，总之，我会走出去的。我不是你们想象的那种人。"

"恭喜你啊！"杨依由衷地笑了，周围的气氛变得更加舒缓。

"家务一直是你做吗？还是另请保姆？"杨依环顾四周，看似转换了话题。

"全是我干。"

杨依站起来，貌似随意地去厨房转了一圈，又回到原位置坐下，说："收拾得真干净，一尘不染！"

"干净？何止是干净！"张海涛面色微红，叹道，"这些年，我也真是被她烦死了！"

他猛地站起来，走到窗边深吸了口气，转身说："我越激动，是不是越符合你们对我的认定？"

"你的思维过于敏锐了，太敏感！"杨依笑道，"任何心理调整，心理师都是辅助，主要还是个人。你自己能想通，给以后的生活定出明智的方向，又何必在乎我们的看法？话说回来，既然王晶莹主外，你主内，那干点家务，其实没什么的！"

"干点家务当然没什么！可那是干家务吗？"张海涛提高了音量，"实话说，这些年只要孩子不在家，我怕是没吃过一顿饱饭……"

"哦？"连黄赫也觉得这话有意思了。

张海涛干咳了两声，叹道："既然说开了……你们知道吗？我吃饭慢，哦，也不是慢，我惯于专注思考。她吃得少，每次她吃完，根本不在乎我吃了多少，把碗筷狠狠一顿，然后就只有一句话……"

"什么话？"

"去刷碗——刷锅——立刻！"

"这有什么？"黄赫愣了愣神，随后认真地说。

张海涛笑了笑，说："我要是接着吃饭，她就一直大声重复：张海涛！刷碗——刷锅——立刻！那声调，强硬冰冷，毫无温度，不容迟疑。你们知道孙悟空的痛苦吗？那不是唐僧有多烦。其实所谓咒语，就是令你无力拒绝的重复。每次，我都是含着饭粒，听她最严厉的重复！那声音高高在上，像在云端。我知道，钱是她挣的，一切都是她挣的……每次我都会连炒锅背面都要洗干净，她会检查。若有一丝不净，她就叉着腰，变换咒语：洗——干——净！哦，她没洁癖，她就是喜欢控制我……叹号姐？别人没叫错！我知道你没试过那个滋味……"他紧盯着黄赫说，"你自己想吧！哦，你也想象不出来，算了！"

黄赫缩了缩舌头，像是被烫了一下，才又正色道："多简单的事！你不会吃快些？那她就没机会念咒了。家务也做干净，让她查也白查！"

张海涛呆了呆，说："兄弟，你知道一个真理吗？锅碗瓢盆，是永远洗不干净的，因为那个干净没有标准。或者说，是她想检查，想叉着腰咒我，那不取决于东西的干净程度。至于吃饭速度嘛……唉，就只有一句话，不管我多快，她一定总是比我快！哪怕我不吃了，只是她自己吃，也会适时把碗筷用力一顿，然后蹦出那些话……除非外出用餐……"

张海涛说完，房间陷入长久的安静。

"我能体会你的心情……"过了一会儿，杨依轻叹一声，打破沉默。

"那只是我苦恼的一小部分……"张海涛停顿片刻，语速加快，"知道我为什么在家一直穿皮鞋吗？哦，问题不在于穿的是皮鞋还是运动鞋。"

"为什么？"黄赫问。

"因为我实在是讨厌见到脚,包括自己的脚。"

"这算什么逻辑?"

"我经常给她洗脚。"

"给老婆洗脚,说出去其实没什么的。"

"可是……我要给她洗得足够干净,直到我喝一口洗脚水为止。"张海涛艰难地挤出了这句话。

"这……"

"我也忘了从什么时候,是怎么接触到那些暗网视频了。不过,亏了那些视频,我才不至于崩溃。"

"那是个缓解情绪的出口。"杨依点点头,尽量让自己平静,可是因为张海涛那些话,她心里也起了波澜。她想起张海涛的虐待视频里,被虐对象都是女性。显然,看那些视频时,张海涛会有移情反应,把被虐对象当成王晶莹。

"是的!出口!每次看着那些女人被虐得死去活来,我心情上才能舒缓一些。在我眼里,那些被虐的女人都是王晶莹!就是这样!就好比青少年的性冲动,要么靠大量运动去发泄,要么靠性幻想,总之,人是不会憋死的。否则,久而久之,难免出事。对你们来说,这道理不难懂吧?"

杨依点头。

"何必呢!早离婚啊!死扛着干吗?不是自找的吗?"黄赫惊讶之余,明白更大的问题来自于王晶莹,说话更直接了。

张海涛靠在沙发上,想了想,才说:"没接触那些视频时,我没有合适的情绪纾解渠道。那时想过离婚,而且很坚决,虽然她的不同意更坚决。那时我就明白,王晶莹有心理疾病,只是刚结婚时不明显而已。但后来有了那些视频……离婚的想法就渐渐淡了。坦白说,看那类视频有用。"

"是的!"杨依说,"总之,你需要发泄累积的负面情绪,不管什么方式。我想,如果没有那些虐待视频,没有你的移情反应,那么只能有两个结果。"

"两个结果?你指的是要么离婚,要么我对她做出人身伤害?"张海涛反应很快。

"逻辑上是这样，这就好比撕开了脓疮！想不到你能正视！"杨依说。

"唉！"张海涛长叹。

"你也习惯了这样的生活吧？毕竟，离婚意味着你得重新面对生存问题！反之，只要能纾解负面情绪……嗯，你委曲求全，算是为理想献身？"黄赫突然说。

"你在讽刺我为了理想，吃软饭？"张海涛坐正了身子，控制着情绪说，"也许我也有一定心理问题，但更应该接受诊疗的，是王晶莹！但那不可能！她自己不去诊治，谁也拿她没办法。"

杨依点头道："依你所述的状况，我能理解你心理上细微的惰性！表面看，要么你们离婚，要么你有强有力的情绪纾解渠道，那总好过你对王晶莹动手！你不会否认吧？你心中潜藏的怨气，很容易演变成暴力，所以，你才把视频中受虐的女人，都当成了她。可是再往深处看，如果你果断离婚，重新去面对外面的陌生世界，你可能缺乏勇气。所以，我说了，我能理解你心理上细微的惰性。黄赫说你委曲求全，其实不过分，你的选择是人之常情。"

"……你这么说，我容易接受。"张海涛说。

"目前看，王晶莹的事，我们的确也没办法，或许，你可以通过她娘家人获取帮助。不过，你自己可以先有巨大改变。正如你刚才所说，你的书出来后，你会走出去。"

"是的！离婚的想法早没了，拖了这些年，我也想通了。她再怎么折腾我，我就当那是宠她，不就行了吗？再说这些年的花销，也的确全靠她。只要我摆脱那些视频，走出去，更换健康的情绪疏导出口，过日子的问题也就不大了！"

"很对！"杨依说着，突然站起来，提出告辞。

张海涛一时没反应过来。

等客人到了玄关处，他才站起来，脸色微红，犹豫道："有急事？要不，再聊会儿也行的。你看，我也很纳闷，自己怎么就突然讲了那么多！"

杨依回头笑笑，说："没人喜欢压抑自己，你也不例外。放心，我们有职业道德，不会外传，更不会看低你！该走了，王晶莹快下班了，别惹她不高兴。"

张海涛这才看了看表，尴尬地点了点头。

"没什么，以后有的是时间交流。"说着，杨依把自己真实的名片交给张海涛，"可以随时给我打电话，我也会定期上门拜访。三天吧，隔三天再来。"

张海涛点头。

"只要你愿意讲出心事，一切都会好起来！相信我！托你儿子的福，你该感谢他。"杨依指着楼上说。

"唉。"张海涛轻叹一声道，"那天我动了手。杨医生，我正式向你道歉。"

张海涛话没说完，黄赫和杨依早到了门外。

上了车，黄赫看了看表，说："还不到十点半，王晶莹回不来的，怎么就撤了？他好不容易敞开心扉。"

杨依笑道："适可而止。他既然愿意说了，我反而不让他说个痛快。这样对他更有好处。"

"对他更有好处？"黄赫若有所思。

"他已经走出了最难的一步。现在他需要的是安静，是思考。让他自己想吧。倾听内心，也不要一次全听完，那样他反而空落落的。"

"听你的！"黄赫一边挂挡一边说，"你妹的！真是难以想象，王晶莹竟然让他喝洗脚水。"

杨依看着窗外，说："这事，关键不在王晶莹，在于张海涛愿意喝。"

"他愿意喝？不可能！"

杨依沉默了一会儿，说："是的。起初他想过离婚，那时他们之间的关系不平衡。怎么说？王晶莹显然占主动地位，张海涛被动，不接受。可是后来，他们之间互相寄生的关系渐渐趋于平衡。只有当张海涛习惯了王晶莹的一切，也就是说，他愿意尝试喝洗脚水了，才能达成那种心理平衡。"

"你想说什么？"

"暗网变态视频，也就是张海涛的情绪疏导出口——我有种感觉，觉得视频的出现似乎过于及时，及时到刚好在张海涛的心理处于强力抵制阶段，但情绪还未崩溃。换句话说,要是当时没那些视频,要么,他家会出现严重家暴事件,进而后果不可预料;要么,他们极大可能已经离婚了。"

"哦?"黄赫叼起烟,想了想道,"张海涛说,他也不记得是怎么接触到那些视频的……听你意思,视频的出现是有人故意为之?"

"我没那么说,我只是感觉奇怪。"

黄赫想了一会儿,说:"假如,视频的出现是有人故意为之,你觉得,最大可能是谁干的?"

杨依呵呵一笑,揉了揉颈椎,说:"我不喜欢假设。非要猜?那王晶莹算一个可能性。"

"她?是有可能。她就那么不舍得张海涛离开她?"黄赫自言自语。

杨依沉默,一脸沉静。

"照你的经验,张海涛近期不会有问题了吧?"过了一会儿,他又问杨依。

杨依肯定地点头,又补充道:"但是,还要及时疏导,中间拖的时间不宜太长,省得他有心理波动。三天,不长不短,刚刚好。到时我再找他。"

"那就谢天谢地。"黄赫悬着的心慢慢落下。

杨依扭脸看了看黄赫,说:"现在我确信,你是黑客无疑。郭震和张海涛的电脑,对你来说毫无秘密就是证明。但是呢……"

"但是什么?"

"但是你这个暗网清道夫表现出来的责任感,似乎过于浓重了。"

"浓重?做好事的一定要是警察吗?"黄赫反问。

"可你做好事不求回报。"

"你只需知道我是个好人!"完了黄赫又补充道,"黑客的世界,你不懂。"

"那你究竟怎么说服张扬那小孩的?你对他做了什么?"

"别问了,黑客的世界,你不懂。"

这天晚上,黄赫请杨依吃饭。

饭后,杨依接到了张海涛的电话,对方说很愿意再跟杨依谈谈,双方约定三天后一早，在杨依诊所见面。

接完电话，杨依把消息通知给黄赫。

这是个好消息，他总算能睡个踏实觉了。

照这么发展下去，这一局，他赢定了！他在乎的，不是输赢的名分，而是人命。郭震之死，已是活生生的例子，小丑对人命的赌局，不是玩笑。

只是他无论如何也想不到，48小时后，也就是张海涛约杨依见面的前一天晚上，张海涛家发生了凶杀案——王晶莹被张海涛杀害后碎尸，双脚从脚踝处砍下，煮了。

杀人后，张海涛投案自首。

出现场的警察在张海涛电脑里发现了大量变态视频，其中不少视频带着Logo，写着"东亚丛林"，这个情况立刻被上报到市局。

听到"东亚丛林"四个字，滞留在市局的秦向阳和钱进立即赶往现场。

第十五章　黑线

王晶莹死于客厅，然后被搬到厨房碎尸，凶器是一把菜刀和一把水果刀，水果刀被丢落在客厅。客厅里有大量血迹，现场凌乱不堪。血迹里泡着几本书，旁边散落着许多被撕碎的书页，角落有个大纸箱子，上面的封条被拆开一角，里面装着满满的一箱子新书，和泡在血迹里那几本名字一样——《龙族密码：探寻中华文化起源》，作者是张海涛。

凭着那本书及对周边邻居的走访，秦向阳很快对张海涛有了大致了解：这是个写作者，原籍河北，无业，家庭妇男，宅期十年左右，曾在某中学任语文老师。

王晶莹死于二十二时左右。通过现场痕迹确认，凶手为张海涛无疑。另外，张海涛家别墅的摄像头也证实，案发当晚并无第三者出入过张家。然而，自从当年程功的借刀杀人案开始，秦向阳就养成个习惯，但凡监控录像，他总是把所有内容都拉一遍，而不是仅局限于案发前后的重点内容。

他这么一拉监控不要紧，很快就发现了黄赫和杨依曾频繁出入张海涛家的影像，这让他大吃一惊。

"怎么哪儿都有他？"钱进同样诧异。

秦向阳疑虑重重，他叫人把监控和现场的书，以及其他物证带回市局，连夜突审张海涛。

坐在审讯室里的张海涛，身上还沾着血，看起来很是狼狈，然而神色却格外放松。

"张海涛，你报案说你杀了王晶莹？"秦向阳收拢了心里的诸多疑问，抛出了第一句话。

张海涛靠在椅子上，闭目不语，那神情，好像正坐在自家沙发上。

秦向阳和钱进对望一眼，也不着急，掏出烟向张海涛示意。

张海涛把脖子用力向后仰了仰，然后睁开眼，摆了摆手，接着又改变了主意："来一根吧。"

钱进点上烟，递给他。

张海涛默默地抽了大半根，突然开口了："警官，我杀了我老婆。"

说着他把烟丢落，努力前倾了身体，道："我把她卸了！哈哈！

"你杀过人吗，警官？不，你杀过老婆吗？不，你杀过王晶莹那种人吗？真爽！

"我终于杀了她！

"终于解脱了！"

秦向阳深吸了一口气，不去打断对方。过了半晌，张海涛反反复复那几句停下来，他才问："为什么？"

"为什么？为什么？"张海涛重复了好几遍，突然大声说，"她变态！她有病！她天天叫我喝她的洗脚水！她是精神虐待狂！叹号姐！去他妈的！"

听了张海涛的话，秦向阳刚硬的神经也不免一抖。他仔细咀嚼着对方说的每个字，问："叹号姐？"

"她的外号！精神虐待狂的外号！"

"你那么恨她？"

"她处处折磨我！我就是她的玩具！"

"你宅在家有十年了吧？"

"十年？是吧。"

"她取笑你？"

"何止！羞辱渗透到生活的方方面面！"

"为什么不离婚？"

"羞辱成了她的习惯，忍受也成了我的习惯。"

"我们从你电脑里发现了大量的暗网非法视频。"

"哦！好吧。"

"你是'东亚丛林'用户，没错吧？"

"那些视频，只是我的发泄渠道。"

"发泄渠道？你把视频里的受虐者想象成你老婆？"

"哼！"

"最初，你怎么接触到'东亚丛林'的？"

"最初？记不清了。"

想必是张海涛抱定了必死的觉悟，他很配合，思路也越来越清晰。问到这儿，秦向阳基本明白了，这是个因心理扭曲导致的悲剧，其中因果他来不及细想。感慨之余，他更关注那些变态视频。这个案子看似偶然，可是怎么就同样牵扯到"东亚丛林"呢？郭震之死，跟这个案子有没有内在联系呢？

他理了理思路，又问张海涛："前几天，黄赫和杨依同你接触很频繁，是吗？"

"黄赫？杨依？"张海涛愣了一下，说，"哦，那俩心理师？不，那男的是个黑客。"

秦向阳点点头，尽量平静地问："他们找你做什么？"

"他们？他们在拯救大兵瑞恩。"

"拯救大兵瑞恩？"

"嘿嘿！我就是瑞恩。"

"你意思，他们帮你？"

"嗯。没有预约，主动上门。"

"为什么？"

"我哪知道？哦，好像是有个城市论坛，上面有好事者反映我家情况吧，他们按图索骥来了。"

"你们聊得怎样？"

"还好，还不错。"

"你信任他们？"

"他们是本市心理干预中心的，很热情，很负责。只可惜……唉……要不是我儿子……其实，我更信任我儿子，我不想让他失望。"

黄赫啥时候成心理干预中心的了？秦向阳记下这个疑点，继续问："你儿子？"

"张扬。张扬带他们来的，本来我拒绝过他们多次。"

"既然你们聊得不错，你又不想让你儿子失望，那今晚怎么会……你那些书是怎么回事？"

"书？"张海涛突然坐直了身子，大声叫道，"书？我的书呢？"

秦向阳不语，等着对方释放情绪。

"把书还给我！"

秦向阳和钱进对视一眼。

钱进心领神会，去物证室拿了几本书回来，把书交给张海涛。

张海涛戴着铐子不方便，把书捧在手里，眼神越来越亮，像捧着《圣经》的虔诚教徒。

他呆视片刻，把书翻开，指着里面的残页，怒道："她撕了我的书！该死！"

秦向阳一下子明白了什么，问："王晶莹撕了你的书？"

"是的！她该死！"

"就因为这个，你杀了她？"

"书是我的命！"

秦向阳盯着张海涛，压制着情绪，深吸了一口气，语气严厉起来："好了！昨晚到底怎么回事，详细说说吧。"

"怎么回事？"张海涛放下书，抓着头发想了想，说，"这本书，耗了我三年心血，整整三年啊！出版就在这几天，我特别高兴。嗯，终于能证明自己！你理解吗？"说到这儿，他不停地咳起来。

秦向阳点点头，叫钱进给张海涛拿了瓶水。

张海涛没喝水，他舔了舔干涩的嘴唇，哑着嗓子说："昨天下午，我突然接到快递，哦，就是那个大箱子，一箱子书！"

"怎么回事？"

"是出版社寄来的，当时我也纳闷。打过电话才知道，那竟然是我的稿费！"

"稿费？"

"出版社的人说，用那箱书抵稿费。"

"为什么？当初没合同？"

"有！他们说，书印出来样稿后，去书展上推过，结果，书商都很不看好，没人要，可是书号早就定了，整个出版流程已经走完，没法违背出版合同，就硬着头皮下厂印刷了。他们说，这个书他们肯定砸手里了。"

"所以他们不想付钱了，给了你一大箱书？"

"是这样，但不该这样！我这书连载过，网络反响特别好！"

"哦？"秦向阳皱起眉头。

"昨天我就质问编辑，那么好的稿子，有连载效果验证，凭什么说书印出来没人要？不可能！结果，他们还反过来质问我……"

"质问你？"

"当初他们正是看中了那个连载效果，才找上我。可是他们昨天说，我那篇火帖是伪造的！"

"伪造？"

"他们说，帖子里的回复99%都是假的，都是机器人，真实读者寥寥无几，根本没人看。"

"意思是说，你造假弄了帖子，误导了出版社？"

"狗屁！我怎么可能做那种事！我的文章学术价值极高，那些回复一定都是真实的！都是！"

秦向阳心想，这就怪了！要是出版社说的是真事，张海涛也没撒谎，那谁对帖子造了假呢？

他按下心中疑虑，问："帖子造假，出版社什么时候发现的？"

"我说了我没造假！"张海涛剧烈抖动起来。

秦向阳缓了缓，说："我没说你造假，先回答我的问题。"

张海涛深吸几口气，才道："那我没问，听他们意思，是最近。"

秦向阳点点头，捋顺了思路说："也就是说，在那个家庭环境下，为这本书你辛苦了三四年。书出版了，本是好事，结果出版社给你寄来一箱子书当稿费，还说你的书没人看，没法卖。这对你来说，相当痛苦，那否定了你的全部价值，从极度兴奋跌落到极度痛苦。这巨大反差下，你一时冲动，迁怒于王晶莹，才做下这天大的傻事？"

"傻事？"张海涛斜眼瞅着秦向阳，突然笑了，"我早该杀了她！我不是冲动，是她自找的！"

说到这里，他拧开瓶盖，把水一口气喝光，顺手把瓶子丢落，大声说："她得知这箱子书就是稿费，就不断嘲笑我。我解释说出版社一定弄错了，书稿很好，帖子也没有造假。她得知编辑说帖子还造了假，顿时更来劲了……骂我根本就是废物……整天写什么狗屁东西！装模作样！弄虚作假……她，她说，以后我别想再写一个字！叫我专职做好家庭妇男，老老实实在家喝她洗脚水……那些话，我，我他妈一个字也受不了！我委屈！我咬牙忍，咬得嘴唇流血！"

"你老婆真这么说？"

张海涛好像没听见秦向阳的话，兀自说道："后来，她开始撕我的书。我傻了，跪下求她。她无动于衷，说我是宠物，是废物，但是她喜欢……她有她的爽！她变态！精神虐待！她撕了几本，又叫我自己撕。她叫我把书全撕碎，扔到垃圾桶……这就是我的命啊！她竟然逼我亲自动手……茶几上有把水果刀，给箱子割封条用过……我拿起刀就捅……"

"我再确认一遍，你讲的都是事实？"

"嗯，人我都杀过了，还撒谎？"

"你后悔吗？"

"后悔？我后悔当年没离婚，后悔不该拿那些视频去发泄积怨！"说到这里，张海涛许是过于疲惫，身子一晃，差点从椅子上滑下去。

秦向阳暂停了审讯，叫钱进给张海涛叫了份吃的。

审讯告一段落。监控室的警员目睹了全过程，听得心惊肉跳，话都说不出来。

秦向阳本以为张海涛没心情吃东西，谁知他狼吞虎咽，很快就把盒饭吃光了。

又过了一会儿，审讯重新开始。

张海涛又做了一些补充，完事后，痛快地在口供上签字画押。

审完张海涛，秦向阳心里很不是滋味。世上怎么会有这种悲剧呢？想不通。他心中郁闷难消，接连抽了几根烟，强行把注意力放回到案情上。

案子很简单，可还是有几个疑点，最让人纳闷的是黄赫的所作所为。

他试图"解救"郭震，郭震被害了。

他又"解救"张海涛，张海涛却犯下杀人罪行，等于完蛋。

黄赫的行为跟郭震和张海涛的下场，有没有因果关系？换句话说，如果没有黄赫，郭震和张海涛会不会一切如常呢？

秦向阳敏感地想，这两个案子之间有无内在关联？要说有，那毫无根据；要说没有，它们却有明显共同点：郭震和张海涛都是暗网用户，都跟"东亚丛林"有关联，而且黄赫都有掺和。

这两个案子都没有侦破压力。张海涛杀人后自首。郭震在"东亚丛林"直播间杀人后被杀，虽说咎由自取，但要抓到出钱杀郭震的暗网用户，那比登天还难。可是它们都牵连到"东亚丛林"，秦向阳的神经绷得更紧了。

审完张海涛已是后半夜。突然冒出来这么个案子，案犯自首，审讯顺利，可秦向阳却反而睡不着了。

好不容易挨到天亮，他和钱进分头开工。

钱进去张海涛所说的出版社调查情况，那家出版社就在本市。

秦向阳亲自去"请"黄赫、杨依，让他们到局里配合调查。

张海涛的书的责任编辑姓李。由于钱进对案情保密，导致李编辑很吃惊，他想，就那么个事情，咋还麻烦上警察了？

钱进从李编辑那晨得到个意外的情况：张海涛的帖子的确造了假，基本上是机器人回帖，而出版社对此并不知情。直到样书印出来，出版社突然接到个举报邮件。

邮件明确指明了张海涛帖子的假象，并且随机列举了100个回帖ID的IP地址。结果很明显，那些IP地址全部相同，是某图书馆的Wi-Fi地址。这足以说明帖子的回复造了假，是用特定软件批量回复，制造虚假人气。

换句话说，要么是张海涛请人干的，要么是有人针对张海涛，"好心好意"把他的帖子弄火了。

如果是后一种情况，那问题就大了。谁在针对张海涛，暗中把他帖子弄火？

从结果来看，那是十足的恶意。正因当初帖子火了，出版社才误判了读者口味，找上张海涛。之后又突然收到举报邮件，同时样书在书展的推广，也让出版社认识到那本书根本不行，这才用一箱书抵稿费，并且谴责张海涛造假。

举报邮件还说，如果张海涛的书正常上市，就把邮件内容发到网上。很明显，那样一来，对出版社名声极为不利。这足以说明，发件人是冲着张海涛来的。其目的，就是阻止张海涛的新书上市。再结合张海涛后续的下场，那么有理由怀疑，邮件发件人做了个阴险的局。

因为一旦张海涛出书的事黄了，接下来的事便成为逻辑链：出版社考量利益，严词指出张海涛的造假行为，并用书抵稿费，导致张海涛精神崩溃。而王晶莹趁机加倍羞辱张海涛，不但动手撕书，还勒令张海涛亲自把书撕碎扔进垃圾桶。这就更进一步导致张海涛心理突变，一怒之下，久积的所有怨念迸发出来，酿成惨剧。

照这个逻辑看，出版社收到的举报邮件，就是杨依和黄赫之前担心的"倒数第二根稻草"。这根稻草引发了一系列连锁反应，从而激活了压死骆驼的最后那

根稻草。

如果这个推断是对的，那另一个问题的答案也就显而易见了：最初，是谁对张海涛的帖子造了假？那人一定不是张海涛，造假者十有八九就是举报邮件的发件人。

也就是说，整件事根本就是个阴谋，对方是冲着张海涛来的。这个局设计精巧，计算精确。布局者发出邮件后，考虑到了最大概率会发生的连锁反应。应该说，张海涛杀人，就是布局者期望的结果，因为这个结果完全符合逻辑链条的推演。最重要的是，它是为张海涛量身定制的，布局者显然对张海涛的生活状态了如指掌，清楚他们夫妻的精神状态和互相依赖关系。因为这个设计放在正常人身上，无法激活那条可怕的逻辑链。

退一步，如果张海涛情绪失控，但没有杀人，那么，布局者会不会还有更进一步的激活行为？这个谁也不好说。然而事实上，张海涛已经杀人了。

钱进没想到事情背后另有如此隐情，他脑子飞快，推理严密，越想越心惊。

李编辑一脸苦相，继续解释："你说巧不巧，样书出来了，举报邮件就来了！他的稿子我审的，本来就极不看好。为什么？他的稿子，语言晦涩生僻，初看题目以为是小说，其实是文化考据。只能说文学素养不浅，有一定价值，但肯定不好卖啊。卖不动，那一切等于零啊！当初我还纳闷，他的网络版帖子，回复反响怎么那么好？我一度以为自己看不清市场行情了，结果怎么样！"

"举报邮件的IP地址？"钱进的思路被搅扰，没来由地问李编辑。

"IP地址？我哪知道？"李编辑一脸懵逼。

钱进想想也是，对方怎可能看透这件事内在的逻辑黑线？只得把接收举报邮件的笔记本电脑"借"回市局。

另一边，秦向阳依法把黄赫、杨依带回局里配合调查。

黄赫、杨依同乘一辆车。

一路上，黄赫默不作声，心里又苦又涩：张海涛怎么就出事了呢？把王晶莹杀了？不可能！他实在想不通。

他脑子里一片空白，浑身无力，强打精神开车。

这个自信满满、热情高涨的人，在和小丑的赌局中连续遭到了沉重打击。他开始怀疑自己的能力，甚至开始重新审视自己的价值观和判断力。

怎么会这样呢？他感觉自己要彻底颓了。

杨依默默地坐在旁边，她对黄赫的心理状态很清楚。很多时候，当接连遭逢打击时，越是自信的人，越容易怀疑自己。这道理很简单，自信好比身体里一根无形的钢条，它坚硬、闪亮，却又易折。越是认为自己无往不胜，碰壁时的疼痛感就越强烈。

杨依明白，黄赫需要的不是安慰，而是赢，至少他需要一个合理的解释。这个解释最好涉及不可控因素，才有可能抵消他对自己能力的质疑。

到了市局，黄赫和杨依被安排在不同的房间。秦向阳没急于展开问讯，他要等钱进的消息。

不久，钱进回来了，拿着从出版社"借来"的笔记本电脑。

钱进打开电脑，找出那封举报邮件，然后把调查内容和自己的推论详细述说了一遍。

秦向阳听完，倒吸一口凉气。

"我赞同你的推断！"他沉吟良久，突然开口道，"不管张海涛网络帖子的造假者跟邮件举报者是不是同一个人，如果说他设局的目的是希望张海涛心理完全错乱失衡而杀人，那么逻辑上，这条黑线的起点一定不是从对帖子造假开始的，应该还往前。"

"还往前？"钱进揪起头发。

秦向阳点点头，道："你也说了，布局者显然对张海涛的生活状态了如指掌，清楚他们夫妻的精神状态和互相依赖关系，那么，黑线的起点应该是张海涛电脑里的暗网变态视频。"

"哦？"

"你想，既然这是个局，要达成目的，它最基本的条件得保证张海涛和王晶莹的夫妻关系，也就是确保张海涛不会因精神崩溃而离婚。如何确保？昨晚我问张海涛后不后悔，他说他后悔当年没离婚，后悔不该拿那些视频去发泄积怨！反

过来想,要是没那些视频,张海涛极大概率,可能已经在最恰当的时候离婚了,至少他应该制造过家暴事件发泄积怨,那样的结果多半还是离婚。"

"有道理。也就是说,有个布局者对张海涛夫妻的生活细节了如指掌。他知道,一个人宅得太久,多少都会畏惧重新面对社会,这种心理状态下离婚并不容易。他在恰当时机,以某种方式引导张海涛接触到那些变态视频,使它们成为情绪垃圾的发泄渠道,从而控制了张海涛的心理状态,促使他们夫妻的心理博弈渐趋平衡。布局者很清楚,张海涛久宅在家,渴望证明自己的心态异常强烈,书就是他的命。之后,他再通过对张海涛的帖子造假,引起连锁反应,从而打破张海涛夫妻的那种平衡,使张海涛彻底崩溃杀人。"

"是的!"秦向阳把烟盒重重拍在桌上,搓着鼻头说,"如果真是这样,案子就不是家庭悲剧那么简单了!我甚至觉得,案子不再是孤立的。别忘了郭震啊,他的杀人表演,本来已经完成,他本该活着离开缅甸!"

"你想说,那晚出钱杀郭震的人,是个特定的人,而非随机的暗网用户?"

"其实我无法确定。但是,既然张海涛的案子背后有这么一条黑线,它又和'东亚丛林'关联紧密,所以才不得不往那儿联想。"

"如果真是你想的那样,那布局者岂非跟出钱杀郭震的是同一人?"

秦向阳一下子笑了:"我都不敢那么说……"

钱进哼道:"不管怎样,张海涛案子的布局者实在是处心积虑。你想,他离婚的想法,可是几年前的事了。"

"一个很可怕的人!"秦向阳慢慢说道。

钱进眯起小眼睛,沉默。

秦向阳又问钱进:"对了,帖子的假回复,技术上怎么操作?"

"不难!"钱进说,"自己设计个软件就行,不少程序员都能做到。"

"哦?那对黄赫来说,岂非小儿科?"秦向阳饶有兴趣地说。

钱进点头,道:"我想找出这个人,可是……"

钱进很为难。他查清楚了,张海涛文稿网络版,是一年半以前开始连载的,就是说最早一年半以前,布局者就通过软件动手了。虽然一切假回复的IP地址都指向某图书馆，但时隔太久，图书馆方面的摄像头已更新数次，就算恢复监控硬盘数据也几无可能，何况查找对象没有任何具体特征，所以从监控上查找蛛丝马迹的希望渺茫。

他抱以希望的，是举报邮件的IP地址来源。他断定对手很狡猾，一定不会暴露自家的网络地址。但邮件是十几天前收到的，距今时间不算长，就算发邮件的客户端用了公共网络或者蹭网，钱进也希望能进一步查到蛛丝马迹。

以钱进的技术水平，不管移动端是手机还是电脑，他都能解析出移动端网卡的物理（MAC）地址，它相当于移动端网卡的身份证，具有唯一性。但移动端以亿计，相应的MAC地址也以亿计，它不像身份证那样有数据库，根本无法确定MAC地址所对应的移动端机主。

说干就干，钱进拿起电脑去了技术科，秦向阳负责问讯。

这是秦向阳和黄赫第三次见面，这次，黄赫看起来远没有上两次精神。

一见秦向阳，他就站了起来，语气有些急促："到底怎么回事？告诉我！张海涛，他不可能杀人！"

"他不可能杀人？你怎么断定？"秦向阳没有回答对方的问题，板着脸反问。

黄赫呆立片刻，说："两天前，他状态非常好，前所未有地好。"

秦向阳相信黄赫这个说法，他点点头，示意黄赫坐下，然后掏出烟点上，顺手把烟盒丢给对方，问："你什么时候成了市心理干预中心的人了？"

"我？"黄赫习惯性叼起烟，语气渐渐平静下来，"那只是权宜之计。"

"像当初对郭震一样？"

"是的！张海涛也是暗网用户，而且心理有严重问题，我在帮他。"

"在你的拯救计划里，杨依是什么角色？"

"她？心理咨询师。"

"为什么选她？"

"不为什么，也可以选别人。"一旦进入连贯性问答，黄赫的思维很快活跃起来。

"你的暗网用户名单里,或者说你的拯救名单里,除了郭震和张海涛,还有谁?"

"目前只查到他们两个。"

"真是这样?"

"是的。"

"你初次接触张海涛之前,了解他的心理状况和夫妻关系吗?"

"不了解,那时我只知道他是暗网用户。我对暗网用户感兴趣,不想他们继续,所以才干预。"

"不了解?那你为何提前给自己伪造一个心理干预中心的身份?"

黄赫没想到秦向阳思维如此敏锐,提了个这么刁钻的问题。

他脑子也转得飞快,面色平静地说:"在接触他之前,我在城市论坛搜到三个有关张海涛的帖子,那些帖子很大程度上反映了他的家庭矛盾,也能看出他有一定心理问题。所以……"

"很好的切入点!"秦向阳点点头,道,"你有没有觉得事情有些不对劲?"

"哪里不对劲?"

"你这个暗网清道夫接近谁,谁就出事。"

"你说郭震和张海涛都是因为我,才……"黄赫说了一半,顿住。

秦向阳接住他的话茬,说:"我不是说因为你他们才出事,至少,你是这两个案子的一个共同点。"

"是的!那能说明什么?他们的共同点还有第二个,他们都是暗网用户,所以我才成了那个所谓共同点,我在帮他们。"

"从警方角度讲,你是有嫌疑的,你同时接触过郭震和张海涛,而且是深入接触。另外你的接触点很敏感。什么接触点呢?暗网。你呢,恰恰又是个黑客。"有关案情细节,秦向阳一个字不聊,牢牢把握着问讯主动性。

"你怀疑我?"黄赫把双臂抱到胸前。

秦向阳并未作答,他直视着黄赫,道:"我总觉得你有所隐瞒。"

黄赫微微一笑，说："不管郭震还是张海涛，他们出事时，我都有不在场证明。"

秦向阳也笑了笑，意味深长地说："有时候，要害一个人，不必亲自动手。"

黄赫撇了撇嘴，对秦向阳的话毫不在意，再次问："到底怎么回事？本来，张海涛已经和杨依约定，今早在诊所见面。"

秦向阳不理他，又问了个不相干的问题："你在美国待了几年来着？"

"六年。"

"六年？"秦向阳在心里盘算：一个在美国，一个在越州，看起来，这黄赫不可能认识张海涛，更不可能同时跟张海涛和郭震有什么仇怨。他这在国外一待就是六年，而六年前，他还只是个刚毕业的毛头小伙。算起来，郭震六年前就更小……

"说啊！是不是有什么特殊情况发生，刺激到了张海涛？"黄赫继续追问。

这时秦向阳站了起来。

"不说是吧？好！很好！我一定会弄清楚的！"黄赫哼了一声，也跟着站起。

"你可以回去，但不表示你身上没疑点！"秦向阳搓着鼻头说，"不管你接下来干什么，我想，我会对你的行踪格外关注的。"

"你，想监控我？"黄赫挑衅似的指了指秦向阳，然后把叼着的烟点燃，深吸一口，对着秦向阳吐出，咬着牙说，"监控合法公民？你似乎还没权限！不过你要是真想，可以试试。"

说完，他摔门离开。

秦向阳紧盯着黄赫，一直等对方出了门，才把注意力收回来。

接下来是杨依。

不知为什么，杨依总觉得秦向阳看她的眼神怪怪的。见秦向阳推门进来，她停止了胡思乱想，神态自若地颔首示意。

秦向阳飞快地扫了杨依几眼，若有所思地坐下。

他清了清嗓子，问了个杨依想不到的问题："杨医生？这么称呼你合适吧？耽误你时间了，不好意思！嗯，据我所知，黄赫的学生时代曾有个女友。巧的是，你和她长得一模一样。今天见到你之后，我总觉得这事很有趣。你呢？"

杨依平静地听完，微微一笑，道："秦警官是吧？你很直白，或者说坦诚，还可以说很尖锐！其实，这个问题你该去问黄赫。"

"哦？"

"是他找上我的，那之前，我和他没任何交集。你要觉得有趣，就该问黄赫，他为什么找个跟前女友相像的心理师？"

"有道理。"秦向阳点头。

"是的！至于我和她相像，这里头牵扯概率和遗传问题。我想，我没必要为此解释什么。"

"你的思维很有条理！"秦向阳脸色一变，笑着说，"担心你紧张，开个玩笑，活跃气氛来着。"

"是吗？我不觉得好笑，你呢？"杨依审视着秦向阳，说，"依我看，你的性格跟你的职业相当配套，你是个天生的警察，但我感觉，你至少算不上幽默的人。"

"也许吧！"秦向阳搓了搓鼻头，突然进入正题，"你和黄赫怎么认识的？"

"前阵子他突然去诊所，说他睡眠差。"杨依很快适应了秦向阳的节奏。

"好吧！现在你该知道了，他之所以选择你，就是因为你和他前女友相像。"

"我早知道了。"

"哦？"秦向阳点点头，又问，"那么他请你接触郭震和张海涛，又是怎么解释的？"

"郭震的事，起初他撒谎了，说是为朋友帮忙。后来郭震出事，我给郭震父亲打电话，才得知一些真相。他是个黑客，因工作关系，曾长期接触暗网，他说他在帮助郭震和张海涛，无偿的。就是这样。"

"无偿的！你怎么看？"

"我也问过他好几次，只能确定他绝无恶意，也没私心。"杨依认真回答。

"很好！你们找过张扬吗？张海涛的儿子。"

"是的。"

"为什么找他？"

"因为张海涛一直不配合。起初张扬也很不配合，后来黄赫把他搞定了。"

"怎么搞定的？"

杨依摇了摇头。

秦向阳沉吟片刻，又问："能详细说说，你接触郭震和张海涛的过程吗？"

杨依轻轻叹了口气，点点头，把事情经过照实说了一遍，还附带述说了当时自己的一些感受。

最后她总结道："所以，张海涛出事，我第一个不信！毕竟从经验和事实来看，他的精神状况还不是最糟，而且他正努力试图调整！除非……"

"除非什么？"

杨依看了看秦向阳，有些不满地说："到底怎么回事，你们不是最清楚吗？还用问我？"

"你是个不错的心理师！"秦向阳略一琢磨，继续问，"那么就张海涛来说，你和他接触过程中，有没有什么特别的感受？或者说，有没有什么细节，让你觉得不对劲、不舒服？"

"什么意思？特别的感受？"

"仔细想想！以你对细节的把控，以及通过情绪去感受内心的职业素养，也许会有特别的发现或者感受吧？"

杨依果断摇头。

秦向阳沉默，紧盯着对方。

杨依继而微蹙眉头，又想了想，才说："哦，倒是有一点，我不确定那算不算特别，很可能是我想多了。"

"哪一点？"

第十五章　黑线

"张海涛接触暗网变态视频的时间点。"

"哦？"

"具体哪年哪月，他也记不清了。不过，我总觉得那些视频出现得有些及时。不，应该是过于及时！"

"怎么说？"

"王晶莹有心理疾病，所以折腾张海涛。张海涛想离婚的时候，也正是抵抗情绪最强烈的时候。接下去，他很可能以家暴发泄怨气，更可能干脆离婚！可当时偏偏出现了那些视频，之后在心理上，他一直把视频中被虐的不同女人当成王晶莹看待……我觉得，如果没那些视频做他情绪垃圾的突破口，他应该已经离婚了。他要是早离婚，后面也就没黄赫和我什么事了。"

听到这话，秦向阳心里咯噔一下，暗暗竖了个大拇指。杨依这个说法，跟他的想法完全一样，他和钱进讨论时，也是这样推理的。杨依的感受，印证了他的逻辑，他不由得佩服起杨依的敏锐来。但是杨依不了解张海涛犯案的具体细节，所以她无论如何也不会想到，她那个特别感受是一场精心布局的起点。

"秦警官，还有问题吗？我是不是可以走了？"杨依见秦向阳不吭声了，很干脆地问。

秦向阳回过神来，摸出烟在桌上敲了几下，才道："可以走了。不过，你最好离黄赫远点，明白吗？"

杨依愣了个神，然后摇头。

"一个建议！"

杨依哦了一声，起身离开。

杨依走后，秦向阳顺着笔录又把思路整理了一遍，这才去找钱进。

钱进和市局的技术人员还在忙。结果似乎很乐观，举报邮件的IP地址查到了，经过精确定位，确定那个IP属于一个网咖。

他们立即动身，赶到那家网咖。

家耀网咖。

"就是这里。"走进大厅后，钱进确定地说。

"确定？"

钱进点点头，说："我查了，这里是光纤接入，IP地址是固定的。但是有两种情况：一个是那布局者大摇大摆办卡上机发邮件，但这太容易暴露，不太可能；另一个情况是远程操控。"

"远程操控？"

钱进点头，道："如果那人小心谨慎，一定不会傻到来这儿发邮件。但邮件确实从这儿发出。那除了远程操控，还有别的法子？"

"对。"

"这么一来，要想找出那台被操控的电脑，就实在太难了。"钱进望着大厅里那几百台电脑，摇了摇头。

"这……"秦向阳无语了。

"而且，就算找到了，也不一定能确定操控者位置，他完全可以用多层代理加密连接。"

秦向阳很头疼，但还是找到网咖老板，让对方把最近一个月的监控拷贝一份带了回去。那家网咖规模不小，大厅内多个角度都有监控，秦向阳一厢情愿地希望从那些监控里能发现点什么……

接下来，他们驱车去找张扬。

家里出了那么大事，警方早就通知了孩子，考虑到现场太过惨烈，警方让张扬留在了学校，并嘱咐其辅导员安排人照看，以免孩子情绪激动出意外。

秦向阳赶到学校，很快见到了张扬。他们把宿舍里其他同学请出去，然后掏出证件给张扬看了看。

张扬无声地躺在床上，面无表情。

秦向阳想了想，说："出了事，我们知道你很难过。我有几句话要问，希望你振作起来，小伙子！路还长！"

张扬看着天花板，权当没听到。

辅导员面露尴尬地上前催促，被秦向阳止住了。

过了一会儿，秦向阳试探着问："前几天有一男一女找过你吧？给你父亲做心理诊疗的。"

张扬沉默。

"听说一开始你不配合，后来那个黑客把你搞定了。他对你做了什么？"

张扬还是不说话。

这怎么弄？秦向阳没招了，对方只是个受了刺激的孩子。

他无奈地笑了笑，把手里的水果交给辅导员，然后嘱咐道："他要是想和你说点什么，及时通知我们。"

辅导员点点头。

秦向阳和钱进刚开门要走，张扬坐了起来，哑着嗓子问："那个人他有问题？"

秦向阳笑道："他没问题，这是流程。"

张扬哦了一声又躺下了。

秦向阳略有失望地走出门去。

钱进问："有什么事干吗不直接问黄赫？"

秦向阳说："这个细节是杨依提供的，黄赫压根没提起。再说，我们也该见见这孩子。"

钱进点点头。

回去的路上，秦向阳心事重重。张海涛这事是有人预谋已久的布局。照经验看，这里头一定牵扯什么仇怨，可对方似乎没留下一丝漏洞，这案子也陷入僵局了。

没线索也得找，该干的活还得干。回到市局给他们准备的办公室，按老规矩，秦向阳找来两份资料，那是张海涛和郭震的全部个人履历。

他和钱进一人一份，分头看了起来。

资料里无非是当事人的学籍、工作、家庭等最基本情况，从这里头发现异常情况的可能性极小，但这是最基础的调查步骤，起码能大大增加对当事人方方面面的了解。

钱进打着哈欠，草草地翻了一遍，就把资料扔在一边。

秦向阳那边叼着烟,看得很认真。等他看完了,两人又交换资料。

钱进很快把两份资料都看完了,有些不耐烦地站起来,说:"实在没什么头绪!接下来怎么搞,秦大队长?要不先回香港?"

"回去干什么?丁老头让我们把郭震的事搞清楚。"秦向阳一边看资料一边说。

"基本事实已经搞清楚了嘛,郭震是自作自受。可究竟是谁出钱杀了他?这事难办。"

"是的!那张海涛呢?他背后的布局者又是谁?"

"头大!"钱进说着,一屁股坐到了桌子上。

秦向阳没理会他,注意力突然在资料上的某个地方停下来。

他咦了一声,起身拿来钱进那份资料,把两份档案放到一块仔细比对起来。

几秒钟之后,他突然站起来,用指节敲着桌面,兴奋地说:"这有点怪!"

"什么?"钱进的屁股从桌面上滑下来,凑到秦向阳旁边。

秦向阳拿起笔在两份资料上做了几个简单的标注。

钱进再看时,眼神骤然一亮。

标记内容很简单。

张海涛,润才中学初一(3)班语文老师兼班主任,2007年12月,辞职。

郭震,2007年9月至2010年7月,就读于润才中学。

郭震,初一(3)班,班主任张海涛(因故辞职),后由刘文静老师接任,一直带到毕业。

也就是说,张海涛曾是郭震的语文老师兼班主任,这是两份资料里,张海涛和郭震的唯一关联点。

第十六章　起点

秦向阳和钱进都没想到，张海涛和郭震之间真有关联点。

当年张海涛才33岁，为什么辞职，档案里没有相关记录。

这所谓的关联点是偶然，还是引发一系列事件的必然？它背后是否真有隐情？他们不确定，但总归找到个方向，不管前方是明是暗，往前走再说。

如果这个关联点的确是两个案子的关键之处，那么张海涛和郭震出事，就是被人设计后的必然；另一个问题就不得不正视了：黄赫所谓的拯救暗网用户计划，为何偏偏对准这两个被设计的人呢？

"哪能这么巧合？不可能！"秦向阳左思右想，还是觉得黄赫身上应该有隐情。

"可是，那小子的所作所为，并不违法……"钱进同意秦向阳的判断，不过他也想不通。

"不行！还是得盯他。"秦向阳打定了主意。

"监控合法公民？怎么申请？"

秦向阳搓着鼻头，笑道："那只能麻烦你了。"

"我？"钱进把上身一挺，摸着下颌说，"技术上，我不一定比他差！可这违反规定啊大哥！不干，不干！"

"只是个应急方案，又不是叫你监听他手机！"

秦向阳搂着钱进的肩膀说："必要时候，可能需要你小小地违个规，从交通系统把他的车跟一跟。他要真是清白的，大家都省心；倘若他背后真有什么勾当，那你不也大功一件？"

"这……"

"放心，我不会出卖你。"

"其实，我也不信巧合，所以还是先查查那个关联点再说。"

"你意思是干了？"

钱进还是摇了摇头，说："在香港，这一行干得越久，你就会越明白制度的重要性。违规的事，少干！"

"制度？那是死的，钱少爷！"秦向阳哼道，"依我看，是你没信心吧？"

"没信心？你说我技术上玩不过那小子？"

"何止！也许你连交通监控都搞不定！"

"来！来！交通监控是吧？我这就入侵给你看……"

一听这话，秦向阳笑了。

一夜无话，第二天一早，两人赶往张海涛当年供职的润才中学。

同一时间。

苏曼宁坐上了从滨海到越州的高铁，她把自己裹在黑色的长外套里，专注地看着窗外一掠而过的风景。

她是昨晚接到秦向阳电话的。

秦向阳叫她去越州。

"去那儿干吗？我又不是你们行动组的人！"

"有关暗网的调查越来越复杂，当然，也有些线索。我们需要苏主任的帮助！"

"你们？呦！秦大队长还需要我帮忙？"

"是的！"

"你们进展到哪一步了？"

"电话里可说不清。"

"我能帮你什么忙？"

"具体也得过来说，也许，需要你见个特别的人。"

"特别的人？见谁？"

秦向阳支吾了一下，说："比如黄赫。"

"什么？他？"苏曼宁立即提高了音量，"不去！本姑奶奶见他干什么？烂人一个！"

提到黄赫，苏曼宁气就不打一处来。当然，那不涉及情感上的波动，而是因为她觉得自己未受到任何尊重。前些日子，她从秦向阳口中得知黄赫的联系方式，还曾给黄赫打过电话。谁知对方一直不接，后来还是个女的接了电话。她记得，那女的说自己是个心理师。这也就罢了，可是事后，黄赫也没给她回拨电话，真是太过分了。

对苏曼宁来说，给黄赫打电话也不是为了叙旧。有什么好叙的？都散伙六年了，而且她也结了婚。她只是想解开一个藏了很久的小疙瘩，她想问问黄赫，六年前怎么就无故消失，不打任何招呼？有这么散伙的？真是太不负责，太气人！当然，对黄赫，她也绝不会用质问的语气。她只不过就想那么一问，看对方怎么回答。要是对方不解释，或者乱扯一通，那也无所谓。她只不过想通过那么个问题，让黄赫明白一件事——你黄赫忒不靠谱，你做错了，我苏曼宁只是来提醒你犯过的错，但那不表示我还在意。

苏曼宁一回绝，秦向阳赶紧解释："是的，你说的那个烂人，简直是个谜。就目前看，他和'东亚丛林'有诸多纠葛，可是他又在做一些让人无法理解的事。"

"无法理解的事？"

"嗯，比如学雷锋做好事，不求任何回报。"

"别闹了大哥！"

"他接近并帮忙暗网用户，可他接近的人，却都出了事！要么被杀，要么杀人……"

"啊？怎么可能？"

"说不清！来不来？一句话。不来我挂了！"秦向阳说着就挂电话。

苏曼宁没阻止。电话被挂断后，她拿着手机怔怔地呆了半天。

天亮后，她突然做出决定，去越州。

去那儿干吧？还不是帮秦向阳，看看那到底是个什么案子！她在心里回答自己。

可是假怎么请呢？

她走进副局长丁诚的办公室，还没开口，丁诚就笑着说："听说特别行动组那边需要你帮忙？"

"啊？"苏曼宁一愣神，才意识到这一定是秦向阳提前搞的鬼。

"赶紧去吧。愣什么神？"丁诚大手一挥，又补充道，"注意安全！"

坐上高铁后，她才给秦向阳发了个消息。

收到消息时，秦向阳和钱进刚到润才中学门口。

他笑着对钱进说："有贵人要来了！"

"贵人？"

"晚上见到人你就明白了。"他俩一边说，一边进了学校。

有警察找上门，润才中学校办的王主任出面接待。

这王主任五十来岁，圆脸，梳着大背头，一看就是个处事圆滑之人。

落座后，秦向阳给对方看了证件，开门见山："我们来打听两个人。"

"好说，好说，一定配合。具体什么事呢？"

秦向阳不做解释，问："张海涛，今年四十三岁，以前教语文，曾是初一（3）班班主任，十年前辞职。他辞职原因是什么？不急，时隔日久，好好想想再说。"

"十年前？张海涛？"王主任喷了一声，皱着眉说，"这么多年，来来去去的教职工太多，一时还真想不起来。"

秦向阳不言语，从包里掏出张海涛的档案，推到王主任面前。

王主任看了看张海涛的照片和相关资料，脸色微变。

这时秦向阳说："这张海涛当年一毕业，就在这儿任教，他辞职时才三十三，那也起码十年教龄了。老王，你不会是新来的吧？"

"那不能！"王主任又拿起档案端详片刻，恍然道，"有印象！有印象啊！"

他端起茶杯慢慢饮了一口，缓缓问道："这张海涛怎么就麻烦上了咱警察呢？"

这人话里话外，净想着先套话，惹得秦向阳心里一阵厌烦。

他晃着车钥匙，说："要不，咱换个地方聊？"

"不！不！"王主任连连摆手，赶紧笑道，"我们一定全力配合！刚才您问什么来着？对、对，这个张海涛为啥辞职，是吧？"

王主任清了清嗓子，说："唉！说起来，就是个教学事故。"

"教学事故？"

"哦？也不是。准确说，是他们班出了一件事，张海涛毕竟班主任嘛，有直接责任，就辞职了。至于这档案，为啥不写清楚，咱们学校也是好心，多一事不如少一事嘛，为他以后再谋职着想。"

"出了什么事？"

王主任想了半天，说："说实话我也不太清楚。"

"你不清楚？"

"这样吧，我给你找刘老师来，她是语文组组长。一直带班，她应该更清楚。"说着，他打了个电话。

过了一会儿，一个女人推门进来。她三十多岁的样子，应该就是语文组的刘组长了。

"二位好。我是刘文静，请问找我什么事？"刘文静扶了扶眼镜，在秦向阳对面坐下。

接替张海涛的刘文静？来得正好。秦向阳把张海涛的档案递给她，过了一会儿才说："张海涛当年辞职后，初一（3）班由你接任班主任，对吧？"

刘文静点头。

"当年出了什么事？"秦向阳问。

这时王主任站起来，呵呵笑道："你们慢聊，我出去一下，有事叫我哈！"

话音未落，他一溜烟不见了。

"你们这个王主任，狡猾得很，不想担事。"秦向阳笑道。

"无所谓了！"刘文静有些尴尬地笑了笑，说回正题，"当时的事我知道，其实那算不上秘密，毕竟当年警方也有调查。王主任想得多，担心学校声誉……"

"学校出了案子？"

"嗯。死了个学生，张海涛班里的。"

"哦？"秦向阳示意钱进掏出纸笔。

刘老师想了想，说："那孩子被打了，死在医院。"

"怎么回事？"

"是班上的学生干的。"

"校园暴力？"

"算是吧。"

"那孩子叫什么？"

"叫常乐。"

"是偶发事件吗？"

刘老师摇摇头，道："当时我不教那个班，事情发生后，大家传来传去，才知道一些片段。"

"是不是和这人有关？"秦向阳拿出郭震的资料。

"郭震？这不是我的学生吗？他怎么了？"刘老师看了看资料，一脸惊讶。

"详细说说吧，你知道的情况。"

"这事吧，说来话长。"

刘老师把她所知道的片段凑起来，给秦向阳还原了这么一件事。

常乐聪明伶俐，成绩算得上拔尖，是个讨人喜欢的孩子，每个任课老师都赞不绝口。更重要的是他有个好妈。

常乐的母亲杨怀玉是本市某城市银行的行长，这给常乐加了一层无形的光环。

当时的张海涛还没有文学梦，一心想在教育界发展，也是个心眼活泛的人，想到自己老婆王晶莹的保险业务，虽说跟银行不直接挂钩，但结交个行长总没坏处，就对常乐格外照顾。再说，因为常乐母亲的身份，别的老师都对常乐不错，他作为班主任，可不能觉悟太低。

作为初一的班主任，张海涛只教了常乐不到半年，就给那孩子捞了不少荣誉。班干部、团干部，这些更是不在话下，连班里最漂亮的女生，都被安排成了常乐的同桌。这其实不太协调，常乐当时还不到一米六，坐在中间前排的位置，那"班花"有一米六五的个头，坐中后排，这就是女孩子发育早。张海涛呢，就硬把女孩调到前排跟常乐同桌。

用刘老师的话说，张海涛对常乐，就跟亲儿子一个样。

张海涛的努力，很快换来了回报。

通过家长会上跟杨怀玉的结识，以及常乐在母亲面前对张海涛的客观评价，张海涛很快赢得了杨怀玉的好感。

不久，学校要扩大图书馆规模，拆旧的，盖新的。作为学校的脸面工程，上级教育部门拨的那点资金还不够塞牙缝的，学校不得不全方位筹措资金。

张海涛很快听说了此事，就动起脑筋来。他的算盘打得不错，这要是谁能给学校拉一笔资金，那还不立马成了校长的红人？那往后的日子不就……

说到这个情节，刘老师觉得张海涛当时的想法并不突兀，他平日里巴结常乐，结交常乐的母亲，总不会不图点啥，就是说，张海涛一直在等机会呢。

再说回张海涛。很快，他就找机会跟杨怀玉聊起这件事。

杨怀玉很有水平，当场问张海涛："张老师的意思，是希望我给咱学校拉点赞助？按说，这种事应该是你们崔校长来找我吧？"

张海涛的话也算实诚，他说："崔校长门路多，还没有放出话来，让教职工找钱的地步。退一步说，就算是利用学生家长这块资源，那有头有脸的家长可也不少呢……"

杨怀玉不愧是行长，马上吃透了张海涛的意思。那话很在理，相比校长手里的学生家长资源，杨怀玉她一个行长，还真不一定排得上号。就这个事来说，要是能帮忙，那就等于给儿子常乐铺路，将来的重点高中，甚至高中领导的资源，还不都得指靠崔校长？

这么一想，杨怀玉就果断接了这事。不过，她让张海涛牵线，事呢，直接跟崔校长谈。

润才中学的崔校长一听有个行长来送钱，乐得开了花。张海涛顺理成章地立了大功一件，不出意外，下学期就得升级部主任，甚至教务主任。

杨怀玉也开心。这么一来，自己儿子大学前的路，统统顺风顺水了。

一个常乐令三方受益。

很快，杨怀玉就拉来了钱，对方是个造纸企业老板，叫隋长江，赞助学校一千万。

秦向阳耐心听完这段，忍不住问："那郭震呢？他当年什么角色？"

刘老师喝了口水，继续说："郭震，你可以把他看成小张海涛。"

"小张海涛？"

"常乐是班里家庭条件最好的，孩子们也会巴结人的！"刘老师轻叹一声。

秦向阳恍然大悟。

"其实不止郭震一人那么做，还有几个孩子。"

"哦？"这更是个意外消息，秦向阳精神一振。

"还有林贝儿，还有……杨杰、李敞亮、陈恬恬。应该是这几个人，如果没记错的话，你们回去自己查。"

钱进赶紧记下这几个名字。

"孩子之间的巴结图什么？"作为未婚青年，秦向阳实在想象不出。

"现在不少孩子，年纪轻轻虚荣心就很强的！"刘老师看了看腕表，继续道，"老师们对常乐怎么样，那不明摆着吗？他们可不傻，知道巴结常乐不吃亏！"

"他们都做些什么？"

"就那些日常小事。比如一个个赛着给常乐带早点，打饭，买零食，充游戏点卡、手机话费，值日，写作业，拎包，甚至系鞋带……怎么说呢？常乐在学

校，除了吃饭、上厕所等事情没法代劳，其他基本都有人替他干。"

"这个常乐！也是过分！"秦向阳感慨了一句，问，"那几个孩子家境如何？"

"家境？有好有差。"

"郭震呢？"秦向阳知道，郭震父亲郭大山现在做水产品批发生意，收入还不错。

"郭震的家境？当时很一般吧。"

很一般？秦向阳心想，这样的孩子看到家境好的孩子，通常是个什么样的心理状态呢？羡慕？嫉妒？自卑？淡定？说不准。可郭震却去巴结常乐，难道现如今，孩子的世界跟大人的世界区别不大了吗？他着实想不通。

"那接下来怎样？"钱进忍不住问。

刘老师又扶了下眼镜，说："接下来的事大伙都知道，常乐母亲出事了。"

"杨怀玉？"秦向阳摸着鼻头问。

"是的！她具体的事情我不清楚，只知道她所在银行一个支行的行长被人举报，牵连到了她，后来大家都说，牵连的人可不止她一个，而是一大批。"

"一大批？窝案？"

"不清楚。反正杨怀玉跑了，很多人都跑了，也抓到了不少。当时报纸上的消息铺天盖地，那些事你们警察应该更清楚啊！"

听了刘文静的话，秦向阳一惊。他这才意识到，这个案子所牵连的事远没有表面那么简单。他咳了一下，掩饰着自己的情绪，没有向刘文静解释自己外地警察的身份，继而点点头，示意对方说下去。

这时钱进突然插话，道："接下来的情况，其实不难猜了。杨怀玉这一跑路，常乐就不再是甜枣了！"

"没错！"刘老师看了钱进一眼，说，"何止不再是甜枣！那孩子一下回到旧社会了！"

"旧社会？有那么夸张？"秦向阳反问。

"夸张？张海涛可是受了牵连，他能不拿常乐出气？毕竟之前那一千万赞助费，是他牵头拉来的。"

"是的！"秦向阳点点头，说，"估计那笔赞助费也有问题！"

"有什么问题我不知道，反正当时学校里乱七八糟，天天有警察出入。据说，那笔钱来自于一笔贷款。就是那个赞助商，造纸企业老板隋长江，听说是他找杨怀玉贷款，杨怀玉呢，同意把钱贷给他，但有个条件：隋长江得从那笔钱里拿出一千万，赞助给润才中学……"

"你知道得不少！"秦向阳仔细听完，说。

刘老师笑了笑，说："当时崔校长头都大了！底下的老师们能不议论？加上媒体的各种消息……秦警官你忘了，咱群众的眼睛是雪亮的！"

"我夸你呢！接着说常乐。"

"后面，也不知是政府，还是银行来找学校，要收回那一千万！"

"那笔钱肯定要收回的，程序上它不合法。毕竟杨怀玉违规放贷，还迫使那个隋长江从贷款里支付所谓赞助，那等于回扣！"秦向阳解释道。

"钱反正被拿走了，更影响了学校的声誉。张海涛呢，成了崔校长的出气筒……这样一来，张海涛简直……总之，我理解张海涛那时的心情，可大伙当时都没注意，他竟把气撒到了常乐身上。至于常乐有没有受到体罚，那我不清楚。常乐出事后，很多事情才爆出来，令所有老师吃惊的是那几个孩子对常乐的态度和做法。"

"也就是郭震、林贝儿、杨杰、李敞亮、陈恬恬，对吧？"秦向阳捋着这几个名字。

"常乐肯定被那几个孩子虐待过，而且持续时间不短。常乐后来死在医院，浑身是伤，脾脏被打坏了，听说是内出血导致部分功能丧失，动手术要换，一时找不到移植器官，人就没了。"

"脾被打坏了？难以想象！那帮孩子出手那么狠？"钱进紧皱眉头，叹道，"更想不通的是，常乐母亲出事后，孩子们对常乐的态度、做法怎么就完全逆转呢！"

"孩子们态度反转，长期虐待常乐，作为班主任，张海涛是否知情，或者说，那里面是否有他默许的成分？"秦向阳无暇感慨，追问道。

"这……也许吧？谁知道呢！"刘文静犹豫道。

"也许？也许当时你们其他老师都视而不见吧？难道你们一点迹象都看不出？"钱进激动地说。

"我们……那么多校园暴力事件，你以为老师们什么都清楚？"刘文静咳了一声，把头转向一边。

"对他们的相关处罚，怎么判的？"钱进问。

"处罚？他们当时都不满十四岁……"刘文静闷闷地说。

秦向阳心里颇不平静，这事要不是真发生过，他是绝不会相信的。到底什么原因，导致那些孩子的心理发生了逆转？秦向阳不想琢磨，也琢磨不透，那是教育工作者和心理专家的研究范畴，此刻，他只想弄明白所有事情的内在逻辑。他长出一口气，心想：看来要查找当年常乐一案的卷宗，了解具体情况。

这时，下课铃响了，不觉间几十分钟已经过去。

这几十分钟里，秦向阳像是看了场电影，主演是几个孩子，演绎了人性的灰暗与极端，令人心情沉重。

刘老师也叹了口气，站起来说："情况基本就是这样，我还有课，你们看……"

直到秦向阳点头，她才离开。

走到门口，她突然停步，回头道："对了！还有常乐他爸……"

她看了看表，急道："别的你们自己了解吧，我走了！"

"常乐他爸？"秦向阳重复了一遍，未阻止刘老师。

逻辑上，现在基本能确定，张海涛和郭震的案子，跟十年前常乐被害有关，毕竟除此之外，再也找不到其他有说服力的关联点。他们返回市局，立刻整理相关情况。

一、张海涛、郭震、林贝儿、杨杰、李敞亮、陈恬恬，这几个人对常乐的死，负有间接或直接责任。可是，因孩子们当时不满十四周岁，并未受到任何刑事处罚。至于张海涛，虽说在杨怀玉出事后，对常乐的态度急转直下，甚至涉嫌精神惩罚或体罚，但他跟常乐的死并无直接责任，只是在事后主动辞职了事，那么，法律也拿他没法子。

现在张海涛和郭震已经出事，显然这是仇杀，其性质关联到十年前的常乐被害事件。凶手会就此罢休吗？

逻辑上不会。余下的几人，林贝儿、杨杰、李敞亮、陈恬恬，应该即将或已经处于危险之中，而且从规律上看，这个危险，应当也跟暗网有所关联。

这是一场时隔十年的复仇盛宴，暗网，似乎是凶手最有力的工具。不管怎样，当务之急，是立刻联系余下的人，确保他们的安全。

二、凶手身份，目前无从推断。

三、常乐母亲杨怀玉当年那个所谓"窝案"，是怎么回事？

四、刘老师所说的"常乐他爸"，发生了什么事？

整理完毕，他们联系分局，很快找来了常乐的卷宗。

卷宗内容翔实，刘文静的述说基本接近事实框架。细节上，常乐被打发生在2007年12月7日下午放学后。以郭震为首的五个学生，在路上拦住常乐，并将其胁迫至学校图书馆的废墟（当时旧图书馆已经拆完，新的还未动工）。

那天是二十四节气中的大雪。越州虽然不下雪，但那天的天气也坏得出奇。

郭震从学校厨房寻来半桶冰块，强行塞进常乐的内衣裤里，又对常乐拳打脚踢，还迫使常乐咒骂自己的母亲是通缉犯，继而逼迫常乐爬行学狗叫。

常乐不从，被郭震用木棍毒打。

之后，林贝儿在郭震协助下，强迫常乐吞下大量冰块。

后来，郭震又从学校食堂拿到一瓶热水，在林贝儿协助下，将热水倒入常乐内衣裤中。

卷宗记录，其他三名同学，也就是杨杰、李敞亮、陈恬恬，当时并未直接动手，他们全程围观并起哄，还用手机拍了常乐吞冰、被热水浇下身，以及爬行学狗叫的照片。

法医记录显示，常乐除脾脏内出血之外，身上还有多处创伤及瘀斑，从伤口愈合的不同程度，可断定常乐曾多次遭到暴力侵犯。郭震和林贝儿等五名学生，

第十六章　起点

对此予以承认。但杨杰、李敞亮、陈恬恬三人均表示，他们对常乐大多数是言语上的羞辱，从未对常乐施加过分的暴力侵犯。

常乐出事后，民事赔偿部分由法院主张，赔偿数额参考了不同学生的责任大小及各家的经济情况。郭震家赔偿常家五万元，林贝儿家出了八万，杨杰、李敞亮、陈恬恬三家各赔两万。

卷宗后半部分提到了常乐的父亲，常家辉。

这个既倒霉又愤怒的父亲，因为常乐的事，致人重伤，被判无期。

另外，常乐还有个姐姐叫常虹，当时19岁，在该市某大学计算机专业读大一。

常家辉的事，另有专门卷宗，在常乐的卷宗里只是简略提及。

杨怀玉的案子，也另有专门卷宗。

秦向阳越看越心惊，又找来常家辉和杨怀玉的卷宗。

杨怀玉涉及的是典型的经济贪腐案子。

经查实，杨怀玉及其城市银行管理层高管，多年来一直在暗处经营一家投资公司。这家空壳投资公司，实为杨怀玉等银行高官的小金库，多笔银行违规资金的账外运营，都是通过这家公司完成。公司的盈利手段是把银行的资金投到房地产项目中盈利，再把本金转回银行。

杨怀玉东窗事发，是受其支行行长韩金贵牵连所致。韩金贵因操作多笔票据贴现账外经营，涉及资金高达九亿，而被银行内部人员暗中多次举报，于2007年10月中旬被双规。

另查，杨怀玉担任其城市银行一把手期间，内部管理存在巨大漏洞，任人唯亲，拉帮结派，股权不明，弄得银行内部混乱不堪。其间，市银监局多次派人进驻银行行使监督权，事情均不了了之。究其原因，一是该行为本市重要金融部门，跟市政府关系极为密切；二是杨怀玉私下跟银监局副局长曾大海有利益输送关系。

具体来说，杨怀玉亲自或授权他人违规操作，涉及的违规贷款、利益输送，及收取贿赂、抽取提成，其数额高达人民币数十亿元，令人咋舌。

支行行长韩金贵事发后，杨怀玉立刻看清了山雨欲来的危险局面，迅速脱身，潜逃加拿大，中国警方一路追查，之后杨怀玉行踪成谜。

随后，公安部对杨怀玉下达了红色通缉令，至今已有十年之久。

当时共有四名银行高管被抓。除了杨怀玉，涉嫌潜逃的另有七人，其中包括市银监局副局长曾大海及城建局副局长徐鹏飞。

当年杨怀玉金融贪腐窝案，令越州市委市政府极为震怒，激发了省委高层金融反腐的决心。为此，公安部对杨怀玉、曾大海、徐鹏飞等八人，全数签发了红色通缉令。

尽管公安部多年来从未放弃追查，但令人遗憾的是，杨怀玉、曾大海、徐鹏飞等八人的红色通缉令，依然高高在挂。这些人，跑路后就此杳无音信，销声匿迹，连家人都不曾有任何联系，真是铁了心地背负罪孽，亡命天涯。

相应地，高挂十年的红色通缉令也令公安部相关领导备感压力。

了解完杨怀玉的卷宗，再看常家辉。他涉及的是一宗刑事案件。

常家辉，案发时42岁，经营着一家汽车租赁公司。

杨怀玉案发跑路后，常家的境况瞬间跌至低谷，不但名誉上成了过街老鼠，就连经济上也骤然紧张起来，汽车租赁公司因有杨怀玉的资金支持而被封。那段日子，常家辉极为焦虑，根本没注意儿子常乐身上的种种异常情况。

常乐突然出事后，常家辉一夜间老了很多，女儿常虹也请了长假，陪在父亲身边。

痛苦之余，常家辉既内疚又纳闷。

内疚的是，自己没提前发现孩子异常情况的蛛丝马迹；纳闷的是，常乐接连遭受暴力侵害，咋就不告诉大人呢？

后来常家辉很快想明白了，杨怀玉出事后，连他这个大人都萎靡得一塌糊涂，更别说心理落差极大的孩子！他不知道常乐面对暴力侵害时在想什么，只知道作为孩子，那时一定无比茫然，心里充满对这个世界的无法理解。

案子审理结果出来得很快。涉案人员因年龄未满十四周岁，都不承担刑事责任。常家辉大醉三天，无论如何都不能接受这个事实。

深思熟虑后,他决定为常乐的死讨个说法。

郭震、林贝儿、杨杰、李敞亮、陈恬恬五个家庭,一共十九万赔偿金,常家辉最初一分也不收。检察院的人无奈,只好把银行卡交给了常虹。

常虹也是硬性子,当场把卡剪碎。

常家辉下了讨说法的决心后,假装接受了检察院的好意,重新收了新的银行卡,并千方百计让常虹回到学校。常虹对父亲改变主意,收取赔偿金的做法大为不满。

常虹走后,常家辉跑到学校拉横幅,要求涉事老师张海涛及五名学生,通过电视台,向全国观众详陈对常乐犯下的罪行,并公开发表致歉书。

校方告诉常家辉,张海涛已主动辞职,并劝其离开,未果,只得让派出所出面强行将他带走。

回家后,常家辉更加愤怒,连夜找到张海涛家,对其大打出手,并严词警告对方,凡事都有因果,往后别想再干老师,就算改名换姓做其他工作,他常家辉也定然找上门去闹,去把张海涛的行为宣扬出来。

打完张海涛,常家辉就开始动那五个孩子的脑筋,但是按卷宗的陈述,他从没想过要那五个孩子的命。

他最初的想法在横幅上表达过:让张海涛和五个学生通过电视对所有人陈述罪行。这点显然不可能,家长们绝不同意。再就是学校,那样做就等于在全社会范围抹黑润才中学,所以学校也不可能提供帮助。法律上呢,更不会支持他的行为。

退而求其次,他就想到了另一个法子:把郭震、林贝儿、杨杰等五人抓来,复制他们对待常乐的行为,让他们也吞冰、爬行学狗叫、被淋热水等。他还要把那个过程录下来,发到网上去,同时附上一份书面陈述。

他要在网络上告诉大众:他叫常家辉,是校园暴力被害学生常乐的父亲。施暴者,仅仅因不到法定年龄,就逃离了法律制裁。他对施暴者所做的种种惩罚,固然可恨,但那都是施暴者先施加给他儿子的。如果大众谴责他,恨他,他要反问大众,那些施暴者就不可恨吗?这么可恨的人,为什么没受到任何惩罚?年龄小？年龄小是罪恶的挡箭牌吗？年龄小，就可以在施暴后，堂而皇之继续读书、生活，而不承受任何形式的惩罚，甚至连一点悔过之心都不曾表达吗？除了法院主张的那点赔偿金，施暴者以及施暴者的家属可有考虑过被害人家属的心情？可曾对被害者家属表达过丝毫歉意？没有，都没有！

为此，常家辉在郊外找了间废弃厂房，安装好摄像设备，并准备了橡胶棍、热水、绳索及大量自制冰块。

他知道自己的行为犯法，但不会是重罪。关几年？他不在乎。他一定要把视频和自己的声音发到网上去，给全国大众和媒体一个有力的拷问，给那些犯了罪的灵魂留下一生的印记。

年纪小，害了人，就能风轻云淡？谁定的？他不服。

实际上，不管他要实施哪个想法都有个前提，他得把那五个孩子弄到一块。可是，这很不易。

怎么操作？直接去目标家里暴力绑人？就算绑了一个，那别人听到风声怎么办？放学路上拦截？更不可能，学生都有家长接，而且五个孩子目标分散。

怎么整？

他想来想去，决定还得在学校动手。

只是常家辉忽略了一点，要是那些孩子已经休学或转学，早已离开了学校，那他的计划就要落空。

其实他忽略了这么重要的一点，也很正常，毕竟这个愤怒有余、理智不足的父亲，实在缺乏一定的犯罪天赋。某种程度上说，他比他老婆杨怀玉差多了。

说起来，常家辉不知道的是，学校方面顾忌声誉，已经对郭震、林贝儿等人的家长提出，让孩子转学。其实就算学校不提，那些孩子犯下如此过错，在学校也没法正常上课了，这一点，家长们都拎得清。

之所以案发后那段时间，郭震等人还未休学或转学，最主要原因是警方的频繁问讯，基本都是在学校办公室里做的。把那么小的孩子弄到公安局？那没多大意义。为了问讯方便，警方要求五名孩子在短期内，必须照常到校，省得问讯起来，要跑五个家庭，极为不便。

只要孩子不负刑事责任，警方这点要求，家长们都愿意配合，校方呢，当然也愿意提供方便。

就因为这，被常家辉所忽略的那一点，反而不存在了。

2007年寒假前的一个下午，常家辉从自己关张的汽车租赁公司里，找了辆套牌面包车，装上几大桶矿泉水，开车前往润才中学。

到了目的地，他以送水的名义骗过保安，开车进了学校。他把自己包得严严实实，保安们压根没想到，那送水的司机，就是前些日子扯横幅大闹学校的常家辉。

那个时段，初一（3）班正上体育课，他是从常乐贴在家里的课程表上得知这点的。进入学校后，他没去教学楼，直接开车冲进了操场。

郭震等人的长相他铭记于心。下了车，他冲进活动场地，头一个就把杨杰敲晕了。两个体育老师发现不对，上前阻拦。

常家辉收起橡胶棒，取出网购的射钉枪，冷不丁射伤了一个体育老师的大腿。另一个老师见状，跑离操场去报警。

学生们的反应不一样，有的傻站着看热闹，有的惊叫，有的跑开。

郭震就是发现不对，跑得最快的。然而他毕竟是个孩子，被常家辉轻松地追上，敲晕。

接着是李敞亮。

林贝儿和陈恬恬早吓得蹲在原地。

常家辉体格不错，没费多大劲，就把五个孩子捆好塞进了面包车。

保安和老师们闻讯而来。

常家辉开车冲到校门口，被保安队长用三轮车挡住了。

这是一场毫无技术含量的、失败到家的绑架行动。

问起常家辉当时的心理，他说，他有考虑过学校的伸缩门要人工操作，实在不行，就开车撞出去。他说没想到，犯法的事干起来，其实一点也不简单。

被保安队长拦下后，他们发生了厮打。情急之下，常家辉用射钉枪射中队长左眼。射钉入肉极深，差点死人，经抢救，保安队长好歹保住了命，却成了植物人。

常家辉的惩罚计划，就这么止步于最初阶段。当时他的口袋里，还装着写好的声明稿，那是他打算惩罚结束后，要在视频里念给大众的。

案子简单明了，性质极其恶劣，社会影响极坏。

常家辉因有预谋的绑架罪、故意伤人罪，数罪并罚，被判死刑缓期两年执行。在押两年后，他被依法减为无期徒刑，但规定其不得减刑。

规定依据为《中华人民共和国刑法》第五十条第二款，对被判处死刑缓期执行的累犯以及因故意杀人、强奸、抢劫、绑架、放火、爆炸、投放危险物质或有组织的暴力性犯罪，被判处死刑缓期执行的犯罪分子，人民法院根据犯罪情节等情况，可以同时决定对其限制减刑。

这到底值不值呢？

这么一来，常家辉一家也就算彻底完了。

不对，常家还有个常虹。

秦向阳一查资料，才得知除了常虹，常家辉还有个弟弟，叫常家耀。

钱进一看常家耀的名字，忽然觉得哪里不对。

他想了一会儿，拍着桌子说："常家耀？我记得，那个网咖，家耀网咖，老板好像就叫常家耀！"

"网咖老板？"

"就昨天，去查那封邮件的IP地址……。"

秦向阳恍然大悟，皱眉道："那个老板叫常家耀，常家辉的弟弟？"

"这很好确定。"说着，钱进上网查起钱家耀的资料。

秦向阳愣了愣神，点上烟去找常虹的资料。

片刻之后，他惊呆在原地，档案上写得清楚，常虹早在十年前，常家辉出事后，因精神崩溃自杀身亡。

"这……"查完所有资料，秦向阳头皮一阵发麻。

往事比他想象的还要复杂，这是典型的案中案，再升级的案中案。

他确信，自己找到了一切问题的起点。

可是，接下来该怎么办呢？

这时天已经黑下来。

沉默中，秦向阳的电话突然响起。

苏曼宁在电话里说："我到了！"

第十七章　猫岛

看完卷宗，秦向阳顾不上苏曼宁，立即提审张海涛。

张海涛神情萎靡，不知是否对自己的行为感到后悔。

秦向阳单刀直入，上来就问张海涛是否还记得常乐。

"那是多年前的事了！干吗问这个？"听了秦向阳的问话，他极为惊讶。

秦向阳不解释，继续问："当年你巴结常乐，是为了攀附他母亲杨怀玉，对吗？"

张海涛显然被对方的话刺痛了，他脸涨得通红，尖着嗓子说："说那些有意思？唉！我这命够烂了，何必再落井下石？"

"我们在做必要的案情核对，你最好配合。"

"你们非要把我挖个底朝天？"张海涛喘着粗气，声音里竟带出哭腔。

秦向阳没再逼问。

过了一会儿，他见对方情绪有所缓和了，才道："我是在帮你！你是否配合，你的供述，将来我都会交给法院。"

"帮我？我还有救？"张海涛不解，自嘲地笑了笑。

"怎么做，做什么，我比你有数。你只管配合，我无意嘲讽你的过去。"秦向阳诚恳地说。

"罢了，罢了！"张海涛长叹一声，道，"对你们来说，哪有什么秘密？再说，那也不是秘密。有什么问题，问吧！"

秦向阳点点头，问："杨怀玉出事后，你对常乐的态度，为什么走到了反面？"

张海涛呆了会儿，说："我一时糊涂，那件事到现在都放不下。怪我弄巧成拙，攀附杨怀玉，给学校拉赞助，自以为时来运转，却想不到杨怀玉出了那么大的事！一千万赞助费没能成就我，反而遭到了崔校长的记恨！没办法，那笔钱来路有问题。当时越想越气，就越看常乐越不顺眼……唉！"

"你对常乐做过什么？精神虐待？体罚有吗？"

张海涛立刻摇摇头，说："我没动过他一指头。也就是处处难为他，用现在的话说，顶多算冷暴力。"

"郭震、林贝儿、杨杰、李敞亮、陈恬恬，他们呢？做过什么？"

"他们？"张海涛一惊，"怎么问起他们了？当时都不满十四岁，事情不是早结束了吗？"

"问什么，你答什么。"

张海涛哦了一声，说："除了郭震，另外四个是班干部。"

"他们的心态转变，咱们不讨论。就问他们当时对常乐的种种暴力行为，你清楚吗？"

"我……"张海涛顿了顿，点点头，紧接着又摇头，说，"开始，我确实不知道。林贝儿是副班长，有次单独和我聊起来，她向我炫耀，说：'老师，我们替你出气了，我们也早受够常乐了！'那之后我才知道有那么档子事。"

"你怎么不阻止？算了！"秦向阳抽出烟递给张海涛，换了个问题，"说说林贝儿吧，比如她怎么也那么讨厌常乐？"

"她？她是'班花'，我把她安排给常乐当同桌。常乐就借机追她，上下学都一块。可我一直不知道她其实很介意！"

"为什么？"

"因为她好像和郭震不错……她是否喜欢郭震，我也不清楚。但郭震肯定喜欢她。"

"你怎么确定？"

"郭震的私人日记。记得郭震日记里说：'这下好了，有个好妈了不起？到头来还不是跑路？看那个狗崽子还怎么得意？他那熊样！一想到他和林贝儿坐一块，我就恨得牙痒痒，看我怎么收拾你……'不是原话，大概就这个意思吧。"

"你怎么看到他私人日记的？"

"哦，常乐出事后，警察审我时叫我看的。"

秦向阳点点头："明白了，日记内容能看出郭震的异常行为。警方让你看日记，是问你对孩子们的行为是否早就知情。"

"是的！可那是私人日记，不上交作业的。我是早就知情，那是林贝儿告诉我的，刚才说过了。"

从日记这个细节，能看出郭震对常乐恨意已久。秦向阳轻叹一声，在已掌握的内容里填上日记的细节，还格外在"牙痒痒"三个字上画了个圈。郭震的案情他早了解透了，知道郭震咬人的习惯。看来，任何怪异行为都不是无故存在的。或许，郭震"牙痒痒"及至咬人的恶习，就是因常乐而起。

做完标记，他问："常家辉打过你吗？"

"常家辉？"

"常乐父亲。"

"哦。是的。"

"那常家耀呢？就是常家辉的弟弟，他找过你吗？你有没有见过他？"

张海涛想了想，果断摇头。

"常虹呢？常乐的姐姐，认识吗？"

张海涛又摇头。

对张海涛这番必要的讯问，最大限度地还原了十年前校园暴力事件的细节。

临走，秦向阳认真地对张海涛说："你知道你最该后悔什么吗？"

"后悔？什么？"张海涛很茫然。

"既然你从林贝儿那儿得知了暴力行为的存在，那就该及时制止，可惜你没有!"说完,秦向阳和钱进离开了审讯室。

苏曼宁是自己打车赶到市局的。

秦向阳在附近找了个饭店摆了一桌,给她接风。

见到苏曼宁后,钱进很是惊讶,要不是眼前的警花是短发,他就把苏曼宁当成杨依了。秦向阳给他们彼此做了介绍,钱进还是有点不相信自己的眼睛。

"实在是太像了!"钱进连连摇头。

"像什么?"苏曼宁反问。

秦向阳拿出手机找到杨依的相片,给她看。

苏曼宁大吃一惊,忙问那是谁。

"这就是叫你来的原因!"秦向阳这才一五一十把前前后后的案情大体讲了一遍。

听完介绍,苏曼宁连连皱眉。

良久,她总结道:"没想到这么复杂!就是说,香港那边的拍卖会抢劫杀人案,你们团灭了外来的劫匪,还抓了波刚,又挖出了通过暗网发赏金令的雇主,也就是吕秀丽、刘新华和胡卫东,以及幕后策划者魏名扬,但还剩了个Y,也就是买凶杀陈一龙的雇主没找到,再就是'东亚丛林'的主人X。对吧?"

她努力理顺着思路,接着道:"然后通过暗网直播,你们又发现郭震出了事,于是一路来到越州。查来查去,紧接着那个张海涛又出了事。而黄赫又先后秘密接触郭震和张海涛,号称在'治病救人'!同时,黄赫父亲黄炳忠之死,与陈一龙有直接原因!也就是说,这些事串起来看,黄赫是Y的嫌疑很大!这么说没错吧?"

秦向阳沉默片刻,摇着头说:"表面看,他的行为极为可疑,难以理解。不过就今天调查的结果看,张海涛和郭震的案子,牵扯的是十年前那宗校园暴力事件!凶手十有八九在复仇,跟黄赫没啥关系。不过,这就更难以解释黄赫的行为了!"

"我只能认为黄赫真的在'治病救人'!"钱进说。

"你们想多了!"苏曼宁果断地说,"不管黄赫的行为如何难以理解,都无法否定他是Y的嫌疑！为父报仇，他有十足的动机，这不是最基本的吗？"

"但没有任何证据，所以我这才有秘密监控他的想法。"说着，秦向阳看了看钱进。

苏曼宁点点头，道："'东亚丛林'主人X是谁？在哪儿？这个你们连边也摸不到。你们现在要解决两个问题，一个是Y，一个是张海涛、郭震事件的幕后真凶，对吧？那需要我做什么？"

"你当然是正面接触黄赫。"秦向阳笑道。

"接触他？以谁的名义？"说着，苏曼宁拿起杨依的照片仔细看了半天，歪着头说，"我反倒对这个心理师非常感兴趣！"

"理解你的反应！"秦向阳说，"正因为你们太像了，才可以做做文章。这几天我都在考虑，你能否以杨依的身份接触黄赫？"

"让我假扮杨依？"苏曼宁很吃惊。

"我不知道他们一块时聊过什么，不知道杨依的行为习惯，我对她一无所知，怎么假扮？不靠谱！"苏曼宁的问题很在点上。

"那些都不重要！"秦向阳沉吟片刻，道，"你不了解她，不要紧，接触黄赫时，尽量少说话。你可以和他谈郭震、张海涛的事。记住，重点是观察他的精神状态。不要谈起陈一龙！如果他真是Y，这话题会很敏感，也显得突兀。我想杨依不会向他提起陈一龙，毕竟那和她无关，你也就不能提。总之，这是我们近距离了解黄赫的最好法子，就当是近距离监控吧！你要做的就是细心观察、感受，看能否发现什么异常。我知道，这么办案你没经验，我也没有！不过，谁叫你和杨依那么像呢？"

"这其实很容易暴露！比如那中间杨依突然给他打电话。"

"这个不用担心。一旦你接触黄赫，我会让钱进暗中盯着杨依。她要是上门找黄赫，我会叫人以讯问的名义把她临时带走，至于通话嘛……"

"我会设法入侵杨依手机。她打电话时，只会听到'暂时无法接通'的提示。当然，这违规了！"钱进说。

"直接屏蔽她信号不是更简单？"秦向阳问。

"简单是简单！但那得屏蔽一个范围，受影响的人很多，欠妥！"

"有道理！"秦向阳转头对苏曼宁说，"其实你想太多了！杨依和黄赫认识时间不长，只是工作关系，接触绝不会频繁，更不会无缘无故联系的！"

"可是我和她声音也不一样！你以为拍连续剧呢，往脸上随便粘点玩意儿，就能糊弄人？"

"声音？"秦向阳斟酌了一会儿，说，"我接触过杨依，区别没你想的大。不过你得放慢语速，温柔点。"

"温柔点？难！被识破了，怎么办？他要真有见不得人的勾当，岂非打草惊蛇？"苏曼宁一脸无奈。

"哦？他要真是蛇，我就最喜欢惊蛇！"秦向阳自信地说，"我说了，我们要的是黄赫私底下的精神状态。所以，识破了也没关系，最坏的结果无非是他认为你怀疑他，对吧？"

苏曼宁点头。

"你是警察，而他本就值得怀疑！我们与他接触多次，他很清楚我们的态度。"

"可是，他的精神状态，对我们有那么重要吗？"

"当然！按我说的做，你会明白的！"秦向阳说。

"难道你们没觉得这个女人……算了！"尽管心里突然生出不对劲的感觉，苏曼宁还是顿住了话头，她再次拿起杨依的照片看了看，然后摸着自己的头发，缓缓道，"我考虑一下吧。在那之前，我至少需要一顶质量不错的假发！"

第二天，秦向阳从市局要了两个便衣刑警，一个派去黄赫家附近，一个派去杨依的心理诊所附近。他要求两名便衣只需暗中观察各自目标的行踪即可，他想大体掌握黄赫和杨依的接触频率，回头好安排苏曼宁出现的时机。

安排完，秦向阳和钱进做了分工。

钱进的目标是网咖老板常家耀，也就是常乐父亲常家辉的弟弟。他们都觉得常家耀这人十分可疑，出版社收到的举报张海涛帖子造假的邮件，就是通过常家耀网咖的物理IP发出的。再说，常家耀从网吧转型到网咖，这行干了多年，难保不精通网络技术，甚至有接触暗网的可能。更引人注意的是，张海涛和郭震的案子，作为常乐的亲叔叔，常家耀有十足的犯罪动机。

秦向阳的目标是林贝儿、杨杰、李敞亮、陈恬恬。为此，市局派出四组人予以配合，另外还有各辖区派出所帮助。秦向阳要在最短时间内找到他们，他断定一定有人在设计报复这四个人，张海涛和郭震都出事了，复仇者会心怀慈悲？

苏曼宁的任务是上街采购，从假发到衣服，她得给自己改变风格。

此外，档案显示，常家辉女儿常虹当年自杀身亡，这个细节也得核实。他们人手不够，就把这活也给了钱进。

这注定是紧张、忙碌的一天。

可是对于黄赫来说，日子却变得舒缓下来。

张海涛的事，严重打击了他的自信心。

他想不通张海涛身上到底发生了什么。

那帮该死的警察，什么都不说，一副熊样！这么想时，他脑海里出现的是秦向阳。

他不明白，为什么小丑又赢了？

他其实不在乎输赢，可是事实很残酷，他每输一次，就有一个人玩完，那可是鲜活的生命。

从接受了警方问讯之后，他就把自己关在家里，谁也不见。他很适应这种状态，他的生活本就少有交际。

从警局回家那晚，他做了个梦，梦到他和小丑开始第三场赌局，而赌局的对象，却是他自己。后来，他梦到小丑又赢了，自己胸口无缘无故多了把剪刀。剪刀深入皮肉，血花飞溅……他从噩梦中惊醒，浑身是汗。

醒来后他习惯性叼起烟，半天后默默点上，头却突然疼了起来。

还赌？有病！他告诉自己，绝不再理会小丑。他感觉自己被耍了。事实证明，不管用什么手段去接触赌局中的人，到头来都是个输。

可是，这么一来，那第三个人怎么办？郭震完了，张海涛也完了，这更证明小丑从未危言耸听，难道就此罢休，放任第三个人自生自灭？

郭震玩杀人游戏搭上性命，张海涛杀了王晶莹，那接下来又会是怎样的毁灭方式呢？他不敢想象，禁不住扭头望了望黑暗里的电脑。

不对！天下哪有注定的事？可事实上，张海涛和郭震的命运似乎已被注定。他很快捋清一个逻辑：假如自己没参加前两场赌局，郭震和张海涛还是同样的下场。这个逻辑很简单——郭震玩杀人游戏，显然是早有计划。至于张海涛，尽管他不清楚杀妻案的细节，但他断定那一定跟张海涛两口子的心理状态有关。这方面杨依早有断言，张海涛当时之所以还没崩溃，只是因为欠缺压垮骆驼的倒数第二根稻草。有个基本事实无法忽略，他和杨依的出现，还没来得及彻底改变张海涛的心理状态。也就是说，如果他不接触张海涛，对方同样逃不开今天的下场。

如果这个逻辑没有漏洞，那么问题来了。

小丑引导他进入的这两场赌局，小丑本人是否也看透了它们内在的逻辑呢？换言之，小丑是否早就清楚，他绝不会输？

"哎呀！"想到这里，黄赫感觉指尖一抖，像是被刺了一下。

"问题是，哪有绝对不输的局？那不符合概率学，除非早就安排好了！"黄赫紧皱眉头，想，"可谁又能安排别人的命运呢？"

他越想越糊涂，越想越头疼，一宿不眠。

天亮后，杨依给他打来电话。他知道，杨依是担心他的精神状况。他还知道，杨依心里也不舒服。他记得杨依提过，以前有个客户，是个年纪轻轻的男孩，跑去峨眉金顶跳了崖。说起来时，杨依的语气里有惋惜，有无奈，更有自责。那么，张海涛的事同样会令她惋惜，无奈，自责，只不过这事看起来，杨依更像个局外人罢了。

他告诉杨依自己没事。

杨依说来看他，他回绝了。

当晚，杨依还是找上门来。

"事都过去了，你来干什么？"他无所谓地笑了笑，尽量让自己显得轻松。

杨依摇摇头，轻声说："可我怎么就觉得特别遗憾呢？"

"尽力就好！"黄赫说。

"我知道你更遗憾……不只遗憾，而且憋屈！对吗？"

"憋屈个鸟！张海涛又没付我钱！"

"那么，你为什么无偿帮助他们？真是学雷锋，做暗网清道夫？"杨依歪着头问。

再次听到这个问题，黄赫来回快走了两圈，突然止步，道："事实还不够清楚？接触暗网阴暗面足够久的人，那是什么下场？"

说着，他走近杨依，紧盯着对方的眼睛说："没人比我更了解暗网的阴暗，它能腐蚀人性！我所做的一切，问心无愧！"

"我懂了！"杨依拍拍黄赫的肩膀，说，"我只是担心你太自责！你这人，受不得打击！"

"你了解我？"黄赫扭头在电脑前坐下。

杨依笑了笑，说："哎！我来除了看看你，还有个细节向你反馈。"

"哦？"

"做笔录时，那个姓秦的警察问过我一句话……"杨依清了清嗓子，坐下说，"他问我和张海涛接触过程中，有没有什么特别感受？或者说，有没有什么细节，我觉得不对劲、不舒服？"

"啊？"

"我说，我总觉得那些变态视频，出现得过于及时，太巧了！"

"嗯？"

"我就是觉得，要是没那些视频做张海涛情绪垃圾的突破口，他应该已经离婚了。他要是早离婚了，后面也就没我们什么事了。"

"这话……那天从张海涛家出来，你对我说过！"黄赫皱起眉头。

"是的！"

"那个姓秦的怎么说？"

"他？什么也没说。"

"那货贼得很！"黄赫叼起烟，说，"照你意思，那些视频是有人故意让张海涛接触到的？在那么巧的一个时间点？"

"这话……那天从张家出来,你也问过我!我该怎么回答呢?就是那么个感觉!"

黄赫点点头,说:"我当时还问你,假如视频的出现是有人故意为之,你觉得最大可能是谁干的?你当时说王晶莹算一个可能性。"

杨依也点头,道:"现在看来,显然不是王晶莹!"

"这……"黄赫猛地站起来,不安地走来走去。

杨依走后,黄赫再也坐不住了。

他想,杨依的话是有道理的。要不然,姓秦的家伙干吗问她那个问题?显然,警方也觉察到了不同寻常之处。

换句话说,警方应该也注意到了那些变态视频出现的时间点。姓秦的听到杨依的分析时,虽然什么也没说,但那等于默认了杨依的感觉。要是这样的话,张海涛岂非真是被人算计的?

谁会算计他?小丑?

黄赫只能想到小丑。

这个该死的家伙!为了所谓的赢,竟提前设局!黄赫愤怒地打开电脑,想找小丑问个明白。

可他刚开机,却又怔住了:不对!张海涛浸淫变态视频,少说几年之久!难道说,小丑几年前就设好了局,等着今时今日拿来当赌局?这怎么可能?

黄赫又糊涂了,久久地盯着屏幕,脑子一片空白。

他等了很久,小丑都没上线。

又过了一会儿,他正犹豫要不要关机时,小丑的头像突然跳了出来。

"你又输了!看来你并不胜任暗网清道夫的角色!"小丑说。

"卑鄙!你提前设好了局,等我来跳,对吧!"黄赫一激动,逻辑大乱。

"随你怎么想。"小丑很淡定。

黄赫盯着屏幕呆了一会儿,叼起烟稳定着情绪,才又慢慢道:"本来我觉得不可能!你不可能为这场赌局,提前几年设套。你不是先知!"

"你总算还不糊涂。"

"呵呵！"黄赫突然笑了，"你以为我真糊涂？你不是先知，不可能为这赌局提前几年设局，但——你可能跟张海涛早有仇怨！只有在这个逻辑下，你才可能做到提前设局，并利用早就做好的局，来和我玩。换句话说，只有你跟张海涛早有仇怨，才能在赌局中立于不败之地。"

"你想象力太丰富，不该做程序员。"

"呵呵。我若不是连输两次，绝不会往这想。"

"对你来说，这就是单纯的赌局。你只有赢或者输，别的对你毫无影响，不管它们是否另有隐情。不是吗？"

黄赫沉默下来，慎重地琢磨小丑的意图。

"你和我，程序员的世界，应该简单明了，要么0或1，要么Y或N。接下来很简单，你要继续吗？Y？N？"小丑快刀斩乱麻，让交流的方向清晰起来。

Y？N？

黄赫指尖颤抖起来："你大爷！老子偏偏都不选！"

"很好！恭喜你，你和大街上的大多数一样，也喜欢半途而废，渣滓！"

黄赫紧咬着牙。那一刻，他被小丑气得不知该说什么了。

"懦夫！"小丑毫不客气。

"卑鄙！"黄赫知道小丑在激将。

"真正的勇者，是'我不入地狱，谁入地狱'！你的确是个懦夫，只会逃避！"小丑说。

黄赫冷笑。

"你以为我在激你？自作多情！我只陈述简单明了的事实。告诉你，接下来因为你的逃避，将有多人受害，绝不止一人。"

"绝不止一人？老一套！又把我架上道德高地了！"黄赫厌恶地打出这行字，接着又删了，他不想再谈下去。

"我没说错。因为我已经给了你继续赌下去的机会，你不珍惜，那本质上他们就是因你而死，因为你的逃避和懦弱。"

"好吧！随你怎么想。"黄赫用上了小丑的话。

"呵呵！张海涛和郭震的事，对你来说，最优选择是告诉警察。可你没有。仅仅因为你父亲的事，因为你对警察素来的偏见，因为那毫无意义的个人情绪，你就舍弃了让警察及时参与进来的机会，从而导致两场悲剧。我会把这个事实告诉你母亲的。想想怎么面对你的母亲吧，大孝子！再见！"

"卑鄙！明明是你定了规矩，不让警察掺和！你别……"黄赫浑身颤抖，再想打字时，小丑下线了。

这是赤裸裸的威胁。

黄赫一下子瘫坐在椅子上，心里叫苦连天。

小丑说得没错，要想赢，要想救人，很简单，让警察参与进来就好。可他却遵守了小丑所定的规矩。

为什么？就因为黄炳忠被击毙一案，让他对警察生不出一丝好感！可是，仅仅因为自己对警察的所谓偏见，就导致郭震和张海涛走向毁灭，这个因果关系要是让母亲知道，她怎么可能受得了呢？他母亲一生善良，心脏却不太好，这才出院不久，这么沉重的道德包袱，要是让母亲背上……

黄赫不敢再想下去。

接下来的二十四小时，他如坐针毡，一直暗中观察母亲的情绪，生怕小丑已经通过什么肮脏手段，把事情通知了母亲。

电脑一直开着，他时不时看几眼，可小丑再未上线。

这天一早出发时，秦向阳的心一直悬着，当他在中午见到杨杰、李敞亮、陈恬恬三人，那颗心才放下来。

他没想到的是，这三个人竟在同一栋大厦上班。

杨杰和陈恬恬在一家外贸公司干业务。

李敞亮是个健身教练，健身会馆就在那栋大厦顶楼。

经过初步了解，这三人的关系很有意思，李敞亮和陈恬恬是情侣关系，但杨杰却不在乎他们三人间的同学关系，正利用工作上的方便，疯狂追求陈恬恬。为此，他和李敞亮闹得很不愉快。

实际上，这三个人自从常乐出事后，就各自转学，此后彼此再无学业上的交集。李敞亮高三后就辍学了,这几年辗转干了健身教练,去年偶然遇到了老同学陈恬恬,一来二去,这俩人就在一起了。此后,李敞亮还给陈恬恬介绍了那份工作。这下好了,两人上班就在一栋大厦。

杨杰呢,比陈恬恬上班晚,当他应聘到那家贸易公司后,意外发现自己的老同学也在那上班,而且出落得越来越标致,就慢慢动起了心思。

"这什么乱七八糟的!"秦向阳把调查到的情况扔到一边,直接命人把陈恬恬等人带回市局,又安排人分头去他们家中,取了他们的电脑。

这下子可把三个年轻人吓坏了。

为什么把他们带回局里问讯?这就是个下马威。秦向阳想得明白,他断定这三个人的网络生活,或多或少都跟暗网有关联,这是本案已经显现的一个规律。上暗网这种事相当私密,他担心和和气气地在外头问,对方回答起来不老实。

陈恬恬等人被带走后,他赶往下一个目标:林贝儿。

不料,早就出发去找林贝儿的那组刑警打电话通知他,林贝儿失踪了。

林贝儿家就在本市。

她失踪的信息就登记在她家所在的派出所。

报案的是林父。

信息显示,林贝儿已经失踪了一年多,至今没有下落。

秦向阳担心的事终究还是发生了。

"操!"他忍不住爆了个粗口。

他很快赶到目的地,找到了林贝儿的父亲,林光祖。

林光祖是个医生,见到秦向阳后一脸愁容。

他告诉秦向阳,林贝儿是他所在医院的护士,干了不到半年,嫌累,去年八月份不干了。辞职后,林贝儿说去散心,林光祖当时没在意。可谁知,女儿这一去就再也没回来,后来林光祖只好报警。

"去哪儿散心?"秦向阳问。

林光祖想了想,说:"好像是鼓浪屿。"

"鼓浪屿?"秦向阳念叨了几遍,问,"有收到不明勒索电话吗?"

"什么电话也没有，贝儿的电话也早停机了！"林光祖唉声叹气地说，"后来我找去鼓浪屿，咱们派出所的人也联系过那边，毫无音信。"

秦向阳心中暗叫不妙，脸上没表现出来。他叫人跟林光祖回家，把林贝儿的电脑也带回局里。

林光祖说女儿的笔记本电脑被她带走了，其卧室有个台式机。

秦向阳没犹豫，叫人把主机箱搬到了车上。

明明是女儿失踪了，警察拿电脑干什么？林光祖大惑不解。

秦向阳坚信林贝儿也接触过暗网，这才拿走电脑回去查验。至于林贝儿的失踪跟十年前的校园暴力案有无关联，他还无法断定。这些他都不想跟林光祖解释。

警察临走时，林光祖才想起个茬来，忙追问秦向阳："你们刑警，怎么突然上门找林贝儿？莫非她……"

"你想多了！她和我们正在查的一名嫌疑人是同学，我们这才找她了解情况。"秦向阳编理由宽慰了林光祖，这才离开。

钱进那边先核实了当年常虹自杀的情况，才去找常家耀。

常虹自杀时，有当事人在场，而且还不止一个。

当事人都是她大学同学，包括她当时的男朋友，樊涛。

钱进找到樊涛。

警察来调查十年前的旧事，小伙子很吃惊，但还是配合地讲述了事情经过。

他告诉钱进，常虹本是个挺要强的女孩，但当年常家接连遭遇不幸，杨怀玉跑路，常乐遇害，导致她情绪极为低迷，吃不下、睡不好，但还没到要死要活的地步。当时樊涛很担心，就拜托常虹宿舍的几个同学，对她多上点心。

樊涛说，真正击倒常虹的，是她父亲常家辉。为给常乐讨说法，常家辉以身犯险，致人重伤，被判无期，而且不得减刑，常虹知道后，整个人就彻底蔫了。

一个人要是没到那地步，怎么都好说。否则，你就是二十四小时不离左右，她也能找到空子干傻事。

2008年7月，法院宣判，常家辉的案子尘埃落定后，樊涛带常虹出去散心。

"就在黄河边上！"樊涛说，"当时我们有好几个同学一块，可是谁也没注意，她突然就跳下去了……"

"你们没救人吗？"钱进问。

"岸上一男两女，我们都不会游泳！"樊涛摇摇头，说，"等到救援的人赶到，早冲没影了……"

"尸体呢？找到没？"

"没有。那年南方发大水，北方河道水也不小。当地人说，黄河里冤魂多着呢，找不到是常事。其实有专门的捞尸人，能找到的话他们不会不尽力。"

还能再悲剧点吗？钱进心里感慨一番，谢过樊涛，去找常家耀。

常家耀39岁，身形瘦削，人很精神。钱进对他做过了解，从开网吧算起，这人干这一行起码十五年了，怎么说也算个老网虫。

常家耀现在过得比较悠闲，钱进赶去他家时，他正在喝茶。

钱进亮明证件，说明了来意。

常乐出事十年了，还有警察上门调查，常家耀也觉得很怪。但他看起来很稳，言语间没表露什么，倒茶的动作缓慢有序，却并未迟滞。

"坐。"他招呼钱进。

"常先生，常家辉的直系亲属除了你，都还有谁？"钱进开门见山。

常家耀给钱进倒了杯茶，自己端起杯子嘬了一小口，没言语。

"常先生？"

"我不明白你的意思，你该去找户籍科。"常家耀慢慢放下杯子，说。

"哦！"钱进笑了笑，说，"我想问，你和常家辉，有没有类似寄养的兄弟姐妹？或者说，你侄子常乐，有没有类似寄养的兄弟姐妹，但是户籍档案上没登记的？"

"好笑！"常家耀绷着脸，说，"七大姑八大姨倒是一堆，你说的那些没有。怎么问起这个？"

钱进不解释，又问："常乐出事，你这个当叔的什么心情？"

"嗯？"常家耀深深地看了钱进一眼，哼道，"这是找我复习功课来了？当

年的心情，你找我再来一遍？"

钱进点点头，说："我也不瞒你！现在，有人回来给你侄子报仇来了！"钱进理解秦向阳关于打草惊蛇那套说辞，如果常家耀没问题，那跟常家人透露点案情不影响大局，如果常家耀有问题，那这就是敲山震虎了。

"哦？给常乐报仇？"常家耀明显精神一振，茶杯停在嘴边。

"具体案情就不说了。你对这事有什么看法？"钱进挑衅似的问。

"看法？我高兴得很！"常家耀把头仰了仰，突然回过味来，站起来紧盯着钱进问，"怪不得一进门就那么问，你们怀疑我，对吧？"

"我们怀疑谁，那不重要！"钱进也站起来反盯着对方，刚想问对方网络技术的话题，不经意间扭头一看，瞧见旁边桌子上放着几本书。那几本书的封面都磨旧了，字倒还清楚。

钱进飞快地扫了两眼，心里一惊。

那几本书，一本叫《黑客实战》，一本叫《网络入侵与反入侵》，再下面的两本就看不清了。

钱进装作若无其事地笑了笑，把想说的话咽了下去。他改主意了，那封举报张海涛帖子造假的邮件，虽说是从常家耀网咖的IP地址发出的，但没任何证据证明跟常家耀有关，问了也是白问。

"近期你最好别出远门，以免警方需要你帮忙时找不到人。"钱进扔下这句话，离开。

常家耀盯着钱进的背影，突然阴森森地笑了。

钱进回到市局时，秦向阳正对杨杰、李敞亮、陈恬恬逐个问讯。秦向阳没提常乐的话题，只是反复问讯他们的上网习惯。

他问了一圈下来，就是没人提暗网。三个年轻人被问得一愣一愣的，只差把微信、支付宝等密码都告诉警察了。

"哎呀！"秦向阳有点意外，他没想到这三个人还挺嘴硬。

他有的是招，板起脸再问一轮。

他对先进屋的陈恬恬说："我们接到举报，说你背地里上暗网。国家正加大力度净化网络环境，陈恬恬，你说怎么办吧？"

"什么网？暗……暗网？什么玩意儿？我平常就是聊聊微信，看看综艺啥的，都说一百遍了啊！"陈恬恬一脸发懵。

"这可是实名举报！"秦向阳继续诈她。

"谁啊？叫来对质啊！"陈恬恬急了。

见陈恬恬这底气十足的态度，秦向阳愣了一下。

他不甘心地说："刚才把你们的电脑都带回来了，知道是吧！正彻底检查呢，查出来你再说，可就晚了。"

陈恬恬咬着嘴唇，晃着脑袋说："查啊！别删我照片！"

秦向阳觉得不大对劲，又把下一个叫进屋……

陈恬恬等人的电脑放在办公室，逛街回来的苏曼宁正对着电脑忙活，钱进赶紧上去帮忙。

有钱进加入，进度骤然加快。

他们先全面检索了电脑文件，又用移动硬盘保存好机主的文件，然后对电脑被删内容进行最大限度的恢复……

钱进和苏曼宁满头大汗忙了半天，眼都看花了，可结果却令人意外。

陈恬恬等人的电脑上很干净，没有任何内容涉及暗网。

这跟秦向阳用尽花招问讯，得到的结论是一样的。

秦向阳不得不信，那三个年轻人的确从未接触过暗网。

可这不对啊！

暗网，明明是案子的重要特征。不管张海涛还是郭震，他们的下场，都跟"东亚丛林"有直接关系。更重要的是，凶手明明就是冲着常乐暴力事件的行凶者而来！

如果陈恬恬等人从未接触暗网，那就只能说明一个问题：凶手的目标不包括他们三个。

理由也只有一个——在当年的校园暴力案件中，这三人只是从犯。

不管怎么说，这都是好事。

秦向阳这才准许陈恬恬等人带着各自电脑离开。

完事后，他还有点不放心。又找到市局领导，在对方帮助下，从下边的派出所要了几个人，让他们操点心，暗中关注一下陈恬恬、杨杰、李敞亮三人，尤其注意目标非工作时段的行踪，以防万一。

剩下的问题，就是失踪的林贝儿了。

一个漂亮女孩，单独去外地旅游，失踪一年，能发生什么事？秦向阳实在找不到好的借口安慰自己。

接下来他们开始检查林贝儿的电脑。

要是这台电脑也干干净净，那秦向阳就不得不对既有的案件特征和走向提出怀疑了。

可是没过多久，他们就发现了异常，在一个加密文件中找到了很多奇怪的图片。

奇怪在哪儿呢？

起初，他们发现那些图片中，有很多猫，各种各样的猫。

再细看时，苏曼宁不禁浑身一抖：图片中很多猫竟然都是死的，而且死状惨烈，让人极不舒服。有的被撕了皮，有的被钉子插了眼，有的被划破了肚皮……凡此种种，画面非常血腥。

秦向阳立刻意识到了事情的怪异之处。

苏曼宁不是不敢看，再恐怖的现场她也见过。她只是一时不好接受，那么多可爱的猫，竟惨遭毒手。

图片很多，但上面只有猫，拍摄者并没把自己拍进去。

仔细观察后，苏曼宁在部分图片上发现了小丑的Logo。

"这是'东亚丛林'的Logo吧！"

秦向阳凑近看了看，兴奋地说："这就对了，规律没错！这个林贝儿，果然还是跟暗网有关联！"

看到Logo那刻，他的表情突然凝重起来，心里断定林贝儿怕是凶多吉少。

这时，钱进又有了新发现，他找到了个加密视频。

打开视频后，里面显示的是一间卧室。

搬电脑时，秦向阳进过林贝儿卧室，虽然就看了几眼，但他很快确定，视频里的房间，就是林贝儿的。

"不会是虐猫现场吧？"苏曼宁咬着嘴唇，她想不通，那么漂亮的女孩子，私底下竟对猫这么残忍？

秦向阳没吭声。他知道林光祖家是复式楼，林贝儿单独住上面一层。林光祖两口子都是医生，平时工作忙得很。要说林贝儿虐猫，她有这条件。

这时视频中出现了一只黑猫，那猫很肥，皮毛光滑。

接着，一个女孩的身影走了出来。女孩脸上戴了个猫面具，看不出长相，她先冲着摄像头打了个招呼。

打完招呼，女孩拿出一副白手套戴好，又拿出一块方形的塑料布铺在地上，然后摸出一把锋利的手术刀。

她抓起那猫，对着镜头把玩了一会儿，突然毫无征兆地出手，用手术刀划破了猫的脖子。

秦向阳一惊，以为那猫就这么死了。看了一会儿才知道，那猫只是在地上痛苦挣扎，却发不出声音。他这才明白，女孩那一刀，只是划破了猫的声带。看来，女孩是不想让猫叫声传出去。

接下来的画面十分血腥，整整持续了二十几分钟，女孩才意犹未尽地结束了猫的生命。

秦向阳没全程看完，他走到窗边点了根烟，久久凝视着夜空。

过了一会儿，钱进的声音传来："虽然无法确认视频里的女孩是林贝儿，但这虐猫视频，一定早上传到网上了。"

"那还用说？图片里的Logo就是证明！"苏曼宁很生气。

秦向阳转过身说："那间卧室，就是林贝儿的。结论很明显，这个林贝儿不但虐猫，还把虐猫影像上传到暗网。我想，复仇者一定会利用这一点。就像张海涛靠变态视频发泄，郭震看杀人直播一样，暗网所起的作用，刚好契合他们各自的需求。那么，针对林贝儿的行为，复仇者会怎么加以利用呢？"

第十七章　猫岛　239

周围安静下来。

大家绞尽脑汁，浮想联翩。

片刻后，苏曼宁突然问秦向阳："林贝儿在哪儿失踪来着？"

"鼓浪屿。"

"鼓浪屿？"苏曼宁一边说，一边上网搜索。

几秒钟后，她站起来道："没想到吧？鼓浪屿有个外号，中国猫岛。"

第十八章　再赌

"猫岛？"

"是的！"苏曼宁浏览着网页，说，"那来自于驴友的口口相传，不是官方定义。真正的爱猫之城，是土耳其的伊斯坦布尔，那里满街都是猫，人人都是铲屎官，到处都是免费食物……至于鼓浪屿，面积不大，却也处处是散养的流浪猫，当地居民会主动给猫提供食物。生活条件上，鼓浪屿的猫跟伊斯坦布尔的猫没法比，却也悠闲自在。你也可以把这个想成噱头，或者旅游名片。"

秦向阳点点头，说："一句话，就是鼓浪屿户外猫多，对吧！"

"非常多！"

"它们对虐猫成性的林贝儿意味着什么？"秦向阳这话，其实已不言自明了。

钱进说："看来，林贝儿去鼓浪屿是有心之举。可她怎会突然失踪呢？"

"极可能是复仇者搞的鬼！"苏曼宁说。

"盯住黄赫！"秦向阳突然说，"我们查到校园暴力案之前，黄赫的一系列行为逻辑，还不太清晰，他所谓暗网清道夫的说法，似乎说得过去。现在回头看，就大不一样了。一个神秘的复仇者，一个暗网清道夫，一个在害人，一个在救人，而且，他们的目标还重合了，说这是巧合？可能性有多大？"

"如果林贝儿还活着，如果黄赫下一个拯救目标恰恰是林贝儿呢？"苏曼

宁自言自语地说,"那只能说明,他和复仇者之间一定有勾当。什么勾当?想不通。总之,不如现在就控制他!"

"控制他?"秦向阳反问,"他犯了什么法?如果他没有下一个,或者他的下一个不是林贝儿呢?"

苏曼宁沉默了。

秦向阳走近苏曼宁说:"正因为不确定性太多,所以轮到你发挥了。"

苏曼宁知道,秦向阳的意思是让她近距离接触黄赫。根据巡逻警员反映的情况,黄赫整天都不出门,这两天就和杨依见过一次面,而且是杨依主动上门。能参考的信息就这些,见到黄赫该如何应对,需要苏曼宁自己琢磨。

"上就上!"苏曼宁说得很爽快,但她的表情还是有些阴郁。她还沉浸在林贝儿虐猫的情节里,她怎么都想不通,看起来那么青春靓丽的女孩,背地里怎么会做那么阴暗的事。

就在这时,钱进又从林贝儿的QQ空间里,找到一篇带锁的日志。

"这又是什么?"

那难不住钱进,他很快解锁,打开后才知道,那是林贝儿十年前写的一篇日志。

大家围上去,仔细看起来。

看完日志,苏曼宁长叹一口气,她终于明白林贝儿虐猫的心理成因了。

日志题目叫《想不通》,原文如下:

今天张老师突然给我换了座,把我从后排调到了前排,跟常乐坐在一起。

我不喜欢常乐,长得又瘦又小也就罢了,还看不起同学,总是一副趾高气扬的样子。可我想不通,老师们怎么就都对他那么好?

还是跟郭震同桌好!我讨厌常乐!

唉!以后我该怎么办呢?给他臭脸色看呢?还是学着老师们那样,把他像宝一样供起来?

唉!真是烦人!

想不通的事，可不止那一件。

今天周末，放学早，爸爸没时间来接我，只好跟郭震一块坐公交回家。

快到家时，经过小区旁边的老年公寓，看到很多爷爷奶奶围在一起看热闹。我走近一看，一下子被吓傻了。

我看到一个大叔在杀一只大花猫。

那个大叔用夹煤球的大钳子，把那只大花猫刺得浑身是血，看着都疼。

大花猫趴在地上，好像起不来了。可是那个大叔刺它一下，它就使劲拖动身体，张开嘴，龇着牙，朝那个大叔冲一下。

他又刺一下，它就又冲一下……

我叫了一声。

大人们这才看到我，不让我看，让我走。

我偏不走，他们后来就不管了。

我忍不住问，为什么要这么对它？

旁边有个爷爷说，那猫是流浪猫，来到老年公寓有一段时间了，一早一晚总是乱叫，弄得大家休息不好，他孙子每次来，都没法专心写作业。

爷爷还说，它最近还生了五六只小猫，都躲在门卫房后面的角落里。那里有个简易的狗棚，是以前有个保安搭的，后来狗被弄走了，狗棚还在。爷爷说要是小猫长大了，成天叫，那还不乱了套？

我说，那可以把它们带回家养啊。

爷爷说它们脏兮兮的，没人爱养。赶也赶不走，走了又来，干脆就这么除掉比较好！

我说，大猫没了，那小猫怎么办？

爷爷说小猫早被除掉了，这是第六只了，但是公猫还没抓到。

这时，有个戴墨镜的婆婆对拿钳子的大叔说："那猫尾巴真不错！给我吧！"

大叔就把猫尾巴割断，交给了那个墨镜婆婆。

墨镜婆婆把猫尾巴拿在手里，捋了捋，看起来挺开心。

我真想不通，她要个猫尾巴做什么？

后来，大花猫不行了，钳子大叔把它丢进了垃圾桶。

我对他说了句，还是别弄了吧？要是那只公猫再来。

墨镜婆婆在旁边说，小孩子懂什么，不知道这里面的乐趣。

回到家，我很郁闷。那么残忍的事，墨镜婆婆居然说里面有乐趣？那到底有什么乐趣呢？

我想了整整一晚上。

唉！想不通。

我想不通的是，想不通的事，怎么就这么多？

再这么下去，我想我会疯掉的！

晚上我问爸爸，老年公寓的爷爷奶奶都是什么人？

爸爸说，那里有一些孤寡老人，也有些人因为儿女常年在外，才聚集到那住。爸爸还说，往后，社区里的老年公寓会越来越多的，是个趋势……

趋势？想不通。

正好是周末，第二天我又去看，结果大公猫也被他们弄死了，还是钳子大叔干的。墨镜婆婆这次没要猫尾巴，而是把大公猫的尸体带回家了，她说她看上了大公猫的皮。

唉！可怜的大花猫和大公猫！

唉！可怜的我！

唉！生日快快到来吧！我要祝我自己，告别烦恼，往后再也没有想不通的事！

看完日志，苏曼宁愤怒了。

日志中的钳子大叔、墨镜婆婆，他们谁能想到，自己的言行竟改变了一个孩子的一生。很明显，林贝儿爱钻牛角尖，甚至有一定程度的强迫症，遇到不好接受的事，她爱瞎琢磨，却总是想不通。想不通怎么办？要么抛诸脑后，要么就去亲自试一试。她什么时候尝试杀死第一只猫，这个不重要，重要的是，她念念不忘墨镜婆婆所说的，那里面的乐趣。

苏曼宁无心分析那些独居老人的心态及其成因，她只感到深深的无奈。为什么孟母三迁，择邻而居？她终于真正明白这句话了，环境对孩子成长的影响，实在太大了……

秦向阳和钱进可没她那么细腻。

等她回过神来时，钱进已经把自己掌握的情况说了一遍。

常虹当年跳了黄河，尸体没找到，秦向阳不以为怪，引起他注意的是常家耀那几本书。

《黑客实战》《网络入侵与反入侵》，这种书出现在网咖老板常家耀家里，能说明什么？一般人谁看这种书？而且书的封面很陈旧，说明被时常翻看。当然，也可能刚买回来时就是旧书。可常家耀并不缺钱，反倒买两本专业性极强的旧书看？没人信。

那么，有没有可能是常家耀故意放在那的呢？秦向阳也想到了这个可能，也是最小的可能。接着他又否定了。

原因有二。

一、常家耀不知道钱进突然登门拜访。既然他不知道有警察上门，怎会提前放上那几本书？反过来说倒更合理，正因他不知道有警察去，才没来得及把书收起来。

二、故意放上那几本书的前提是对案情细节了如指掌，最起码，常家耀得知道举报张海涛的邮件是从网咖发出的。可是在这种情况下再故意放书，那等于引火烧身，从而引起警方对他的怀疑。谁这么傻？

分析来分析去，常家耀实在可疑。秦向阳果断采取行动，调了四名刑警，连夜分组，二十四小时秘密监视常家耀的一举一动。

安排好这些，已是半夜时分，众人这才分头休息。

第二天苏曼宁起了个大早。她已经很久没那么长时间面对镜子了。警局宿舍里可没梳妆台，她把逛街买来的化妆品堆放在洗手台上，又把杨依的照片摆上，然后开始捯饬。

除了身材上她比杨依略高那么一点，主要区别有两个：杨依长发，她短发；

第十八章　再赌　245

杨依常穿暖色系衣服，她是冷色系。

半个多小时过去，当她打开门时，等在门外的秦向阳很吃了一惊，他看见"杨依"款款地走了出来，紧接着，"杨依"打了个喷嚏。

秦向阳这才知道，苏曼宁为了弥补自己跟杨依声音上的不同，昨晚故意把自己给冻感冒了。

苏曼宁是那天下午见到黄赫的，进门前她鼓足了勇气。

与此同时，钱进入侵了杨依的手机，防止她给黄赫打电话。秦向阳则等在杨依诊所附近，要是杨依出门，他会跟住，要是发现杨依去黄赫家，他就以问讯的名义，把她带回警局。

见到黄赫后，苏曼宁很惊讶，她记忆里那个阳光自信的青年，可不是眼前这副萎靡不振的邋遢样。她哪知道黄赫这几天的煎熬？好在黄母看起来一切如常，并没收到来自小丑的恶意信息，黄赫才不至于内疚到崩溃。

房间里开着电脑，拉着窗帘，很暗，那增加了苏曼宁的安全感。

"你怎么来了？"黄赫关掉显示器，招呼苏曼宁坐下，对自己的邋遢形象不以为意。

见到黄赫，苏曼宁心里的火腾地一下就起来了，这出乎她的预料。她本以为事情过去那么多年，自己会很淡定。

这活儿真不好干！她在心里叹了口气，努力调整着情绪，试探着小声问："你还好吗？"

尽管人感冒后的声音都会改变，但她不知道自己的声音跟杨依差多少，只能尽量放低了音量。临来之前，她听过对杨依问讯的录音，她总感觉自己的声音跟对方差很多，根本不是秦向阳说的那样，差别不大。

可是黄赫似乎并未意识到什么，他叼着烟，头也不抬地说："感冒了？"

说完，他起身去倒来一杯热水，顺势拉开窗帘，打开了窗户。

苏曼宁接住水杯，过了一会儿，说："接下来，打算怎么办？"

"接下来？"黄赫抬头审视苏曼宁，问，"什么意思？"

苏曼宁赶紧喝了一小口热水，才说："我是说，还用我帮忙吗？"

"你觉得呢？"黄赫自嘲地笑了笑。

"我不知道！"苏曼宁摇摇头说，"你这样的人，我没见过。暗网清道夫，呵呵。"

"我也不知道……"黄赫拿起烟又续了一根，想了想，说，"有需要的话，我会联系你的，我是说万一。"

苏曼宁咳嗽着点点头，说："可是，我已经不想帮你了。"

"哦？为什么？"

"都是些失败的体验，不喜欢。"

"唉！也是！"黄赫叹了口气。

"不过，我挺佩服你！"苏曼宁转口说。

"佩服我？你今天说话咋这么客气呢？"黄赫再次审视苏曼宁。

"没什么，就是来看看你，那我回去了。"说着苏曼宁站了起来，她实在演不下去了，在心里不停地咒骂秦向阳，根本就是心血来潮，乱搞。

黄赫冲她摆了摆手，他和往常一样，没有送人的习惯。

苏曼宁转身就走，可是打开门的刹那，她突然又站住了。

她深吸一口气，转回身，问："当年你到底为什么离开你女朋友？就为了去美国？为了赚钱？"

"哦？"黄赫抬起头来，警觉地说，"怎么突然问起这个？"

"好奇！"苏曼宁镇定地说。

黄赫无所谓地笑了笑，把手一挥，说："陈年往事，有什么好问的嘛！回吧，回吧！"

苏曼宁心里更气了，她本以为黄赫怎么着，也能编个像样的理由，实在没想到他如此敷衍。

按苏曼宁的个性，这时候应该摔门而去。

可她告诉自己，正在演杨侬，不能那么干，她只好委屈地点点头，轻轻推门离开。

一出黄赫家，她就小跑起来。

见到秦向阳后,她取下假发往后座上一甩,怒气冲冲地说:"不玩了!这活没法干!你该怎么着怎么着吧!"

"怎么了?"秦向阳从后视镜里看了她一眼。

"自己听!"苏曼宁从口袋里取出录音设备。

秦向阳把车停在路边,打开录音仔细听了好几遍,笑着说:"这不挺好吗?声音上,我听着问题也不大!"

"少来!肯定穿帮了!你以为他真听不出来?"

"有没有穿帮,其实不重要。"

"不重要?那你折腾我呢?"说着,苏曼宁又打了个喷嚏。

"说说你的感受!"秦向阳拿起纸巾递过去。

苏曼宁想了想,说:"颓废,他很颓废。"

"嗯。"

"还有焦虑,不安。他电脑是开着的,我一进去,他就关了显示器。那中间,他总是忍不住看显示器,看了好几次。"

"还有呢?"

"还有?哦,不停地抽烟!明明我感冒了,还在那抽!"苏曼宁哼了一声,说,"话里话外,我感觉他一直没对杨依说实话,起码没说全,尤其有关他经历那块,难不成他有不得已的苦衷?"

"杨依知道他是黑客。"秦向阳说。

苏曼宁点头。

"你反馈的是他最真实的心理状态!如果我闯进去,他的表现一定不同。你觉得他为什么颓废,焦虑不安?"秦向阳问起了关键所在。

"这……难说!"

秦向阳道:"反过来想,你就明白了!如果他真是单纯的暗网清道夫,不管是出于个人正义感,还是为社会做善事,那么即使他的拯救行动失败了,他也不该那么焦虑不安吧?失望,怀疑自己,这些都可以有,但是……"

苏曼宁眼神一亮,瞬间反应过来。

"所以，我们下一步盯着黄赫准没错，但还需要进一步验证！"秦向阳有把握地说。

"是的！他身上一定有秘密！"苏曼宁恼火地说，"还是那句话，不如直接把他弄进去，问个明白！"

"那要是有用的话……"秦向阳发动车子，说，"这样，明天你再去一趟。"

"还去？不可能！"苏曼宁抱起胳膊，满脸不悦，可她发现不管自己的脾气怎么硬，面对秦向阳时就是不管用。

"听我的！"说着，秦向阳发动了车子。

苏曼宁走后，黄赫继续盯着电脑。他不知道小丑还会不会上线，他很后悔上次的冲动。这两天他想明白了一件事，自己的事就得自己扛，怎么能连累到母亲呢？有些事一旦开始，的确不能后退，否则，一辈子也难以心安。

他也不知道自己抽了多少烟，好在午夜前，小丑终于再次出现。

"你终于来了！"这次黄赫先说话。

"大孝子，这两天很担心你母亲，对吧？"小丑语带讽刺。

"别废话！发资料！"黄赫的话也简洁起来。

小丑那边停顿了片刻，说："你这么选择，我很高兴。但是，好像有点晚了！"

"晚？什么意思？"

"是指对你要拯救的人来说。"

"也死了？"黄赫突然火了，"那你还上来玩个屁！我警告你，事情到此结束。你若因此打扰我母亲，我一定把你从阴影里揪出来！我发誓！"

"别激动！"小丑说，"那人还活着，就是离你有点远。希望你赶到时，一切还来得及，祝你好运。"

说完，小丑发送了资料。

黄赫立即打开——

第三局。

拯救目标：林贝儿。

地点：福建，芋山镇。

黄赫马上定位资料内附地址，发现那是个位于福建内陆山区的偏僻小镇。

这时小丑说："你要尽快赶去，然后想法登录'东亚丛林'，站内联系一个叫老狗的人，他会带你找到目标。"

"老狗是谁？"黄赫哼了一声，心想，这货还是狡猾，就知道他不会这么痛快交出最终目的地。

"老狗是'东亚丛林'的一个用户名，带路费，我帮你付过了！不过，我提醒你，别试图违规，别动小心眼。就算现在你把老狗和芋山镇这点信息告诉警察，他们也不可能找到老狗，更不可能找到林贝儿。还有，老狗的鼻子很灵的，你要是被警察盯上，老狗是不会出现的！抓紧动身吧，小心警察跟踪你，我相信你的本事！"说完，小丑下线了。

第二天黄赫起了个大早，他一改前几天的颓废，看起来神采奕奕。

他一早出门，在附近的加油站给车加满油，然后给母亲买早点。回家后，他收拾了一个小包，连同笔记本电脑一块扔进车里。

九点钟过后，他神神秘秘地打了几个电话。

待对方回电后，他看了看表，正要出门找杨依，苏曼宁突然来了。

她戴着口罩，把自己裹得严严实实，进了屋，把带去的早点往桌上一放，说："吃吧。"

"吃过了！"黄赫看了看早点，又看了看苏曼宁，说，"正要找你去。"

"找我干吗？"苏曼宁心想，听这口气，难道这小子真没认出我来？

她突然没来由地心头一酸，心里那点小虚荣瞬间崩塌了。

她暗暗感叹，看来啥也敌不过时间啊！毕竟都分开六年了，六年前的人就站在这，这货偏偏认不出！想想也是，这么意外的事，谁能想得到呢？咋能凭那么点声音上的不同，就给认出来？看来还是秦向阳说得对，没那么容易区分的。唉！唉！

"干活啊！"黄赫语气有些兴奋。

"干活？"苏曼宁摇摇头，按照秦向阳教给她的套路，说，"不干了，这个给你！"

说着，她拿出来一张银行卡。

秦向阳的思路很直接，让她继续假扮杨依，以不再帮黄赫为借口，刺激他，想进一步看看他的反应。

"这是干吗？"

"你付的劳务费都在里面了，毕竟都是失败案例，没帮上什么忙。"说完，苏曼宁转身就走。

黄赫赶紧上去阻拦，把银行卡塞进苏曼宁口袋。

这时他的电话响了，他拿起来一看，是个陌生号码。

他随手接起电话，脚底下还在跟着追苏曼宁。

"喂？黄赫，我是杨依，你电话怎么打不通？哎，这是我一个客户的手机。我跟你说，那些劳务费还是还给你吧！"

这他娘的咋回事？黄赫一听到电话里杨依的声音，又抬头看了看苏曼宁，一下子呆住了。

"等会说。"黄赫挂断电话。

"那我过去找你吧。"杨依的声音从电话里传出来。

"你是……小苏？"就算再傻，黄赫也明白怎么回事了。

"你好自为之吧！"苏曼宁说完，快步走了。

黄赫怔在原地。他想叫住眼前的人，可是喉咙里像塞着块石头。他怎么也想不到，六年前那个曾深爱的人，仿佛穿越时空般突然出现在自己面前，而且还是以杨依的身份。

他知道苏曼宁是警察，瞬间明白她这么做，无非是因为有任务在身。

"我们的路不同！"等苏曼宁走远了，他才轻声说。

他望着那个背影，自嘲地笑了笑，然后摇了摇头，毅然转身。

钱进不是入侵了杨依的手机吗？怎么让杨依把电话打出去了？不是他业务能力不行。他也实在没想到，杨依的诊所里刚好有个患者，杨依见自己的电话打不通，直接就借用了病人的电话。

就这么一个小小的意外，结果却戳破了苏曼宁的身份。

苏曼宁第一时间把意外通知给秦向阳。

当时，秦向阳还守在杨依诊所附近，他远远地瞧见诊所里出来一个就诊者，随后杨依也走了出来，他无法判断杨依的去处，正打算上前阻拦，苏曼宁的电话就来了。

接完电话，他没再阻拦杨依，出言安慰苏曼宁："露了就露了吧，没啥大不了。他今天状态如何？"

苏曼宁说："那小子今天精神状态非常好，和昨天截然不同，好像打了鸡血！见到我，就说要干活！"

听到这话，秦向阳"咦"了一声，暗想难道他要有新动作？想到这，他发动了车，慢慢地跟上了杨依的出租车。

苏曼宁远远地等在黄赫家附近。

过了一会儿，她看见一辆出租车在黄赫家门前停下来。

车门打开，从车上下来个穿米黄色大衣的女人。

仔细看时，她一下认出来另一个自己：这就是杨依？

她看着杨依开门，下车，关门，甩头发，然后转身进了黄赫家，心中悄然生出一股酸涩。

怎么会这样呢？她深深地叹了口气，眼睛眨也不眨地紧盯着杨依背影。

良久，她脑海里突然钻出一个奇怪的念头……那是女人独有的，秦向阳想不到的角度……

片刻之后，秦向阳的车在她身边停下，响了下喇叭，她才回过神来。

见到杨依后，对于刚才发生的意外，黄赫什么也没提。

杨依说："这两天想了想，我还是该把诊金还给你。"

黄赫的回答令人意外，他笑着说："随便！你要是真不喜欢钱，那我也没法子。"

杨依上下审视着黄赫，笑问："呀！跟前几天比，你今天像换了个人。这才对嘛，男人就该这样！"

黄赫点点头，伸出三根指头，然后掰弯两根。

"什么意思？"

"我的拯救名单一共三个人，现在还剩最后一个！还有兴趣吗？"

"还有？"

"是的！半途而废可不行！"

"你不怕再失败？"

"凡事尽力就好！加入吗？"黄赫微微一笑。

杨依把手拄在颌下，盯着黄赫眼睛说："动机！到现在为止，我还是不太相信你是个无偿的暗网清道夫！我想知道为什么。"

"呵呵！"黄赫笑了笑，说，"这事完了，我告诉你。"

"真的？"杨依倒背起手，笑道，"再继续的话，那诊金可就不退了哦！"

杨依笑得很愉快。可是当她知道此行的目的地，还是吃了一惊，她没想到那么远，更没想到黄赫现在就急着走，连给她回家带衣服的时间都没有。

她再三追问为什么。

黄赫只说事态紧急，别的不解释。

说走就走。

黄赫告别了母亲，开车往城外疾驰而去。

此时，秦向阳才送苏曼宁回到市局。从苏曼宁提供的情况分析，他总觉得黄赫要有什么动作，他才准备安排人去盯黄赫，钱进急匆匆和他撞了个满怀。

"杨依的手机信号，处于高速移动状态。"钱进说。

"怎么回事？"

"黄赫的新车带GPS定位，我对它进行了追踪。它的位置信号跟杨依手机的位置信号相同。估计，他们要出城！"

"跟上去！"说着，这俩人一前一后跑向院子。

来到市局派给的那辆警车前，秦向阳突然犹豫了一下。他瞅见一位局领导正从一辆公车上下来，立马改变了主意，上前笑着跟领导说了几句话，伸手拿到了

第十八章 再赌

公车钥匙。

他考虑得很全面，警车跟人太扎眼。

上了车，他一踩油门飙了出去。

这时苏曼宁跑出来冲他喊："干什么去！"

他停车对苏曼宁说："跟黄赫。钱进的设备在那呢，你去盯着GPS信号。毕竟违规操作，局里的咱不能用。"

交代好活，他们这才上路。

城中拥堵。他们足足开了一小时，才终于盯上了黄赫的车屁股。

"小样！看你玩什么花样！"钱进叼着烟坐在副驾驶，盯着苏曼宁传到他手机上的GPS信号，神态悠闲。

就在这时，秦向阳的电话响起。

接听后，他的脸色变了。

那是暗中监视常家耀的那组刑警打来的。

电话里说，半小时前，常家耀突然开车快速驶离市区，还随身带了个大包，他们正在尾随。

"这么巧？黄赫这边才动起来，常家耀那边也动了！不对劲！"秦向阳略一犹豫，降低了车速。

"黄赫和常家耀不能搞到一起吧？我看这是巧合！"钱进说。

"要是项西川在就好了！"秦向阳想了想，打电话告诉尾随的刑警，叫他们拦下常家耀的车，看看对方搞什么鬼。

"要不，我们过去看看？"钱进说。

秦向阳盯着前方黄赫的车屁股，摇了摇头。

过了一会儿，那组刑警又打来电话："常家耀疯了，连闯四个红灯，还撞翻一辆电动车，已经驶离市区，根本撵不上！正协调交警配合拦截！"

"搞什么鬼？弄住他！"秦向阳说着，一脚把车踩停。

"掉头？"钱进眨着小眼问。

秦向阳皱着眉头，用食指不停地敲着方向盘，他实在摸不透常家耀在搞什么。从结果上说,常家耀的行为,的确吸引了他的注意力。常家耀、黄赫,一个有复仇者嫌疑,一个高举拯救者招牌,这两人咋能搞到一块?

他考虑了两三分钟,突然又发动了汽车,快速向前追去,此时,黄赫的车早跑远了。

又过了十来分钟,刑警再次来电:"按住了!你猜那小子怎么说?他说他约了朋友,出城玩户外,见有车疯狂追他,他才越开越快……"

"他放屁!你们开的是什么车?"

"普桑,没有警标!"刑警说,"他说把我们当成了追债的。"

"核实他玩户外的朋友!"

"核实了!对方正赶来!"

"真扯淡!先把他弄回局里!"秦向阳大声说。

"交警把他弄走了……"刑警无奈道。

这叫什么事?秦向阳越想越气,越开越快,庆幸刚才没掉头,不然再追黄赫肯定来不及了。好在有GPS信号,二十分钟后,他们终于又瞅见了黄赫的车屁股。

这时正经过一座高架桥,钱进手机上的信号源突然灭了一个,他仔细一看,发现杨依的手机信号不见了。

他赶紧抬头看了看前方的车,正好瞅见黄赫关上车窗。

"那小子把杨依的手机扔了!"钱进说。

"这都粘上了,他就是把GPS拆了也没用!"秦向阳嘿嘿一笑,故意把车距拉到足够大。

他告诉钱进,黄赫扔杨依手机是心有防范,担心被跟踪,这么一来恰恰能证明对方心里有鬼。

这时钱进给苏曼宁打了个电话,叫她试试跟进一下黄赫的手机。

几分钟后,苏曼宁回电话说:"这很搞笑!黄赫的手机信号显示在阿富汗山区,哦,又变了,在巴黎了……又……不好!信号变换频率越来越快,再这么下去,怕是要死机!"

"这……"钱进瞬间明白了,那一定是黄赫在手机上设置了特殊软件。他用力把烟头吐出窗外,好胜心起,暗道,有机会,得亲自跟他较量一番!

又开了一会儿,车终于出了城。

秦向阳远远地看到黄赫的车开进了路边的加油站。

加油站里的车很不少。

秦向阳看了看油表,见油量几乎是满的,就把车停在路边等着。

几分钟后,黄赫的车慢慢驶出加油站,秦向阳立刻尾随。

接下来,令他想不到的是,黄赫的车突然在前方路口掉了头往回开,与他的车擦肩而过。

两车交会瞬间,秦向阳忍不住朝对方的前车窗看去,可是那辆车贴了膜,他什么也没看到,只好跟着掉头回追。

他一口气追出去老远,眼看又要回到市中心了,突然觉得哪里不对。

"那小子出来绕这么一大圈,就为加个油?"

钱进一听,也觉得不对劲。

"真蠢!"秦向阳加大油门追上前车,把对方逼停到路边。

还没等秦向阳下车,从黄赫车上冲下来个小伙。

小伙怒气冲冲来到他车前,一把拉开车门骂道:"二逼,你他妈会开吗?"

一分钟之后,秦向阳才弄明白怎么回事。那小伙是租车行的,黄赫一早从租车行租了辆面包车,还特意叮嘱,叫人把车开到刚才那个加油站的角落处等着。黄赫赶过去后,开着面包车走了,小伙再把黄赫的车开回去。

就这么简单。

简单得令秦向阳想撞墙。

当时加油的车那么多,黄赫要是真加油,怎会几分钟就完事呢?他后悔自己大意,思维惯性,看到加油站,想到黄赫要出门,就以为是去加油的。而且当时加油的车太多,挡住了他的视线,他暗暗责怪自己使懒了,应该把车开进去的。

这就叫大巧若拙。

秦向阳甚至怀疑黄赫的脑回路太简单,简单到令不简单的人防不胜防。

小伙的面包车上没有GPS，黄赫耍这么个小心眼，无非就是切断警方的GPS定位。

有人可能会问，因为常家耀的干扰，秦向阳不也中途停过车吗？黄赫完全可以利用那个空当换车啊，何必到加油站多此一举呢？实际上，黄赫的确不知道常家耀的事，他只是闷头按自己的计划行事。

不管怎样，黄赫的计划成了。

钱进忍不住调侃起自己："咱警察之所以看起来牛逼，其实很多时候，是得益于警察的身份。可是跟踪黄赫，不能走程序，不能公开，不能找异地同行帮忙，换句话说，脱下这层皮玩，我们很多时候还真玩不过别人。"

接着他又指了指路面监控，调侃起黄赫："简直幼稚！"

秦向阳可没心思调侃，他清楚这么来回一耽误，就被黄赫领先了至少两小时。他再次掉转车头，同时打给苏曼宁，报上那辆面包车的车牌号，以及加油站的具体位置，叫她入侵交通监控系统。

说起来，在处理几年前的多米诺骨牌案时，苏曼宁还曾帮秦向阳远程入侵过别人家的电脑，技术上她也有两下子，可她并非特别行动组的正式组员，让她不走程序去入侵交通监控，她还真有点犹豫。好在苏曼宁就是苏曼宁，只是稍一迟疑，就照办了。

她很快找到了面包车在加油站时的影像，给秦向阳报了它的行车路线。问题是面包车上没有GPS，那就无法启用锁定目标电子信号即时追踪功能。如此一来，可真把苏曼宁累坏了。

所谓监控系统，硬件上无非那么几部分，高速摄像头、窄脉冲发生器、专用工控机及连接电缆等。软件上则包括智能触发软件、测速软件、图像采集软件、图像处理压缩软件、图像存储软件、图像数据传输软件、车牌自动识别软件等。它们能完美地拍下黄赫那辆车的影像，并保存到数据库中，但是，由于缺少GPS信号的自动识别，那就只能靠苏曼宁的肉眼，把它们从成千上万的车辆图像中找出来。

面包车出城后先走了一段国道，随后又绕上高速。苏曼宁紧紧盯着监控画面上的车流，生怕错失目标。

几小时后，面包车出了省区，向东开去。

秦向阳不知自己离目标多远。就苏曼宁反馈的情况看，黄赫和杨依除了在服务区短暂停滞，购买补给，一路上再无其他停留。他不由得感叹，这个黄赫发起疯来，还真不能小看。

此外，还有个情况令人震惊——黄赫的油量补给都是瞬间完成的。

那怎么可能？

原来，当他的车快没油时，他就提前联系下一个城市的汽车租赁公司，让对方按他的要求，派一辆没有GPS系统的面包车加满油，到指定服务区等着。租车所需的费用和身份信息，都是用手机操作的。他赶到指定服务区后，开上新车就走，租车公司的人就开走他的车，等他返程时，再交换车辆。

黄赫这个操作更加大了苏曼宁的监控难度，也增加了秦向阳的追踪时间。一路上算起来，黄赫一共换了四次车。

就这样，经过十几小时的疲劳驾驶，秦向阳发现他们已到达福建境内。

又过了大约两小时，苏曼宁告诉他，面包车下了高速。

这时秦向阳看了看表：凌晨四点。

下了高速后，面包车从国道绕上省道，进而又上县道，最后竟进入山区。

苏曼宁再次头疼起来，她发现车子进了山区后，能利用的摄像头越来越少了。好在黄赫不是铁打的，他的车绕来绕去后，最终进了一个小县城。

苏曼宁大喜，赶紧把目标实时位置报给秦向阳。

总算干完了活，她身子一软，瘫在椅子上。

她咬着牙，心里简直恨透了黄赫。

她觉得黄赫这一路折腾，其实就是故意折腾她呢。至于这种想法有没有逻辑，她不管。

两个多小时后，秦向阳终于赶到那个小县城，并很快找到了目标车辆。当然，它早就不是最初那一辆了。

面包车大模大样地停在一家宾馆门前。

秦向阳和钱进冲到前台，亮明证件，立刻就查到了黄赫和杨侬的入住记录。他们这才长出一口气。

为了方便，他俩在一楼开了套标间，并要求前台一看见那俩人外出，就通知他们。

这时前台说："那一男一女，不久前刚出去。"

出去了？秦向阳很纳闷，这个赶路法，连他都受不了，难道黄赫都不用休息吗？

钱进分析，黄赫的车还在，人就肯定走不远，十有八九去吃饭了。

秦向阳觉得有道理，这才和钱进匆匆吃了点东西，完事赶紧回房等着。

可是他们一直等到中午，还是不见黄赫回来。

如此一来，秦向阳再也躺不住了。

他想跟钱进商量，见对方睡得正香，就去找服务员，强行打开了黄赫的房间。

黄赫房间里没有任何私人物品，只是床面有些皱，被子并没展开，枕头放在被子上，这证明黄赫曾在此短暂休息。

杨侬的房间就更干净，被褥都叠得整整齐齐。

"坏了！难道这俩人走了？"秦向阳心中郁闷，一个人上了街。

这是个不大的山间小城，街上到处是茶店，空气里没有南方城市与生俱来的潮湿感，小城三面有山环绕，只有南边一个缺口，在冬日暖阳照射下，满街的人都懒洋洋的。可是，秦向阳却有种不好的感觉。他判断，黄赫外出四五个小时都不回来休息，车却停在原地，这有悖常理，难道这里还不是最终目的地？

怕不是又换了交通工具吧？想到这，他立刻站住了。

干脆联系当地的警务部门？不行。

原因还是很简单：

一、黄赫没任何犯罪行为，连嫌疑人标签都贴不上，叫当地公安走什么程序？

二、就算强行要求当地警方追踪，可是黄赫的手机根本无法定位。这年头，一旦无法掌控一个人的手机，那警方其实跟瞎子没多大区别。

秦队长越想越急，在这异地小城成了热锅上的蚂蚁。

我们先放下秦向阳不提,再说黄赫。

话说这一路之上,黄赫的种种行为简直把杨依惊呆了,她没见过那么粗暴的男人,或者说她没想到黄赫有那么粗暴的一面,直接把她的手机扔掉了。

她追问为什么?

黄赫坦言,怕被警察跟踪。

杨依又问为什么?

黄赫说:"要是警察掺和,第三个人就救不成了。"

杨依说:"你恨警察,我理解。可是警察参与了,人就救不成,这不是浑蛋逻辑吗?"

黄赫闭嘴,不言语了。他还要联系老狗,让老狗带路去找林贝儿,要是警察掺和进来,他连老狗都见不上。

扔手机就扔手机吧,可是还不能好好地吃饭、休息,还接二连三换车。对此,杨依又问为什么?

黄赫说,赶时间。

赶时间?杨依无语。她一路上连连叫苦,可是黄赫无动于衷。

天亮前他们到了那个小县城,开好房间后,杨依倒头就睡。

尽管非常劳累,但黄赫没时间休息。这里,是离小丑所说的芋山镇最近的县城,要上暗网联系老狗,只能在此停留。

他用自己的笔记本登上"东亚丛林",按小丑的要求,给那个叫"老狗"的ID发了站内信。

老狗到底什么身份?他有过猜测。

在"东亚丛林"上鬼混,能是什么好鸟?小丑说过,老狗会带路,领着黄赫见到林贝儿,为此,小丑还预付给老狗一笔费用。根据这话,联想到林贝儿凶多吉少,再加上这里远离家乡,黄赫猜测,老狗多半是混迹暗网的人贩子。也就是说,林贝儿多半是被老狗给卖了。

他不知道什么时候会收到老狗的回复,发完信后,他喝了杯热水,然后把被子垫高,仰面躺了上去。

这一路折腾下来，他太累了，可他不敢睡，他想尽快见到林贝儿。

见到林贝儿之后怎么办？他早打定了主意，实在不行就报警，最好也别让老狗跑了。这次，说什么他也要把人给救出去。

违背赌约？黄赫冷笑，此时不同往日，那算个屁！要是救不到人，那这么做有什么意义？不管怎样，绝不能再让小丑得逞。

躺下后，他先想了想隔壁的杨依，这次让人家受罪了，他心生歉意。

接着，他又想到了苏曼宁。

他没想到，那个曾经挚爱的人，在多年以后，竟然以那样的方式同他见面。

唉！他摇了摇头。他明白，苏曼宁那么做，显然是在窥探他，研究他。

"不就是觉得我的行为怪异，怀疑我，又因为我没有违法行为，而无可奈何吗？"他苦笑。

他很理解那帮可怜的警察，一副牛逼烘烘的样子，以为除了他们，这世上就再没有别人去维护公理似的！

他一点也不担心警方会找到他。他清楚，要是那个姓秦的有程序可走，他黄赫就是跑到天涯海角，也在人家眼皮子底下，可事实恰巧相反。失去了公权力这个筹码，他可不怕秦向阳。

他胡思乱想一会儿，起身去看网上的回复。没有。

他又躺下，连着抽了几根烟，再起身去看，这次有了。

对方回复，叫他去县城最南边的凤香茶馆等着。

城南，凤香茶馆。

杨依到现在都还是迷糊的，她不明白黄赫为什么不休息，却跑来喝茶？这真是疯了！治病也好，救人也罢，没有精力能干成什么！

茶馆不大，有四五桌客人，有的打牌，有的喝茶扯闲篇。

一杯浓茶落肚后，杨依总算精神了一点。

黄赫看起来并无太多倦意，一直警觉地盯着周围。

很快，一个半小时过去了，茶水已换了三壶，老狗却还没出现。

难道地方错了？黄赫不禁着急起来，再次看了看茶店的招牌。

又过了半根烟的工夫，一个人走进茶店，径直走到黄赫桌前，用食指和中指敲了敲桌面，轻声说了一个字："走。"

黄赫这时才注意到来人。

他抬头看去，见来人是个中年妇女，约莫四十来岁，脸色温和，不管是衣着还是样貌都毫不起眼，就像菜市场里随处可见的卖菜大姐。

黄赫轻轻吸了吸鼻子，从她身上闻到一股浓浓的茶香。

他没说什么，招呼杨依，随着中年女人出了门。

茶馆外停靠着一辆半新不旧的电动三轮，三轮上罩着遮风的篷布。

女人径直上了三轮车。

黄赫微微皱了皱眉，拉着杨依也坐了上去。

女人发动车子，向城外开去。

车开了一会儿，黄赫问妇女："你是？老狗？"

那人只顾开车，没吭声。

"你怎么知道约你的人是我？"黄赫叼起烟，又问。

那女人说："茶馆里一共十四个人，就你俩是外地人，你还带着个背包。"

黄赫笑了笑，挑衅似的说："你就不担心我是警察？"

女人说："我可没说相信你们，我信小丑，他不可能砸自己的买卖。"

"呵呵！"黄赫笑道，"万一有狗跟着我们呢？"

女人说："我在茶馆附近蹲了一个多钟头，要是有狗，我能看不出？"

"你很自信！"黄赫点点头，说，"你干'老渣'这行多久了？"

黄赫说的"老渣"，就是人贩子的意思，他天天泡在网上，对一些行业黑话门清。他这么说，无非是想摸摸对方的底。

女人沉默了半天，开口道："你找人就找人，话太多！要不是小丑找上我……"

听这话，黄赫断定这人就是老狗了，只是他没想到，老狗竟是个女人。

说话间，三轮车已出了城，不久后上了山路。

"我姓黄，该怎么称呼你？总不能一直'喂喂'的吧？"黄赫强行找话题。

"随你便。"

"那就叫你老狗。"

女人嘿嘿笑了两声。

"你就没辆好点的车?"黄赫见杨依吹了山风,一脸苍白,连连抱怨起来。

那女人却再不言语了。

一个半小时后,三轮车在一个小镇停下来。黄赫看了看路边商店的招牌,知道这里就是芋山镇了。

下了车,老狗带他们进了一家小旅馆。

"怎么不走了?"黄赫纳闷道。

老狗看起来跟旅馆老板很熟,她开好房间,才对黄赫说:"现在走,到不了的,明天趁早走才行。"

"那么远?"黄赫紧皱眉头,他实在不想耽误时间。

老狗懒得理他,径直进了自己房间。

黄赫无奈,只好招呼杨依也去休息。

过了一会儿,老狗出来找到黄赫,说:"我不管你们是什么人,我得同你讲讲规矩。"

"你说!"

"你们找的那丫头,被弄到深山里给人家当了媳妇,那是银货两讫。你们要想直接带她走,那不可能,她亲娘来也不行。"

"哦?"

老狗道:"那里七八十户人家,都是一条心,你们想直接带她走,非打断你们的腿。说句难听的,这十来年,还没一个丫头从那跑出去过。有些性子硬的,跑几回被抓几回,最后干脆就给你整残了,弄到更深的山里去。"

老狗说的这些很像电影《盲山》里的情形,黄赫在美国时看过。

听到这,黄赫紧紧地抿起了嘴,现在还有这种事?他不大信。

"你不信?"老狗看透了他的心思,冷着脸说,"那我领路,你去试试。"

黄赫沉默了一会儿,说:"那怎么办?"

老狗说:"十八万。"

"十八万?"

"是的,现金。"

"娘的,在城里你不早说?"黄赫急了,"这荒山野岭的,上哪给你弄那么多现金?"

"这镇上有银行,好几个呢,你直接把钱给我就行,剩下的我去交涉,你不用管。"

"太多了!便宜点!"黄赫开始讲价。

老狗哼了一声,转身就走。

看来非搭上十八万不可了,这笔钱得记在林贝儿她爸妈账上!黄赫想了想,没好气地叫住老狗,说:"我给你手机转账!"

"手机?你当我傻呢!"老狗干笑了两声。

"切!现金就现金!你这两头吃呗,收了小丑的,还来扣我的。"黄赫明白对方心思。

"你当十八万多?这里头有主家的本钱,现在你想把人带走,主家不得再赚点?"

"你倒不如干脆说,一个人你卖了两回!"黄赫冷笑。

"嘿嘿!卖两回?是你自己找上门来,又不是我求着你!"老狗不屑地说,"要不是凑巧那丫头刚给人家生了孩子,你这外快我还真不想赚!"

"怎么说?"

"她要是还没给人家生孩子,就算我去交涉,人家也不同意。"

"孩子生了?"

老狗点点头,说:"就在大前天。"

大前天?黄赫想,大前天不就是小丑交代任务的时间嘛,看来,小丑对这边的即时情况了如指掌,一定没少跟老狗沟通。

"没想好?还是钱不够?"老狗催促起来。

黄赫知道再无回旋余地,无奈地笑了笑,回房间拿上卡,跑了好几家银行,才把钱凑足。但他没把钱直接交给老狗,他怕她悄没声拿钱跑了。

一夜无话。第二天天一亮,三人采买了些食物,带上钱,趁早上路。

出了镇子,接下去的路变得崎岖起来,越来越难走。大概两小时之后,硬化路面就到了头,后边成了石子路。

这时黄赫才明白这女人为啥要开个三轮车。

山间小路最常用的交通工具是摩托车,汽车不好开。可是他们一行三人,摩托车就远不如三轮车得劲了。

黄赫捏了捏手里的食物,暗道,看来林贝儿真是被弄到深山里去了,怪不得小丑说,没老狗甭想找到人。

一辆三轮车,三个人,歪歪扭扭,走了十来个钟头,赶在天黑前,在一个山间小村落前停了一下。

"到了?"黄赫警觉起来。

老狗指着前边的一个小村落,点了点头,说:"待会你把钱给我,事完了,这辆车我借给你们载那丫头,她才生了孩子。不过现在太晚了,你们只能留宿,明天走。"

"那你呢?"

"我明天搭老乡的摩托车!"老狗想了想,又指着远处说,"对了,这里信号差,你们要是打电话,得到那边的山梁上。"

黄赫点点头,挎上钱袋子,下了车,随着老狗往村里走去。

杨依也跳下车,快步走到黄赫身边,小声说:"你这都安排好了,里边没我什么事,早知道,我还不如在城里等。"

黄赫白了杨依一眼,笑道:"谁说没你事?林贝儿有这么个经历,她心态能好?回去路上,还得指靠你多开导!"

杨依微微一笑,点头称是。

那个村子依山而建,有七八十户人家,由于地形限制,门户之间隔得很散,没什么规则地分布在山体周围。这个门户上的散乱跟村民们一致对外的齐心,形成了鲜明对比。

暮色苍茫。村里飘起炊烟，远处不时传来狗叫声。这景象一片祥和，让人觉得这个深山中的小村子并无与众不同之处。

老狗推着车走在前头，偶尔有村民路过，还有人跟她打招呼。

三人弯弯绕绕，走了大约二十来分钟。

老狗突然停下来，指着村西头一处院落说："就是那家了。"

"总算到了！"黄赫点点头，振奋起精神，长长地呼出一口气。

就在这时，突然从西边跑来一个妇女，那妇女怀抱着个半大孩子，一边跑一边喘着粗气，大声喊道："杀人啦！老朱家媳妇，杀、杀人了！"

"谁家媳妇？"老狗迎上抱孩子的妇女，忙问，"怎么了？谁杀人了？"

"老朱家，老朱家媳妇，杀人了！一家子全完了！刚才我去串门……"抱孩子的妇女惊慌失措，说不下去了。

"怎么回事？"黄赫急忙上前问。

"坏事了！"老狗扔下三轮车，当先往西跑去。

第十九章 释疑

老朱家在村子最西北角，石墙木门。围墙不算高，却也无法平视院内。

黄赫背起包，跟着老狗百米冲刺，一口气冲进老朱家，杨依紧跟在后面。

抱孩子的妇女没跟上去，抱着孩子往回跑，结果一不留神被什么东西绊倒了，重重地摔在地上。这就是人受了惊，腿脚不瓷实。这一摔之下，孩子倒没怎么着，却把那妇女摔得半天动弹不得，连连呻吟，大大延迟了她喊人的节奏。

老朱家三间正房，两间偏房。正房一间东屋，一间西屋，中间是堂屋，堂屋靠后窗的位置垒着灶台，上边还贴了白瓷砖。

众人一冲进大门，就见院子里趴着个人。

老狗见状浑身一抖，借着还微亮的天光，认出那人，急忙上前颤声道："栓子他爹？老朱？"

老朱脸朝下趴着早没了动静，后背上露着个血窟窿，脖子上也到处是血。

"完了！"老狗跑进偏房。

偏房的沙发上有个老人，浑身颤抖，肚子上还在流血，眼看也不行了。

"老朱他爹？栓子他爷？"老狗唤了几声，回到院里，这时黄赫早冲进了正房堂屋。

一进堂屋，黄赫钉在了原地。

屋里亮着灯，灶台上趴着个女人，上半身趴在那口大锅里，脚下的添柴口还冒着烟。

"栓子他娘?"老狗也冲进屋内,哆哆嗦嗦往灶台走了两步,试探着叫了一声。

这时,跟堂屋连接的东屋里,突然传出一阵"嘿嘿"的笑声。那笑声持续了一会儿,突然又变成儿歌。

黄赫放下背包,抬腿一脚,踹开了东屋的房门。

里边黑漆漆的,看不见人。老狗挤进门口,一把拉开了灯,只是用力太猛,把灯绳扯断了。

杨依朝里看了一眼,赶紧躲在了黄赫身后。

东屋床沿儿上坐着个女人。女人穿着件红袄,披头散发,看不清样貌,她左手抱着个婴儿,右手垂在床上。

黄赫顺着女人右手看去,见她手里正握着一把大剪刀。

剪刀呈暗褐色。

黄赫借着灯光仔细看了两眼,才反应过来,那把剪刀上全是血。

女人垂着头,继续唱儿歌,对来人全无反应。

突然,儿歌停了。

女人轻轻叹了口气,说:"乖宝宝,宝宝乖,你是妈妈的小猫咪。猫咪好,猫咪乖,能吃能睡真可爱!喵!宝宝,你跟妈妈学。"

那孩子睡得正香。

"喵?"女人抱起孩子看了看,突然使劲摇着孩子的头,激动起来,"你倒是叫啊!你不乖!坏孩子!坏猫咪!垃圾!畜生!"

孩子被摇醒,哇哇哭起来。

"麻烦大了!"老狗往前走了两步,试着叫道,"林贝儿?"

对方毫无反应,嘴里继续不停念叨。

"她就是林贝儿?"黄赫心里连连叫苦,希望老狗说不是。

"是的!"老狗苦着脸点头。

这时,林贝儿猛地抬起头朝四周看了看,然后转脸盯着黄赫说:"这里到处都是猫！说好的直播呢？怎么还不直播？"

她话音未落，突然毫无征兆地举起右手的剪刀，狠狠地朝孩子扎去。

黄赫一直盯着对方，见此情形，暗道一声不好，抬手就抓住了林贝儿的手腕。

林贝儿努力挣扎，把孩子丢到炕上，一口咬到了黄赫的胳膊。

黄赫疼痛难忍，奋力夺下剪刀。

林贝儿没了剪刀，但还是死死咬住黄赫胳膊，就是不松口。

黄赫用力把林贝儿掼倒在床上，趁机挣脱了胳膊，回头对老狗吼道："去找绳子！"

老狗站着没动，呆呆地看着林贝儿，不知心里在想什么。

杨依赶紧跑到院子里，找了根绳子交给黄赫。

黄赫不顾林贝儿死命挣扎，硬生生把她的手脚给捆了起来。

捆绑完，黄赫叫杨依赶紧到外边山梁上打电话报警。

杨依才要走，他又改了主意："过会儿我去吧，路太难走！你在这看着她！"

他指了指林贝儿，转身进了院子。

他跑到院门口朝外望了望，听到远处有嘈杂声传来，接着转身进了西屋。

西屋里也亮着灯。

黄赫进去只看了一眼，差点就吐了。

西屋炕上躺着个青年，他猜那应该就是栓子。他记得，刚才老狗称呼院子里的死者时，喊的是"栓子他爹"。

栓子全身赤裸横躺在床上，浑身是血，下身被剪断了，双手的指头也被齐根剪断丢在一边，肚子上有个大口子，肠子从里面淌出来耷拉到地上。

见此情形，黄赫身子一软靠到了墙上。

这里究竟发生了什么？林贝儿怎么就杀了这老朱一家？他实在不能接受，自己是尽了全力赶路，但还是来晚了！

"妈的！"黄赫暗骂一声，颤着手掏出烟叼上。

就在这时，外面传来一声尖叫。

第十九章 释疑

听到叫声，黄赫手腕一抖，烟掉到了地上。

叫声来自东屋，是杨依发出的。

黄赫冲进房间，惊讶地看到老狗正举着剪刀朝林贝儿用力刺去。

他毫不犹豫，一脚把老狗踹到了墙上。

老狗挣扎着爬起来，重新抓起剪刀，后退了一步，恶狠狠地盯着黄赫。

"你他娘的干什么！"黄赫大吼。

老狗吐了一口唾沫，瞪着眼说："别拦我！出了这么大的事，她要不死，那我就完蛋！"

黄赫一听明白了。出了这事，老狗是担心警察赶到后，查实她是拐卖林贝儿的人贩子。显然，老狗并不担心这里的村民，她只担心林贝儿。

"放下！"黄赫盯着老狗手里的剪刀。

"呸！"老狗怒道，"她犯下这天大的祸事，死了有什么关系？警察查起来，咱就说她自杀的，那不是顺理成章？你非要为这么个疯子，和我过不去？"

黄赫不言语，脚底下慢慢挪动。

老狗双手握着剪刀指向黄赫，急道："十八万！这事你别管，我给你十八万！不！三十万！"

"闭嘴！"黄赫实在想不到老狗竟如此下作，冷笑道，"说实话，就算不出这事，我也没打算放过你！"

"什么？"老狗一下子惊呆了，她简直不敢相信，小丑介绍的人竟然早就打算出卖她！这怎么可能？

趁老狗发呆的空当，黄赫闪电般出手，抓住对方手腕往自己怀里一带，同时抬起膝盖狠狠顶在老狗肚子上。

就在这时，被捆着的林贝儿突然抬起头，一张嘴又咬住了黄赫的左小腿。

黄赫没想到生出这么个变故，暗暗叫苦，这林贝儿不去咬害她的人，反而来咬帮她的人，看来真是疯了！

剧痛之下，他抬起右脚想把林贝儿踹开，可是又心中不忍，只好用力夺了老狗的剪刀，转身递给看呆了的杨依，同时把老狗摔在地上，然后弯腰去撕扯林贝儿。

老狗也没想到林贝儿竟然又咬上了黄赫。

"咬得好！不是你死就是我亡，姓黄的，我先弄死你！"老狗来不及多想，情急之下，很快有了算计，她趁杨依不备，一把夺回剪刀，转身麻利地剪开了林贝儿身上的绳子，又把剪刀塞到林贝儿手里。

老狗算计得明白，林贝儿在那死命咬，黄赫呢，正弯腰拼命撕扯，这时候把剪刀塞给林贝儿，那倒霉的定是黄赫。这么一来，就是林贝儿替她解决了黄赫，到时候剩下个杨依，她可不担心，搞不好还能成就一笔买卖。

老狗算计得果然没错。

林贝儿侧躺着身子，一拿到剪刀，就毫不犹豫地朝黄赫腰部捅去。

这个变故来得更突然，黄赫正弯着腰，浑然不觉，哪能料到老狗来这一手。

旁边的杨依却看得分明。

急切间，她上前一步撞开了黄赫。

黄赫避过剪刀，吃惊地回头一看，见杨依捂着肚子痛苦地躺倒在地。

老狗也没料到，那一下不偏不倚，竟刺中了杨依。

此时林贝儿并未停手，继续挥着剪刀乱刺。

黄赫再也克制不住，转身用膝盖压住林贝儿拿剪刀的手，劈头盖脸扇了林贝儿十几个嘴巴子。紧接着，他把断绳连起来，重新把林贝儿捆了个瓷实。

捆好人，他赶紧去扶杨依。

杨依捂着肚子，指了指门口，痛苦地说："那个谁，跑了！"

"你能行？"黄赫急切地问。

杨依点了点头。

黄赫拿起床单扯成条，把杨依的伤口缠了起来。

这时，院子里响起一阵叫嚷，村民们到了。

"你挺着啊，来人了！"他这才放下杨依，起身向外追去。

经过堂屋时，他意外地发现，自己丢在地上的背包竟然被老狗顺走了，那里头除了他的电脑及一些私人用品，还有十八万元现金。

院子里来了十几个人，打眼一看，最年轻的也得四十往上。原因无他，近

第十九章 释疑 271

年来，但凡有头脑、有门路的年轻人，早都进了城，留下的要么上了年纪，要么好吃懒做，或者致富无门，加上环境闭塞，时间久了，山村里大龄光棍就越来越多，这才慢慢助长了买卖人口的风气。

"尸体别碰，什么也别碰！等警察来！"黄赫连着喊了两遍，才穿过人群去追老狗，可是老狗早就不见了踪影，他只好懊恼地返回。

这时，村民们已经拿了床单，把屋里屋外四具尸体都盖住了。

"都回去吧！没你们什么事！"黄赫大声说。

"回去？你是做啥的？"一个长者问。

黄赫没吭声，径直回到屋里，把杨依扶到床上躺好，又找了块布条，塞住林贝儿的嘴巴，这才上山报警。

很快，芋山镇派出所的民警出动了，接着，小县城公安局的警车也拉响了警报。

当时，秦向阳和钱进正在街上吃饭，听到警笛大作，他们马上警觉起来，赶紧开车追上警车，亮出证件一问，这才知道下边一个叫朱家村的山村出了命案。

命案？秦向阳当时就一惊，暗道，不会是黄赫那小子进了山，这又出了事吧？

想到这，他俩跟着警车出了城，向命案现场赶去。

那天晚上的经历，对黄赫来说是少有的体验。老朱家不大的地方，院里有尸体，偏房里有尸体，正房西屋里有尸体，堂屋里也有尸体，只剩一间东屋可以容纳三个活人，而这三个人里面，又有一个疯子，一个伤者。

对村民们来说，黄赫是个不期而至的陌生人，没有人对他施以帮助，好在最初发现命案现场的妇女，能证明老朱家的祸事跟黄赫并无干系，村民们这才没有为难他。

老朱家的亲戚，最近的也在五里之外，而且山路难行，不可能及时收到消息。第一个赶到现场的是栓子舅，他是被朱家村村干部朱长贵从被窝里揪出来的。朱长贵也不想连夜走山路，可他不知道栓子舅的电话。他知道栓子的手机里有号码，可是朱家西屋里实在瘆得慌，他不敢去找手机。村干部和栓子舅午夜时分才回到朱家村。在朱长贵劝说下，栓子舅没进入现场，他强忍悲痛在朱长贵家凑合了一宿。

黄赫饿着肚子抽了一夜的烟。杨依伤口流血，后半夜发起高烧，除了一些简易救护措施，他无能为力。林贝儿被绑得像个粽子，却一直兴奋异常，不停地扭来扭去，直到后半夜才消停。

警察连夜赶路，凌晨四点到达现场，这速度其实不慢，毕竟在那条山路上，汽车远不如摩托方便。

警方赶到后，相关工作迅速展开，杨依第一时间被送往医院。

秦向阳冲进院子，一眼就看到了黄赫。

这俩人对视了半天，黄赫才慢慢说道："你还是跟来了，只可惜……"

秦向阳把黄赫一把按到墙上，揪着对方的衣领，大声说："千方百计甩我！嗯？林贝儿呢？"

黄赫默不作声，指了指东屋。

这时，有两个警察把林贝儿架了出来。

林贝儿一边走，一边念叨："猫呢？去哪了？不是有很多猫吗？"

"这次我饶不了你！"秦向阳狠狠瞪了黄赫一眼，转身朝林贝儿走去。

"她疯了！"黄赫摇摇头，说。

接下来，警方很快还原了案发过程。

西屋是栓子和林贝儿的卧室，老朱两口子住东屋，栓子爷爷住偏房。栓子明显是第一个被害的。可是林贝儿刚生完孩子没两天，怎么就有体力行凶呢？警方分析，恰恰因为林贝儿还在坐月子，所以谁也没想到她会突然痛下杀手。警方在西屋发现一条链子，考虑到林贝儿是被买来的，稍一推断即知，链子是平时用来锁林贝儿的，但是她生孩子前后，那链子肯定没锁。由此可见，林贝儿来到朱家后，一点也不"安分"，一定多次试图逃跑。另外，警方还在院里发现一个地窖，地窖里阴暗潮湿，有老鼠出没，那是朱家用来调教"新媳妇"的地方，但是朱家全灭，林贝儿精神失常，至于林贝儿被关在那多久，就不得而知了。

看到地窖和现场的惨烈，秦向阳断定林贝儿一定没少受皮肉之苦。至于那些皮肉之苦和精神折磨以及锁链的长期禁锢带给当事人多大的心理创伤，那谁也说不清。

第二个受害的是栓子妈。杀了栓子后，林贝儿去了堂屋，当时栓子妈正在炖鸡。从现场看，死者头部浸在半锅鸡汤里，为什么这样呢？当时一定是栓子妈正打开锅盖，林贝儿趁机狠狠捅了她一剪子，然后将其按了下去。

结果了栓子妈，林贝儿杀到偏房，那里是栓子爷爷的住处。

老朱当时一定不在家，否则不可能不加以制止。他死在院子里，那一定是刚进家门，就被林贝儿突然袭击了。

凶案过程很清楚。至于林贝儿是早有预谋，还是临时起意，那不好判断。

最先发现现场的那个妇女也找到了，警方对她做了详细询问。她是去串门的，第一眼看到老朱倒在院子里，就放下孩子，上去叫了两声，后来发现情况不对，回头就跑。跑了没两步，才想起来把孩子落下了。回头看时，那孩子已经蹦蹦跳跳地进了堂屋。妇女赶紧跑进屋里抱起孩子，又被栓子娘的惨状吓了一大跳，接着，她又瞅见林贝儿拿着把大剪刀在那唱歌……

黄赫对秦向阳述说了他进屋后的全过程。秦向阳没想到黄赫还和人贩子搅在了一起。警方立即搜索全村，但没找到老狗下落。

他们对村民逐个询问后才获知，老狗是借了一个村民的摩托车逃离的。如此说来，警方在来的路上，应该跟老狗擦肩而过。可惜的是，那个外借摩托车的村民只是跟老狗比较熟悉，但也不知道对方具体住址等信息。

黄赫提供了一条线索，他在芋山镇住过一家旅馆，觉得旅馆老板应该跟老狗很熟。

有了这个信息，县公安局的几名刑警带上黄赫立刻赶往芋山镇，秦向阳和钱进开自己的车跟上。其余人员留下善后，进一步提取相关痕迹，自不必提。

一行人快马加鞭赶到芋山镇，很快找到了黄赫所说的旅馆。

见警察上门，旅馆老板吓了一跳。

对老板再三询问之后，得到的结果是他根本不认识老狗，说起来，老狗也就算他那儿的一个常客，他对老狗一无所知。

经进一步查实，老狗在小旅馆登记的身份证也是假的。如此一来，这条线索就这么断了。

秦向阳很不甘心，问黄赫还有没有老狗的其他细节。

"她身上有很浓的茶香味。"黄赫想了想说。

这时当地一个刑警说："这里的人哪个身上没茶香？别的呢？"

另一个刑警说："要不回局里模拟人像吧，她的样子你总记得吧！"

"不用那么麻烦！"黄赫哼了一声，说，"给我台电脑，能联网的。"

秦向阳知道黄赫是黑客，可他也不明白黄赫要电脑干吗。

当地刑警更纳闷。

"她顺走了我的包，我电脑在包里！"黄赫说。

"你想远程开机，找到电脑位置？"钱进明白黄赫的意思了。

"远程开机？"秦向阳和另外几个电脑小白刑警面面相觑。

钱进点点头，说："可以的，只要他的电脑网卡有那个特殊功能。"

听钱进这么一说，大伙拉上黄赫直奔镇派出所。

到了那，黄赫没用几分钟就搞定了，他指着电脑屏幕说："县城，狗不理茶店。"

大伙都没想到，黄赫不但这么快就定位了电脑位置，还根据位置坐标，入侵了当地监控系统，直接找到了电脑所在的具体地址。

众人上车，二十分钟后，在狗不理茶店抓获老狗。

老狗原名陈花芝，42岁，本地人，精通网络，"东亚丛林"老用户，表面经营着一家茶店，暗地里做"老渣"生意。她连夜骑摩托回家，当时正在补觉，本打算休整一下，第二天就开溜，她怎么也想不明白警方是怎么找到她的。

黄赫找到了自己的包，钱物俱在。他拿上包就想去医院看杨依，秦向阳坚决不允，强行把他带到县公安局。

有黄赫当人证，陈花芝没法抵赖，她承认是她把林贝儿卖到山里的，但她否认自己是惯犯，坚称自己就干过那一笔买卖。

这是个狡猾的家伙。不过对于警方来说，只要她承认林贝儿的事就好，他们有的是耐心，有的是法子撬开她的嘴。

陈花芝再三强调，拐卖林贝儿，她不是主谋，是别人授意的，这明显是为自己脱罪的说辞。

她说，一年多以前，她从"东亚丛林"上看到个赏金帖，发帖者叫"飞鱼"，内容是招募"老渣"，拐卖一个叫林贝儿的人。

"我见赏金不少，就把活接了，我真就干了那一票。"陈花芝信誓旦旦地说。

秦向阳在审讯室旁听，当他听到"飞鱼"那个名字，突然觉得很耳熟。

钱进告诉他，那个名字他们确实见过，当初"东亚丛林"上收购手镯的帖子，发帖者就叫"飞鱼"。

拐卖林贝儿的过程很简单。"飞鱼"给了陈花芝两个信息，林贝儿正在鼓浪屿旅游，她对猫极其感兴趣。陈花芝心眼活泛，业务熟练，她接近林贝儿后，三聊两聊，就提到了猫，还说自己的老家猫更多，比鼓浪屿的还多。林贝儿阅历浅，很快着了道，跟着陈花芝就走，直到被卖进山里。

听到这一段，秦向阳立刻明白了一个关键信息，"飞鱼"就是复仇者，其所作所为，还是围绕着当年的校园暴力事件。

林贝儿的遭遇，显然是对方长期准备，精心策划的结果。对方显然熟知林贝儿虐猫的恶习，并对此加以利用，最终把她"囚禁"进深山。"飞鱼"一定知道被卖进深山的女人，是绝无好下场的，这样也就达成了对林贝儿的惩罚，或者说复仇。林贝儿遭受多少精神虐待，暴力折磨，"飞鱼"才不在乎，至于林贝儿会不会因为受折磨而精神崩溃，甚至奋起杀人，"飞鱼"肯定料不到。倘若真出现那样的结果，对复仇者来说，那当然求之不得。

县公安局刑警的审问基本结束了，他们问秦向阳有没有补充。

秦向阳立刻问了陈花芝一个不容忽视的细节："你和黄赫又是怎么接上头的？你拐卖了林贝儿，怎么会平白无故信任一个陌生人？"

"因为他是小丑介绍来的。"

"小丑？"秦向阳第一次听到这个代号。

"小丑就是飞鱼！"陈花芝说，"这一年来，飞鱼隔三岔五地联系我，叫我去了解林贝儿的情况，并如实反馈，还给了我一笔钱。那要求很奇怪，看在钱的份儿上，我也就照办了。"

"都让你了解些什么情况？"秦向阳追问。

"就是林贝儿的吃喝拉撒，精神状态，还有老朱家对她干的那些呗。"

"哪些？"

"就是虐待什么的，怕她跑呗。林贝儿怀孕后照常被锁了大半年。"

"接着说，小丑又是谁？你凭啥就相信小丑？"

"那是五六天前的事了。飞鱼突然又在'东亚丛林'上联系我，说按我反馈的情况看，林贝儿也快生了。他说过两天有个人要来接林贝儿，让我去带路。我说胡闹呢，那不是把我出卖了吗？飞鱼就说，来的人不是林贝儿家属，我可以从中再赚一笔，对我没坏处。但我还是不干，我又不知道飞鱼是干啥的，凭啥冒那么大风险？后来飞鱼说，他就是'东亚丛林'的主人小丑。他还对网站做了即时操作，我才不得不信。"

"也就是说，小丑这块金字招牌，换取了你的信任？"

"是啊！他搞着那么大的暗网，不可能存心害我，砸自己招牌，再说我和他无冤无仇。至于他有什么目的，我才不关心，有钱赚就行。"陈花芝说。

听了陈花芝的话，秦向阳终于理顺了。怪不得从郭震到张海涛，再到林贝儿，案子的共性里处处有"东亚丛林"的影子。他原本以为，复仇者只是利用暗网做工具，去契合三名受害人各自的需求，他远没想到，复仇者可不只是利用"东亚丛林"，他根本就是"东亚丛林"的创造者。

小丑的出现令人振奋。行动组的任务总目标，就是查清"东亚丛林"的源头，确保网络大环境健康发展，这活儿很不好干。秦向阳也没料到，围绕着当年校园暴力的一系列复仇事件，最终会跟小丑联系到一块，这真是天大的收获。如此一来，小丑的影子就跟复仇者的影子完美地重合了。

陈花芝被带下去后，秦向阳和钱进把黄赫带进了审讯室。严格来说，林贝儿的案子该由当地警方办理。但是，就事实来说，这个案子并非孤立事件，它牵扯越州十年前的校园暴力案，属于行动组长期以来的调查范围，而且它根本上又关联到暗网，当地警方对事情的前因后果一无所知，所以，当地警方更是巴不得行动组把林贝儿的案子认领走。如此一来，秦向阳和钱进就必须接手后续调查了。

黄赫再次提出要去医院见杨依。

"那要看你的配合程度，你走得了再说！"秦向阳语气严厉。

"这是要审我？我犯哪门子法了？"黄赫斜眼瞅了瞅审讯室的牌子。

"这是合法问讯！别挑那些细节了！这要是十年前的执法环境，早给你铐上了！"秦向阳拿出烟递给黄赫。

黄赫闷头点上，深深吸了一口。

"说说吧！你那些秘密！你是怎么跟复仇者搞在一起的？"

"复仇者？"黄赫不明所以。

"郭震、张海涛、林贝儿，都是十年前一宗校园暴力案的当事人，他们先后出事，而你，又先后充当他们的拯救者……既然都是聪明人，再绕圈子就没意思了！"秦向阳一句话，点明了所有事情的逻辑。

听到这话，黄赫心里"咯噔"了一下。

他想，原来小丑真是个复仇者！这一切，果然是早有预谋啊！怪不得每一局，自己都无能为力！

张海涛出事后，他早就有过这方面的疑虑，只是由于他无法接触到秦向阳所掌握的事实，所以一时无法佐证自己的判断。今天这一场谈话，才让他拨云见日。

他在心里把所有事情的逻辑捋了一遍，感慨万千，输掉所有赌局所带来的挫败感由此减轻了很多。同时，他深深感叹郭震、张海涛，以及林贝儿的悲惨遭遇，他自问已尽己所能，只不过小丑谋划在先，遗憾，由此注定。

他连着抽了两根烟，才问秦向阳："这么说，张海涛出事，的确是有人提前谋划的？"

"没错！具体原因就不谈了，浪费时间。"

"那宗校园暴力案又是怎么回事？"

"那些细节对你没意义！"

黄赫点点头，释然道："你的话，证实了我的判断，我也怀疑过小丑。"

"小丑？"秦向阳正要点烟的手，一下子停住了。

"是的！"黄赫说，"所谓暗网清道夫，只是个幌子。一切的起因是小丑找上我，跟我约定了三场赌局。"

"赌局？为什么？"

"他请我做'东亚丛林'的攻击者，我进攻，他防守；我发现漏洞，他弥补漏洞！"

秦向阳倒吸一口凉气，说："你没同意？"

"是的！"

"所以他才跟你赌，而你当时满心不服对吧？"

"我就是为了救人！再说，我父亲的遗物是小丑买来还给我的，还有对陈一龙的暗网赏金令，也是他发的！说起来，他算对我不错！"

"陈一龙的赏金令？那个Y，原来是小丑！"秦向阳恍然大悟，他在屋里来回走了几圈，之前所有的疑点顿时通透。

他搓着鼻头，说："原来如此！看来，小丑对你，真是用心良苦！"说完他又很快意识到，原来小丑的目的，不仅仅是复仇这么简单。他对黄赫下这么大的血本，跟黄赫绕着圈子玩游戏，竟是为了利用黄赫去完善"东亚丛林"，这该是多大的野心！

"可是……"秦向阳禁不住"啧"了一声，马上意识到一个蹊跷之处：小丑为什么偏偏认准了黄赫呢？难道世上就没有别的黑客高手了？还是说，黄赫当真是独一无二，值得小丑这么做呢？他轻轻摇了摇头，很是想不通。

他很快放下心里的小疙瘩，继续问："林贝儿的事，你不觉得很可悲吗？为什么不提前报警？"

"报警？以你们的做派，报警了，老狗还能出现？老狗不出现，我连林贝儿在哪都他妈不晓得！"黄赫满脸不屑。

"你也是事后假设！知道你对警察素有成见，也许你真的错了！"秦向阳若有所思地说。

黄赫哼道:"少来!先不说小丑把时间点卡得很准,长期让老狗观察、反馈林贝儿的情况,直到林贝儿生了,才跟我玩这一局,单说老狗。她把我约到一个茶店,结果怎样?她躲在暗处,至少观察了一个半小时!我要是早报警,以你们的风格,又是和我耳机通话,又是在附近埋伏,保不齐人家看不出破绽。为了找到林贝儿,我不冒那个险!"

"唉!可你还是掉进了小丑的坑里!"秦向阳叹了口气。

这时黄赫突然问:"你们又是从哪冒出来的?跟我过来的?"

秦向阳没吱声。

黄赫哼了一声,站起来冷着脸说:"现在我能走了吧?"

秦向阳想了想,同意他去看杨依。

杨依的伤不算重,但是失血过多,手术后非常虚弱。这多亏了林贝儿刺那一剪子时姿势不对,再加上杨依当时推开黄赫后,跟林贝儿之间还有段空当,要是那一下捅到黄赫身上,恐怕黄赫就没这么幸运了。

不管怎样,在黄赫心中,杨依的确救了他的命。他很感动,只是有些不大理解,在那个危急时刻,杨依怎么会舍身救他呢?他们之间的关系,似乎远不到那个地步。

等到杨依醒过来,医生允许探视了,他才进入病房。

杨依脸色蜡黄,朝着黄赫艰难地笑了笑,说:"你是不是有些内疚?有点困惑?呵呵,别有心理负担!我不是舍身救你,那就是下意识反应!我可没想到推开你以后,那一下还能扎到我!要不然……"

听到这些话,黄赫长长地叹了口气,认真地看了看眼前这个女人。他不得不承认,杨依太善于帮别人减压了。也许这是她的职业习惯所致,但谁又能否认,她本质上就是个善良温和、惯于替别人着想的人呢?

"好好歇着吧,我就在外边,有事叫我!"黄赫说。

杨依点点头,轻声问:"林贝儿呢?真没想到,她成了那个样子……"

黄赫淡然地说:"她在她该在的地方。"

"你已经尽力了!"

黄赫点头。

"警察没难为你吧？"

"还好！"说着，黄赫离开了病房。

他走到门外时，杨依鼓足了力气说："你什么时候回去？别忘了带上我！我可不想自己留在这！"

接下来的五天，黄赫一直耗在医院里。他不太习惯在那个固定的空间，长时间跟杨依独处，那种话题聊完四目相对的场景，他受不了。可事实并不是那样，每当他沉默下来时，杨依总会适时挑起新的话题，那种感觉令他很舒服。那些天，他不停地从市场上买来老母鸡，然后找一家饭馆炖好，再给杨依送去。

对此，杨依开玩笑说他是个不喜欢亏欠的人。

他心想，救命之恩又岂是几只老母鸡就能偿还。

五天后，秦向阳协同当地警方善后完毕，做完交接，找到黄赫问他要不要一块回。

黄赫答应一起走，他看中了秦向阳的轿车。杨依不想自己留下，黄赫和秦向阳商量后，把杨依安排到轿车后座躺着，他和钱进同乘来时的面包车返回。返程中，黄赫还要挨着联系那些租车公司，把车再一辆一辆地逐次换回来。

林贝儿还被关在当地公安局，至于以后在当地法院审她，还是回越州，都得等对她做完精神鉴定后，由两地公安商定。那些程序上的琐事，我们放下不提。

一天后，众人回到越州。

杨依又去医院待了三天，其间黄赫全程陪同照顾。三天后，杨依提出出院，想回家静养，黄赫帮她办了手续。

杨依回家后，黄赫又去照顾了两天。杨依考虑到这些天黄赫太累了，执意叫他回去歇歇，黄赫才勉为其难地同意。

这些天秦向阳他们可没闲着。他们通过上级部门，从各地召集了大批网警中的精英，集中起来攻击"东亚丛林"，寻找它的服务器地址。既然已经知晓"东亚丛林"的创造者小丑就是复仇者，那么这个网站的性质就变了，它不再疑似国外网站，它的创造者为复仇而来，一定是中国人。它极大地破坏了我国的网络环

境，不但滋生了大量犯罪行为，更是复仇者手中最锋利的复仇之刃，警方对此难以容忍。

为此，他们也邀请黄赫给予技术支持，可是被一口拒绝了。

找"东亚丛林"的服务器地址？黄赫说那不可能！

另外，对常家耀的审问也有了结果。有人证明，常家耀那天开车出城，的确是提前约好了朋友玩户外，没任何证据能证明他那天的行为跟小丑有关，意在吸引警方注意力。

尽管秦向阳还是反过来想，要是常家耀就是小丑，或者跟小丑有瓜葛，那么他那天的行为，就是为了间接阻止他对黄赫的跟踪，从而一定程度上减小林贝儿被警方救助的概率。这很好理解，林贝儿那天的疯狂，谁都无法预判，但小丑显然不希望警方及时参与其中，去破坏林贝儿的命运走向。可他这个逻辑缺乏事实支撑，只能被放弃。

黄赫回家睡了一天一夜，他太累了，累到来不及体会林贝儿事件当中的诸多残酷和无奈。

醒来后，他发了半天呆，然后叼上烟，习惯性地打开电脑。

可是一切都结束了，为什么还开机？

是为了找小丑吗？他不知道。

令他意外的是，他一开机，小丑的头像就跳动起来。显然，对方早就等在那了。

"是时候做赛后总结了，就像你小时候参与的每一场学校活动一样。"小丑说。

"没兴趣，但有两个字送你：卑鄙！"黄赫气坏了。

"呵呵，你这人毫无风度，输家面对赢家，应该学会尊重！"

"尊重？"黄赫把键盘敲得飞快，"你早早布好了局，设计好了一切，你他妈跟我谈尊重？"

"看来你都知道了？"

"你以为能瞒多久，复仇者？"不管怎么样，打出"复仇者"三个字，揭露了对方的身份，黄赫还是有那么一丝快意。

"从开始到现在，你总忽略最基本的逻辑：我的身份也好，我的秘密也罢，都跟你没任何关系，也妨碍不到你，对吗？"

"但是你已经在跟我玩了，这就有关系了！"

"那又怎样？我对你有过任何伤害吗？"

"我一直被耍，像只猴子！"黄赫自嘲地说。

"这么说，赌局的结果无效了？你三局皆输，也不愿遵守约定来'东亚丛林'陪我玩攻防战，对吗？"

看到小丑的问话，黄赫简直懒得打字了。既然一切都是设计好的阴谋，他便不再担心小丑向他母亲透露那些赌局，从而给他带去良心的拷问，他问心无愧了！

"好吧！我们换个话题，回到我刚才的建议，做做赛后总结。"

"你够了吧？趁我还没改变主意去帮警察，赶紧，滚！"黄赫怒斥。

"人性的悲哀！"小丑不理会黄赫，直接打出这五个字。

黄赫使劲揉了揉脖子，然后抱臂盯着屏幕。

小丑继续说："据我入侵警务系统拿到的资料看，事情的经过是林贝儿杀了老朱一家四口，还差点杀死她自己的孩子，至于她有没有自杀的想法，那谁也不知道。那个过程当中，老狗还想杀你灭口，你被杨依所救。老狗趁机逃走，还不忘顺走你的包，却又自食其果，被你远程定位……你不觉得这整个过程，很有探讨价值吗？"

"闭嘴吧！"黄赫忍不住说，"林贝儿之所以失控，还不都是拜你所赐？你是所有悲剧的源头！"

"我不同意，我顶多算个中间的助力者，远不涉及根本！"

"不涉及根本？你对林贝儿了如指掌，知道她有虐猫恶习，趁她去猫岛的机会，设局让老狗把她卖进深山！你还了解朱家村的阴暗面，早断定林贝儿会遭受长期非人折磨，并且处心积虑安排老狗，隔三岔五去观察她的即时情况，去满足你内心的邪恶！这还不够卑鄙？"

"呵呵！你恰恰忽略了最关键之处，林贝儿的狠辣和疯狂是她长期虐猫累积的结果。她的虐猫恶习发自于她本心。我只不过算个合格的观察者，了解到了她

第十九章　释疑

内心的阴暗面而已。她若本身健康，当年就绝不会涉及那场校园暴力事件。她自己的本心，才是所有悲剧的源头！"

黄赫一时无言，他皱着眉考虑片刻，说："即便如此，如果没有你这个助力者，没有你推她一把，她就绝不会有那个下场。你敢正视自己内心的仇恨吗？"

"我对你这点总结很满意，如你所说，正因为我从来都是正视仇恨之心，而非虚伪逃避，才苦心设局！如果林贝儿他们都是正直、温和的，那我的仇恨之心又从何而生呢？"

"他们是他们，你是你。你该学的，是放下。"

"放下？老朱家折磨林贝儿时，放下过兽性和淫欲吗？一身罪恶的老狗发现会被你出卖时，放下过愤怒吗？老狗逃跑看到你的包时，放下过贪婪吗？村民们看到杨依受伤，看到你们没吃没喝，放下过冷漠吗？林贝儿产后发现锁链被解开时，放下过憎恨吗？还有郭震，他放下过执着吗？张海涛，放下过懒惰吗？王晶莹，放下过傲慢吗？当年校园暴力案中的孩子，放下过嫉妒吗？哦，对不起！我说得并不准确！我的意思是，比如憎恨，比如贪婪，比如愤怒，比如嫉妒……那些有强大破坏力的魔鬼，它们不是无端生出来，它们总有个最初的施予者。总不能你施加给了我仇恨，再做出一副出世的姿态，叫我放下吧？这是伪善！天下哪有这样的道理？真正的善良是什么？不是一味教化受害者放下，而是令所有人根本无须放下！"

"不是一味教化受害者放下，而是让所有人根本无须放下？"黄赫咀嚼着这句话，一时发起呆来。

"我扯远了！我们不谈理想状态，谈现实！"小丑没给黄赫过多思考时间，继续说，"我给你准备的三场赌局，对你的人生经验弥足珍贵。它们处处充满对人性的考验，就像三面镜子，让丑陋的人性无所遁形，让恶行自食其果。"

看到这段话，黄赫的手跟着一抖，差点打出"是的"。

他内心拒绝小丑的任何说教，可理智上又觉得小丑的一些话并没错。

小丑的总结冷血而残酷，却透着真实，远离虚伪。

"那又怎样？你还是错了！错在哪？人性是经不住考验的，不管它善的一面还是恶的一面。你每天都把钱丢到一个诚实的孩子脚下，总有一天他不再上交；你次次出差给你的女人带东西，一旦你忘掉一次，不管出于什么原因，她都会质疑你的忠诚！人性与生俱来，它的阴暗与光辉同在，那不是人性的错。它的光辉需要赞美，它的阴暗需要引导。考验？除非你面对的是上帝！"黄赫打开窗吸了一口冷空气，那让他的头脑越发清晰。

黄赫打完字后，屏幕对面停顿了一会儿。

很快，小丑的话又跳出来："不否认，你说得很有道理，那是人类社会发展的大方向。在那之前，你必须面对一个个具体的因果，否则还要法律干什么？"

"没错！既然你提到法律了，就更应该迷途知返。"黄赫说。

"迷途知返？作恶的人，一定能受到法律惩罚吗？"

"法律也不是万能的。"打这句话时，黄赫感觉自己的语气像个警察，那让他很不适应。

"呵呵！既然你承认法律不是万能的，就是说一定会有漏网之鱼喽？请问，你面对一群可恶的漏网之鱼时，会怎么做？"

"我？"黄赫一下子卡住了。

小丑无意欣赏他的窘态，继续说："比如你不了解的那场校园暴力事件，当年的郭震和林贝儿都不满十四岁，依照既有的惩戒措施，他们杀了人，但无须负任何责任！在惩罚为零的事实下，你觉得他们会自责吗？会反思吗？会认错吗？会后悔吗？会在他们以后的人生中善待一切吗？那样对被害人公平吗？对一辈子没害过人的良善大众公平吗？"

"一个老话题，法外惩罚如果成为共识，社会还有秩序吗？我看没有继续讨论的必要。"黄赫说。

"谁和你讨论法外惩罚了？我只是问你，那种情况下你会怎么做？"

"我？"黄赫再次卡住。

"面对你的内心，小伙子，不要总当自己是个清高的旁观者。"

"我不知道。"打完这几个字，黄赫怔怔地盯着窗外。

"如果我再给你一个有力的工具呢？比如'东亚丛林'。"

第十九章 释疑

"什么意思？"

"你面对过种种人性考验，见证过血淋淋的人性之恶，你有强烈的憎恶之心，你的内心是个相对纯粹的人。更重要的是，你习惯了0和1的逻辑世界，它们就像善恶一样分明。我在想，也许，你比我更适合做'东亚丛林'的主人。"

"什么？这货疯了吧？不叫玩网络攻防战了，改叫我接管'东亚丛林'了？"黄赫简直不相信自己的眼睛。

"发什么呆啊？对你来说，那不是黑化，是升华！"

"升华……"黄赫哭笑不得。

"'东亚丛林'上集中了各种各样的渣滓。既然渣滓们选择了丛林，那么丛林就是他们的坟墓。吸毒的，绑架的，贩卖人口的，交易军火的，地下博彩的，搞色情的，倒卖赃物的，造假的，贩卖公民信息的……你能想到的罪恶，这里都有。这里没任何约束，会让他们尽情放纵人性之恶，直到沉沦地狱！这里是血色丛林！这个世界是辩证的！世人鼠目寸光，当它是罪恶天堂，其实它根本的作用恰恰是把罪恶集中起来，再消灭罪恶！你难道还看不透？"

"你……简直……"黄赫无语了。

小丑紧接着说："我选择你，正是相信你的正义感，而不仅仅是你的技术能力。看吧！夜，如此黑暗！黑暗背后，有足够多的法外之地，漏网之鱼。你所说的法律，只是个敦厚、守规矩的孩子。可是有很多事要想办成，更需要野孩子！我相信，为了你心中的正义，你一定会利用它，去惩罚任何你想惩罚的、该被惩罚的恶棍。它会成为你手里最犀利的工具！"

"野孩子？我……别说了！"

面对小丑的连番轰炸，黄赫实在不想继续谈下去了，他感觉自己好像掉进了海里，迎面不断扑来一个又一个滔天巨浪。那令他窒息，无所适从，同时还有一种很深的孤独感，转眼间，他好像不认识眼前这个世界了。

什么是对，什么是错？什么是黑，什么是白？小丑的话，仅仅是高级话术吗？那里面的逻辑，天衣无缝，处处渗透着用心和智慧。黄赫不得不承认，他根本无力反驳。这他妈是洗脑吗？他想关掉显示器，可是浑身无力，紧接着他的头突然疼起来。

"夜，如此黑暗！好好睡一觉吧，孩子！你需要消化！"

"我……你……"黄赫感觉双手僵住了。

"差点忘了！"小丑突然又加了一句，"你很快还会另有任务，那是我送你的最后一堂课！非要问为什么，那就当作赌局的补丁吧！"

说完，小丑的头像暗了。

第二十章　冰火

小丑下线后，黄赫一夜未眠，他陷入了小丑的逻辑体系里，怎么绕也绕不出去。真正的黑客，本就与日常世界格格不入，尽管如此，他也从未想过，自己有一天会突然成为暗网世界的老大，那岂不是真成了黑暗中的老鼠？

可是，在小丑的规划里，"东亚丛林"似乎独具魔力。

试想，一个有特殊世界观的人，接管了"东亚丛林"，就像小丑所描述的，通过强有力的地下宣传工作，把更多的渣滓集中起来，让他们尽情放纵人性之恶，让他们加速沉沦，早日品尝恶果；甚至让它成为法外惩罚的独特工具，就好比小丑针对郭震、张海涛、林贝儿所做的那样，去惩罚任何一个想惩罚的、该被惩罚的恶棍！这就像黑暗的掌控者，至高无上。它能衍生出花样繁多的惩罚，审判人性的阴暗，比那些冠冕堂皇的警察强多了。

让他更想不通的是，小丑下线前为啥突然留下那句话。

赌局补丁？不是一切都结束了吗？怎么还有？难道又要什么手段，非逼我做接班人不可？黄赫满头大汗。

他不知道小丑为什么费尽心思，要选他做"东亚丛林"的接班人，但他忽然想明白一件事，他发现，其实小丑对他的洗脑，从他们一接触就开始了。

他记起每次上线，小丑都同他辩论，辩论内容始终围绕人性的阴暗。那是小丑独特的开场白吗？显然不是。

他想起有一次驳斥小丑的歪理——小丑赤裸裸地回复："歪不歪，你的潜意识已经在被我洗脑了。大脑接受的任何信息都会被存盘，你拒绝得越强烈，有一天换回的认同，也就越强烈。"

"也许，掌控暗网真是一件很有趣的事？"黄赫想把小丑的话从脑海里赶走，可是这个想法却突然冒了出来，然后他使劲摇头，打了个冷战。

这晚，跟黄赫一样没法休息的，还有一大群人。

越州市局互联网信息安全中心。

大厅里灯火通明，上百名网警精英坐在排列整齐的电脑前，正全力破解"东亚丛林"的漏洞，试图找到它的服务器地址，钱进和苏曼宁也坐在里面。

秦向阳独自在大厅外抽烟，他紧盯着黑暗深处，仿佛他目力所及之地，就是小丑的藏身之所。

你到底在哪儿呢？他喃喃自语。

正发呆时，他身后的大厅突然乱作一团。

冲进大厅后，他惊讶地发现，大厅里上百台电脑，包括大厅正中间的大屏幕电脑都被黑了。

所有的屏幕上，正闪烁着一行红字：警官你好，我们玩个游戏。

紧接着这行字消失了，然后跳出来一幅画面。

那幅画面是静止的，里面有三个人。

仔细辨认后，秦向阳认了出来，画面里的人竟是杨杰、李敞亮，以及陈恬恬。

"糟糕！怎么是他们？当年校园暴力案的从犯！他们不是跟暗网无关吗？"

他马上意识到，这又是小丑在搞鬼！

他赶紧掏出电话，联系下面的派出所。此前，为了保险，他曾通过市局安排过相关派出所的人，让他们留意一下陈恬恬等人。

派出所迅速核实，发现陈恬恬等人确实都失踪了。

所长的语气充满愧疚："工作失误了！安排了王大壮他们几个盯了几天。今晚大壮老婆临产，他们哥几个喝酒去了……"

"喝酒？喝酒你不另安排人？"秦向阳恼了。

"他们喝酒，根本没告诉我！"所长苦着脸说。

"唉！"秦向阳挂掉电话，向大屏幕看去。

细看之后，他发现画面并不是静止的。那里面，陈恬恬等人均被五花大绑，嘴巴也被塞住了，但能看得出他们胸前的起伏，说明他们都没有生命危险。

画面一动不动。过了一会儿，陈恬恬等人的呼吸逐渐急促起来，脸上、脖子上，也越来越红，很快就起了细密的汗珠。又过了一会儿，他们的衣服都被汗水湿透了，像水泼过一样。

"怎么回事？"钱进疾走到秦向阳身边，急道，"难道都吃了什么药不成？"

秦向阳紧盯着画面，摇摇头说："我看跟温度有关，他们不会被关在桑拿室吧？"

就在众人疑惑不解时，画面突然不见了，屏幕一闪，跳出来个戴面具的小丑。

"是他！小丑！"所有人大吃一惊。

小丑穿着黑色的连帽风衣，头上遮着帽子，面部被面具遮挡，其所在房间也异常昏暗，看不出任何背景。

"大家晚上好！我们终于见面了！"小丑的话，机械，阴冷，毫无温度。

大家立刻听出来了，那声音一定用了变声器。

所有技术人员立即忙碌起来，试图查找小丑的位置。

此时小丑缓缓说道："刚才的画面大家都看了吧？不要紧张，这只是游戏。画面中三个人的身份，我们彼此都很清楚。我想告诉大家的是，这是最后的惩罚！"

听到"最后的惩罚"这几个字，秦向阳赶紧跑到苏曼宁身边，问："有办法跟他联网对话吗？"

苏曼宁摇头。

小丑的声音仍在继续："首先表明我的态度，我不要他们的命。对此，你们判断无误，他们的生活向来跟暗网毫无关联，只是残害常乐的从犯。这是一个游戏，他们的生死掌握在你们手中。

"正如画面中看到的，他们被关在一个特殊房间，屋顶的平面结构，内嵌碳晶加热板，最高可使房内达到100℃。救还是不救，全看你们。

"游戏规则非常简单，你们只能指派一名警察参与游戏，外加一个我指定的人。听懂了吗？你们派谁都可以，我指定的人，是黄赫。到时，我会把目标位置发到他手机上。怎样说服黄赫参与游戏，那是你们的事。注意，千万不要违规！

"记住，网络世界没有秘密，我会监视你们的一切行动。收起你们的惯常手段，切勿试图派出多人破坏游戏规则，切勿对参与游戏的警察进行跟踪定位或无线通话，那样游戏会提前结束。如果警方打断游戏进程，我保证，他们都将因你们的无知被烤成干尸！只要大家遵守规则，我同样能保证所有人安然无恙。好了，现在游戏开始。时间有限，祝你们好运！"

小丑说完后，所有电脑屏幕立即恢复到了原来的状态。

"太嚣张了！"越州市局局长张明山一边说，一边快步走进信息大厅，他在办公室里收看了刚才的视频。

"简直是公然挑衅！"张局长把大厅的门摔得震天响。

他怒气冲冲走到秦向阳身边，深吸一口气，道："你们打算怎么做？"

"我想听听张局的意思。"秦向阳说。

"我的意见？"张明山沉吟片刻，道，"就一条，把人都给我救出来！至于小丑，决不能再任其为所欲为了！再这么下去，被动的不只是你们行动组，就连我也……"

秦向阳点点头，皱着眉沉思起来。

"具体怎么做，我尊重你们行动组的意见！我这里的家当，全部配合你们！"张明山大声说。

秦向阳苦笑了一下，说："这事儿说起来简单，找到目标位置，强行突破救人即可，就像怎么把大象关进冰箱一样。问题是……"

"目标位置有把握吗？"张明山的目光在大厅里巡视了一圈。

大家赶紧避开他的目光，低头工作。

秦向阳说："目标位置不用找，小丑不是说了嘛，到时候会发到黄赫手机上。问题是他的游戏规则，令我们非常被动。小丑也说了，这是个游戏。可游戏内容到底是什么？仅仅是他费尽心机，把陈恬恬等人绑过去，随后再由我们把人救出来，这么个过程？它有意思吗？"

张明山听懂了，他大手一挥，说："我不管他想玩什么猫腻！老老实实按他的什么规则办？那不可能！我们就派一个人，再带上黄赫。等小丑发来位置，我马上安排刑侦支队的人全扑过去！如果你需要武警支援，我马上出面联系！"

听了这话，秦向阳暗暗叹了一口气，心想，这当领导的，刚才不还说，具体怎么做，尊重我们的意见吗？这突然又"一言堂"了！

他轻轻摇了摇头，说："不行！那样动静太大，陈恬恬他们会有危险，小丑绝不会危言耸听的！"

"那怎么办？"张明山问，"要不等确定了位置，我暗中派人跟踪？我还真不信，小丑连我们的无线通话都能侦听到！"

"那他肯定听不到！"秦向阳抬手指了指大厅四面的摄像头，说，"可是，说不定他现在已经入侵了某个探头，正盯着我们呢！"

"不能吧！"张明山吃惊地说。

"千万别小看对手！"秦向阳拿出手机，又道，"说不定你我手机的录音功能，也已经被人打开了！还有公路探头，你派多少人跟踪黄赫，到时候都能被他瞅得一清二楚！一句话，任何经由电子设备的跟踪，试都别试，总会有漏洞的！我们不能拿三条人命冒险！"说到这他顿住了，他很想提醒张明山，这一百多号网警精英，一屋子的电脑，还不是照样被人家全黑了。

张明山听完，重重地"哼"了一声，他这才意识到问题没那么简单。

他想了想，掏出手机放到桌上，又示意秦向阳也把手机放下。他有些担心了，就好像他手机的录音功能，真的已经被打开了一样。随后，他拉着秦向阳进了卫生间。

进了卫生间以后，张明山紧绷的脸才渐渐放松下来，他叹道："难道对手是高级黑客，咱还连个安全的地方都没了？这儿总成吧！"

秦向阳突然笑了。

张明山掏出烟点上，说："我看就剩一个法子了！位置确定后，我秘密安排人跟踪。都不带手机，哦，车上的GPS也拆了。到时候就用无线通话，那什么，实在不行，交通监控系统也关了！先把人救出来再说！"

"关交通监控系统？那整个城市的交通安全成本得有多高？"秦向阳无奈道，"再说还有卫星系统呢？一样能监控到路面，而且更清晰，那个怎么关？"

秦向阳知道张明山不懂这些，只好再次解释："这么说吧，其实我们怎么搞都没用！假设目标地点是一座仓库，小丑只需在仓库外自行安装一个隐藏探头，就能解决一切问题。你想，派去的警员和黄赫的车在那一停，随后你的大队人马赶到，那还不都拍得一清二楚？我们破坏规则，小丑一怒之下把陈恬恬他们……这个责任，你负吗，张局？"

张明山这下全明白了，他背着手走了两圈，突然驻足，道："难道只能按小丑的规矩办？你信？遵守规矩，所有人就会安然无恙？"

秦向阳没有直接回答，他搓了搓鼻头，说："我觉得，小丑不会无缘无故公开挑战警方，这事的关键不是陈恬恬他们几个，而是黄赫！否则，很难解释他单单指定把黄赫带去！换句话说，我认为照他说的办，那几个人应该没危险。"

"黄赫？那个暗网清道夫？为什么单单指定他？"张明山问。

秦向阳摇头。

"唉！窝囊！"张明山叹了口气说，"那派谁去呢？"

"我！"秦向阳毫不犹豫道。

同一时间，黄赫家。

失眠的黄赫，入侵了警务系统，终于知道了十年前校园暴力案的细节。

看完警方档案，他久久不能平静。

张海涛、郭震、林贝儿当年的恶行让他愤怒，那源于他天生的正义感。

他想起来小丑的话："作恶之人，一定能受到惩罚吗？"

小丑还说："你必须要面对一个个具体的因果！"

第二十章　冰火

理智告诉他，郭震、张海涛以及林贝儿的下场，的确是因果循环，报应不爽，但小丑无权决定他人命运。

可是，真的是小丑决定了他们的命运吗？

想到这里，黄赫开始渐渐理解小丑了。

他正发呆时，窗外忽然警笛大作。很快，警笛声又停了下来。接着，他听到了急促的敲门声。

出什么事了？他皱着眉下楼，一打开别墅大门，秦向阳就冲了进去。

"有病啊你们？大半夜的！"他才要发怒，就被秦向阳打断了。

秦向阳匆匆道："突发情况，需要你帮忙！"

"警察要我帮忙？"黄赫乐了。

"不是商量，是必须！"

"凭什么？"黄赫说着，转身进屋。

秦向阳跟进去，才说："小丑的报复行动并没完，还有最后一场！最后的惩罚！"

"最后的惩罚？"吃惊之余，黄赫很快反应过来，"不会是陈恬恬那几个从犯吧？"

"是的！你这么快就弄清细节了？"秦向阳问。

原来如此！黄赫心想，怪不得小丑说很快还会另有任务，说什么赌局补丁，原来，他没打算放过那三个从犯。

黄赫沉吟片刻，问："可是，这事和我有什么关系？"

"我也不知道。小丑入侵了警局信息系统，明确提出叫你参与，玩一场游戏！你必须跟我走，把人救出来！要不然……"说着，秦向阳掏出了手铐。

"怎么？来硬的？"

话音刚落，他的右手腕就和秦向阳的左手腕铐在了一起。

"妈的！"他骂了一句，用另一只手拿上外套，跟着秦向阳出了门。

到了车前，秦向阳把黄赫强行推上副驾驶，这才打开手铐。

车开起来之后，黄赫叼起烟，问："去哪儿？玩什么游戏？你们兵强马壮，干吗听小丑摆布？"

秦向阳一边开车，一边把事情经过简略说了一遍。

听完后，黄赫半天没开口。

这时，他的手机突然响了一声。

他打开手机定位系统一看，果然，那上边出现了一个小红点。

"目标位置发过来了。那小子不简单，能和我手机玩位置共享！"说着，他把手机递给秦向阳。

目标在城西工业区。

秦向阳加大马力，疾速往目标开去。

不久后车子出了城，大约两小时之后，在小红点位置停了下来。

此时是凌晨四点。

车子停在一片厂房之间的空地上，周围黑漆漆的，不见光亮。秦向阳感觉，在四周的隐秘处，一定有隐藏探头在盯着他们，甚至还不止一个，否则，小丑很难准确掌握警方是否遵循了游戏规则。在这么大的空间找隐藏探头，那没意义，当务之急是找人。

这两人都不多话，拿出警用手电四处查看。

那些厂房里空荡荡的，没有机械设备，外墙上写着大大的"拆"字。

秦向阳判断，这片原本应该有不少污染企业，一定是遭到了有关部门严查，这才被关停或搬迁了。

"可是人在哪呢？"他跟着手机上的红点走来走去，最终在一个台阶前停住了。

"应该是这里！"他把黄赫叫了过去。

黄赫说："你真的不叫支援？现在后悔还来得及！"

"起码要先找到陈恬恬他们！"秦向阳拍了拍腰上的枪，果断地摇头。

台阶很长，是往下延伸的，估计是通往地下室。

他俩打着手电，一前一后走了下去。

下面的空气非常阴冷，地上散落着很多塑料泡沫包装盒。

秦向阳随手捡起几个旧包装盒闻了闻。

盒子上鱼腥味很重,看来,这里十有八九是个海鲜之类的冷藏库。

下面的空间宽约十几米,两边是冰冷的水泥墙。

他俩一人一边,沿着墙根往里走了几米,迎面来到一扇大铁门前。

铁门是往两边拉的,上面锈迹斑斑,并未上锁。

秦向阳判断门内应该就是冷库。

他俩一人一边,合力拉开铁门走了进去。

里面的空间四四方方,空荡荡的,纵深有十来米。

秦向阳拿手电照了一圈,发现对面墙上有一扇小铁门,门上没有窗户。这时他又看了看手机上的信号,见那个小红点就在前方跳动。

小铁门跟前边的大门不同,是向外拉的。

秦向阳果断地走过去,见那扇小门也没锁,一伸手拉开了门。等黄赫也进入门内,他身后的门轴响了一声,小铁门随之关闭。

他俩谁也没注意一个细节,那扇门内侧的左下角跟墙壁之间,有一根不起眼的旧弹簧。如此一来,当人拉开门进去后,门会自动返回闭合。

小门里面跟外面的空间一样,也是空荡荡的,房间对面墙壁上,又有一扇小铁门。但与前面不同的是,那扇门的门缝内透出了光线。

"就是前面!"看到光线,他们快步跑了过去。

此时他俩谁也没听到,他们身后那扇小铁门的门锁,"啪嗒"响了一声。

他俩很快来到第二扇小铁门前。

秦向阳趴到门上听了一会儿,里面没什么动静。

他后退一步,掏出枪,猛地拉开门,一闪身冲进门内。

门内亮着灯,灯光不太亮,呈暗红色。

黄赫快步跟上。

他俩刚进去,身后的小铁门就传来一声脆响,黄赫赶紧回头看时,那扇门也被锁上了。

"糟糕!中招了!"黄赫听到了身后的响动,赶紧用力推门,却怎么也推不动。借着灯光，他仔细打量门的内侧，终于发现了左下角的弹簧。

秦向阳举着枪，没有回头。

房间很大，角落里瘫坐着三个人，跟此前电脑屏幕上的图像一样，那三个人的脚被绳子连在一起，嘴巴都被厚厚的胶带封着，每个人的双手被反绑在一根柱子上。

那正是杨杰、李敞亮、陈恬恬三人。

这三个人浑身的衣物都被汗水浸透了，个个眼神迷离，处于绝望的半昏迷状态，好在呼吸都还正常，没生命危险。

秦向阳赶紧上前，解开了他们身上的绳索。

忙活完，他才感觉到了房间里的燥热，但还能忍受。

他知道，热量是大量的碳晶板发出来的。

房间四壁都是水泥墙，平整光滑，碳晶板不可能装在那样的墙壁内。

秦向阳抬头看了看房顶。房顶的平面铺着一块块乳白色的、类似泡沫板的东西，板块上有很多细密的小孔。房顶太高，他看不清小孔，但能估计出，热源一定在那些泡沫板后面。

这时，黄赫擦着汗走到秦向阳身边，说："出不去了！门被锁了！"

"怎么回事？"秦向阳走到门边蹲下仔细看了看，也发现了那根连接弹簧。

他心里连呼大意，招呼黄赫上来，两人合力往外推。

可是那门纹丝不动。

"别费劲了！"黄赫擦了擦汗，用手电照着门锁，说，"看清楚了，它上头连钥匙扣都没，这应该是遥控电子锁。要是没猜错的话，前面那扇小铁门上，应该也是这种锁。这就是说，有人故意要把我们封死在屋内！为此，他用了两扇门，那第一扇小铁门背后，一定也有弹簧，咱们进屋后它就关上了。我俩都没注意它，都只顾盯着这扇门上的灯光了！"

秦向阳明白黄赫的意思。

既然是遥控电子锁，那锁门之人，此前一定离他俩不远，就在他们身后，可惜他们那时的注意力都在门上，根本没察觉身后的动静。

秦向阳又仔细看了看电子锁，然后叫黄赫远远地闪开，他自己也退后数步，然后掏出枪，朝着门锁就打。

他连着打了两枪。

门锁上火星四射，然而却毫无反应。

他又把枪瞄向门轴方向，可是这铁门是向外推的，门轴上的合页在门的另一侧，他在门内根本看不到，更无法判断合页的大小。

他瞄了一会儿，摇了摇头，又不甘心地举枪，朝屋顶的密封板射去。

他想破坏加热装置，使温度降下来。

他开了一枪。

一块方形密封板应声而碎，碎片随之跌落到地面，但是屋内温度没有丝毫下降。这么一来他明白了，那些密封板背后的碳晶加热板一定是并联线路连接的，跟家里的灯泡一样，打碎一个，不影响其他。

他收起枪，心里却突然平静下来，转身对黄赫说："小丑对我们的估算很精确，这当上的，没话说！至于这门，打不开就对了！这就是他要玩的游戏！我们肯定能出去！"

"游戏？怎么出去？"黄赫问。

秦向阳抬手一指。

黄赫顺着看过去，见正对面的墙上，还有一扇同样的铁门。

门一样，锁却不一样。

对面墙上那扇门，不是遥控电子锁，它上面有钥匙孔。

可是钥匙在哪呢？

就在这时，有人从昏迷中醒了过来。

那人意识到自己得救了，哑着嗓子说："水！水！"

醒来的是杨杰。

秦向阳赶紧跑过去，蹲下说："我是警察！再忍忍！会救你出去的！"

杨杰舔了舔嘴唇，指着一个方向说："水！那有水！"

秦向阳一进屋就忙着救人，开锁，加上屋内光线较暗，根本没来得及好好观察整个房间。

他顺着杨杰的手看过去，见另一个角落里，果然放着瓶装矿泉水，那些水整齐地摆在地上，整整五大包。

另外在水的背面，还放着一些成包的香肠。

看来小丑考虑得很全面！秦向阳摇摇头，赶紧拆了一包，取出一瓶，自己先尝了尝，这才递给杨杰。

杨杰扬起头，一气就喝干了一瓶。接着他把那包水拖到自己脚下，又取了一瓶。

像这种脱水状态，应该缓慢补水。秦向阳本想告诉杨杰这一点，但看他那副可怜样，索性不再理睬，起身在房间里走了一圈。

他仔细查看了所有的边边角角，没发现摄像头。这说明，警局收到的现场画面是小丑先来这录好像，然后拿到电脑上播放的。

看来这里没有联网条件。想到这，他掏出手机看了看，果然，手机信号消失了。当然，手机没信号还有个可能，就是小丑从外部对信号做了屏蔽。

这个房间也是个仓库，跟他们下到地下室后，经过的第一间仓库一样大。除了水和火腿肠，房间正中央位置，突兀地立着个大桶。

刚才一进门，秦向阳就看见了它，只是没顾得上理会。

大桶是圆柱形，高一米五左右，桶体直径有一米多点，整体是生铁材质，密封，不知道多厚，也不知里边装着什么。桶壁周围接近顶端的位置，等间距排列着五个孔，每个孔里伸出来一根硬塑料管，塑料管的管口比普通纯净水桶的桶口略细。

除了这个大铁桶，房间另一个角落里还有个小型卫生间。卫生间里也有灯，马桶是蹲坑式的。秦向阳进去试了试，那马桶还能用，但是里面比外边更热。

这时，李敞亮和陈恬恬这对小鸳鸯也先后醒来。

他们跟杨杰一样，醒来头一件事就是拼命喝水，然后吃香肠补充体力。

黄赫早围着大铁桶转了一圈，此时他正站在铁桶另一侧，一脸苦笑。

秦向阳绕过去一看，见黄赫眼前的筒壁上贴着一张纸。

纸上有字：盐水，浓度3.5%（近似海水浓度），容量，一吨。

在字的下方，画着一幅草图，

图上画的就是这个桶，确切地说是它的内部构造。

从图上看，桶里边有五根塑料管，管子是"L"形，"L"的底部直达桶底，"L"的最上部直达桶顶部，也就是盐水水面以上，然后又被掰弯了，从桶壁上部的孔里伸出来。

这就是说，桶里的盐水并不是满的，其上部留有一部分空气。

另外，草图上还画着五条小鱼，不知道什么品种，鱼身上都标记了个"活"字。由此判断，应该是海鱼。

按比例看，那些鱼很小，身体刚好能钻进"L"形管子里。

但令人奇怪的是，每条鱼的背上都画着一把钥匙。

"这……什么意思？"秦队长看了一遍，问黄赫。

黄赫苦笑道："我琢磨半天了，这不很明显吗？绑在鱼背上的是钥匙，是出口铁门的钥匙。这么个大铁桶，伸出来五根管子，让咱喝海水呢！直到把钥匙给'喝'出来……"

秦队长顿时明白了，这就是小丑的游戏。

黄赫说得没错，出口的钥匙一定就在鱼身上。

管子是用来喝水的，这说明铁桶上部一定有空气压力。

那些小鱼在桶里的位置是随机分布的。但随着水面的下降，它们就有可能游进管子里，然后顺着管子来到管口，从而取得钥匙。

这里边有个概率问题。因为"L"管是伸到铁桶最底部的，那就是说，有可能当水面降到最底部时，小鱼们才被迫钻进管道，那表示要把这一吨海水喝到底。当然，也存在喝第一口时，就有鱼儿钻进管道的可能。

小丑的意思很明显了，就是要房间里的人喝海水、取钥匙。

喝多少才能拿到钥匙，那是运气问题。

总之，这是个游戏，更是个惩罚。

可是，房间里的温度似乎越来越热，在这么个环境下喝海水？秦向阳连连摇头,也跟着黄赫苦笑起来。

但是除此之外还有法子吗?秦向阳绕着铁桶仔细看了看,伸手敲了敲桶壁,回头示意黄赫走远些,然后又掏出枪来。

他自己也后退数步,举枪瞄准桶壁最中间位置,"啪啪啪"连开三枪。

三颗子弹朝着一个点飞去。

枪声过后,弹头被弹落到一旁,再去看时,那桶壁上深深陷进去一块,但并未打穿。

"真他娘的厚!继续啊!"黄赫摸了摸桶壁,催促道。

"就剩一颗子弹了!"秦向阳摇摇头,缓缓收起了枪,随后一招手,把杨杰等人叫了过来。

此时杨杰他们都知道这是警察来救人了,但他们不明白,警察为啥也被困在这,更想不通是什么人把他们绑来的,目的又是什么。

秦向阳把剩余的水和食物都归拢起来,然后才对杨杰等人说:"一肚子问号对吧?多的我不说,还记得十年前常乐的事吧?"

杨杰等人闻言俱是一愣。

秦向阳说:"有人回来给常乐复仇了,这就是对你们的惩罚!不过也别怕,复仇者不想要你们的命,大家都会平安。"

听到这话,杨杰等人才长出一口气。

"可是你们为什么就来两个人?现在还出不去?"杨杰还是忍不住问道。

"总而言之,这是个圈套,但我们必须跳进来。想知道怎么出去吗?"秦向阳敲了敲铁桶,然后把捅上的纸条撕下来,交给杨杰等人传看。

杨杰三人草草看了一眼,面面相觑。

秦向阳指着桶壁上的管子口,简短地说:"对面那扇铁门就是出口,它的钥匙,在这个铁桶里。刚才你们也看见了,打不穿。接下来,咱们得齐心合力,通过这五根管子,把钥匙弄出来!"

陈恬恬又看了看纸上的图,明白了,大声说:"这不是叫我们喝盐水?搞笑呢?那谁受得了?不干!不干!"

第二十章 冰火

"有没搞错！这他妈一吨盐水！喝？钥匙没拿到，人早撑死了！撑不死也他娘的热死了！"李敞亮附和道。

"没错！那么几条小鱼，谁知道行不行？要是水到了底，它们也不进管道呢？你们是警察，有义务救人！再想别的法子吧，就算是非喝不可，也是你们的事！"杨杰说。

"嘿！我说这几个小年轻，怎么说话呢？"黄赫一听不乐意了。

秦向阳没言语。

他含住一根塑料管口，用力一吸，一股盐水随之冲进他的口腔。他赶紧松开管口，把盐水吐了出来。接着，惯性之下，盐水顺着管口流了出来，很快又停止了。

"看见了吧？这么整，不慢，喝不进多少！"秦向阳做了个示范。

"反正我一口也不想喝！我都差点热死、渴死，你们警察才来，干啥吃的呢！"陈恬恬说。

秦向阳不急不恼，他把双臂一抱，说："你们说得也有理，我也不强迫。但有一条必须听我的，从现在起，剩下的水和食物得控制了。"

他数了数，本来五包水，还剩三十五瓶，五包香肠，还剩三包半。

他略一合计，让黄赫拿出十瓶水，一包香肠，剩下的全给了杨杰他们。

"这么分满意吧？"秦向阳问。

"随便！"杨杰说，"快点想招吧，这点东西撑不了多久！"

接下来，房间里的五个人分成了三堆。

秦向阳和黄赫坐一块，李敞亮和陈恬恬这对小情侣坐一块，杨杰喜欢陈恬恬，但又不能明目张胆坐过去，只好坐在陈恬恬边上，中间隔了段距离。

黄赫小声讥笑秦向阳："你个刑警队长，连他们仨都搞不定？"

秦向阳说："能咋整？总不能拿枪逼他们喝吧？要不咱俩先喝一气？到时候鱼没整出来，咱俩先躺下了，他们怎么办？这事，必须得团结。"

黄赫哼了一声不言语了，冷眼瞅着杨杰他们。

过了一会儿，黄赫问："既然已经找到他们了，会不会有人来救援？"

秦向阳摇摇头，说："那就是打断游戏进程，我们会被烤成干尸的！现在热不热？最高100℃，你能扛几秒？"

黄赫叹了口气，默默地抽起烟来。

在类似桑拿室的环境里还能抽烟？秦向阳瞅了瞅黄赫，忍不住笑了。

大概一小时之后，杨杰等人终于坐不住了。

李敞亮踢了踢脚下的空瓶子，把最后一瓶水递给陈恬恬，站起来说："秦队长是吧？还没招？"

秦向阳舔了舔发干的嘴唇，拿起瓶子喝了一小口，平静地说："要么一起喝盐水，要么一起死，没别的招！"

"你……你算什么警察？"陈恬恬说。

"再分我们几瓶水！"杨杰站起来，走到黄赫面前，拿起三瓶水就走。

秦向阳一把拽住他，只给了他一瓶。

杨杰哼了一声，转身把水交给陈恬恬，随后笑着说："放心！有我在！"

李敞亮一听，狠狠瞪了杨杰一眼。

又熬了十几分钟，屋里似乎更热了，秦向阳和黄赫早都脱了外套，只穿着T恤。

此时，杨杰三人看了看满地的空瓶，终于认清了现实，不咋呼了。

"不会真……真出不去吧？你说咋办？"陈恬恬问秦向阳。

"有你们配合就行，别太自我，不拿警察当人！要是光我俩灌这一吨盐水，被整趴下了，你们咋办？"秦向阳见对方不言语了，站起来说，"很简单，一人一根管子，像我示范的那样做，尽量别让盐水进肚子，直到鱼儿上钩。一共五条鱼，运气好，也许一口就能出来！"

说完，他和黄赫领头干起来。

他很无奈，但绝无抱怨。作为刑警队长，纯爷们儿，复仇者没抓到，却被摆弄到喝盐水的地步，说出去真是件丢脸的事！可那又怎样？谁让他是个警察呢？有荣耀就有屈辱，就像有白天就有黑夜一样。

无奈之下，杨杰等人只好有样学样。

很快，大量盐水被吸了出来，随后淌到地上，很快变成蒸汽，只剩一地盐渍。

同时，他们每个人也不可避免地喝进去不少盐水。

屋里奇热无比，又喝下去盐水，那个滋味真不好受。

陈恬恬只喝了几口就剧烈地咳嗽起来。

"你歇着就行！"杨杰讨好她，把她拉到一边。

陈恬恬冲着杨杰感激地笑了笑。

"要你献殷勤？"李敞亮狠狠瞪了杨杰一眼，转身从秦向阳保存下来的水里拿了一瓶，交给陈恬恬，笑着说，"休息吧！有老公呢！"

这两人抢着献殷勤，陈恬恬很是受用，拿着水坐到一旁。

又过了一会儿，李敞亮实在受不了了，他擦掉嘴边的盐渍，把陈恬恬的水拿起来喝了一半。

杨杰看见不乐意了，舔了舔嘴唇，说："一个大老爷们，跟女人抢水喝？"

陈恬恬冲着杨杰笑了笑。

"用你逼逼？"李敞亮说完，又从秦向阳那取了一瓶水交给陈恬恬。

又过了一会儿，杨杰也干渴难忍，他也从秦向阳那取来一瓶淡水，喝了一小半，剩下的也交给陈恬恬。

这么一来二去，淡水很快就剩下三个半瓶。一个陈恬恬拿着，一个在杨杰手里，一个塞在秦向阳裤袋里。

秦向阳和黄赫一直坚持，他们不知道自己喝了多少盐水，更不知道铁桶里还剩多少。

接下来李敞亮跑了几趟厕所。

肚里净是盐水，嘴里却干得起泡，身上又大汗淋漓，这滋味难以想象！李敞亮越想越气，禁不住狂躁起来，把那些空瓶子都套上盖，一个个给踩爆了发泄，顺便把陈恬恬的半瓶水都喝光了。

陈恬恬也渴得不行，她无奈之下去跟杨杰要水喝。

这可是再好不过的表现机会，杨杰大方地把自己的水给了陈恬恬，随后对李敞亮大肆挖苦。

"我不像某些人，连女人的水都抢，垃圾！"

"说谁呢！你妈的！"李敞亮怒气冲冲地瞪着杨杰。

"哟！还急了！"杨杰转身对陈恬恬说，"患难见真情！这种男人，你还理他干吗？干脆跟我吧！"

李敞亮见杨杰越说越过分，再也忍耐不住，上去就和对方撕扯起来。

虽说李敞亮是健身教练，可杨杰身体素质也不错，他可不怕李敞亮，挽起袖子就上，两人扭打到一块。

陈恬恬从旁扯扯这个，拉拉那个，不知如何是好。

"住手！"秦向阳吐出口盐水，上前把打架的两人扯开，怒道，"还都这么精神呢？有本事把钥匙整出来！嫌苦是吧？该！这就是复仇者对你们的惩罚！"

在秦向阳凛然的目光下，杨李二人就此罢手，又回到铁桶前。

过了一会儿，可能是打架消耗了体力的缘故，杨杰突然摔倒了。

倒地后，他有些不好意思地看了看陈恬恬，赶紧爬起来，去跟她要水喝。

陈恬恬看了看手里的小半瓶水，摇摇头说："就这么点了……我得给敞亮留着。"

"你……这水可是我给你的！"杨杰又惊又恼，坐到旁边大喘气。

紧接着，李敞亮也脱水倒地，爬起来后，他心里升起一阵委屈，抓起陈恬恬的水一口气喝干，然后对陈恬恬吼道："傻坐着干吗？想死吗？帮忙去！二逼娘们！"

"我……你忍心……"陈恬恬没料到李敞亮突然这么说，她既委屈又生气，只好把目光转向杨杰。

杨杰见陈恬恬那楚楚可怜的样，紧跟着眼神一亮，随即又暗了下去。他知道陈恬恬一定很伤心，这时候要是帮她，会赢得极大的好感，可是陈恬恬刚才不给他水，着实伤了他的心，再加上盐水的苦涩和体力的透支，他再也热切不起来了，眼看着陈恬恬被李敞亮推到了铁桶前。

"不想死，就他妈使劲喝！"李敞亮吼道，"没听警察说吗？这是对我们的惩罚！"

陈恬恬被李敞亮吼得一哆嗦，干脆闭上眼，含住塑料管，毫无技巧地一顿猛灌。

几大口盐水下去，这个女孩哭了。

"哭个毛？真没用！"李敞亮骂了一句，重新投入工作。

坐在旁边的杨杰痛苦难当，瞅见陈恬恬那副样子，突然体会到了一种别样的快意。

他忍不住也喊起来："就是的！赶紧整！二逼娘们！"

黄赫把前前后后的一切都看在了眼里，心里连连感叹。

又十分钟后，所有淡水都被喝干了，铁桶里的盐水也似乎到了底。由于水位大大降低，出水变得越来越费劲，可是那寄托了所有逃生希望的鱼儿，却一条也不见踪影。

很快，杨杰等人一个个地倒下去，再也爬不起来了。

"不是被耍了吧？"黄赫声音嘶哑，表情也渐渐绝望。

秦队长苦笑一声，也不知说什么，他坐下去喘息片刻，呆呆地盯着前方。

突然，他站起来，从地上捡起个空了的香肠塑料袋。

他回到铁桶旁，把塑料袋里的香肠末吹进管子里，等了一会儿，鼓足力气深深地吸了一大口盐水。

然而，盐水里还是什么也没有。

他不甘心，又找来更多香肠袋，把里面的碎末吹进了管子，然后再次用力吸了一口。

片刻之后，等他回头看黄赫时，黄赫笑了。

他嘴里赫然咬着条通体发黑的小鱼。

鱼背上有一把淡黄色钥匙，用细线绑着。

"你怎么才想到喂鱼？"黄赫这话说别人，也是说自己。

终于可以出去了！瘫在地上的人一个个爬了起来。

秦向阳解下钥匙，又把那条小鱼放回铁桶内，然后打开了出口的铁门。

他们不可能注意的是，在铁门开启的刹那，房间内的温度渐渐降了下来。

随着铁门的开启，一股彻骨的寒意扑面而来，这是谁也没预料到的局面。

看着眼前的情形，所有人都惊呆了。

门内是另一个房间。

房间里也亮着灯，里面空空荡荡，一目了然，除了冰冷的四壁，那个房间地面上，铺着一层厚厚的冰。

那冰层的厚度，少说有四五十厘米，冰面上方弥漫着一层白色的寒气。

秦向阳打了个哆嗦，穿上外套当先走了进去。

怎么会这样？刚在桑拿室里喝完盐水，以为能逃出生天，怎料到又进入冰室！杨杰等人面如死灰，一脸绝望，脚底下再也挪不动了。

秦向阳看了看四周，没找到制冷设备。

这么大的冰块，哪怕越州正值冬季，也不可能不融化。他断定，相关设备一定在不久前被人取走了。

房间内除了冰层，一无所有，房间尽头有另一扇小门。

看到冰层的刹那，秦向阳瞬间反应过来。

常乐当年被淋过开水，吞过冰块。眼前这一个桑拿室，一个冰室，加在一块，一火一冰，一热一冷，正好跟常乐所遭受的虐待相一致。

冰火。

加起来，才是小丑的惩罚。

这谈不上什么巧妙的机关，可是带给人的体验却直接而深刻。小丑不想置人死地，他只是想通过这冰与火的折磨，给当年的施暴者好好上一课。

秦向阳跳上冰层，仔细看了看，一眼就看到在冰块中央，冰封着一把钥匙。

那枚钥匙也是淡黄色的，平放在冰块内，离表面少说十几厘米。

此时，杨杰等人早退回了桑拿室。这时他们才注意到，桑拿室的温度正在急剧下降，恍惚间，两个房间的温度已经几无差别了。

黄赫站在冰室门口，紧皱眉头。

秦向阳奋力推开门，拉着黄赫一块进入桑拿室。

"抖什么抖？"秦向阳冲着杨杰吼了一嗓子。

他缓缓地看了看杨杰等人，哑着嗓子说："很冷？当年常乐吞冰块时，你们就没觉得冷？还不明白？这两个房间就是专门给你们备的！"

"我就最冤，无缘无故来陪你们遭这份罪！"黄赫忍不住道。

听秦向阳那么一说，杨杰等人再迟钝也明白怎么回事了，个个带着哭相，脸色惨白，一副悔不当初的样子。

秦向阳很快恢复了冷静，暗道一声："糟糕！"

黄赫忙问："怎么了。"

秦向阳说："冰层太厚，怎么取钥匙？本来可以利用那些盐水的！当时这房间够热，只需把盐水装进空瓶子里……"

"用热盐水化冰块……呵呵！桶底还有盐水，可惜这个房间也凉了！"黄赫叼着烟干笑道，"其实我也想到了！可谁又能提前想到呢？"

看来小丑准备的每样东西都是有用的！

可是……

秦向阳苦笑了一下，振奋起精神，不再内疚。

他很清楚，时间紧迫，照这么拖下去，大伙非冻死不可，要赶紧想办法破冰。

可是，一没工具，二没燃料，该怎么办呢？

他和黄赫都想到了枪。

他枪内还有一颗子弹。

秦向阳摇着头告诉黄赫，手枪子弹不可能穿透这么厚的冰层。他当兵野外演习时，曾试过用步枪子弹打冰层。为了避免反弹，他当时是斜着击发的，可是冰面太滑，阻力太小，步枪子弹只是打了个浅浅的冰洞，就被弹上了冰面，然后滴溜溜转个不停。

"那怎么办？"黄赫紧皱眉头。

秦向阳跟黄赫要了根烟点上，深吸一口，果断地说："用血！"

"血？"

"是的！需要足够的血，在冰面上浸出个小坑，同时，黏稠的血液渗透进冰层，能一定程度增大冰隙间的阻力，有这些条件，这颗子弹才可能派上用场。"

"那赶紧吧！再过一会儿，血他妈也冷透了！可是怎么放血？刀呢？老子只有这个！"黄赫一边说，一边掏出来一包创可贴，那是他前些日子被林贝儿咬破了胳膊，事后买的。

秦向阳摆摆手，猫腰找来个空弹壳。

他把空弹壳有孔的那端夹在铁门的门缝里，然后使劲踹铁门，硬生生把空弹壳一端，挤压成了一层薄薄的黄铜片。

他拿起黄铜片在指尖划了一下，血立即破皮而出。

他满意地点点头，举着黄铜片对杨杰等人说："想活吗？诸位？想活就他妈别尿！明白吧？用它划破手腕，把血滴在钥匙上部的冰面，我也不知道要用多少血，但一定不会让你们流太多，我们先来，你们紧跟着。谁要是掉链子，咱就只能冻成冰棍了！到时可别怨我这个警察没尽力！"

听到要割脉，陈恬恬浑身一抖，一把攥紧了自己的手腕。

李敞亮也是一抖，小声嘟囔道："那什么，我有点贫血，光你俩的血能够不？"他说的"你俩"，指的是秦向阳和黄赫。

这时杨杰反倒表现出了血性的一面。

他抬手就给了李敞亮一个大嘴巴子，怒道："你他妈长点心吧！"

秦向阳不再耽搁，领头进入冰室。

他跳上冰面，来到钥匙上方找准位置，先用枪托在上头砸出个白色痕迹，然后拿起黄铜片毫不犹豫地划破了手腕。

热血汩汩流出，洒在冰块上，起初毫无反应，慢慢地，终于在那个位置渐渐积聚起来。

好几分钟后，直到他感到头晕目眩，才赶紧起身，用创可贴裹住了手腕的划痕。

黄赫第二个，他也坚持了几分钟。

接下来是杨杰。这个小伙子到了最后关头，表现得远比在桑拿室时要好。

跟杨杰一样，李敞亮的手腕也是秦向阳帮忙划破的。不过，他们流的血远比秦向阳和黄赫少。

轮到陈恬恬时,秦向阳没急着动手,他先看了看冰面的情况。此时冰面上有个浅浅的小坑,血液从小坑底部慢慢渗透下去,呈放射状,慢慢接近下方钥匙所在位置。这种事可没个标准,秦向阳皱着眉估摸了一会儿,这才捏起陈恬恬的手腕。

陈恬恬紧闭着眼睛,浑身发抖,泪流满面。

片刻之后,秦向阳把她的手腕包上了。

接着,秦向阳突然又划破自己另一只手腕。

他这个举动,惊呆了所有人。

李敞亮羞愧地低下了头。

秦向阳咬牙坚持了一分多钟,迅速包起手腕,掏出枪,单膝跪在冰面,把枪口用力顶进了血坑中。

"成不成,就这一下!"说着,他死死压住枪,猛地扣动扳机。

那只是一个瞬间。

击发时,子弹引起的张力激起很多冰花,溅射在秦向阳手背上,打得他生疼。

击发完毕,他跳起来先摸了摸身上,又看了看冰面,还好,弹头未被弹出来。

此时,冰坑里的血迹都被震到了外面。透过冰层很清晰地看到,那颗子弹打出个比枪口略粗的小洞,深深钻进冰层,嵌在钥匙上方少许的位置。子弹周围的冰层裂了很多细纹,慢慢向四周延伸。

秦向阳皱着眉头观察了一会儿,试着用枪托敲击小洞边缘,慢慢扩大洞壁。

此时,杨杰等人早缩成了一团。

黄赫点了根烟,塞进秦向阳嘴里。

秦向阳捣鼓了半天,掉落的冰碴儿越来越多,他终于得以把枪伸到了子弹所在位置。他不停地用枪口拨弄子弹,不一会儿,子弹被抠了出来,紧接着,由于失去了子弹的支撑,那个位置的冰块稀稀拉拉地成放射状碎裂。

他很快抠出碎冰,终于拿到了钥匙。

第二十一章 抓捕

对陈恬恬等人来说，这真叫死里逃生。

出了小门，外面是个开放的仓库，走出开放仓库，眼前是一片台阶，上了台阶后，五个人终于回到地面。

此时，天光大亮，艳阳高照，充满生机的一天开始了。

秦向阳拖着疲惫的身体，开车载着所有人回到大路。大路上到处是巡警，第一时间发现了他们。

得知所有人平安无事，市局局长张明山终于松了一口气。

回到局里，秦向阳安排人对陈恬恬等人做了详细笔录。

同时，意外的好消息接踵而来。

秦向阳不知道的是，就在他们的游戏快结束时，张明山通过排查监控，抓获了绑架陈恬恬等人的嫌犯。

绑架者共两人，一个外号"华仔"，另一个叫范一哲。

范一哲是个修电脑的，有暗网经历，也是"东亚丛林"用户。前几天无意中在"东亚丛林"看到个招募帖。帖子内容跟绑架有关，给出的三个绑架目标正是陈恬恬等人，帖子简单介绍了目标个人情况，给出的赏金不低。当时范一哲手头缺钱，就动了花花肠子。可他别说绑架，就连街头打架也没干过，琢磨了几个来回，就把这事告诉了初中同学华仔。

华仔是个街头混混，活跃在火车站一带。范一哲告诉他，暗网交易都是匿名完成，神不知鬼不觉，安全性超强，只需按要求把被绑目标送到指定地点，那笔钱就到手了。

一听有这么好的买卖，华仔立即决定干上一票。

接下来按发帖者要求，他俩很快准备了两辆二手无照摩托车，充当摩的司机，分头跟了目标好几个晚上。

就在昨晚，他们发现李敞亮和陈恬恬饭后去K歌，就抓住了这个机会。

晚上十点多，李敞亮和陈恬恬从KTV出来后，华仔他俩上前拉客，顺利地把目标弄上了车，开往城外。

华仔载着李敞亮，范一哲载着陈恬恬。

当李敞亮发现不对时，华仔把车停在阴暗处，掏出事先准备的高压电击棍，几下就把李敞亮电晕了。另一辆车上，范一哲却不敢下手，华仔就叫范一哲停车，顺势电晕了大呼大叫的陈恬恬。

随后他俩把目标送出城，按招募帖的指示，把人扔进城郊一座烂尾楼里，在楼梯栏杆上捆绑好，蒙眼封嘴，然后把陈恬恬弄醒，逼着陈恬恬打电话给杨杰。

那座烂尾楼附近有个火电厂，算是标志性建筑。

陈恬恬按华仔编好的瞎话告诉杨杰，自己唱K回家，打车碰上了无良司机，被宰了几百块，还被扔到郊外，叫杨杰去接她。

杨杰当时问陈恬恬，咋不叫李敞亮去接？

陈恬恬说李敞亮电话打不通。

杨杰一听这个情况，屁颠屁颠地打车前往，不料下车后没走几步，就被华仔从背后电晕了。

完事后，范一哲对被绑目标拍了照片，并在现场留了辆摩托车，他俩骑着另一辆返回。随后，范一哲登录"东亚丛林"上传照片，确认任务完成，收取了酬金。

情况就这么个情况。那之后，又是谁从烂尾楼里把目标弄进了废弃工厂的地下室？不管警方怎么审问，案犯都一无所知。

另据陈恬恬等人反映，他们是被人二次电晕后，一个一个地用摩托车运到地下室的。也就是说，范一哲和华仔走后，复仇者借用他们留下的摩托车，前后跑了三趟，才完成了人质的转移。

这个法子虽然烦琐，但很有效。因为对方一旦选择摩托车之外的其他交通工具，都难免在监控里留下蛛丝马迹，从而让警方顺藤摸瓜。但复仇者用那辆二手摩托车，即使被监控拍下，也只能查到范一哲和华仔身上。

由此可见，复仇者为达目的，完全不在乎出卖其雇用的帮手，上次老狗的事，也证明了这一点。

警方很快从监控里提取到了复仇者转移陈恬恬等人的影像。但是车手戴着头盔，穿着深色厚夹克，根本认不出样貌。再就是摩托车行驶路段地处郊区，监控数量有限，当它拐下正路，深入一片废旧厂区之后，就再难觅其行踪了。

但不管怎样，神秘的复仇者一定在自己的管辖范围内，这让市局局长张明山大为头疼。

尽管被折腾得不行，可秦向阳并没忘记很重要的一个点：复仇者为什么点名叫黄赫参与昨晚的游戏呢？

由此，黄赫又被关进了提审室。

这对黄赫来说不是第一次了，他苦着脸说："不久前还同甘共苦，这就翻脸不认人了？"

秦向阳笑了笑，把准备的牛奶递给黄赫，然后说："还是那个问题，小丑为什么单单点名叫你去？"

"你应该去问小丑啊！"黄赫无奈道。

秦向阳深深看了黄赫一眼，问："林贝儿的赌局完结后，小丑有没有联系你？"

"联系了！"黄赫立即回答。

秦向阳点点头，这在他预料之中。

"我就是个苦主！他联系我能说明什么？"黄赫翻着白眼说，"无非是我三局全输，他逼我攻击暗网，陪他玩攻防游戏！"

秦向阳给黄赫点上烟,示意他继续。

"我当然不答应,然后就没然后了!"

"不应该吧!"秦向阳犀利地反问,"有一个逻辑,不知你注意过没有?你们的赌局开始时,你的信息几乎为零,完全料不到赌局都是小丑提前筹划的,但是林贝儿的事发生后,你势必会了解一切!当你得知自己一直被耍,一切都是小丑在背后搞鬼,你就更不可能答应小丑的要求!但是,这个逻辑在赌局最开始时,难道小丑会看不透吗?也就是说,小丑比谁都清楚,当赌局结束后,你一定不会陪他玩攻防游戏。可他为什么还要跟你赌?"

"这……"黄赫一愣神,随即说,"我也无法解释!非要我回答,只能说他错判了人心,别忘了,他帮我买回了手镯,还发帖杀了陈一龙。他以为我全盘皆输后会答应他的要求!"

"是吗?"秦向阳紧盯着黄赫问,"难道他真的没有其他目的?"

"对了!"黄赫一拍大腿说,"就在昨晚早些时候,小丑告诉我,我还另有任务,非要解释的话,他说是最后的惩罚!"

"哦?"

"我当时没反应过来,直到你找上我,才明白怎么回事。显然,他在利用我!"

"利用你?"

"难道不是吗?他把目标位置发到了我的手机!你们谁能跟踪定位我的手机?那难道不是最安全的吗?"

秦向阳轻轻摇了摇头,他很清楚,即使小丑把定位发到他的手机上,警方也不会跟踪。他早跟张明山达成了一致意见,绝不能拿无辜市民的生命开玩笑。

黄赫走后,他紧盯着黄赫的背影看了很久。

他断定黄赫一定有事瞒着他。

那到底是什么呢?

他发现到目前为止,对黄赫还是没有任何办法。

一回到家,黄赫立即上机。

果不其然，小丑的头像立刻冒了出来。

这一次，小丑的语气似乎有些急促："怎么样？冰火体验还好吧？"

"拜托，别再给我找麻烦了！你为什么单单挑上我？"

"那不是很明显吗？我在进一步丰富你对人性的了解！说说陈恬恬等人的表现吧？你有什么体会？"

"他们的表现？"

"对！那里没装摄像头，我只能听你说。"

"唉，没什么好说的！"黄赫叹了口气，眼前浮现出昨晚李敞亮等人的丑态。

"你对他们很失望？"

"我早说过，人性是经不住考验的！那个环境太特殊！"黄赫重重地敲着键盘。

"这就对了！"小丑说，"请你搞清楚，任何犯罪行为发生时，都可以视为一个特殊的环境，它包括行为人的心理环境和客观环境！难道因为环境特殊，事出有因，就可以犯罪，就可以肆无忌惮展露人性之恶吗？"

"我不想回答任何哲学命题。"黄赫说。

"这是现实！记住，这个世界应该被惩罚而未被惩罚的人，绝不止他们三个！"

"可我不想做所谓正义的殉道者！"黄赫激动地说。

"不！不管技术层面，还是人品层面，你都是最优人选！'东亚丛林'的接班人，小丑二代，非你莫属！"小丑的话不再拐弯抹角，就像编程一样，他开始选择强行输入。

"别闹了！我办不到！"黄赫手忙脚乱地叼起烟。

"你在逃避本心！我知道在你心里，认可对陈恬恬等人的惩罚，更认可我对郭震和林贝儿他们的惩罚！你天生就属于暗网，同样，它也属于你。它就是你的武器！"

"闭嘴！我累了！祝你早日服罪！"黄赫打出了结束语。

"谢谢你的祝福！我们很快会见面的，在现实当中，在一个你想不到的地方，再见！"说完，小丑的头像灭了。

小丑下线后，黄赫再次陷入了逻辑的甄别当中。

那一刻，他很希望自己从来都不曾是程序员，他开始讨厌自己的逻辑思维，讨厌那个非"0"即"1"的世界。

黄赫离开市局后不久，一辆挂着警号的车辆迅速驶进市局大院。

车门打开后，从车上下来两个人。

局长张明山匆忙下楼，赶到车前迎接。

来的不是别人，是一直在香港坐镇的丁奉武以及伤好出院的项西川。

秦向阳也很吃惊，没想到丁奉武突然来了越州。

丁奉武同张明山握了握手，转身对秦向阳说："怎么？没想到我来？你们在这里搞得天翻地覆，还让我老头子在香港蜗居？"

秦向阳嘿嘿一笑，顺势捣了项西川一拳。

"老头子这次来可不是吃闲饭的，我带来了关键信息！"丁奉武说着，当先大步走进办公大楼。

市局会议室，特别行动组正式会议。

与会人员除了行动组成员，外加张明山和苏曼宁。

丁奉武坐在会议桌中央，没有任何开场白，直接从包里拿出一份文件。

秦向阳侧身看了一眼，见那文件袋的抬头是公安部的，中间标着两个字：绝密。

丁奉武捏着文件对秦向阳说："这阵子你们的工作大有进展，查出了'东亚丛林'的主人小丑，就是一宗校园暴力案的复仇者。干得很不错！相关情况，张局长已经跟我汇报了。怎么样？听说昨晚还跟小丑正面玩了一把？"

丁奉武说着，撸起秦向阳的衣袖，看了看他的伤口。

"抓不到人等于零！"秦向阳笑了笑。

丁奉武点点头，双臂一抱，说："谁说抓不到人？那不怪你们！要知道，有些信息，是你们不可能掌握的！"

说着，他打开了文件袋，从里面拿出一份文件。

他举着文件说："这是昨晚，部里一位领导派人直飞香港，亲自交给我的。

你们要的东西，都在里面！"

到底是什么信息？听到这话，秦向阳实在好奇得不行。

苏曼宁眼疾手快，从丁奉武手中接过文件，打开复印机复印完毕，把文件分发给众人。

那是一份人事档案。

苏曼宁看后大吃一惊。

档案上部贴着一个女人的照片，那个女人和她长得一模一样。

档案简介如下——

姓名：杨依。

年龄：29岁。

学历：越州某大学心理学硕士。

家庭情况：家中独女；父亲杨子江，早年离婚，几年前病逝；母亲钟玲，离婚后返回粤西老家，之后跟陈行键结婚，在当地做小生意。

经历：四年前硕士毕业后，留在本校的心理咨询中心工作，后来结识了一个叫安德烈的非洲留学生，嫁到了非洲。

接下来，是杨依去非洲之前，以及到非洲之后的详细生活经历。

杨依跟安德烈是在学校的心理咨询中心认识的。安德烈来自非洲某个小国家，见杨依漂亮，很快就对她展开了猛烈的进攻。安德烈性格活泼，语言炽热，自称是高官后代，家里有车有房有农场，说要带杨依回老家享福。杨依性格单纯，相信了对方。她考虑自己家父母离异，父亲病逝，母亲在粤西老家联络极少，她这个条件能出国嫁给官二代，自是求之不得，便很快接受了对方的追求。不久后，两人在安德烈所在国家的驻华使馆举行了婚礼，然后杨依跟着安德烈去了非洲。

到了目的地，杨依才知道被骗了。安德烈是农村的，根本不是什么高官后代，别说车房，家里连间空房都没有，安德烈兄弟姐妹五六个，一条裤子轮流穿。可是，此时她后悔已经来不及了，不但怀了孩子，就连护照也被安德烈收了。无奈之下，杨依只好跑到离安德烈家两百多公里的一家服装厂上班。那个服

第二十一章　抓捕

装厂是中国援建的,在那里,她总算能见到中国老乡。安德烈成天好吃懒做,喝酒、跳舞,偶尔支个摊子卖影碟,没钱了就去跟杨依要,不给钱就打。

大半年后,杨依生了孩子。那之后,她频繁跑去中国大使馆寻求帮助,想要回国。使馆的人见她面容憔悴,浑身是伤,颇为同情其遭遇,但无可奈何。一来,她是安德烈的合法妻子,二来她没护照,大使馆也没办法。

杨依就只好去当地法院,以家暴为由,提请离婚。但是在当地,男人打老婆是普遍现象,家暴不能作为离婚理由,除非男方同意。安德烈当然不同意,他接到法院传票后,带了几个地痞找到杨依,在法院门口狠狠把她收拾了一顿,完事后当街跳舞庆祝。

这日子真是没法过了。安德烈的恶行更激发了杨依离开非洲的决心。她偷偷利用自己的外语优势,很快又结识了一个美国小伙托尼。托尼是来自美国的和平志愿者,有合法身份。杨依很快拿下托尼,怀上了孩子,随后,她提出跟托尼去美国。托尼同意带她走,但不接受她跟安德烈的孩子。杨依一心离开非洲,无奈之下,只好丢下孩子,随同托尼去了美国。

看到这里,丁奉武见大家均是一脸纳闷,朗声道:"据我所知,你们这里也有个叫杨依的对吧?跟小苏长得极为相似?"

说着,他弹了弹档案,又道:"这就是杨依的真实档案!我可以告诉大家,我们已经通过驻美国大使馆,找到了杨依本人!"

"找到了杨依本人?"所有人闻言大惊。

"是的!"丁奉武站起来说,"找她费了不少劲!否则,这份档案早就传过来了!"

"她在哪?"秦向阳忙问。

"在爱达荷州的唐人街给人做指甲,没合法身份!也就是说,她跟托尼到了美国后,最终还是被抛弃了。"

"这就是说,有两个杨依,一个苏曼宁。而眼前这个杨依,是假的?可是……"秦向阳的疑问,也是大家的疑问。

丁奉武说:"我知道诸位很是意外!我想说的是,对于铲除暗网犯罪,除了我们行动组，公安部也一直在做最大的努力。大家一定想问，公安部为什么突然怀疑、继而调查杨依的身份？关于这个，部里有确切的消息来源！"

"什么消息来源？"秦向阳问。

"目前为止，对我这个级别，保密！"丁奉武说。

真正的杨依在美国，那眼前这个"杨依"是谁？

丁奉武下令，让张明山立即申请拘捕令，控制"杨依"。

就在这时，苏曼宁掏出一页材料，说："这是我对眼前这个杨依的小调查！"

"小调查？"秦向阳又是一惊，他搞不懂，苏曼宁怎么也暗中查起"杨依"来了。

苏曼宁清了清嗓子说："这是海关方面的资料，资料显示，假杨依是去年三月份，从韩国入境的！"

"韩国？"钱进眨着小眼问。

"是的！她的护照没有问题，但是结合丁厅长今天的信息看，护照还是假冒的。"

"你又是出于什么原因调查起她来了？"秦向阳忙问。

"我……"苏曼宁的脸红了一下，随即道，"我上次在黄赫家门口见过她一次！我只是觉得奇怪，怎么会无缘无故出来一个跟我一模一样的女人，天天围着我前男友转悠……"

听她这么说，秦向阳苦笑。

他明白苏曼宁的心思了，确切地说，应该是女人的小心思。

可是没人会否认，女人的小心思有时也能派上用场的！

"干得不错！但有一点不能否认，真实的杨依，的确也跟你一模一样！"丁奉武说着站起来，大手一挥，道，"行动吧！所有的疑问，见了正主就都明白了！"

此刻，"杨依"站在自家客厅里，静静地望着窗外。

远远地，尖锐的警报声突然响起，然后越来越近。

她盯着窗外的警车笑了笑，转身拿起风衣穿好，然后拿出手机发了条短信：黄赫，来我家一趟吧，给我送个别！

黄赫莫名其妙赶到时，正好看到秦向阳带着"杨依"上警车。

"杨依"戴着手铐。

名义上，拘捕令写得很清楚："杨依"冒名顶替，长期居住在杨子江的旧宅，涉嫌诈骗他人房产及财物。这是个很讨巧的罪名，却又实事求是，但警方也是出于无奈。他们总不能说"杨依"冒名顶替，身份成谜，就把她铐走。

"等等！"黄赫叫了一声，跑上前去。

"怎么了这是！"他着急地看了看"杨依"，然后盯着秦向阳。

秦向阳亮了亮拘捕令，面无表情地说："你是她什么人？我好像没必要跟你解释吧！"

黄赫满脸不解，怔怔地待在原地。

"杨依"走了两步，突然站住，对秦向阳说："秦警官，麻烦你帮我把脖子上这块玉雕取下来好吗？"

秦向阳点点头，取下了玉雕。

那是块长方形的玉雕，或者说玉牌，用红线串着，正面刻着观音坐像，背面刻着一些阴文图案，玉质圆润，摸起来手感很好。

"杨依"从秦向阳手里接过玉雕，伸到黄赫面前，说："送给你吧！做个纪念！"

"到底怎么了？"黄赫机械地接过玉雕，眼看着"杨依"被带上警车，绝尘而去。

市局审讯室。

秦向阳和苏曼宁审讯，其他人都在隔壁的观察室。

"杨依"坐在审讯椅上，神色平静。

她一被带进来，就有人提取了她的头发和唾液，去做DNA鉴定。

这是苏曼宁第二次近距离接触"杨依"，看着眼前这个跟自己神似的女人，她心里总有些不安。她知道对方身上有很多秘密，所有一切都将很快揭晓。想到这，她才慢慢平静下来。

秦向阳早就想好了审讯思路。

他把杨依的真实档案交给"杨依"，静待对方的反应。

"杨依"认真地把档案看了一遍，微微笑了一下，把档案还给秦向阳。

秦向阳点点头，说："真正的杨依在美国，当然，为了找到她，我们很费了一番工夫！我的问题很简单，那么你又是谁？为什么要假扮她？"

"杨依"缓缓地说："我是谁？你们做完DNA鉴定很快就能知道。除此之外，我无可奉告。"

这时苏曼宁问："先放下你的身份不提！海关资料显示，你是去年三月份，从韩国入境的。那么，我有理由怀疑你在韩国做了整容手术，把自己整成了杨依的样子，我这么说有问题吗？"

"杨依"点点头，含笑道："我说了无可奉告，但这个问题可以回答，苏警官，你不笨！"

苏曼宁的嘴角微微动了一下，其实她本来想问对方："你为什么把自己整成我的样子？"

可她没想到，接下来"杨依"替她把这话说了。

"杨依"挑衅似的问："苏警官，你为什么不说，我把自己整成了你的样子，而偏偏说杨依呢？"

"你！"苏曼宁毫不犹豫地说，"因为你一直住在杨依家里，并没冒名顶替，住到我家去！"

一听这话，"杨依"笑了。

秦向阳也笑了笑，对"杨依"说："你刚才的问题很有意思，那也正是我考虑的！实际上，你的确是整成了杨依的样子，但你同时利用了一个事实，也就是杨依的确跟苏曼宁长得很像，借此你成功吸引了黄赫的注意力，从而接近了黄赫。对吧？"

"杨依"轻叹一声，说："是他先找上我的！"

"没错！但那只是表面！那么，你为什么接近黄赫？或者说，你为什么对他那么感兴趣，以至于对他的感情经历都了如指掌？"秦向阳反问。

"杨依"垂下眼睛，沉默了。

接下来，不管秦向阳如何审问，"杨依"再也没说一个字，这让审讯陷入瓶颈。

丁奉武暂停了审讯，让人把"杨依"带下去休息。

不久，对"杨依"的DNA鉴定结果出来了。

技术人员经过网上比对，发现了一个不可思议的结果：这个"杨依"的DNA信息跟公安部红色通缉令中，杨怀玉的DNA信息高度一致。

杨怀玉是常乐的母亲，也是十年前银行贪腐窝案的在逃通缉犯。

除了常乐，她只有一个女儿。

也就是说，眼前的"杨依"只能是常虹。

第二十二章　梦境

大家谁也没想到，DNA鉴定出来是这么个结果。

也就是说，当年的常虹并没有死。

看到这个结果，众人又惊又喜，再次提审案犯。

"常虹，你好！"秦向阳快步走进审讯室，跟对方打了个招呼。

"没错，我就是常虹！"她轻叹一声道，"好久没人这么叫我，突然有点不适应。"

秦向阳点点头，问："看来，你当年的自杀只是一场戏？"

"不！"常虹深吸一口，说，"当年我心灰意冷，决意求死，可是却偏偏活了下来！那是老天爷的眷顾，更是惩罚。"

"惩罚？你家的所有不幸不是你的错，你应该重新开始，何必活在过去？"

常虹瞟了秦向阳一眼，轻蔑地笑了。

"我有些好奇，当年你跳河之后，你男朋友樊涛曾找人打捞……"

"呵呵！我被稀里糊涂冲进了一条小河道，那应该是条支流。既然我没死，他们怎可能打捞到我的尸体？"

"既然活了下来，为什么不联系樊涛他们？"

"死过一次之后，我突然改变了主意。"

"也就是从那时起，你决意复仇？"秦向阳迅速跟进。

"我有那样说过吗？"常虹突然笑了，她的表情像极了正在玩弄一只老鼠的猫。

秦向阳也不恼。

他找出常虹十年前的照片仔细看了看，才说："我们有充足的理由怀疑你就是复仇者！对郭震、林贝儿、张海涛等人的报复，你有十足的动机！"

"哦！接着说。"

"我不知道你创建'东亚丛林'的过程和最初动机，我倾向于你创建它本就是为了复仇！这些年来，你一定从未间断对郭震他们的观察，你了解他们的一切。你清楚郭震有心理疾病，知道张海涛跟王晶莹两口子的寄生关系，熟悉他们的一切生活细节，还知道林贝儿的虐猫恶习。细究起来，郭震的心理疾病最初源于对常乐的嫉妒！你或许不知道，郭震当年暗恋林贝儿，可是林贝儿却被强行安排给常乐做同桌。常乐的家庭环境太过优越，可是当年却很瘦小，郭震在他的私人日记里，对此表达了强烈的憎恨！还有张海涛久宅在家，一定程度上，也跟你父亲常家辉当年上门对他的殴打和威胁有内在关联。

"创建了'东亚丛林'后，你设法引导他们成为你的用户。于是，郭震喜欢上虐杀游戏；张海涛依赖性暴力视频去发泄积郁，把视频中被虐的女人都当成王晶莹；林贝儿则把虐猫行为展示到'东亚丛林'。当条件逐渐成熟后，你埋下的所有伏笔，顺理成章地被激活。首先是郭震，他终于发展到要尝试亲自玩虐杀游戏的地步。如果没猜错的话，当郭震完成虐杀任务后，出钱杀他的人，就是你吧？接着是张海涛，你通过造假，把他那不怎么样的作品炮制成热帖，随后再通过出版社对他予以揭露。你算准了王晶莹会借此对张海涛无限奚落，于是张海涛也就难逃悲剧！至于林贝儿，那就更简单了，你利用她去猫岛虐猫的时机，只用一个人贩子就把她弄到了地狱！惩罚完这些虐杀过常乐的主犯，还剩陈恬恬等三名从犯。当然，你没有放过他们的打算，所以就在昨晚，你对他们进行了最后的惩罚！"

一口气说完这些，秦向阳弯腰按着常虹的肩膀，叹道："我怎么也没想到，把陈恬恬、杨杰、李敞亮他们，分三次弄进密室的人，会是个女人！现在想想，才觉得那么做虽然很烦琐,却非常合理。一般的男案犯,都会用相对省事的法子。至于你,一来你体力有限,二来你太细心了。你需要运载工具,你叫范一哲那个二货留了一辆摩托车,你不在乎出卖他们!"

"哦?我听不懂!请问,你说的陈恬恬等人怎么会乖乖听话坐摩托车去地下室呢?"

"电击!跟范一哲和华仔一样,你用了电击棒!"

"电击棒?你在我家搜到电击棒了吗?"

秦向阳回到椅子上,沉默。

"听你说这么多,我很开心!那些虐杀我弟的人,每一个人都受到了应有的惩罚!可是警官,你说全是我干的,证据呢?"

证据?

秦向阳的心猛地一沉。

他和常虹对视了好几秒,忽然反问:"作为常虹,你为什么去帮助黄赫,对那些残害常乐的人施予心理救助?"

"我喜欢他,不行吗?"

"喜欢谁?"一直静坐的苏曼宁忍不住反问。

"我是恨残害我弟的人,恨不得他们一个个都横死!那又怎样,我喜欢黄赫,犯法吗?"常虹扬起头,直视苏曼宁。

苏曼宁哼了一声,拿起一页资料晃了晃,说:"我们已经找到了韩国那家私人整形医院,也就是把你从常虹变成'杨依'的医院。"

"哦?医院里还有我原来的资料,或者照片吗?"

"没有!一年多以前,医院电脑的资料无故被黑!但我们联系了那里的医生,对你十年前的照片做过辨认,他们一致认为,去那里做整容手术的人就是你!"

"哦?整容犯法吗?"常虹微微一笑。

这么审下去可不行。

虽然常虹拒绝解释,或者说,她无法解释接近黄赫的行为,但是没有任何证据,证明她就是复仇者。

不管她整容也好,冒充杨依也罢,行为逻辑再难以自洽,也顶多给她安上个诈骗的罪名。这可怎么办?看这情形,常虹心理素质好得很,完全没有一丝想主动交代的迹象。

秦向阳也慢慢着急起来,他到门口抽了支烟,返回房间接着审。

"常虹,你要不是'东亚丛林'的创建者,那我们绝不会冤枉你!如果你是的话,我就应该叫你小丑!而且不得不提醒你一点,你进来,'东亚丛林'也就完了!"秦向阳这话柔中带刚,他想打击对方的心理防线。

常虹微微愣了一下,随即笑道:"秦警官,话可不能这么说。假如我是那什么'东亚丛林'创建者,我不会一点准备也没有!你以为我进来了,哦,小丑进来了,就不会有小丑二代吗?"

"小丑二代?"秦向阳一下怔住了,久久回不过神来。

见此情形,丁奉武终止了审讯,叫人把常虹暂时关押在拘留所。

晚上,市局会议室灯火通明。

借助丁奉武带来的关键信息,抓住并确认了常虹的身份,这是巨大的收获,可大家却实在高兴不起来。

不管从动机论,还是逻辑分析,都不难得出常虹就是小丑的结论,但就是缺乏实打实的证据,这就是暗网犯罪跟传统犯罪形式的最大不同。

暗网犯罪价值匿名,身份匿名,还能以暗网为工具,对犯罪过程精心炮制,能制造出主犯不必亲赴犯罪现场的现场。郭震、林贝儿、张海涛的悲剧,都是这一点的最具体表现,他们的下场都是小丑以暗网为工具精心策划的。可事实上,小丑却从未在任何一个犯罪现场亲自动手。这对侦破工作来说,带来的挑战极为巨大。

丁奉武在会上说:"能不能用笨办法,从小丑的比特币账号下手?就像当初查实魏名扬、吕秀丽、刘新华、胡卫东等人一样!"

钱进很快摇了摇头,说:"那个笨办法之所以管用,是魏名扬等人犯了一个难以避免的错误,他们都用自己的银行账号,通过不同途径购买过比特币,然后充值到了比特币账号。但是常虹呢？这个名字下面，没有任何金融账号，此前她的银行账号信息都登记在杨侬名下。我已经查过了，那些账号从未有过任何比特币交易记录。换句话说，她成为小丑之前，不需要比特币，她成为小丑之后，所赚取的所有比特币，都还停留在一个或数个比特币账户上，从未有任何提现行为。那些匿名账户跟其他所有匿名账户一样，就躺在区块链上，就在那里，但我们根本找不出来！她不使用那笔资产，不把比特币转换成法定货币，我们没有任何办法！这就好比我拿了赃款，我把赃款埋在地下，不消费，任其烂掉，你们拿我有什么办法？"

钱进把话说得足够明白，所有人一听都蔫了。

越州市局局长张明山清了清嗓子，说："不是还有个电击棍吗？小丑用它把陈恬恬等人二次电晕，这才把人弄到密室去，我看，还是得下大力气，把它找出来，然后跟常虹做指纹比对！"

张明山说得不错，找电击棍的确是唯一切实的法子。可是警方早把常虹的住处，以及心理工作室搜了个遍，结果什么都没找到。

张明山不信邪，他当即发动市局所有警员，以陈恬恬等人被绑后的那座烂尾楼和废旧工厂地下密室为核心，仔细搜寻一根说不出任何特征的电击棍。烂尾楼和地下密室之间路段的垃圾桶，沟沟坎坎也是搜索的重点。

对此，秦向阳不抱希望。

理由很简单，以复仇者一贯表现出的缜密细致，就算找到电击棍又能怎样？不说那上面留不下指纹，就算有，也一定不是常虹的。

他想来想去，总觉得问题的关键还是在黄赫身上。

他一直在想常虹说的一句话："假如我是那什么'东亚丛林'创建者，我不会一点准备也没有！你以为我进来了，哦，小丑进来了，就不会有小丑二代吗？"

他把这话琢磨来，琢磨去，越想越不对。

他想起来一个逻辑：小丑跟黄赫对赌之前，就必然该料到，赌局结束后，黄赫一定不会答应其要求，因为一切都是提前布好的局，黄赫本就没有赢的可能性！可是小丑为什么还要让黄赫参与进去呢？

难道小丑跟黄赫频繁接触，其目的是为了选他做接班人不成？

秦向阳不想这么想，可又不得不这么想。

如果真是这样，那一切的突破口就都在黄赫身上。可是，黄赫也没跟小丑当面接触过，通过他，也拿不到常虹就是小丑的切实证据。在这种情况下，要是黄赫黑化成小丑二代……

秦向阳不敢再想下去了。

直到此刻，他才真正认识到了暗网犯罪的可怕！跟小丑比较起来，在查证难度上，魏名扬、吕秀丽等人通过暗网干的那点事，实在是小儿科。

那晚，秦向阳琢磨了一夜。

他把黄赫定为下一步重点侦查的目标。可他很清楚，黄赫看起来率直，实际上更不好对付。要是没有黄赫的污点，警方甭想从他嘴里掏出有价值的东西。

思前想后，他决定还是让苏曼宁去接触黄赫。说起来这算是一张感情牌，对付黄赫，他手里没有比这更好的筹码。

第二天一早，他正要找苏曼宁商量，谁知黄赫却突然找上门来。

他没料到，黄赫一早到警局，说是要探视"杨依"。

秦向阳没打哑谜，直接告诉他："这里没有杨依，只有常虹！"

"常虹？"黄赫一听惊呆了，"哪个常虹？是当年那个常乐的姐姐？"

秦向阳点头。

"她不是自杀了吗？到底怎么回事？她为什么假扮杨依？"黄赫一肚子问号。

秦向阳铁青着脸，说："你连常虹自杀都门清？背地里没少入侵警务系统吧？小心点！再这么下去，咱们就要换个地方谈话了！"

"说我入侵警务系统？证据呢？"黄赫"切"了一声，继续追问，"到底怎么回事？"

秦向阳摇头。

"一问三不知，这他妈都什么警察！我要探视常虹！"黄赫怒气冲冲。

"你是她什么人？探视理由？"秦向阳反问。

"她救过我的命！按程序，她应该还在拘留所吧？我有那权利！"黄赫理直气壮。

秦向阳摆摆手走到一旁，拿出电话，把这个情况跟丁奉武做了汇报。

丁奉武问秦向阳的意见。

秦向阳略一考虑，说："黄赫非常可疑，我建议安排探视，不必派人陪同，给他个探视空间，全程监拍，也许能发现什么蛛丝马迹。"

丁奉武同意了。

半个多小时后，黄赫在拘留所的探视室见到了常虹。

"你来了？坐吧！"常虹面色平静，似乎对黄赫的到来并不意外。

黄赫怔怔地站了一会儿，才慢慢坐下，问："他们说，你是……常虹？"

常虹点头。

怎么会这样？黄赫抓了抓头发，又问："这么说，你就是复仇者？小丑？"

常虹笑了笑，不点头，也不摇头。

"为什么？"黄赫激动地说，"为什么假扮杨依？为什么一直跟在我身边？"

常虹突然开口道："你的问题很多，跟那些没用的警察一样！"

黄赫定定地看着常虹说："你救过我的命，可我根本分不清你是谁！我现在脑子很乱！"

"那又怎样！"常虹放缓了声音，轻声说，"你总忽略最基本的逻辑，我的身份也好，我的秘密也罢，都跟你没任何关系，也妨碍不到你，对吗？"

"什么？"黄赫抓着头发的手突然停住，紧接着身子一晃，差点从椅子上摔下去。

常虹刚才的话，他很有印象。

他确定，小丑曾说过那句话，而且不止一次。

他差点脱口而出：原来你真是小丑！

常虹又叹了口气，轻声说："唉！夜，如此黑暗！"

听到这话，黄赫心里猛然咯噔了一下，他赶紧掏出烟点上，掩饰自己的紧张。

此时，秦向阳正紧盯着监控。

他"咦"了一声。

他觉察到黄赫似乎很慌张，可又说不出为什么。

他皱了皱眉头，也点上烟，继续往下看。

常虹安静地坐着，直到黄赫抽完烟，才笑着说："不用把我救你那点事放在心上，要面对未来！还没想好吗？"

"想什么？"黄赫问。

"看来你是个好孩子，做不成坏孩子！"

"啊！"黄赫意识到，这是常虹，不，这是小丑在让他做最后的选择！

怎么办？

好孩子还是坏孩子？

要不要选择？

怎么选？

还是干脆出卖她，举证她就是小丑？要是举证的话，这点证据够用吗？

可她曾出手相救，还帮忙杀了陈一龙，还买回了父亲的手镯，那样会不会太卑鄙？

乱七八糟的想法接踵而来，冲击着黄赫的脑仁。

紧接着，烟头从他指尖无声滑落。他突然抱住头，痛苦地摔倒在地。

一看这个情况，秦向阳赶紧带人冲了进去。

等他进去时，常虹已经把黄赫扶到了椅子上。

"怎么了？"

"没什么！他的老毛病，头疼病！"

"头疼病？"

常虹拍拍手站起来，说："要么你们送他去医院，要么让我帮他恢复一下！"

"你行？"

"我需要一张躺椅,最好软一些。"常虹说。

片刻之后,黄赫靠在了躺椅上,秦向阳带人退出了房间。

黄赫不知道常虹对他做了什么,过了一会儿,他觉得好多了。

他感觉——

自己从躺椅上起来,离开了拘留所。

他恍恍惚惚回到家,意外地发现母亲不在。

起初,他以为母亲出门散步了,直到发现桌上有一张字条,他才大惊失色。

纸条上写着:你母亲在我手里,要她活,就按我说的做!

黄赫脸色瞬间煞白,意识到母亲被绑架了。

谁干的?

目的何在?

要不要报警?

他焦躁地走来走去,满头是汗。

过了一会儿,别墅的门铃响了起来。

他跑出去一看,见门外站着个陌生人,陌生人手里提着个箱子。

那人身形消瘦,短发,很精神。

"你好,我叫常家耀。你母亲在我手里!"那人抛下这句话,径直走进黄赫房间。

"常家耀?"黄赫反应很快,一下子想到了常家辉。

他追上去问:"你是常家辉的弟弟,常乐的叔叔?"

常家耀点头。

"要什么冲我来!别绑我妈!"黄赫狠狠地瞪着常家耀。

"别慌!要你帮点小忙!"说着,常家耀放下箱子,掏出一部手机,点开了一个画面。

画面显示的正是黄赫的母亲。她被五花大绑,嘴巴也被塞住了,胸前还挂着个炸弹。

"我去!"黄赫打掉手机,掐着常家耀的脖子把他顶到了墙上。

第二十二章 梦境

"轻点,那个手机可连着炸弹呢!要是炸了,你可别怨到我头上!"

"你……"黄赫慢慢松了手。

"这就对了!对你来说,我的命不值钱;但是时间长了,她就是不被炸死,也会渴死的!"常家耀捡起手机,又道,"一点小忙而已,对你来说易如反掌!完事,保你母子平安!"

"你最好说话算数!否则,我一定弄死你!"黄赫用力深呼吸,尽力克制满腔的愤怒。

"帮我黑掉机场的安检系统。"常家耀给出了指示。

"啊?为什么?"

"你只需知道,你不做它的新主人,自然还有别人做。别的无须多问!"

一听这话,黄赫明白了。

做不做暗网接班人?这个有的选。

但是,要不要按对方说的做?母亲在人家手里,这个没的选。

黄赫艰难地呼出一口气,打开电脑,按对方要求入侵了机场安检系统。

"现在就黑吗?是全部,还是特定安检口?"黄赫问。

"现在!全部!"常家耀简洁地说。

大约半小时后,黄赫擦了擦汗,按下最后的确认键。

"搞定了!该放人了吧?"

"急什么?我要出趟门,路上缺个伴,你陪我走一趟!回来后立即放人!"

"你他妈耍我?"黄赫握紧拳头站了起来。

"配合一下吧!"常家耀又掏出手机,按下一个按钮。

"干什么?"黄赫紧张地问。

"设定个起爆时间而已。你要是配合,我会取消的!"

常家耀说完,看也不看黄赫,弯腰打开箱子,从里面取出一根健身握力棒,一包类似生面包片的东西。

"这一包,可不是生面包片,是塑胶炸弹!"常家耀把那包东西塞给黄赫,拿起握力棒,又道,"这是一根健身握力棒,但经过了改装。"

他一边说，一边把握力棒两端的盖子拧了下来。

"这两头都是空心的！里面能塞东西！"常家耀放下盖子，从握力棒两端倒出来一堆小零件。

黄赫一看蒙了。

他猜，那应该是小型雷管、电极以及计时装置之类的玩意儿。

"你是聪明人！这些东西跟那些'生面包片'连接好，就是个C4炸弹！"常家耀当着黄赫的面，很快把东西组装到了一起，接着又拆开，然后又组装了一遍。

"很简单！会了吧？你来一遍！"常家耀把一根电极塞到黄赫手里。

"妈的！你当老子恐怖分子呢！"黄赫又惊又恼，几乎说不出话来。

"没关系的！"常家耀轻松地说，"你把这些东西带上飞机，组装起来，启动，之后就没你什么事了。"

"你以为黑了安检系统，就能把它们带上飞机？"黄赫冷笑。

"人工检查那一关，不用你管！"常家耀不以为意地说。

黄赫张了张嘴，嘴唇颤抖起来，他盯着眼前这个疯子，恨不得扑上去咬人。

常家耀拿出烟点上，递给黄赫一根，开始解释："放心！你死不了的！没人会死！这只是个游戏，到时候你就知道了。等下了飞机以后，警察也不会太难为你，我会出来扛的！我绑架了你母亲，你只不过是被逼的！"

"被逼的？你以为那样，警察就会放过我？"黄赫苦笑。

"总要有些牺牲！为了你的母亲！孩子！"常家耀轻轻叹了口气。

"为了母亲……"黄赫反复念叨着，慢慢地闭上了眼睛。

几分钟后，黄赫上了常家耀的车，赶往机场。

到了车上他才知道，像刚才那样的箱子，不是一个，而是两个。箱子里除了那些危险的玩意儿，机票和护照也都准备好了。

常家耀告诉他，他俩一人一个箱子，分别登上两架飞机。那两架飞机几乎同时起飞，一架飞往海口，一架飞往泰国。

黄赫的目的地是海口，他不需要护照。

第二十二章　梦境

他们的车一上路，就有便衣把相关情况报告给了秦向阳。

那组便衣从多少天前就一直暗中盯着常家耀，这种异常情况立刻引起了他们的警觉。

得知常家耀和黄赫一同赶往机场，秦向阳吃了一惊。

他立刻查出了常家耀和黄赫的航班。

一个黄赫，一个常家耀，两人身份都很可疑。现在，他们一个要去泰国，一个要去海口，到底在搞什么鬼？

秦向阳当机立断，做了最直接的决定：跟上去，光明正大地跟上去。

这次，他让钱进留下来，负责信息方面的支持，让项西川出外勤，跟他分头行动。他跟住黄赫，项西川跟住常家耀。

他们订好机票，拿上护照，匆匆赶往机场，踩着最后的时间点分头登上了飞机。

在他们之前，黄赫和常家耀早平安过了安检。

当时黄赫很纳闷：安检系统被黑了，这个不用说，可是还有人工检查！他们怎么就没发现箱子里的炸弹呢？

过了安检线后，常家耀才告诉他怎么回事。原来常家耀不但绑架了黄赫的母亲，还分别绑架了那两位安检员的孩子！为了进一步让安检员配合，他还把孩子们的小指砍掉，把断指寄给了安检人员，然后要求对方对飞往海口和泰国的航班放松安检。

登机后，黄赫心慌意乱，没注意到秦向阳也上了飞机，就坐在他背后不远处。

航班正常起飞。

黄赫满头大汗，满脑子都是母亲被捆绑的画面。

半小时后，他横下心，按常家耀事先的指示，取出东西，把炸弹组合起来，然后按下了时间设置按钮。

炸弹开始倒计时。

十四分五十九秒。

……

就在这时,机舱里的闭路电视画面突然中断,随后跳出来一个小丑的画面。看到这个画面,所有人都疑惑不解。

这时,小丑机械而冰冷的声音响起:"大家好!我想跟你们玩个游戏!"

听到这话,秦向阳立刻站了起来。

小丑继续说:"这个游戏的主旨,在于让大家懂得什么叫成全,什么叫放弃!大家记得《蝙蝠侠:黑暗骑士崛起》的结局吗?大反派小丑分别在两艘客轮里安装了一枚炸弹,他把引爆器交给客轮上的乘客。客轮A的乘客按下引爆器,客轮B就会爆炸;同样,客轮B的乘客按下引爆器,客轮A就会爆炸。小丑用这种方式去考验人性,而人性是自私的。所以,小丑所期待的结局,也是最应当发生的结局是——为了活下来,两艘客轮中,有一方的乘客按下了引爆器!然而,那样的结局并没有发生,电影的结局是,两艘客轮的乘客都没有按下引爆器!我想在这里问大家,那个结局有意思吗?唉!那不是人性的胜利,那是导演的胜利!"

听到这段话,机舱里顿时喧哗起来,大家纷纷质问乘务员,到底发生了什么。

看着小丑的画面,秦向阳紧张得满脸是汗。

可他不知道的是,在另一架飞机上,项西川也正在面对相同的情景。

小丑继续说:"所以,我才玩这场游戏,我们来点不一样的。我也准备了两颗炸弹,这架飞机上有一颗,叫炸弹A,离此不远的另一架航班上也有一颗,叫炸弹B。相对应的,我们的飞机叫飞机A,那架飞机叫飞机B。不开玩笑,我发誓,两颗炸弹都是真的!对此,飞机上的警察应该了解我的人品!大家听明白了吧?这两颗炸弹上都有一颗红色按钮,它们内部装载了无线高频信号,跟机长与地面指挥塔之间的无线通信相似,两颗炸弹之间,通过高频信号彼此感应。同时,它们都被设定了计时器,会在十五分钟后引爆。哦,现在仅有十四分钟了。我的规则是,按下炸弹A的红色按钮,飞机A引爆,同时,炸弹B自动停止计时;按下炸弹B的红色按钮,飞机B引爆,同时,炸弹A自动停止计时。很简单的设

第二十二章 梦境

计，对吧！话不多说，游戏开始！"

听到这段话，机舱内顿时大乱：有人半信半疑，有人认为纯粹开玩笑，有人趁机起哄，有人又哭又叫……

乘务人员赶紧维持秩序，并把相关情况报给机长。

此时，黄赫心里惊恐莫名，他怎么也没想到，常家耀玩的是这种死亡游戏。

小丑说的是个二选一的简单逻辑。

这架飞机的乘客只能自毁，引爆这里的炸弹A，另一架飞机的乘客才会活下来，反之亦然。

对每架飞机的乘客来说，他们能选择的，只能是自毁，或者什么也不做。

自毁，能救别人。

什么也不做，又会出现两种情况：要么对方自毁，自己活下来，要么两架飞机都完蛋。

"不是说没人会死吗？"喃喃自语中，黄赫的手一松，炸弹滚到了机舱里。

秦向阳眼疾手快，捡起炸弹看了一眼，脸就绿了。

说起来，他跟炸弹也挺有缘，当年的多米诺骨牌案，赵楚在化工厂里也跟他玩过炸弹。虽然他对炸弹算不上太精通，但还是一眼就能断定，眼前这玩意儿是真的！

他把炸弹塞进黄赫怀里，咬着牙说："你想死！"

"我母亲被绑架了，我是被逼的！"黄赫满脸哀伤。

"被逼？"秦向阳的拳头雨点般砸向黄赫……

这时，周边不少乘客也看到了炸弹，惊叫着四散逃开，机舱秩序彻底大乱。

秦向阳扔下黄赫，抱起炸弹向驾驶舱跑去。

飞机B的情况跟飞机A不同。

小丑的视频播放完毕后，常家耀直接举着炸弹站起来，把小丑的话完完整整地重复了一遍。

见此情形，项西川飞身扑倒了常家耀。

常家耀也不含糊，他随手把炸弹一扔，接着就跟项西川干上了。

他俩你来我往，拳拳到肉，都是搏命的架势。

飞机A上，秦向阳抱起炸弹，不顾乘务员阻拦，冲进驾驶舱跟机长说明了情况，并再三强调情况属实。

机长从未遇到类似情况，乱了方寸。

"冷静！"秦向阳叫道。

机长紧皱眉头沉默不语，心里飞快地权衡。

秦向阳当机立断说道："离爆炸还有十分钟！立即联系降落！"

机长苦着脸说："没时间……"

"怎么没时间？"

"从起飞到现在已经半个多小时，我们正在海洋上空！现在离香港机场最近，但是掉头往回飞，同时协调降落，十几分钟根本来不及！"

"那另一架呢？"秦向阳报了项西川的航班号。

"它也在海上！"机长苦着脸说。

"还有更好的法子吗？少废话！掉头！联系降落！"秦向阳吼道。

机长考虑了几秒钟，点头同意。

这时，机舱里早就乱成了一锅粥。

黄赫默默地躲在角落，脸上被乘客挠得青一块紫一块。

人们很快放弃了对黄赫的围攻，把注意力转移到生存问题上。

自毁？救别人？傻子才那么干！大家早把小丑的逻辑捋清楚了，不用讨论，大家态度绝对一致：什么也不做，坚决不自毁，把命运交给另一架飞机，期盼对方自毁；或者，大家一起完蛋。

其间，有多名乘客冲到驾驶舱门口，哭着叫着，逼迫机长联系另一架飞机，声称自己有一万个理由活下去，要求对方引爆炸弹！

机长掉转了航向，一遍一遍地联系着地面。

很快，倒计时只剩不到五分钟了。

"你他妈快点！"秦向阳抱着炸弹，声音微微颤抖。

又过了一分钟，机长无奈道："联系上了香港机场，可是对方以公共安全为

由，拒绝我方降落。"

"强行降落！"秦向阳强硬地说。

"不可能的！对方不协调跑道！"机长绝望地叹道，"谁让咱飞机上有炸弹呢！"

"也罢！"秦向阳一拳捣在铁门上，把心一横，说，"知道D.B.Cooper吗？"

"什么？"

"我说的是史上最成功的劫机犯！打开安全门，把炸弹丢下去！"

"不可能！舱内压力大，那道门不可能打开！"机长大声说。

"废话！降低高度，降压！减速！"

"理论上可以！"机长看到了一丝希望，接着又叹道，"但是，惯性之下，还是不好办！"

"什么？"

"我说，即使在合理的气压和飞行速度下，打开了安全门，把炸弹丢出去，它也有很大概率飞进螺旋桨！"

就在这时，机长的无线通话响了，里面传来项西川的声音，秦向阳赶紧上前回应。

项西川语速很快，语气却很平稳："还有两分钟了，想好了吗？"

"正在降压降速！"秦向阳说。

"这边一样！"项西川说，"看来，咱俩当中有一个得跳下去。"

"这事不用争！"说完，秦向阳扔掉无线电，向安全门冲去。

另一边，项西川的动作也同样迅速。

半分钟后，秦向阳从窗口看到了蔚蓝的海面。

这时，几名乘务员匆匆跑到秦向阳身边，说："差不多了，时速降到了四百公里，高度一千八百米！"

秦向阳点点头，转身把黄赫拉了过来，叫他一起开门。

话说现代客机通常不配备降落伞。其安全门构造精密，在高空飞行时，除了锁扣、门闩、止动块这些最基本的机械装置，它最大的安全屏障其实是舱内的高压。这个机舱内外的压力差把安全门牢牢固定在机身上，所以正常飞行时，这道门是根本打不开的。当飞机降压降速后，压力差几乎没有了，但要想凭蛮力打开它，一个人的力量也远远不够，需要几个人合力，把安全门上抬一小段距离，使其内部咬合的止动块分开，再侧拉平移，或者外推，直到把门打开。

刻不容缓，乘务员清理了安全门附近的乘客，接着跟秦向阳和黄赫合力，慢慢地将门打开了一条缝。

缝隙一开，冷风立刻钻了进来，吹得人皮肤生疼。

同一时间，项西川那边也在开门。

常家耀戴着手铐，在边上冷眼旁观。

就在门将开未开时，常家耀突然扑倒，伸手抱住了项西川的小腿。

项西川大怒，抡起拳头就打常家耀，同时奋力挣扎，想把小腿挣脱出来。

"破坏游戏规则！愚蠢的人类！"常家耀不顾疼痛，死不松手。

倒计时冰冷地继续：二十三秒，二十二秒……

此时，秦向阳那边已经把门打开了一个身位的宽度。

他看了一眼计时器，毫不犹豫地抱起炸弹，挤进了门缝。

这是一千八百米的高空，冷风如刀。

下面是蔚蓝的海面，碧波轻扬。

视线尽头，看得到海岸线。海岸线再往北是辽阔的大陆。

十，九，八，七……

"死就死！"

秦向阳什么也不想，他两腿用力一蹬，抱着炸弹纵身飞出。与此同时，他身后的安全门关闭了。

他那一跳用尽了全力。

同时，他按下起爆按钮。

"只要别被甩进螺旋桨就好！"这是他最后的想法。

随后，空中响起一声巨响，连空气也被炸裂了。

紧接着，项西川怀里的炸弹，在倒数最后一秒的瞬间，停止了倒计时。

此刻，黄赫跪在安全门内，望着窗外灿烂的火花，泪如雨下。

他再也忍受不住多年来的满腔委屈，大叫道："该死的是我！可是我还不能死！我是警察！我也是警察！"

黄赫满头大汗，喃喃自语，猛地醒来。

他睁开眼缓了半天，才意识到自己还躺在拘留所的躺椅里。

常虹坐在他对面，微笑地看着他。

"你醒了！"常虹柔声说。

黄赫长出一口气，他感觉自己眼角还有泪花。

"你是警察！"常虹审视黄赫。

"这……"黄赫轻叹一声。

"你终于对我坦白了！"常虹站起来，由衷地笑道，"警察向嫌犯坦白？很好！非常好！"

"刚才……我被你催眠了？"黄赫晃了晃头，也站了起来。

"你不坦白身份，怎可能得到想要的？"

常虹调皮地冲着黄赫眨了眨眼，轻声说："你想要的，我早就给你了！我相信，你一定不会让我失望！"

第二十三章　光辉

秦向阳在监控室里耐心看完了常虹催眠黄赫的全过程。

那个过程中，常虹通过一些简单的暗示，引导黄赫当了一回恐怖分子。

当然，秦向阳不知道在黄赫的梦境当中，他的结局是以身殉职。但他看到了黄赫眼角的泪水，更重要的是，他听清了黄赫最后那句话。

"这小子竟然是警察？"这个答案令人不可思议。

秦向阳很清楚，催眠的过程就是入侵潜意识的过程，那是个修复精神状态的过程，也是个被控制的过程。在那个情形下，被催眠者的潜意识会自发对抗，但是如果被催眠者意志力薄弱，就会被入侵者占据主动，从而泄露自己的秘密。当年杨梦洲催眠，修复孙劲的记忆，他到现在都还记得。

他确信，在被催眠状态下，黄赫不可能撒谎，更不可能信口开河。

本来，他想从常虹对黄赫的暗示当中寻找异常，没承想收获了如此意外的信息。

秦向阳慎重地想，黄赫为什么一直隐瞒身份？而且几次三番被警方视为可疑人物，也没露出任何破绽！这个家伙，令人佩服！

对此，最合理的解释是，他一定有任务在身，而且一定是极其特殊的任务。

那会是什么呢？

电光石火间，秦向阳想起一件事。

怪不得丁奉武突然得到了公安部的信息支持，带来了对杨依身份的调查档案。可是公安部领导从未涉及案件细节，怎么就突然查起杨依来了？

丁奉武当时的说辞是，对他那个级别来说，消息来源是保密的。

消息来源？

现在看来，在整个案件当中，恰恰是黄赫一直跟常虹在一块，那么，最有可能怀疑常虹身份的人，显然就是黄赫。

难道黄赫是公安部直属的秘密卧底？

秦向阳兴奋地走到拘留所门口，发现黄赫已经在那等了。

"你是警察！"秦向阳重重地拍着黄赫的肩膀。

"是的！"黄赫点点头，大踏步离去。

秦向阳盯着黄赫背影，怔住了。

黄赫回到车上，长长地叹了口气。

在他的计划里，这次探视常虹，就是冲着"东亚丛林"的服务器地址去的，没承想地址没拿到，却被催眠，还暴露了自己的真正身份。

难道要前功尽弃？

他反复琢磨常虹那句话："你想要的，我早就给你了！我相信，你一定不会让我失望！"

他想了一会儿，眼睛一亮，把那块玉牌掏了出来，那是常虹给他的唯一东西。

"难道这上头有秘密？"

他翻来覆去看了好几遍，最终注意到了玉牌背面的阴文图案，除了那些图案，他实在再难找到任何异常。

"难道……"

他下车买了一支铅笔，削好。又找了一张白纸铺在玉牌背面的阴文上，然后用铅笔涂抹阴文的图案。

片刻之后，结果出来了。

纸上显现出三行信息。

凭经验，他一眼就辨认出，第一行应该是个服务器地址，第二行是管理员账号，那第三行就只能是登录密码。

"这就对了！"

黄赫兴奋地收起那张纸，发动了车。

此时，他的脑海里有个大大的问号：面对一个暴露了身份的卧底，常虹为何还要透露她的秘密呢？

一回到家，他立刻打开电脑，以管理员的身份登录了罪恶的集散地——"东亚丛林"。

页面上最先刷出来的，就是那个经典的小丑头像。

盯着那个头像，有那么一个瞬间，黄赫感觉自己就是小丑，真正的小丑。

他刚登录，还没有任何操作，网站界面下方突然弹出个文件夹——给黄赫的信。

他皱了皱眉头，打开了文档。

文档内容如下：

黄赫：

你好！我是常虹！

当你看到这封信时，有两件事可以确定。

一、我被抓了。

二、我对你最后的催眠成功了，你的身份不再是秘密。

首先，非常感谢你！感谢你以极大的耐心，陪我演完了这出戏。

这出戏一开始就是明牌。

我知道你的身份。

你也怀疑我的身份。

区别在于，我知道你怀疑我，但你不知道我一早就识破了你。

我整容成杨依的样子，就因为她跟苏曼宁很像。我需要利用她的样子去吸引你的注意，从而接近你。

我需要一个人，他要具备几个特征。

他是警方的卧底。

他精通网络。

他有良好的品行,正直善良,有同情心。

十年了,我终于找到了你。

至于为什么?一会儿你就明白了。

我从精通网络的人开始找起,慢慢地发现了你。没办法,即使当时你人在美国,但你在国内的黑客圈子里,还是很有名气。

最初,我不十分确定你是警方的人,但我有足够的理由怀疑你。

为什么呢?

就因为六年前你神秘消失,甚至没有跟你的女友打个招呼,也没有任何解释。据我了解,那时的你们彼此爱慕,有很深的感情基础,试问有什么原因会令你那么做?仅仅为了去美国赚钱?其实,你的消失跟你父亲黄炳忠的死没有任何关系,唯一的原因只能是你有秘密任务在身。这个道理一点也不难懂,但我不知道其他人会不会这样分析。

当然,这个分析不足以使我确定你的身份,我需要实锤。

正如你早就知道的,从你去诊治头疼的第一天起,我就偷偷对你做过催眠。

催眠的结果是,不管我怎么暗示、诱导,询问你的身份,你翻来覆去,只回答一句话:我就是个黑客,我去美国就为了挣钱。

在催眠状态下,不管我怎么问,你每次的回答都一模一样,一字不差。

你知道吗?从心理学上分析,这是不可能的。

在催眠状态下,如果你说的是实话,那么,那些话是不可能完全相同的。

它只能得出一个结论,你说了谎,而且你经受过特殊训练,有极强的心理防御意识。

你又是怎么怀疑上我的呢?

同样是因为我对你的催眠。

很简单,你在你的车钥匙里安装了窃听装置。

那是你长久以来的习惯。

你有头疼的毛病。不管在国外还是在这里，每次找心理师诊治完，回去后你都会复查录音。

你太谨慎了。

我大意了，没想到你有这一手。

当我对你做完三次催眠，而你每次的回答却总是惊人一致时，我才真正意识到你很不简单，于是在诊所里装了反窃听设备，这才知道你的车钥匙里竟然暗藏玄机。

既然我当时的身份是"杨依"，"杨依"又不停地对你催眠，去探知你的身份，而且都被你录下了，那么你一定去暗中调查杨依的经历，但从网上你最多能查到她去了非洲的信息，无法查清她接下去的动向。在这点上，你和我一样。

我选择杨依前，做过跟你一样的调查，也只能掌握她去了非洲的相关信息。那对我来说，其实就足够了，一个女人嫁到了非洲，跟失踪没什么分别。

可是你查不到她的后续行踪，自然不肯罢休，一定会把相关情况反馈给你的上级。

我知道，你们一定动用了更大的力量去寻找杨依，那对你们非常重要！如果你们能找到她，那就证明我的身份是假的。

那之后，对我来说，时间变得很紧迫，我要抓紧实施我的复仇计划。

哪有什么"东亚丛林"的攻防游戏？

哪有什么小丑二代？

那些都是戏。

你配合我演戏，为的是"东亚丛林"的地址。

感谢你！用足够的耐心，配合我演完！同时让我见证了你的正直和善良，那正是我接下来需要的品行！

我之所以把你拉进来，就是让你去亲身见证那几个浑蛋的邪恶。

你见识到了，对吗？

郭震对亲手杀人的渴望，张海涛两口子的龌龊生活以及林贝儿的残暴！

忘掉小丑的那些说辞吧！其实你从未放在心上，对吗？

人性的邪恶跟善良同在，但邪恶永远也不能凌驾于善良之上！

因为人性有爱！

那是无可比拟的光辉！

我做这一切的目的，绝不仅仅是复仇！

我要救出我的父亲，常家辉！

这就是我选择你的最终目的。

经历了这一切，我看到了，我确信，你的正直和善良，你的同情心，会让我如愿。

你知道，我父亲当年被判了无期，而且不得减刑，他将在高墙内度过余生。

那对他公平吗？

我的父亲，当年为了给常乐讨个说法，伤害了别人。

我相信他是无心的！为此，他已坐了十年的牢。

我懂他，知道他时时忏悔！

他已经赎了自己的罪，可他永远也无法走出监狱。

所以，我要救他。

这个忙，只有你能帮。

你现在明白了吗？

写这封信时，我是自由的。我有时间，有机会逃走。

但我不跑，我把自己送进监狱。

我选择你时，就注定了我的结局。

秦向阳他们有完美的逻辑，认定我就是小丑，可是他们没有任何证据。

我也绝不会交代。

我把这个机会，留给我的父亲。

你是我和父亲之间的连线。

我需要你从我父亲那里拿到一样东西，它最好是父亲对我的劝慰，然后我会交代一切！那样对警方来说，就是我父亲立了功，因为他的原因，我才交代了罪行。那样，他才有机会出狱！

但是，最关键之处在于，我不想让父亲得知我的存在！

在他的认知里，我早就不在人世了！如果他突然知道我不但没有死，而且处心积虑，又犯下了这样天大的案子，重新走向死亡，他该是怎样的心情啊！

我不敢想象！

本来对他来说，弟弟没了，杨怀玉跑路了，我自杀了。这么多年过去了，他早就习惯了，早就接受了。这时候，如果我又突然出现了，给他以欣喜和希望，尔后，我再走向末路，那对他来说会是怎样的打击！

你能想象吗？

所以，我需要你的帮助，希望你能帮我！

我知道这有违于警察的原则。可我觉得，这无关于你的职业，这更关乎人性，关乎爱！

我知道你是好孩子！

我才是那个坏孩子！

只有好孩子，才懂得感恩，才会真正理解他人！

夜，虽然黑暗，可是黎明，是多么的光辉灿烂！

好了，一切都结束了。

如果你愿意帮我，请想办法，去跟我父亲讨要一份对我的劝慰，好让我向警察坦白罪行，让他立功。前提是不要让他知道我的存在。

当然，如果你做不到，或者干脆拒绝帮忙，那对你来说，我也已经再无秘密可言，我也已经交代了所有罪行！只不过，我没能如愿救出我的父亲！如果是那样，那将是我最大的遗憾！

最后，奉上我对你的回报。

看到这里，黄赫彻底惊呆了。

信的末尾附上的所谓回报，有两条关键信息。

第一条，是常虹母亲杨怀玉以及越州前银监局副局长曾大海、前城建局副局长徐鹏飞等八人的详细信息。具体地说，信里详细记录着杨怀玉、曾大海、徐鹏飞等八人现在的姓名、国外住址、联系方式及其他重要信息。

换句话说，有了这些信息，那份高挂长达十年之久的红色通缉令，就可以撤销了，警方就能启动相关程序，抓捕通缉犯了。

第二条是一堆代码，代码之后有备注。

只看了一眼，黄赫就明白了，那堆代码是当今最大的暗网托管服务器的漏洞代码。

也就是说，有了这些漏洞，就能从神秘的暗网托管服务器上任意删除暗网。

对警方来说，这两条信息的重要性不言而喻。

那么，常虹又是怎样找到了这些漏洞呢？

这是个谜，一个永远的谜。

黄赫不得不承认，就连他也无法做到。

在这两条信息下面，还有几句结束语，原文如下：

给你的回报如上，一个是包括我母亲在内的八名红色通缉犯的具体信息，一个是暗网服务器的漏洞代码。

漏洞代码是我发现的，但是杨怀玉的信息是她自己告诉我的。

当年父亲被判刑以后，我没自杀之前，她从网上联系我，留下了她当时的联系方式。那之后，我和她都保持一定的联系。当我决心复仇那天起，我又通过她，慢慢得知了其他人的相关信息。不要奇怪，金钱是他们之间的纽带。他们是一条绳上的蚂蚱，一旦有一只蚂蚱缺钱花，其他蚂蚱便都不再安全。

这是我出卖了母亲吗？不！

她在我心里早就死了！

她才是一切罪恶的源头！

如果不是她贪婪成性，常乐绝不会出事；常乐不出事，父亲就不会犯罪，我也会好好的；我们的家就还在。一切就都还在！

没有她的贪婪，哪有什么"东亚丛林"，血色的丛林？

她，罪有应得！

作为她的女儿，我很乐意把她交给警察！

对于我，你还有其他疑问吗？

比如我自杀又活下来之后，去了哪里？那是一段隐姓埋名的生活，不值一提。

比如我叔叔常家耀，他有没有参与我的计划？

答案是，他跟此事一点关系都没有。

我只不过有意选择了他的网咖发送了一封邮件。

另外，我还从网上付给他一笔钱，让他在家里摆上跟黑客有关的书籍。至于我们去福建时，常家耀开车出城吸引警方的行为，也是他收到钱后照做的。

我只不过想利用他给你争取些时间。对他来说，根本不知道我是谁，更不知道我的动机，他只是看在钱的份儿上，做那么几件不会妨害到他自己的事。

你想，我有心为家人复仇，又怎会再无端把其他家人牵连其中呢？

多简单的道理啊！

再比如我的网络技术，你好奇吗？

我本就学的是计算机专业，这个大家都知道。但当时那点水平，还不能解决任何问题。

好了，世上不只有你一个天才！

只可惜，你我之间，终究没机会真正地较量一次，来一次攻防游戏！

呵呵，那又如何，人生本不完美。

祝福你！

常虹绝笔

看完这封信，黄赫走到窗前，久久地凝视着远方的虚无。

他闭上眼睛，把常虹和他的故事回放了一遍，然后用一声长叹平息了心中的波澜。

现在不是感慨的时候，接下来他要面对一个选择。

要么什么也不做，要么帮助常虹，给常家辉以立功减刑的机会，同时还不能让常家辉知晓常虹的一切。

他到底是一名警察。

这个选择，拷问着他的职业道德，更拷问着人性。

"唉！该怎么办呢？"

他叼起烟，深深地叹了口气。

这时，房门开了，他母亲端着一碗银耳汤走了进来。

母亲把银耳汤放下，然后端详着儿子的脸说："孩子，你近来瘦了！"

"没事！"黄赫丢掉烟，无声地笑了笑。

"遇事别太为难，本着自己的良心去做，问心无愧就好！"说完，母亲转身走了。

黄赫怔了片刻，突然拿起碗，一口气把汤喝光了。

随后他取下父亲的遗照，把相框拆开来，从里面取出了自己的证件。

这本证件，已经尘封了六年。

他顾不得感慨，拿上证件，出门上车，拨打了一个电话。

接电话的是公安部的一位副部长。

"我的身份暴露了，嫌疑人对我实施了催眠。"黄赫说。

"什么样的催眠？连你也难以承受？你的心理不该那么脆弱！"

"……"黄赫沉默。

部长沉吟片刻，问："任务呢？"

黄赫看了看证件上的国徽，抬手把它反扣到驾驶台上，这才回答："网站地址，还没拿到，但我有法子让她交代！"

"我已到越州，一会儿市局见！"说完，副部长挂断电话。

打完电话，黄赫开车往城郊监狱疾驰而去。

途中，他发现有车在跟踪他。

他笑了笑，不予理会。

很快到了监狱，他下了车一看，见跟踪他的人，是秦向阳。

黄赫什么也没说，直接把自己的证件交给对方。

他知道秦向阳看到证件后，一定有很多疑问，可他没想到，秦向阳什么也没问。

"你来见常家辉？"秦向阳直切正题。

"是的！"

"从她父亲这里做工作，是个不错的想法！"

"这事，你别掺和！"黄赫说完，扭头就走，语气硬得像铁。

进了监狱，他交上证件，依照程序很快见到了犯人。

他和常家辉面对面坐着，中间隔着透明玻璃。

他们的身前身后，到处都是摄像头。

秦向阳跟了进来，远远地站在黄赫身后。

黄赫察觉了对方，并未理会。

坐了十年牢，常家辉苍老了很多，看起来远不像五十多岁的人。

"我是警察。"黄赫对着通话器说完，拿出手机，打开了录音功能。

常家辉握着通话器，不明所以，也许他在琢磨警察的来意。

过了一会儿，他才问："什么事？"

黄赫说："我来通知你一件事。十年了，她还活着，她被抓了！"

"她？"

黄赫说了句半截子话，常家辉愣住了，一时没反应过来。

黄赫掏出一张纸，提笔在上面写了一行字，然后把纸贴到了玻璃上。

纸上写着：她还活着，刚刚被抓。她犯的事太大，但她拒绝坦白！你原谅她吗？你有什么对她说的吗？

黄赫再次拿起通话器，把纸上的字重复了一遍。

常家辉呆呆地盯着那张纸，过了一会儿，他脸上的肌肉抖动起来。

他反应过来了。

本能的，他把那句话里的"她"，当成了他那跑路十年、生死不知的妻子杨怀玉。

过了一会儿，常家辉长叹一声，摇了摇头，附着玻璃隔断站了起来。

他的表情很痛苦。

显然，在他心中，杨怀玉已经死了。

黄赫点上烟，从窗口递了进去。

常家辉颤抖着接过烟，深吸一口，才又慢慢坐下。

等他把烟吸完，黄赫道："说点什么吧，起码她还活着！毕竟，都过去了！"

常家辉沉默了半天，才悠悠地说："没什么好说的，我希望她交代自己的罪行，接受应有的惩罚。否则，我永远无法原谅她。"

说完，常家辉愤然离去。

黄赫心中一喜。

常家辉果然按他问话的语境，给出了他希望的回答。

"我希望她交代自己的罪行，接受应有的惩罚。否则，我永远无法原谅她。"——这句话对常家辉来说，说的是杨怀玉，但是对听这段录音的领导来说，只能顺理成章地把"她"理解成常虹。理由很简单，常虹刚刚被抓，而杨怀玉仍然在逃。

黄赫耍了个小小的逻辑陷阱，他话里话外，提了几次"她还活着"，尽量地制造误导效果，他确信，一般的警察都会掉进这个坑里。

只不过，他这个逻辑里还是有个小小的漏洞。

就拿丁奉武举例，如果他也把"她"理解为常虹，那么他会认为，常家辉突然听闻自己的女儿没有死，应该很激动才对！可是常家辉的反应，似乎有些简单。

黄赫不是没想到这一点，他认为当案子顺利告破，再加上自己从中适当斡旋，这一点应该不会被深究。

他也很为难，没有更好的法子，只能这么做。至于能否圆常虹的心愿，又帮到常家辉？他没有把握。

如果单单是给常家辉一个立功的机会，那跟他明说就是，把常虹没死的事实，把她复仇的所有事情，都说出来。那样的话，常家辉势必会以父亲的名义，要求常虹交代罪行。

可是，那不是常虹所期望的！

对常家辉来说，如果突然得知女儿没有死，这该是多大的喜悦！

可随之而来的，是女儿犯下重案、即将走向灭亡的噩耗。这又是多大的打击！

这个喜悦和打击的巨大反差，足以让人的精神彻底崩溃！

黄赫完全理解一个女儿留给父亲最后的善意！

在职业道德跟本心之间，他选择了后者，去尽力帮常虹达成这份心愿。

这就足够了。

这么做违背了警察的职责吗？

或许是。

可是，警察的职责跟人性的善意，就一定是对立的吗？

喝下母亲那碗鸡汤时，他就做了决定。

他觉得母亲的话是对的："遇事别太为难！本着自己的良心去做，问心无愧就好！"

"我问心无愧。"

黄赫不再迟疑，拿起手机，转身离开。

出监狱前，依照程序，狱警检查了常家辉的手机录音。

秦向阳紧跟在黄赫身后，他把一切细节都看在了眼里。

出了监狱，黄赫和秦向阳一前一后，直奔拘留所。

两个小时后，一辆轿车急驶入市局。车停后，下来两个人。

走在前面那位是公安部的一位副部长，落后半步的那位是本市政法委书记。

见到来人，丁奉武和张明山局长快步上前迎接。

紧接着，黄赫和秦向阳也赶了回来。

看到部长，黄赫走上前去，敬了个礼。

"辛苦了！"副部长微微颔首，重重地拍了拍黄赫的肩膀，当先往会议室走去。

会议室内。

大家得知黄赫的身份后，无不惊讶，尤其是苏曼宁。

部长见人都到齐了，站起来说："今天这个小会，宣布两件事。第一就是黄赫的身份，现在大家该清楚了，他是自己人。六年前，美国政府针对网络犯罪，尤其是暗网犯罪，发动了前所未有的围剿打击。为此，他们在全世界范围秘密征召网络高手为他们服务。我们抓住这个机会，在全国警校寻找人才，推荐了黄赫，并对他做了秘密培训。从那时起，黄赫就是一名真正的警察了！由此，才有了他突然的美国之行，这才引起不少这样那样的议论。

"为什么这样做？目的很明确！针对新形势下，网络犯罪日益猖獗，而我们严重缺乏应对暗网犯罪的相关经验。说白了，把黄赫派出去，就是为了取经。可以说，黄赫是代表我们中国公安部，参与到了FBI对暗网组织的围剿行动当中。事实上，他做得很好！在他的积极参与下，分别于2014年10月2日和2017年7月4日，成功瓦解了'丝绸之路'和'阿尔法湾'这两个暗网组织，为我们打击网络犯罪积累了丰富的经验！

"这是一次秘密的行动，他是签了保密协议的，身份对外严格保密！这就好比政府的一种投资，他就是我们现在以及将来，应对新形势犯罪的秘密武器。当然了，为了确保他的安全，这些年来，我们也做了不少相关工作，这里就不多说了。"

竟然是这样？听了部长的话，苏曼宁心里泛起一肚子苦水。

部长喝了口水，继续说："这第二件事，就是有关'东亚丛林'的一系列案子。说起来，今年10月25日，也就是香港拍卖会恐袭事件之后，'东亚丛林'初露端倪，咱们部里的有关领导就盯上了它。当时黄赫刚回国没几天，身份还没恢复，部领导当即决定，让他接下破获'东亚丛林'的任务。也就是说，秦向阳你们的特别行动组，一直以来都不是孤立作战！你们在明处，黄赫在暗处，大家共同努力之下，才有了今天的成果！"

说到这，部长接过黄赫的手机，播放了那段录音。

"大家都听到了吧？"部长说，"黄赫的亲情牌打对了，常家辉还是希望常虹老实交代的。希望他对常虹的这个劝慰有效果！"

这时黄赫小声对部长说："常家辉的话应该管用。我和秦队长去拘留所见过常虹了，听了录音，她当即崩溃了。问题是那个常家辉惊闻女儿不但没有死，还犯下重案，精神状态变得很糟糕。我想接下来，我们不要再对他提起常虹，以免他的精神再遭受刺激。"

"是的！"秦向阳突然插言，接下了黄赫的话头，"我当时在场，录音结束后，常家辉的精神状态很糟，但愿别出什么意外！"

部长听完，眼神飞快地从秦向阳和黄赫脸上扫过。

他微微笑了笑，随后重重地点了点头，说："只要常虹如实交代就好！案子性质太过恶劣！部里领导相当重视，要尽快结案，还社会一个健康的网络大环境！"

"不管怎么说，常家辉还是有功的！"黄赫适时补充了一句。

"我也这样认为！"秦向阳说。

部长点点头，拿出本子把这个事项记了下来。

第二天早晨，临别的街头阳光灿烂。

苏曼宁穿着风衣站在马路一侧，黄赫穿着笔挺的警服，站在另一侧。

两人对视了很久。

苏曼宁在心里问黄赫：其实，你把所有人都骗了。你从未恨过警察对吗？

她盯着黄赫的眼睛，她知道对方能读懂。

黄赫在心里回答：是的！我为什么要恨警察？那只是别人以为而已！当然，别人那样以为，也合乎情理。在儿子的角度，父亲绝不该死，但当时的情形，他情绪失控，用弹珠枪胁迫陈一龙，随时可能开枪，这是事实，是我亲见，而且当时警方也有录像。他那样一个好人，只不过最后做了那件错事。从警方角度，对我父亲开枪毫无争议，从我的角度，不能接受。就是这样！

苏曼宁在心里问：唉！连我也想不到，你会这么想。所有人都以为你恨警察，是那么顺理成章。实际上，这个顺理成章却成了你身份的最好掩护！

黄赫：是的。

苏曼宁：那你心里就没有过矛盾吗？

黄赫：矛盾？当然有。可它影响不了我履行自己的职责，更影响不了我的心理状态。如果我的故事被人写出来，那么，它也不是读者所能读到的。它只是心底里的一块疤，跟我心底里的另一块疤一样……

苏曼宁：是的，另一块疤！我知道！你接受了任务，你不辞而别，你无法对我言明……我错怪了你！我没能读懂你！

黄赫：那是命。那不是你的错，你也是女人。

苏曼宁：是的！那是命运，更是职责！

黄赫：是的！命运，以及职责，怎会有恨？

一场无形的对话，同样在无形中结束。

黄赫叼起烟，挥手道："祝你幸福！"

苏曼宁沉默片刻，由衷笑道："你也是！"

秦向阳远远地站在一旁。

苏曼宁走后，他走上前去，就着黄赫的烟点上火，说："演技不错！你做了一个男人该做的！"

"演技不错？"黄赫紧盯着秦向阳，从对方眼睛里探寻那话背后的真实味道。

"Good boy！"秦向阳笑了笑，看向别处。

——这让黄赫想起了常虹的话："我知道你是好孩子！我才是那个坏孩子！"

"呵呵！"黄赫止住思绪，眯起眼笑了笑说，"你也不赖！谢谢你，在会上给我补充有关常家辉的那两句话。你小子是那种真敢跳飞机的人，我亲眼见过！"

说完，他转身离去。

"老子跳飞机？"秦向阳愣了一会儿，很快反应过来，他猜到，那一定是黄赫被催眠后的梦境。

"他到底梦到了什么？"秦向阳想不出，但他知道，那一定是极其可怕的事。

那天，常虹向警方交代了所有罪行，交出了"东亚丛林"的服务器地址及管理账户，还附带送给中国公安部两个大礼包：一个是杨怀玉等八名在逃红色通缉要犯的相关信息，另一个是境外暗网托管服务器的漏洞。

那两个大礼包，本是她送给黄赫个人的。

黄赫完全可以单独领受，单独向上级展示这份天大的功劳，那将会给他带来更大的荣耀，以及更实际的奖励。

可他拒绝了。

他只求问心无愧，就像他帮助常虹完成最后的心愿一样。

三天后，境外最大的暗网托管服务器其托管的半数暗网被神秘删除，而舆论上，没有任何组织宣称对此事件负责。

一个月后，以杨怀玉为首的八名红色通缉要犯，在逃亡近十年后，除一人病亡外，均被引渡回国。

三个月后的一天早晨，常虹被送上了刑场。

同一时间，随着两扇大铁门的开启，常家辉走出了监狱。

那是2018年的春天，万物复苏，莺歌燕舞。

在最后时刻，常虹痴痴望着眼前的虚空。

她仿佛看到一个叼着烟的男人正向她走来。那个男人留着莫西干头，表面看有些浪荡，眼神却清澈、善良。

她望着那个男人，笑了。

那一刻，常家辉望着眼前的陌生世界，他不知道自己怎么就被释放了。

一切终将重新开始。

他对常虹的所作所为一无所知。

第二十三章　光辉

他永远不会知道,他的一无所知是他女儿和另一个男人所能给予一个父亲的最大的善意。

秦向阳早就回到了滨海。

那天早晨对他来说,非常意外。

他收到一条短信。

短信写着:"秦警官你好,我想跟你玩个游戏。"